© aczer

레이디 투 퀸

Lady to Queen

무소 장편소설

위즈덤하우스

차례

1

Prologue

오늘은 폐후 페트로닐라의 처형식이 있는 날이었다.

수도 카우드에는 아침부터 수많은 사람들이 몰려들었다. 늘 조용했던 황성은 답지 않게 북적거렸으나, 그 분위기는 결코 좋지 않았다.

황궁 근처 제르비아넨 광장에 위치한 처형장. 그 처형장 주변을 가득 에워싼 사람들. 그리고 중앙에 놓여 있는 을씨년스러운 단두대. 그 지척에서 페트리지아는 포승에 묶여 가만히 무릎을 꿇은 채로, 자신에 대한 처벌을 기다리고 있었다.

그녀는 입을 꾹 다문 채로 바닥만 내려다보다가, 어느 순간 고개를 들어 제 뒤에서 자신과 똑같은 자세를 취하며 벌을 기다리고 있는 자신의 부모님을 쳐다보았다. 자신이 가장 사랑하는 사람들의, 그리고 그녀 자신의 비참한 모습에 페트리지아는 하마터면 눈물을 쏟을 뻔하였으나, 이제는 그 무엇도 부질없다는 사실을 페트리지아는 누구보다 잘 알고 있었다.

"리지."

자신을 부르는 담담한 목소리에 페트리지아가 고개를 돌렸다. 몸이 결박되어 있어 불편했지만 그 정도는 가능했다. 그녀를 부른 이는 그녀의 아버지였다.

"미안하구나."

"……아버지가 왜요."

페트리지아는 정말로 궁금했다. 왜 아버지는 그녀에게 사과한 것일까. 지금 이 문제에 대해 자신에게 사과해야 하는 사람은 아무도 없다. 모두가 피해자였다. 순수한 가해자는 이곳에 없었다. 그래서 그녀는…… 누구도 함부로 비난할 수 없었다. 그러나 자연히 밀려오는 슬픔과 억울함에 입술을 깨무는 것까지는 막을 수 없었다. 최대한 정돈된 목소리로, 페트리지아가 대답했다.

"미안해하지 마세요."

원망이 아니었다. 그저 진심일 뿐. 이곳에 사과를 해야 할 사람은 아무도 없었다. 그냥 우리 모두가 피해자인 거다. 그녀가 서글픈 눈을 굳이 숨기지 않으며 덧붙이듯 말했다.

"저는 그냥 후회만 하겠습니다."

모든 것의 시작이 된 그날로 돌아갈 수만 있다면 지금과 같은 비극은 없었겠지. 페트리지아가 마침내 고였던 눈물을 떨어뜨렸다.

그와 동시에 처형장에 있던 사람들의 웅성거림이 커졌다. 누군가가 등장한 것이다.

"황제 폐하 드십니다. 모두 예를 갖추십시오."

시종의 커다란 목소리를 필두로 황제가 처형장에 등장했다. 혼자는 아니었고 누군가와 함께였다. 그리고 영광스러운 그 '누군가'의 주인공은 그가 늘 끼고 다닌다는 황제의 애첩, 펠프스 후작부인이었다. 그 저주스러운 얼굴을 본 페트리지아의 얼굴이 순간 일그러졌으나, 곧 원래대로 돌아왔다.

펠프스 후작부인과 함께 자리에 앉은 황제는 무심한 표정이었다. 마치 그가 지금 앞두고 있는 일이 아무 일도 아니라는 듯. 그 어떤 중요성도 지니고 있지 않다는 듯. 그 태도에 페트리지아는 감정이 격해지는 것을 느꼈으나 유감스럽게도 그녀가 감정에 따라 할 수 있는 일은 아무것도 없었다. 아무것도.

"폐후를 들여라."

무섭도록 감정이 담기지 않은 목소리가 끝나기 무섭게 누군가가 천천히 처형장에 등장했다. 산발의 머리에 다 헤어진 흰 드레스를 입은 여인이 병사 두 명의 부축을 받으며 걸어 들어오고 있었다.

자신의 언니, 페트로닐라였다.

마지막으로 봤을 때보다 더 상해버린 얼굴을 확인한 페트리지아의 얼굴이 다시 한번 일그러졌다.

"닐라……."

안타까움이 가득한 음성으로 페트리지아가 조용히 언니의 애칭을 입에 담았다. 그러나 처형장의 소요에 휩쓸려 그 목소리는 이미 밖으로 나오자마자 사라진 지 오래. 그녀는 그 사라져버린 이름 한 자락조차도 가슴 아픈 듯 다시 한번 눈물을 떨구었다. 그녀의 부모는 이미 뒤쪽에서 오열하고 있었다.

"폐후 페트로닐라 라우라 레 그로체스터는 황후라는 본분을 망각하고 수많은 부덕을 저질렀으며 황손을 잉태한 여인을 해하려 하고, 끝내는 제국의 황제조차 해하려 하였다. 그리하여 나 루시오 캐릭 조지 데 마비너스는."

그 섬뜩한 목소리는 마침내 자신들의 운명을 종결지으려 하고 있었다.

"황제의 이름으로 폐후는 물론, 그 가문인 그로체스터가의 일원 전부를 참수한다."

결국, 파국이었다. 비극이라는 이름의 파국. 페트리지아는 아무것도 담기지 않은 표정으로 눈을 감았다.

끝났다, 모든 것이.

"폐후의 처형을 시작하라."

그녀는 마지막으로 눈을 들어 도살장 끌려가듯 질질 걸음을 옮기는 제 친언니, 페트로닐라를 쳐다보았다. 그녀의 얼굴에는 아무것도 담겨 있지 않았으나, 혈육인 페트리지아만은 분명히 알아볼 수 있었다. 체념과 허탈. 그리고…….

'애증.'

자신의 바보 같은 언니는 아직도 황제를 사랑하고 있었다. 멍청한 언니, 어쩌면 좋아. 죽는 그 순간까지도 그 남자를 바라보다니. 그 어리석은 사실에 형용할 수 없는 슬픔을 느끼며 페트리지아는 처음으로 흐느꼈다. 아아, 언니, 언니. 나의 언니. 그녀는 눈을 끝까지 부릅뜬 채 제 언니의 마지막을 지켜보았다.

"까악!"

"흐악!"

폐후 페트로닐라의 목이 잘렸고, 사방에서 단말마의 외침이 터져 나왔다. 페트리지아는 입술을 피가 나도록 짓눌렀다.

모든 것이 끝났다. 제 언니는 죽었다. 그리고 자신과 부모 역시 금방 언니와 같은 운명을 맞게 되겠지.

"폐후의 일가를 모조리 끌어내라."

자신을 사랑하던 아내가 죽었다. 무려 3년 동안이나 부부라는 이름으로 묶여 있던 황후가 목이 잘렸다. 그런데도 저렇게…… 담담할 수 있단 말인가. 페트리지아는 밀려드는 서러움에 가슴을 움켜쥐었다. 숨을 쉴 수 없었다.

"차례로 참수하라."

지독한 명령조에 그녀는 마침내 웃어버렸다. 모든 게 다 끝나는 마당에 웃지 않을 이유도, 울지 않을 이유도 없었다. 이 상황에서 미치지 않는다면 그것이야말로 비정상일 터. 페트리지아가 세상 그 누구보다도 화려하게 웃으며 단두대에 목을 가져다 댔다. 마지막으로 자신의 참수를 명하는, 한때는 제 형부였던 황제를 쳐다보며 그녀는 후회했다.

'내가 차라리 당신의 황후가 되었더라면.'

자신은 사랑에 목을 매는 스타일도 아니었고, 정부의 위세에 경솔하게 행동할 만큼 황제에게 애정이 있는 것도 아니었다. 그러니 차라리 그녀가 황후가 되었더라면, 모두가 죽지 않고 행복했을 것이다. 어쩌면 그녀의 자식이 훗날 황제가 되어 펠프스 후작부인에게 복수할 수 있을지도 모르고.

'그때, 내가 황후가 되지 못한 것을 후회해.'

언니를 황후 경선에 내보낸 것이 실수였다. 자신의 언니가 처음 황제를 보았던 날, 황제에게 첫눈에 반해버릴 걸 예상하지 못한 자신의 실수였다.

하지만 너무 늦은 후회였다. 이미 모든 일은 저질러졌고, 남은 것은 자신의 목이 저 차가운 칼날에 잘리는 것뿐이었다. 자신의 사랑하는 가족들과 함께.

스산하게 내려오는 칼날을 응시하지 않으며, 페트리지아는 마지막으로 후회했다.

'만일 그 전으로 돌아갈 수만 있다면…… 절대 언니가 황후가 되게 만들지 않을 거야.'

그리고 그 후회를 끝으로, 페트리지아의 목이 잘렸다. 아까와 마찬가지로 사람들이 비명을 지르는 것이 들려왔다.

마지막 눈물을 흘리며, 22세의 페트리지아는 그렇게 눈을 감았다.

2

Return

"아!"

페트리지아는 비명을 지르며 잠에서 깨어났다. 눈앞에 보이는 건 다갈색의 마호가니 책상과 그 위에 올려진 새하얀 책. 그리고 의자에 앉아 있는…… 자신. 그녀는 한동안 멍한 표정으로 가만히 있다가, 곧 중대한 사실을 깨달았다.

"난…… 분명……."

죽었다. 자신은 분명.

"죽었어……."

스산한 칼날이 가느다란 목에 닿았던 느낌을 아직도 기억한다. 소름 끼치도록 무섭고 음습했던 기억. 그녀가 저도 모르게 몸을 떨었다. 더 놀라운 것은 자신이 느끼고 있는 것이 공포라는 것. 그건 오로지 살아 있는 자들의 전유물이었다. 그녀는 이 상황을 받아들이지 못했다. 아니, 받아들일 수 없었다.

"어떻게? 어떻게……."

뇌까리는 소리가 귓속으로 파고든다는 사실이 놀라웠다. 죽은 사람은 소리를 들을 수 없다. 그렇다면 자신은 지금 살아 있는 것일까? 그녀는 천천히 손을 움직여 책장을 조심히 넘겼다. 마지막 페이지에 적힌 숫자에서 1이 더 늘어났다.

그럼에도 불구하고 그녀는 믿을 수 없었다. 그래서 마지막으로 가장 확실한 시험을 해보았다. 그녀는 슬며시 손을 들어 올리고는 망설임 없이 자신의 뺨을 내리쳤다.

짝! 거친 마찰음과 함께 알싸한 고통이 느껴졌다. 마찰로 인해 붉어진 볼을 감싸며 페트리지아가 중얼거렸다.

"아파……."

확실하다. 자신은 살아 있다. 그렇지만 도대체…… 어떻게? 그녀가 당혹스러운 눈으로 자신의 몸을 내려다보는 사이, 누군가가 벌컥 문을 열고 들어왔다.

"페트리지아!"

자신을 부르는 이 목소리, 분명…….

"닐……."

"리지, 또 책을 읽고 있었구나!"

페트로닐라가 못 말린다는 표정을 지으며 쌍둥이 동생의 곁에 다가왔다. 페트리지아는 귀신이라도 본 사람처럼 몸을 떨다가 곧 믿을 수 없다는 목소리로 물었다.

"닐, 정말…… 닐라, 언니가 맞아?"

"리지?"

그제야 동생의 상태가 조금 이상하다는 사실을 깨달은 페트로 닐라가 고개를 갸우뚱거렸다.

"왜 그래? 무슨 일이 있어?"

"하!"

페트리지아는 대답을 기다리지 않고 언니에게 안겼다. 오, 맙소사. 언니가 정말로 내 앞에 있다. 닐라가, 나의 소중한 가족이, 살아 있다. 그녀가 중얼거렸다.

"신이시여, 세상에……."

"리지? 도대체 왜 이러는 거야?"

페트로닐라가 거부감을 드러내며 당황해했고, 페트리지아는 그제야 눈물지은 표정으로 그녀의 품에서 떨어졌다.

확실해. 난 살아 있고, 닐라도 살아 있어. 하지만 그렇다면 도대체 여긴…… 상황을 파악하지 못한 페트리지아에게 곧 청천벽력 같은 소리가 들려왔다.

"이래도 소용없어, 리지. 난 절대 퀴네즈가 되지 않을 거야!"

댕. 페트리지아는 순간 강한 무언가가 그녀의 머리를 강타한 것 같다는 착각에 사로잡혔다. 그녀가 더듬거리며 물었다.

"퀴, 퀴네즈?"

"그래, 퀴네즈. 내일까지는 말씀드려야 하잖아."

"말도 안 돼……."

"말도 안 되긴. 어제까지도 나랑 그 문제로 이야기했잖아."

페트로닐라가 해맑게 웃으며 페트리지아에게 말했다.

"그래서 리지, 이 언니가 생각해봤는데 말이야……."

"……."

"제비뽑기로 정하자. 어때?"

그러나 페트로닐라의 물음에도 페트리지아는 가타부타 말이 없었다. 그걸 답답하게 여긴 페트로닐라가 입을 열려던 순간, 페트리지아가 그녀를 불렀다.

"언니."

"그래, 리지. 마음에 들지?"

"지금…… 그러니까 언니랑 나……."

입술을 파르르 떨던 페트리지아가 질문을 맺었다.

"열아홉 살이니? 그런 거야?"

"애는 참. 똑똑한 애가 나이를 까먹기라도 한 거야?"

황당한 기색이 가득한 음색으로 페트로닐라가 동생에게 핀잔을 주었다.

"우리는 얼마 전 생일이기까지 했잖아. 너 오늘 왜 그래?"

'책을 너무 많이 봐서 머리가 이상해지기라도 한 거야?'라고 페트로닐라가 농담하는 소리가 들려왔지만, 페트리지아는 그런 소리까지 신경을 쓸 수 있을 만큼 머릿속이 고요하지 않았다. 제 언니가 차기 황후 후보인 퀴네즈로 선발된 것이 바로 열아홉이었다. 그렇다면 설마 지금…….

"열아홉 살 때로 되돌아온 거야."

"뭐?"

영문을 모르는 페트로닐라가 물었지만 페트리지아는 여전히 혼잣말만 계속했다.

"회귀…… 회귀인 건가? 하지만 어떻게…….”

"리지, 정신 차려!"

페트로닐라가 눈을 동그랗게 뜨며 동생을 타일렀다.

"오늘 정말 이상해. 잠이 덜 깬 거야?"

"아아…….”

페트리지아는 그제야 현실로 돌아왔다. 믿을 수 없지만 인정할 수밖에 없었다.

지금의 자신은 열아홉, 퀴네즈 선발 당시로 되돌아와 있었다.

도무지 제가 알고 있는 지식으로는 설명할 수 없지만, 이건 진짜다. 자신은 열아홉 살 때로 회귀했다.

부정할 수 없는 현실 앞에 선 페트리지아가 언니를 쳐다보았다.

자신을 걱정스럽게 쳐다보는 페트로닐라의 눈동자는 호수처럼 맑았다.

페트리지아는 순간적으로 전생의 마지막 기억이 떠올랐다. 애증에 몸부림치다 비참하게 삶을 마감한 나의 닐라. 만일 이것이 정말로 자신에게 주어진 새로운 삶이라면……. 신께서 우리 자매를 가엾게 여기시어 마지막 기회를 주신 것이라면…….

그렇다면 나는…….

"언니."

"응? 왜, 리지?"

"제비뽑기는 할 필요 없어."

다시는 과거의 비극을 되풀이하지 않겠다.

"왜?"

천진하게 묻는 언니를 쳐다보며, 페트리지아가 시린 미소를 지었다.

"내가 될게."

이제는 내가, 언니 대신 황후가 될게.

"퀴네즈."

페트로닐라는 도무지 동생을 이해할 수 없었다. 분명 어제, 아니, 아까 전까지만 해도 황후가 되기 싫다며 생떼를 부렸던 동생이다. 그런데 갑자기 죽었다 돌아오기라도 한 사람처럼 생각이 싹 바뀌었다! 그녀로서는 도무지 이해할 수 없는 변화였으나, 어쨌든 자신이 퀴네즈가 되지 않아도 되니 기쁜 일이긴 했다. 하지만 언제 말을 바꿀지 모르니, 페트로닐라는 조금 더 확실히 해두기로 했다.

"진짜?"

"응."

"말 바꾸기 없기야?"

"응."

페트리지아가 확고한 어조로 못을 박았다.

"안 바꿔. 절대로."

"아싸!"

어린아이처럼 좋아하는 페트로닐라를 묘한 시선으로 바라보던 페트리지아가 곧 입을 열었다.

"서재에 가자. 아버지께 말씀드려야지."

올해로 마흔둘을 맞은 그로체스터 후작은 퀴네즈 선발을 두고 자신의 두 딸 중 누구를 보내야 할지 고민이 이만저만이 아니었다. 적장녀인 페트로닐라를 보내자니 성격이 황실과는 맞지 않을 것 같았고, 그렇다고 해서 조용한 페트리지아를 보내기에는 그녀가 적차녀라는 것이 마음에 걸렸다. 결국 이러지도 저러지도 못한 채 부질없는 생각만 계속하고 있을 때, 누군가가 그의 서재 문을 두드렸다.

"누구지?"

"닐라예요, 아빠."

"오, 어서 들어오렴."

후작이 반갑게 두 딸을 맞았다. 그는 늦은 시각에 딸들이 자신을 찾아온 이유가 궁금했으나 먼저 캐묻지 않고 차부터 내주었다. 따뜻한 아쌈 티를 테이블 위에 내려놓은 후작이 그제야 용건을 물었다.

"그래, 늦은 시각에 자지 않고 무슨 일이냐?"

"드릴 말씀이 있어서요."

그렇게 말하는 페트로닐라의 얼굴은 어딘가 모르게 신나 보였다. 사정을 모르는 후작은 그저 '무슨 좋은 일이라도 생겼나 보다' 하고 짐작만 할 뿐이었다. 싱글벙글한 표정으로 말을 아끼던 페트로닐라가 차를 두어 모금 더 마시고 난 후에야 입을 열었다.

"퀴네즈, 리지가 하고 싶대요."

"……정말이냐?"

"네, 아버지."

차분한 표정으로 유리 테이블 위에 찻잔을 내려놓은 페트리지아가 조용히 답했다.

"제가 되겠습니다."

"음……."

차라리 잘된 일이었다. 계속 고민하고 있던 부분이었지만, 닐라의 성격은 엄격하고 권위적인 황궁에는 다소 부적합했다. 그래서 인지 후작은 리지가 퀴네즈가 되겠다고 말했을 때 티는 내지 않았 지만 내심 기뻐했다. 그가 잔잔한 목소리로 입을 열었다.

"자원하는 거냐?"

"네."

페트리지아의 대답을 들은 그로체스터 후작이 잠깐 무언가를 생 각하는 표정을 짓다가 곧 페트로닐라에게 말했다.

"좋다. 닐라, 시간이 늦었으니 너는 이만 올라가서 자려무나. 리 지, 너는 잠깐 남아라."

"네, 아빠. 안녕히 주무세요. 리지, 내일 봐."

살짝 들뜬 목소리로 두 사람에게 굿나잇 인사를 한 페트로닐라 가 곧 서재를 나갔고, 마침내 둘만 남았다. 아직도 뜨거운 기가 가 시지 않은 찻물을 다 비워버린 후작이 천천히 입술을 뗐다.

"정말로 자원이냐, 리지?"

"네, 아버지."

"갑자기 생각이 바뀐 이유가 궁금하구나."

후작이 페트리지아의 검은 눈동자를 응시하며 물었다.

"특별한 이유가 있다면 말해줄 수 있겠느냐?"

"……없어요. 그저 둘 중 누군가는 반드시 퀴네즈가 되어야 한다 면, 제가 더 적합할 거라고 판단했을 뿐이에요."

둘 다 되지 않는다는 선택지는 없었다. 퀴네즈는 반드시 18

세-20세 사이의 백작가 이상 귀족 영애들로 구성되어야 한다고 제국법에 명시되어 있었기 때문에, 후작가인 그로체스터가에서도 퀴네즈 한 명을 반드시 배출해야만 했다. 페트리지아가 물었다.

"혹 언니가 되기를 바라신 건가요?"

조마조마한 마음으로 물었지만 다행히 돌아오는 대답은 나쁘지 않았다.

"아니다. 사실은 네가 되기를 바라고 있었단다."

"……그러셨군요."

이유는 군이 묻지 않아도 알 수 있었다. 후작의 입장에서는 당연히 조용한 자신이 퀴네즈가 되는 게 더 안심이 된다고 생각하셨을 거다. 그 입장에 대해 군이 불만이나 서운함이 들지는 않았다. 페트리지아가 말했다.

"일주일 후인가요. 제가 황궁으로 가야 할 날이."

다섯 명의 퀴네즈가 황궁에 모여 일주일간의 경선을 치른 뒤 그중 단 한 명의 퀴네즈만 퀸이 된다. 그가 말없이 고개를 끄덕이다가 곧 떨떠름한 목소리로 말했다.

"태연하고 아무렇지 않아 보이는구나, 리지. 네가 침착하고 조용한 성격이란 걸 알지만 왠지 모르게…… 익숙해 보인다는 느낌이 들어."

아버지의 말에 페트리지아는 말없이 웃었다. 그녀에게는 너무나도 바꾸고 싶었던 뼈아픈 기억이었기에. 하지만 이 말을 그대로 전

할 수는 없는 노릇이었다. 그녀가 입술을 열어 거짓말 아닌 거짓말을 했다.

"꿈에서 한번 겪어보기라도 했나 보죠, 뭐."

"너도 참."

후작이 피식 웃었고, 그녀는 통보하듯 말했다.

"떨어져서 올 거예요, 아버지."

퀴네즈는 다섯, 퀸은 오로지 하나였다. 나머지 네 명의 퀴네즈는 다시 원래의 일상으로 돌아간다. 물론 다른 영식과의 결혼도 자유롭다. 자신의 어머니가 그러했듯이.

페트리지아는 회귀 전에도 지나치게 높은 자리에 앉는 것을 꺼려해 퀸이 되는 것을 원치 않았지만, 회귀 후인 지금은 더더욱 그랬다. 자신만의 기억일 뿐이지만, 얼마 전까지 형부였던 남자와 결혼이라니. 도덕적으로도 맞지 않는다. 그녀가 해맑게 웃으며 후작에게 물었다.

"혹시 싫으세요?"

"아니. 꼭 떨어져서 오거라."

그가 작은 딸의 이마에 가볍게 입을 맞추며 속삭이듯 말했다.

"나도 아직은 우리 공주님을 다른 놈에게 보내고 싶지 않거든."

침실로 돌아온 페트리지아는 침대 위에 모로 누웠다. 회귀한 지 고작 두 시간도 채 지나지 않았는데, 벌써 과거의 한 축을 담당했던 사건을 바꾸었다. 원래라면 닐라가 아버지에게 말했을 것이다. 자신이 퀴네즈가 되겠다고. 제비뽑기에서 져서 말이지. 페트리지아가 저도 모르게 입술을 꾹 깨물었다.

과거의 자신과 닐라 모두 퀴네즈가 되기를 원치 않았다. 자신은 아까도 말했듯 지나치게 높은 자리를 원하지 않는 사람이었다. 그런 자리가 가져다주는 위험한 양면성을 일찍이 여러 역사서를 통해 접했기 때문에. 물론 지금은 과거의 끔찍한 비극 때문에 생각을 바꾸긴 했지만.

그리고 언니는, 늘 꿈속에 빠져 사는 사람이었다. 닐라는 동화를 꿈꾸었고, 백마 탄 왕자님을 기다렸다. 그런 그녀에게 정략혼에 가까운 퀴네즈란 자리가 매력적으로 보일 리 만무했다.

그래서 과거에는 제비뽑기라는, 지금 생각해도 참 어처구니없는 방법으로 퀴네즈가 될 이를 결정했고, 결과는 닐라였으며, 최후는 죽음이었다. 여기까지 생각한 페트리지아가 입술을 피가 나도록 짓이겼다.

자신은 과거로 돌아왔고, 닐라 대신 퀴네즈에 지원함으로써 미래를 바꾸었다. 그렇다면 자신과 가족들이 죽는 비극적인 과거도 되풀이되지 않을 수 있다.

어차피 퀴네즈가 된다 한들 퀸이 되지 않으면 그만이다. 설령 퀸이 된다고 해도 자신의 희생으로 인해 모두가 행복한 삶을 지속해 나갈 수 있다면 그것으로 족하다. 과거의 참사를 되풀이 하느니 차라리 이 편이 백배, 천배는 더 나았다.

"지금은 3년 후가 아니야."

그러니 미래는 얼마든 바뀔 수 있다. 그리고 자신이 반드시 바꿀 것이다. 자신의 앞에 펼쳐질 미래가 어떤 모양일지는 가늠할 수 없지만, 적어도 과거의 비극은 초래하지 않을 것이다. 그렇게 되지 않도록, 죽을힘을 다해 막을 테니까.

그러니 이번 생은 해피엔딩을 기대해 봐도 좋아, 언니.

"내가 꼭 그렇게 만들어줄게."

그리하여 페트리지아는 다짐했다. 언니 대신 퀴네즈가, 어쩌면 퀸이 되어 과거의 상흔을 기억 속에서조차 모조리 지워버리겠노라고.

일주일이 지나자 다섯 명의 퀴네즈 선발이 완료되었다. 브링스톤 후작가의 레이디 라파엘라와 아르젤도 백작가의 레이디 그레타. 디바르 후작가의 레이디 바브라와 바시에 공작가의 레이디 트리샤. 그리고 마지막으로, 자신.

원래라면 공녀인 레이디 트리샤가 퀸이 되는 것이 관례였으나, 과거에는 어쩐 일인지 레이디 트리샤를 제치고 제 언니가 퀸이 되었다. 페트리지아는 최대한 퀸에서 탈락하기 위해 노력해볼 생각이었지만, 큰 기대는 하지 않았다. 이미 과거에 한번 전적이 있었기 때문에.

그리고 마침내 페트리지아가 황궁으로 떠나는 날이 되었을 때, 페트로닐라는 눈물이 그렁그렁해진 눈으로 페트리지아의 손을 잡고 놓아주지 않았다.

"리지, 다른 건 다 필요 없고 조심히만 다녀와. 알았지?"

그렇게 말하는 페트로닐라를 쳐다보는 페트리지아의 눈빛이 깊어졌다. 3년 전, 자신도 딱 이랬었다. 황궁으로 떠나는 페트로닐라의 손을 꼭 부여잡으며, 꼭 떨어져서 오라고, 몸 조심히만 다녀오라고. 결국 그녀는 몸 건강히, 퀸이 되어 돌아오긴 했지만. 페트리지아가 엷게 웃었다.

"널, 보고 싶을 거야."

"마찬가지야, 리지. 우린 한 번도 이렇게 오래 떨어져 있어본 적이 없었는데……."

그렇게 말하는 페트로닐라의 목소리가 착잡했다. 엄마 배 속에 있었을 때부터 19년이 지난 지금까지 단 한 번도 이렇게 긴 시간을 떨어져 있어본 적이 없었다. 남들은 고작 한 주 가지고 무슨 유난이냐고 말할 수도 있겠지만, 어쨌든 두 자매에게는 처음이었으니까. 페트리지아가 아기처럼 페트로닐라의 품에 안겨 속삭이는 목소리로 당부했다.

"……궁에는, 오면 안 돼. 알았지?"

노파심에 꺼내는 말이었다. 퀴네즈가 되고 나서도 퀸이 되기 싫다며 탈락하고 오겠다 호언장담한 페트로닐라는 결국 황제를 보고 첫눈에 반해, 그 이후부터 퀸이 되기 위한 온갖 노력을 기울였다.

물론 지금은 그녀가 아닌 자신이 퀴네즈이긴 했지만, 혹시 모르는 일이었으니까. 조심해 나쁠 건 없었다. 그녀의 당부에 페트로닐라가 깔깔 웃었다.

"너도 참. 내가 그렇게 멍청이로 보여? 가문과 동생의 이름에 먹칠할 생각은 추호도 없으니 걱정도 하지 마."

"……그래."

마지막으로 언니의 어깨를 토닥여준 페트리지아가 그로체스터 후작부부에게 인사했다.

"다녀, 올게요."

"그래, 리지. 네 언니 말마따나 조심히만 다녀오너라."

"잘 행동할 거라고 믿어, 우리 딸."

걱정이 여실히 묻어나는 부모님의 목소리에 페트리지아는 하마터면 눈물을 흘릴 뻔했다고 생각했으나, 때마침 들어온 마부에 의해 다행히 그런 창피는 면할 수 있었다. 마지막으로 후작부부에게 안긴 페트리지아가 마침내 황궁으로 가는 마차 안에 탑승했다.

달라진 과거의 시작이었다.

"브링스톤 후작가의 레이디 라파엘라와 아르젤도 백작가의 레이디 그레타. 디바르 후작가의 레이디 바브라와 그로체스터 후작가의 레이디 페트리지아. 그리고 마지막으로 바시에 공작가의 레이디 트리샤."

"……그런 건 또 누가 말해준 거야."

남자가 못마땅하다는 듯 말했고, 그 말을 들은 여자는 매혹적으로 미소 지으며 되물었다.

"왜요? 난 알고 있으면 안 되나요?"

"알아서 뭐 하게."

"뭐 어때요. 측실이 정실 후보들 이름 정도는 알아야 하지 않겠어요?"

태연하게 말했지만 어딘지 모르게 뼈가 있는 목소리에, 루시오 황제의 미간이 좁혀졌다. 자신의 로즈몬드는 늘 자신에게 달콤한 말을 귓가에 속삭이면서, 어쩔 때는 이렇게 앙칼지게 돌변한다. 하지만 그 변덕이 바로 그녀의 매력이었다. 루시오가 부드럽게 웃으며 그녀를 달랬다.

"왜, 질투라도 나는 건가?"

"나면 어떻고 안 나면 어때요. 어차피 전…… 이름도 없는 폐하의 정부인걸요."

로즈몬드가 입을 비죽이며 투덜거렸다. 그녀는 근 1년 동안 루시오의 곁에서 황제의 여자로 머무르고 있었지만, 황후 자리가 공석이었던 탓에 공식적인 정부로서조차 인정받지 못하고 있었다. 그 마음을 이해한다는 듯한 목소리로 루시오가 그녀에게 말했다.

"황후만 결정되고 나면 바로 작위를 내려주지. 그럼 만족하나?"

"……몰라요."

사실 마음은 이미 풀린 지 오래였지만 조금 더 삐진 척하기로 했다. 그럼 콩고물이 좀 더 떨어질지도 몰랐으니까. 그러자 곧 루시오의 애정 어린 목소리가 들려왔다.

"나한테는 그대밖에 없는 것 알잖아, 응?"

"몰라요. 표현을 해주셔야 알죠."

여전히 앵돌아진 말투를 고수하던 로즈몬드는, 한순간 태도를 싹 바꾼 뒤 루시오에게 칭얼대기 시작했다.

"폐하, 루시오. 이제는 하녀들조차 저를 무시해요. 폐하의 성총을 받으면서도 작위 하나 받지 못했다고. 절 그냥 이대로 두실 생각은 아니시죠?"

그 말을 들은 루시오의 표정이 급격하게 나빠졌다. 그가 따지듯 물었다.

"누가 그래?"

로즈몬드가 빙긋 웃었다. 거짓말이다. 이 황궁 안에서 황제를 일 년이나 모신 자신에게 그런 불손한 반응을 보일 수 있는 간 큰 하녀 따위는 없었다. 그러기 전에 그녀에 의해 먼저 목이 날아갔으니까. 물론 루시오 황제가 그런 사실까지는 알 턱이 없겠지만. 로즈몬드가 금세 화제를 바꾸었다.

"작위 약속 하시는 거예요? 저 무시당했을 때 얼마나 서러웠다고요."

"걱정하지 마, 로즈."

로즈몬드의 분홍빛이 도는 머리카락을 부드럽게 쓰다듬은 루시오가 나직한 목소리로 중얼거렸다.

"시작은 남작이지만, 끝은 퀸일 테니까."

"어머."

생각보다 수확이 좋은데? 로즈몬드가 입꼬리를 길게 끌어 올려 웃었다. 말이라도 퀸의 자리까지는 입에 담지 못할 줄 알았는데. 뜻밖이었다.

"퀴네즈까지 결정된 마당에 너무 쉽게 단언하시는 것 아녜요?"

"퀴네즈는 선택 사항이 없지만, 퀸을 선발하는 사람은 나지. 당장은 어려워도 언젠가, 반드시."

그가 노골적으로 로즈몬드의 몸을 더듬기 시작했고, 로즈몬드는 그를 흥분시키기 위해 괜히 야한 신음을 터뜨렸다. 효과가 있었는지 루시오의 손길이 좀 더 농밀해졌다.

"그대를 황후궁의 침대에 눕힐 테니까."

아, 상상만 해도 짜릿하다. 황후궁의 침대에 누워 그와 나눌 사랑은 얼마나 황홀할까. 로즈몬드가 교성 어린 웃음소리를 터뜨리며 그의 단단한 어깨를 붙잡았다.

"도착했습니다, 레이디 페트리지아."

마차 밖의 마부가 해주는 에스코트에 페트리지아가 친절하게 웃으며 감사를 표했다.

"감사합니다."

"여기서부터는 저를 따라오시면 됩니다."

귀신처럼 황궁에서 나온 시종이 그녀의 마차 주위로 다가왔고, 페트리지아는 놀라지 않은 표정으로 고개를 끄덕였다. 곧 이 시종이 자신을 일주일 동안 머물 방으로 데리고 갈 것이었다.

그녀는 말없이 시종의 뒤를 따라 걷기 시작했다. 하지만 걸으면 걸을수록 페트리지아의 표정은 그리 좋다고는 할 수 없는 것이 되었다.

"……."

계속해서 생각이 났다. 닐라가 최종적으로 퀸이 되었을 때 자신과 어머니를 머물던 방으로 초대했었다. 그때 그 길을 지금 자신이 똑같이 걷고 있는 것이다.

묘한 불쾌감에 그녀는 살짝 인상을 찌푸렸으나 곧 표정은 원래대로 되돌아왔다. 지나간 일에 사로잡혀 있기에는 지금의 과거가 현실이었으니까.

그녀는 얼른 평소의 침착한 자신으로 돌아와 시종이 발걸음을 멈춘 방 앞에 섰다. 한 여자가 자신을 기다리고 있었고, 그 여자의 얼굴을 확인한 순간 페트리지아는 하마터면 헛웃음을 터뜨릴 뻔했다.

'미르야.'

"오늘부터 퀴네즈 페트리지아를 모시게 된 미르야라고 합니다."

제 언니의 시녀였던 미르야. 닐라가 최후를 맞기 전 그녀의 결백을 주장하다 끝끝내 형장의 이슬로 사라진 가여운 여인이었다. 페트리지아는 가슴 한구석이 몹시 불편해지는 한편, 설명하기 어려운 묘한 감정을 느꼈다.

과거 제 언니의 시녀였던 불쌍한 여인이 지금은 자신의 시녀가 되었다. 그 사실을 상기하자 페트리지아는 이유 모를 슬픔을 느꼈다.

"반가워요, 미르야."

물론 겉으로는 전혀 티 내지 않았다. 지금 이들에게 자신은 회귀한 22살의 페트리지아가 아니라 막 퀴네즈가 된 19세의 페트리지아일 테니까. 괜히 어수룩하게 구는 것은 위험했다.

페트리지아가 방 안으로 들어가자 하녀들이 퀴네즈 전용 드레스로 옷을 갈아입혀주었다. 그러는 동안 미르야는 앞으로의 간략한 일정을 소개해주었다.

"퀴네즈님은 앞으로 일주일 동안 이곳에 머무르시면서 경선을 치르시게 될 겁니다. 총 세 번의 경선 과정 끝에 퀸이 선발되고, 첫 경선은 내일부터 격일로 진행됩니다. 혹시 다른 질문 있으신가요?"

"없습니다, 미르야. 고마워요."

이미 한 번의 간접 경험을 치렀던 탓에 궁금한 것도, 물어보고 싶은 것도 없었다. 페트리지아의 담백한 대답에 미르야는 하녀들과 함께 방에서 나갔다. 이동하느라 피곤하셨을 테니 쉬시라는 말과 함께.

홀로 남겨진 방 안에서, 페트리지아는 멍한 표정을 짓다 곧 침대 쪽으로 가 앉았다. 눕고 싶은 마음은 없었는데 정작 침대 위에 앉으니 눕고 싶어졌다. 침대에 걸터앉아 허리만 뒤로 눕힌 페트리지아가 문득 중얼거렸다.

"로즈몬드……."

아직까지는 금기의 이름. 페트리지아는 기억 속에서 한 여인을 끄집어냈다.

로즈몬드 메리 라 펠프스. 현재는 황제의 비공식적 정부이지만 황후가 정해지고 나면 남작부인의 직위를 하사받을 여인이었다.

그리고 과거에는…… 제 언니와 가문을 비극으로 몰고 간 펠프스 남작부인. 페트리지아의 눈빛이 가라앉았다.

자신과 페트로닐라가 퀴네즈에 지원하지 않으려고 했던 이유는 사실 아까 말했던 것 이외에 한 가지가 더 있었다. 바로 사교계에서 공공연하게 입에 오르내리는 로즈몬드의 존재였는데, 그녀가 황제 즉위 이후 일 년간 황제를 모셨다는 소문은 이미 암묵적으로 인정되고 있는 사실이었다. 결국 그 소문이 사실과 진배가 없었다는 것은 페트로닐라가 과거 황후가 된 이후 명백하게 드러났다. 그리고 아마 그 사실은 지금도 변하지 않았을 터였다.

퀸이 되지 않는다면 상관없었지만, 만일 퀸이 된다고 해도 그녀는 로즈몬드를 의식할 생각이 전혀 없었다. 제가 기억하는 한 황제는 로즈몬드를 끝까지 사랑했고, 그것 역시 회귀한 지금 역시도 그럴 터였다. 황제의 성총을 이길 수 있는 무기는 아무것도 없다. 이 명제는 이미 과거에 자신들의 죽음으로 한번 입증된 바 있었다.

때문에 만약 자신이 운 없게 황후가 된다고 해도 그녀는 최대한 몸을 사릴 생각이었다. 황제와 그 첩에게 어떠한 관심도, 신경도 두지 않은 채로, 가늘고 길게. 하지만 최후의 승자가 되는 것이 현재 페트리지아의 목표였다.

"일단…… 내일 있을 경선부터 떨어지려고 노력하자."

역시 최선의 선택지는 자신이 황후가 되지 않는 것이다. 그렇게 되면 지금까지 자신이 한 걱정은 모두 물거품이 되어버리는, 아주 긍정적인 결과를 초래한다.

그녀는 부디 자신이 황후가 되지 않기를 바랐다. 어쨌거나 이 황실에서 지낸다는 일 자체가 페트리지아로 하여금 엄청난 스트레스를 받게 해주었으므로.

퀴네즈들은 심사의 공정성을 위해 모두 순결을 상징하는 흰 드레스만 입게 된다. 이 드레스마저 황실에서 수여받은 것만 착용할 수 있는데, 정말 아무런 장식조차 없는 순백의 드레스였다.

오히려 이편이 나았다. 자유 복장이었다면 일부러 눈에 띄지 않게 입는 것이 더 어려웠을 테니.

마비너스 제국의 퀸은 단순히 황제의 반려라는 의미보다는 신하의 의미가 더 컸다. 유일하게 황제와 동등한 존재로서 황제의 통치를 돕는다고 본 것이다. 때문에 황후 경선은 모든 귀족이 지켜보는 앞에서 진행되었다. 물론, 그 자리에는 황제도 있을 터였다.

"떨리시나요, 퀴네즈님?"

미르야의 말에 페트리지아가 알 듯 모를 듯한 미소를 지었다. 떨리지 않았다. 떨어져도 그만, 붙어도 그만인 자리였으니까. 게다가 떨어지는 게 더 좋은 자리다. 그러니 그녀가 떨릴 이유는 없다. 다만……

'그 남자.'

황제. 한때 제 형부이었던 남자. 가문의 멸망을 지시하고 가족들의 목숨을 모조리 앗아간 남자. 페트리지아 본인의 입장에서 본다면 그처럼 원수가 없겠지만, 사실 자체만 놓고 봤을 때 황제에게 엄청난 유감을 가지고 있는 건 아니었다. 제 언니, 페트로닐라는 황제의 정부인 로즈몬드의 태아를 유산시켰다는 죄목과 함께, 마지막 발악으로 저지른 황제 시해죄까지 더해져 폐후가 되었으니까.

그러니 황제의 입장에서는 어쩔 수 없는 처사였을 것이다. 전자의 경우에는 그나마 참작의 여지가 있었으나 후자의 경우 역모에까지 연루될 수 있는 중죄였으니. 그 어떠한 주관성도 배제시킨 채 자신과 가족들의 최후를 바라본다면 분명 그러했다.

페트리지아는 마지막 얼마간 벌어진 일들에 대해서는 회귀한 지금까지도 정확히 알지 못했다. 그녀가 알고 있는 정보들은 그저 어디에선가 주워들었던 정보들이다. 아무도, 심지어는 후작부부와 페트로닐라까지도 그녀에게 모든 진실을 말해주지 않았다. 아니, 어쩌면 그들조차 명확한 진실을 알지 못하는 것일지도 모르겠다.

"괜찮아요, 미르야."

그녀는 그렇게 말함으로써 상념을 끊어버렸다. 과거의 일이었지만 그 과거를 바꾸기 위해 자신이 지금 이 자리에 있는 것이다. 이미 자신이 퀴네즈가 됨으로써 한 번의 역사가 바뀌었다. 그러니…… 그때의 비극 또한 일어나지 않을 가능성이 있겠지.

"이제 들어가셔야 합니다."

이 자리에 참석한 여자들 중 유일하게 퀴네즈가 아닌 에프레니 공작부인의 말에, 그 자리에 모인 다섯 명의 퀴네즈가 조용한 발걸음으로 문안에 들어섰다. 활짝 열린 문 사이로 느껴지는, 거의 침묵에 가까운 약간의 소요와 자신들을 바라보는 모두의 시선.

불편하다. 하지만 적어도 이 순간에는 어쩔 수 없었다. 페트리지아는 속으로 한숨을 쉬면서도 겉으로는 훌륭하게 퀴네즈를 연기해냈다.

"그로체스터 후작가의 레이디 페트리지아와 브링스톤 후작가의 레이디 라파엘라. 아르젤도 백작가의 레이디 그레타와 디바르 후작가의 레이디 바브라. 마지막으로 바시에 공작가의 레이디 트리샤. 총 다섯 분의 퀴네즈님께서 입장하셨습니다."

통보와도 같은 그 목소리가 마치 경매에라도 불려 나온 듯한 착각을 일으킨 탓에 페트리지아의 기분은 썩 좋지 않았다. 사실 경매와 다름이 없는 자리이긴 했으니 이상할 일도 아닌가. 페트리지아가 속으로 조소했다.

"첫 경선 주제는 에프레니 공작부인께서 발표해주시겠습니다."

총 세 번의 경선으로 퀸이 결정된다. 두 명의 공작과 황제가 순서대로 주제를 발표하는데, 발표만 상징적으로 그들이 대표해서 한다 뿐이지 주제는 제국의 세 공작과 황제가 논의하여 결정했다. 평가 역시 그들 넷과 에프레니 공작부인의 권한이니 나머지 귀족들은 사실 들러리에 가까웠으나 그럼에도 불구하고 그들이 의미가 있는 것은 평가를 내린 넷의 결정에 이의를 제기할 수 있기 때문이었다. 물론 그런 일을 실천으로 옮길 수 있을 만큼 간 큰 귀족은 거의 없었지만 사례가 아주 없는 것도 아니었기 때문에 대부분의 귀족이 이러한 방식에 만족하는 편이었다.

"첫 번째 주제입니다."

"……."

장내에 침묵만이 가득했다. 페트리지아는 문득 3년 전 그로체스터 후작이 말해주었던 경선 과제가 떠올랐다.

그때의 주제는 무엇이었더라. 아마…….

"세 시간을 드리겠습니다. 자신을 표현할 수 있는 것을 주제로 수를 놓으십시오."

자수였었지. 3년 전과 정확히 일치하는 주제에 페트리지아는 하마터면 실소를 내뿜을 뻔했다. 어느 정도 예상은 하고 있었으나 막상 일치가 되니 기분이 묘했다.

그녀는 차분히 배정받은 자리로 가 무엇을 수놓을지 고민했다. 자수 실력은 출중했으나 그와 별개로 딱히 즐기는 편은 아니었다. 더더군다나 이런 자리에서 굳이 자신의 실력을 내보일 필요는 없었다. 어차피 이곳은 떨어지러 나온 것이지 붙으러 나온 것이 아니기 때문에.

그녀를 제외한 네 명의 퀴네즈는 벌써 주제를 정했는지 바늘에 실을 꿰기 바빴다. 하지만 페트리지아는 애초 되고픈 마음이 없기 때문인지 그렇게 조급하게 생각하지 않았다. 오히려 느긋하게 생각하며 무엇을 수놓아야 제일 눈에 띄지 않을 수 있을지 고민하는 중이었다.

"……."

그러다 그녀는 우연히 황제에게 시선을 주었다. 원래 황제의 존안은 똑바로 쳐다볼 수 없는 것이 법이었으나 그와의 거리가 가깝지 않았던 탓에 아무도 그 사실을 눈치채지 못하는 것 같았다.

페트리지아는 멍한 표정으로 자신과 가족들을 죽이라 명령했던 황제를 올려다보았다. 여전히 수려한 얼굴에 우수 짙은 표정을 짓고 있는 그는, 별궁에 숨겨둔 애인-로즈몬드-라도 생각하고 있는 건지 미묘한 눈빛을 띠고 있었다. 페트리지아는 얼마간 그런 그를 빤히 쳐다보다가 천천히 고개를 돌렸다. 의미 없는 응시(凝視)라는 판단이 들었기 때문에.

시간은 계속 흘렀고 무언가는 수놓아야 했다. 하지만 장난이 아니라 정말로 마땅한 게 떠오르지 않았다. 그녀는 속으로 깊은 한숨을 흘리다 성의 없는 표정으로 바늘을 집어 들었다.

세 시간 후. 주어진 시간이 경과하자 하녀들이 다섯 퀴네즈의 수틀을 수거해 갔다. 자수를 다 놓았으니 남은 건 발표였다.

시작은 부친의 작위순으로 진행되었기 때문에, 바시에 공작가가 가장 먼저였다. 그리고 아르젤도 백작가, 디바르 후작가, 자신이 속한 그로체스터 후작가, 마지막으로 브링스톤 후작가.

바시에 공녀가 수놓은 것은 마비너스 제국에서 가장 짧은 기간 동안 피는 귀한 꽃 스컬러였고, 브링스톤 영애는-무가의 여식답게-검이었다. 디바르 영애는 승리를 상징하는 월계수를 수놓았다.

"그로체스터 영애, 발표해주세요."

그리고 페트리지아는 라벤더였다. 이유를 설명하라는 에프레니 공작부인의 물음에 페트리지아는 성의 없이 대답했다.

"라벤더처럼 폐하께 향기를 가져다 드리는 사람이 되고 싶습니다."

앞선 영애들의 설명에 비하여 상당히 짧고 간략했기 때문에 에프레니 공작부인은 그게 다냐는 듯한 표정으로 그녀를 쳐다보았지만, 그녀는 묵묵하게 고개만 끄덕이며 의사를 내비칠 뿐이었다. 에프레니 공작부인은 떨떠름한 표정으로 있다가 곧 본연의 임무로 돌아와 아르젤도 백작 영애에게 설명을 요구했다.

그리고 페트리지아는 그동안 멍을 때리고 있었다. 자신이 라벤더를 선택한 데에 특별한 이유가 있는 건 아니었다. 정말로 마땅한 주제가 생각이 나지 않았고, 그때 페트로닐라가 늘 뿌리고 다니는 라벤더 향 향수가 떠올랐다.

그녀는 늘 그 향이 나는 향수를 뿌리고 다녔고, 그래서 페트리지아는 늘 라벤더만 보면 페트로닐라가 생각났다. 어차피 너무 성의를 보이지 않으면 그것 역시 곤란해질 수 있는 일이다. 그녀는 자신이 나름 잘 처신했다고 생각했다.

황제는 페트리지아가 겪었던 일을 알지 못한다. 그러니 자신이 수놓은 라벤더의 의미도 알지 못할 것이다. 그게 페트로닐라가 좋아했던 꽃이라는 사실까지도.

그러고 보면 라벤더의 꽃말은 참 다양했다. 정절, 기대, 침묵, 풍부한 향기, 나에게 대답하세요 등등…… 마지막까지 언니에게 어울렸던 말들이라고 생각하며 페트리지아는 씁쓸하게 웃었다. 끝까지 황제에 대한 정절을 지켰고 기대를 놓지 못했던 언니. 남편의 대답을 바라고 그의 체취를 바랐던 언니.

"수고하셨습니다. 퀴네즈들은 모두 돌아가셔도 좋습니다."

에프레니 공작부인의 말에 문가 쪽으로 돌아선 페트리지아는 생각했다. 자신은 그러지 않겠노라고. 설령 운이 없어 황후가 된다고 해도 언니처럼 황제에 대한 정절을 지키지도, 기대를 품지도 않을 것이라고. 그렇게 함으로써 모두의 끝이 희극이 될 수 있다면, 마땅히 그렇게 하겠노라고.

"리지."

익숙한 목소리에 페트리지아는 걷던 발걸음을 멈추어 섰다. 빙긋 미소 지으며 뒤를 돌자 자신과 똑같은 미소를 지은 채 자신을 바라보는 여자의 얼굴이 보였다. 페트리지아가 여자의 이름을 입에 담았다.

"라파엘라."

"꽃 예쁘던데? 자수 솜씨 어디로 안 갔구나."

다정한 미소를 띤 채 자신에게 다가오는 이 여인은 브링스톤 후작가의 영애 라파엘라. 사교계에서 벽의 꽃으로만 지내는 자신이 깊은 속내를 털어놓을 수 있는 유일한 또래였다. 정확히는 자신보다 한 살 많긴 했지만 라파엘라가 친구로 지내기를 바란 탓에 특별한 위계가 있는 것은 아니었다.

"엘라도. 검 멋지더라. 엘도라도지?"

엘도라도는 라파엘라의 검 이름이었다. 라파엘라가 깔깔 웃었다.

"눈썰미도 좋아. 하긴 모두 알아봤으려나. 그나저나 닐라 대신 네가 나왔다니, 의원걸? 넌 황실이라면 질색을 떨던 애였잖아."

그랬다. 페트리지아가 씁쓸하게 웃었다. 이럴 땐 대충 둘러대는 편이 나았다.

"맞아."

"그런데 왜?"

"그냥…… 언니를 보내는 것보다는 그게 더 낫겠지 싶어서."

페트리지아의 말에 라파엘라는 동의한다는 듯 작게 소리 내 웃었다. 페트리지아의 말이 맞다. 페트로닐라보다는 페트리지아가 이런 자리에는 좀 더 적합했다. 본인이 이런 자리를 싫어하는 것과 관계없이. 자신도 이런 자리를 싫어하기는 매한가지였고, 황후의 자리 따위는 관심도 없었지만 하는 수 없었다. 자신은 스무 살이었고, 브링스톤 후작의 무남독녀였으니까.

"난 떨어지고 싶어. 그래서 일부러 검을 수논 거고. 사실 그마저도 삐뚤빼뚤하긴 했지만, 어쨌든 폐하께서도 검을 잡고 설치는 여잘 아내로 맞으실 생각은 없으시겠지."

"……"

사실 퀴네즈가 검을 잡든 말든 그건 중요한 게 아니었다. 중요한 건 이미 황제인 그가 마음에 담은 여인이 있다는 것. 하지만 이 사실을 곧이곧대로 말할 수는 없는 노릇이었기에 페트리지아는 그저 웃으며 맞장구를 칠 뿐이었다.

"나도. 그냥 얼른 일주일이 지나서 집으로 돌아갔으면 좋겠어."

"리지, 너나 나나 가능성이 있기는 매한가지야."

그렇게 말한 라파엘라가 왠지 모르게 들뜬 목소리로 페트리지아에게 물었다.

"만약 네가 황후가 된다면 내가 네 기사를 할까? 그것도 재미있겠다."

"……."

페트리지아는 이번에도 그저 말없이 웃었다. 실제로 라파엘라는 언니 페트로닐라가 황후가 되었을 때 그녀를 따라 황후의 호위 기사로서 입궁했다. 그녀는 정말 충직한 신하였고 동시에 페트로닐라를 유일하게 잡아주던 끈이었지만, 끝은 좋지 않았다. 언젠가 자객이 황후궁으로 침입했을 때 페트로닐라를 구하다 죽었으니까.

그때 일이 기억난 페트리지아가 저도 모르게 입술을 깨물었다. 그 모습을 본 라파엘라가 천천히 손을 들어 그녀의 입술에 가져갔다.

"아……."

"입술 깨물지 마렴, 리지. 다 상하잖니."

사근사근 웃으며 저를 걱정하는 모습은 전생에서도 지금도 똑같았다. 그녀는 변하지 않았다. 황제가 로즈몬드를 사랑한다는 사실이 변하지 않았듯, 그녀가 제 진실한 친우라는 사실 또한 변하지 않았다. 페트리지아는 그녀의 걱정에 애써 웃어 보이다가 겨우 입술을 열어 한마디를 했다.

"엘라가 다치는 게 싫어."

"무인은 언제나 다칠 수밖에 없어, 리지. 만일 네 기사가 된다면 널 지키다 죽는 것도 나쁘지 않겠다."

"엘라!"

페트리지아는 답지 않게 소리를 질렀고 라파엘라는 빙긋 웃으며 가볍게 말했다.

"농담이야, 리지. 내 실력 못 믿어?"

"그런 말 하지 마. 브링스톤 후작가의 가주가 될 사람이 무슨 소리를 하는 거야?"

전생의 기억에 얼굴이 살짝 창백해지자, 그 모습을 발견한 라파엘라는 괜히 장난스럽게 웃으며 그녀를 숨이 막히도록 안아주었다.

"농담이라니까. 하여튼 네 앞에서는 무슨 말을 못 꺼내겠어."

길게 늘어뜨린 페트리지아의 청록색 머리카락을 거칠게 헝클어뜨린 라파엘라가 무슨 은밀한 이야기라도 하는 사람처럼 짙게 웃었다.

"자, 내 방으로 가서 차라도 한잔 마시고 가. 내 시녀가 그렇게 차를 잘 끓이거든."

페트리지아는 거절하지 않았다.

사흘 후, 두 번째 경선이 시작되었다. 첫날과 다름없는 기분으로 페트리지아는 경선 장소에 도착했다. 떨어져도 그만, 붙어도 그만이라고 생각하니 마음이 편해지는 것은 어찌 보면 당연한 일이었다.

"두 번째 주제입니다."

위더포드 공작이 두 번째 주제를 발표했다. 그 순간 페트리지아는 다시 한번 전생의 기억을 떠올렸다. 두 번째 주제가 뭐였더라. 아, 맞아. 무슨 문제였다. 세 시간 동안 어떤 방법을 동원해서든 문제의 답을 찾으면 되는 것으로 기억한다. 그 문제의 답까지는 기억이 흐릿했지만 상관없었다. 애당초 맞히고픈 마음도 없었으니까.

"마비너스 제국의 초대 황제께서 초대 황후에게 질문하셨던 문제입니다. 올 때는 양과 같고, 스칠 때는 매와 같으며, 지나치면 돌과 같은 것은 무엇입니까. 시간은 총 세 시간. 그 시간 동안 문제의 정답을 알아 오십시오. 어떤 방법을 쓰셔도 상관없습니다. 질문도, 황실 도서관의 출입도 허용됩니다."

어쨌든 퀴네즈로 입궁했으니 성의 없는 태도를 보였다간 구설수에 오르는 건 한순간이다. 적어도 성의는 보여야 했다. 페트리지아는 어디서 시간을 때울지 고민하다가 도서관으로 가기로 했다. 황실 도서관은 출입이 워낙 제한적이었던 탓에 자주 가보지 못했던 곳이었다.

조용한 도서관 안에 들어서자 사서로 보이는 여자가 페트리지아를 맞아주었다. 그녀는 페트리지아가 입고 있는 흰색 드레스를 흘긋 쳐다보다가 곧 고개를 돌렸다.

도서관에 온 사람은 자신 혼자뿐이었는지 내부가 상당히 조용하다 못해 한산할 지경이었다. 페트리지아는 무슨 책을 읽을지 고민하다가 역사서가 있는 서가로 갔다.

그녀의 눈에 가장 꼭대기 층에 꽂혀 있는 책이 들어왔다. 키가 작은 편이 아니었음에도 워낙 높은 곳에 있었던 탓에 까치발을 들어야 했는데, 그럼에도 역부족이었다. 닿을 듯 말 듯 아슬아슬한 움직임을 반복하던 긴 손가락이 마침내 책을 움켜쥐었다.

"앗!"

문제는 그녀가 원하던 책 한 권이 아니라 그 옆에 있던 책들까지 모두 함께 떨어져 내렸다는 점이었지만. 큰 소리와 함께 여러 권의 책이 바닥으로 떨어졌다. 페트리지아는 혹시 누군가 자신에게 면박을 줄까 봐 저도 모르게 심장을 졸였으나, 다행히 아무 일도 일어나지 않았다. 그녀가 있는 서가가 사서가 있는 곳과 멀리 떨어져 있기 때문일지도 모르겠다.

그녀가 무릎을 굽혀 책들을 주섬주섬 챙겨 든 뒤 자리에서 일어서려던 순간, 누군가가 그녀에게 책 한 권을 내밀었다. 그녀가 반사적으로 입을 열어 고마움을 표시했다.

"아, 감사합니다."

그 마지막 책까지 받아 든 페트리지아가 천천히 고개를 들어 올리는 순간, 그녀의 얼굴은 굳어질 수밖에 없었다.

누군가가 그녀를 향해 화사한 미소를 지어 보이며 응시하고 있었다.

"조심하셔야죠. 괜찮으신가요?"

"로……."

순간 저도 모르게 '그 이름'을 입 밖으로 내뱉을 뻔한 페트리지아가 얼른 입술을 다물었다. 안 된다. 아직 그녀의 존재는 공식적으로 알려지지 않았다. 설령 이름이 알려졌다 해도 지금의 자신은 그녀의 얼굴을 알지 못했다. 그러니 최대한 침착하게, 당황하지 말고.

"로……자일드 황태자에 관한 책을 뽑으려다가 그만. 감사합니다, 영애."

"별말씀을요. 그나저나 로자일드 황태자라. 역사에 관심이 많으신가 보네요. 그 이름을 알고 있는 귀족들이 몇 없을 텐데. 아시다시피 잘 알려지지 않은 인물이니까요."

"……그저 조금 관심 가질 뿐입니다. 부끄럽네요."

페트리지아가 자연히 굳어지는 입꼬리를 부드럽게 하기 위해 어울리지 않는 미소를 지었다. 그런 그녀의 모습을 빤히 쳐다보던 로즈몬드가 곧 시선을 페트리지아의 드레스 쪽으로 옮겼다.

퀴네즈인가. 왠지 모르게 기분이 불쾌해졌지만 굳이 티 내지 않으며 로즈몬드가 화제를 틀었다.

"퀴네즈님이신가 보네요."

"……네."

"한데 여긴 어쩐 일로……. 지금은 경선이 진행되는 시간이 아닌 가요?"

"아는 게 많으십니다, 영애."

페트리지아가 조용히 딴죽을 걸었고, 로즈몬드는 그 말에도 당 황하지 않은 채 사람 좋은 미소를 지어 보였다.

"궁에서 지내다 보면 듣고 보는 게 자연 많아지는 법이니까요. 그 저 오다가다 들었을 뿐입니다."

"하면 폐하의 시녀이십니까."

아무것도 모르는 사람처럼 순진하게 질문하자 로즈몬드는 속으 로 비뚜름하게 웃었다. 폐하의 시녀라. 자신은 고작 그딴 것이 아니 었다. 이 퀴네즈가 말하는 단순한 시녀가 아니라 좀 더 상위에 위치 한 존재. 하긴 그 사실을 한낱 어리숙한 퀴네즈 따위가 알 수 있을 리 없었다.

"비슷하다고 치지요."

그러나 로즈몬드는 두루뭉술하게 대답해버렸다. 사실을 고대 로 말했다가 이 순진한 퀴네즈의 얼굴이 새하얗게 질려서는, 금방 이라도 졸도해버리면 어쩐단 말인가. 그녀의 대답에 페트리지아가 속으로 피식 웃으며 중얼거렸다.

비슷하지. 시녀들 중에는 밤 시중을 드는 이들도 있으니까 말이야.

"그럼 저는 이만 가보겠습니다."

품에 안긴 책들 중 로자일드 황태자에 관한 책 한 권만 집어 든 페트리지아가 얼른 대화를 마무리 지었다. 그 말에 로즈몬드가 의아한 기색으로 페트리지아에게 물었다.

"어머, 벌써 가시나요?"

"네. 말씀하셨다시피 지금 경선 중이라서요. 잠깐 들른 겁니다."

원래는 세 시간 동안 이곳에 붙박이처럼 붙어 있으려 했는데, 계획이 틀어졌다. 회귀한 페트리지아의 목표는 되도록 로즈몬드와 마주치지 않는 것이었다. 똥은 무서워서 피하는 게 아니다. 더러워서 피하는 거지. 특히 로즈몬드 같은 똥이라면 더더욱.

알량한 복수심을 가지고 그녀에게 덤비기에는 상황도 그리 좋지 않다. 어쨌든 지금의 자신은 로즈몬드의 정체를 전혀 모르고 있는 것이 맞았으니까. 페트리지아는 얼른 그 자리를 빠져나왔다.

결국 시간 때울 곳을 본의 아니게 걷어차버린 페트리지아는 로자일드 황태자에 대한 책 한 권만 들고선 터덜터덜 길을 걸었다. 이 시간만큼은 시녀들을 데리고 다니는 것이 금지되었으므로 페트리지아는 지금 완벽하게 혼자였다.

그녀는 어디서 시간을 마저 때울지 고민하다 자신이 전생에 좋아했던 황궁 내의 정원으로 가기로 했다. 전생에 발견했던, 사람의 발길이 잘 닿지 않는 그곳. 언니를 만나러 가끔 황궁에 들렀을 때 한 번 씩 발걸음 했던 그곳으로.

예상대로 그곳에는 아무도 없었고 그녀는 간만의 평화가 마음속을 지배하는 것을 느꼈다. 그녀는 시끌벅적한 것보다 이렇게 고요한 것을 더 선호했다. 눈에 보이는 가장 가까이에 있는 벤치로 다가가 자리를 잡고 앉은 페트리지아가 자신이 가지고 있는 유일한 소일거리를 펴 들었다. 이 책 한 권을 다 읽으면 세 시간쯤 지나 있을 것 같았다.

로자일드 황태자는 과거 마비너스 제국의 황태자였으나 지나치게 행실이 방탕하고 성격이 포악하여 폐태자가 된 인물이었다.

그러나 사생활과 별개로 정치적으로는 훌륭한 황태자였던 탓에 당시 황제였던 로자일드 황태자의 아버지가 고심 끝에 결정을 내렸다고. 어쨌든 결과는 실권(失權)이었지만.

그렇게 한 반절 정도 읽었을 때였다. 페트리지아는 슬슬 졸음이 쏟아지는 것을 느꼈다. 하지만 지금 잠들어버렸다간 세 시간을 훌쩍 넘겨 일어나게 될지도 몰랐다. 만일 그렇게 된다면 누군가가 자신을 찾으러 올 것이고, 그럼 그자는 태평하게 책이나 읽고 있다 잠든 자신의 모습을 보게 될 터. 생각만 해도 부끄러운 일이었다.

그녀는 상상만으로도 붉어진 볼을 감싼 채 얼른 벤치에서 일어섰다. 잠이 오지 않게 하는 가장 좋은 방법은 산책이었다.

그녀는 후원을 걷고 또 걸었다. 그러다 호수가 하나 나왔고 주변에는 장미가 만발해 있었다. 흐드러지게 피어 있는 붉은 장미를 바라보던 페트리지아는 문득 아까 마주쳤던 로즈몬드를 떠올렸다.

전생에서 페트로닐라의 연적이자, 분명 제 가문의 멸망에도 영향을 끼쳤을 여자. 그녀가 그랬다는 정확한 증거는 없었지만 순진했던 페트로닐라가 그렇게까지 망가졌던 데에는 분명 황제의 정부였던 그녀의 영향 역시 있을 터였다.

말없이 아름답게 만발한 장미 덤불들을 바라보고 있는데 어디선가 발소리가 들려왔다. 당연히 페트리지아는 당황했다. 이곳을 찾는 사람이 있었단 말이야? 죄를 진 것도 아닌데 그녀는 당황했고 저도 모르게 덤불 사이로 몸을 숨겼다. 왠지 누군가의 비밀스러운 공간에 함부로 침범했다는 근거 없는 느낌이 들었다. 곧 발소리의 주인공이 그녀의 시야 안에 들어왔고, 그 모습을 확인한 페트리지아는 하마터면 큰 소리를 낼 뻔했다.

"황……!"

예고 없이 튀어나온 자신의 목소리에 놀란 페트리지아가 얼른 입을 틀어막았다. 이유는 모르겠지만, 여기 있다는 걸 들키면 안 될 것 같았다. 페트리지아는 거세게 뛰는 심장을 최대한 진정시킨 다음 천천히 황제에게로 시선을 돌렸다. 황궁의 주인인 그가 이곳을 모른다는 사실이 더 말도 안 되긴 했으나, 그가 이런 곳을 혼자 왔다는 사실이 퍽 놀라웠다. 황궁에는 여기 말고도 화려한 후원이 분명 더 있을 텐데 말이지.

하지만 지금 이 시간에 이곳에 온 까닭이 무엇일까. 지금은 황후 경선이 벌어지고 있는 시간이긴 했지만, 퀴네즈들에게 주어진 세 시간 동안 그가 산책을 나간다는 게 흠될 일은 아니었다.

다만 의아한 것은 경선이 일어나는 궁에서 이곳까지의 거리가 그리 가깝지 않다는 것. 설마 이곳이 그에게 무슨 특별한 의미를 지니기라도 한 걸까? 페트리지아가 도무지 이해할 수 없다는 표정으로 후원을 걷는 황제를 쳐다보았다.

그는 한참 동안 그곳에 서서 무언가를 생각하는 듯했다. 거기에 특별한 점이 있다면 그 생각하는 표정이 완전히 기껍지만은 않아 보였다는 것. 그의 얼굴 표정은 시시각각으로 변했다. 어떤 순간에는 별로 좋지 않은 기억을 회상하기라도 하는 듯 얼굴을 찡그렸다가, 또 어떤 순간에는 즐거운 기억을 회상하는 건지 입가에 미소를 띠고 있었다.

도무지 그가 무슨 생각을 하고 있는 건지 알 수도 없었고 솔직히 말해 알고 싶지도 않았지만 문제는 그가 이곳을 나가야 자신도 경선이 이루어지는 궁으로 돌아갈 수 있다는 점이었다. 원래 자리로 되돌아가려면 그가 있는 곳을 반드시 거쳐야만 했다. 잘못하다간 시간을 넘길 수도 있겠다고 생각하며 그녀가 초조하게 입술을 깨물었다.

다행히 황제는 아슬아슬한 시각에 후원을 나섰다. 그녀는 그가 완전히 사라지고 난 다음에야 장미 덤불 뒤에서 모습을 드러냈다. 그러고 나서도 아무도 없다는 사실을 다시 한번 확인한 페트리지아가 그제야 안도의 한숨을 쉬었다.

아, 숨을 이유가 없었는데도 숨어버렸다. 괜히 기분 찝찝하게. 숨어 있느라 흐트러진 옷매무새를 얼른 정리한 페트리지아가 서둘러 경선을 치르는 궁이 있는 쪽으로 발걸음을 돌렸다.

주어진 세 시간이 모두 지났다. 당연히 페트리지아는 정답을 알지 못했다. 전생에 그로체스터 후작이 답을 말해주었던 것 같긴 한데 시간이 -무려 3년이다- 어느 정도 지난 탓에 잊어버렸다. 그녀는 그냥 대충 대답하기로 하고 마음을 편히 먹었다.

그녀는 잠깐 답을 고민하다가 정답지로 주어진 종이에 검은 깃펜으로 '사랑'이라고 적었다. 올 때는 양과 같고, 스칠 때는 매와 같으며, 지나치면 돌과 같은 것, 사랑이었다. 처음 올 때는 양처럼 부드럽지만 스칠 때는 매처럼 날카롭다.

하지만 지나치면 결국 돌처럼 고통스러운 것. 사랑을 단 한 번도 해본 적 없는 그녀였으나, 전생에서 제 언니 페트로닐라가 했던 사랑이란 이와 같았다. 양처럼 다가온 첫사랑이 날카롭게 스쳤다 결국 고통으로 끝났으니. 언니 생각에 괜히 우울해진 페트리지아의 표정이 묘하게 어두워졌다.

"흐음…… 딱 한 분께서 정답을 맞히셨네요."

위더포드 공작의 말에 장내에 약간의 소요가 일었다. 페트리지아는 자신이 맞혔을 것이라 기대하지 않았다. 곧 위더포드 공작이 정답을 맞힌 이를 공개했다.

"퀴네즈 트리샤, 축하합니다. 유일한 정답자입니다."

"네가 맞힐 줄 알았어."

처소로 돌아오자 라파엘라가 가장 먼저 한 말이었다. 페트리지아는 그저 웃을 뿐이었다. 자신은 그렇게 머리가 좋지 않았다. 페트리지아가 말했다.

"왜. 레이디 트리샤는 똑똑한 분이야. 난 그분이 맞힐 줄 알았어."

"똑똑하긴 해. 하지만 그 문제를 맞힐 줄 누가 알았겠어."

처음 올 때는 양처럼 부드럽지만 스칠 때는 매처럼 날카롭다. 하지만 지나치면 결국 돌처럼 고통스러운 것. 정답은 세월이었다. 페트리지아는 그 정답을 가만히 곱씹어보았다. 3년 전의 세월은 그녀에게, 그리고 그녀의 가족들에게 분명 양처럼 부드러운 것이었다. 하지만 그 후 3년은 매처럼 날카로운 시간들의 연속이었다. 결국 모든 게 지나가고 지금 생각해보니 돌처럼 고통스러운 기억. 적절한 답에 페트리지아가 쓸쓸하게 웃었다.

"누가 냈는지 몰라도 참 잘 낸 문제야."

"그건 그래. 그나저나 이제 드디어 마지막 경선만을 앞두고 있구나."

"……."

페트리지아가 살짝 입꼬리를 끌어당겨 웃었다. 마지막 경선만 끝나면 자신은 집으로 돌아갈 수 있다. 물론 그 반대의 경우일 수도 있다. 3년 전, 그 문제를 맞힌 이는 오늘처럼 트리샤 공녀만이 아니었다. 그때는 닐라 역시 그 답을 맞혔었다.

하지만 오늘의 그녀는 맞히지 못했으니, 아마 퀴네즈 트리샤가 퀸이 되는 건 거의 기정사실이 될 터였다. 이미 결과는 정해졌다고 아까 귀족들이 수군거리는 소리를 기억해낸 페트리지아가 입을 열었다.

"문제도 유일하게 맞혔고, 가문도 다른 퀴네즈들 중 가장 좋아. 이변이 일어나지 않는다면 퀴네즈 트리샤가 퀸이 되겠지."

그리고 제발 그렇게 되기를 바랐다. 그녀는 이제 황가라면 정말로 지긋지긋했다. 황제도, 펠프스 부인도, 퀸이라는 그 끔찍한 자리도. 만일을 대비해 언니 대신 퀴네즈에 자원하긴 했지만, 부디 퀸까지 되는 불상사는 일어나지 않기를 간절히 바랄 뿐이었다.

마지막 경선에 임하는 페트리지아의 자세는 초연했다. 사실 그전 두 번의 경선도 초연하게 임하긴 했지만 마지막이다 보니 끝이라는 느낌을 더 강하게 받은 것 같았다. 페트리지아는 차분한 눈빛으로 마지막 주제를 발표할 황제를 쳐다보았다.

늘 똑같이 굳어 있는 표정. 전생과 하등 다를 바 없는 싸늘한 눈매. 그 눈빛마저 로즈몬드에게는 따뜻하겠지. 제 언니에게는 단 한 번도 주지 않았던 그 애정을 담아.

갑자기 감상적이 되어가는 것 같아 페트리지아는 입술을 깨물었다. 끓어오르는 생각을 멈추기 위함이었다. 어쩌면 생각을 빙자한 분노, 혹은 슬픔일지도.

"마지막 주제를 발표하겠다."

경선을 치르느라 고생했을 퀴네즈들에 대한 격려사 따위는 없었다. 물론 기대한 것도 아니었지만. 페트리지아는 왠지 모르게 싸늘하게 식어버린 눈빛을 얼른 감추었다. 모두가 모인 자리에서 부적절한 눈빛이었다.

"본디 황후의 자리란 황제의 지척에서 황제를 보좌하는 자리지. 그렇기 때문에 짐은 그 무엇보다 황후의 건강이 중요하다고 생각해."

"……."

무슨 개소린가 싶다. 페트리지아는 실소가 터지려는 것을 겨우 참아냈다. 황후의 건강을 중히 여기는 게 아니라 정부의 건강을 중히 여기는 거겠지. 자신의 언니가 몸이 아플 때 단 한 번도 찾지 않았다고 했다. 로즈몬드가 기침 한 번 하면 황궁의를 보내는 등 그 요란을 떨었으면서⋯⋯. 페트리지아는 분노로 몸이 떨려오는 것을 겨우 진정시켰다. 어차피 이런 소릴 듣는 것도 오늘 하루뿐이다.

"그래서 마지막 경선의 결과는 퀴네즈들의 건강으로 결정하겠다."

그 말에 장내가 술렁였다. 상당히 이례적인 일이었다. 지력이나 능력, 하다못해 외모도 아니고 건강으로 퀴네즈를 선발한다니. 페트리지아는 이 황당한 발언에 상당히 당황했고, 그녀가 다른 사람들보다 특히 더 당황한 이유는…….

"궁의들은 들어오지."

3년 전, 마지막 경선 주제는 이게 아니었다.

페트리지아는 당황한 눈을 여전히 감추지 못하고 있었다. 과거가 바뀌었다. 분명 첫 번째, 두 번째 주제는 동일했다. 그런데 세 번째 주제만 바뀌었다는 건…… 도대체 뭘 의미하는 거지? 혼란스러운 눈동자를 그대로 드러내며 페트리지아는 궁의가 자신에게 인사하는 것을 물끄러미 쳐다보았다. 도대체, 이게 무슨 일일까.

"검진을 시작하라."

모두 이 상황에 대해 황당해하는 게 피부에까지 느껴졌지만 황제를 비롯한 네 명의 공작은 전혀 그렇게 생각하는 것 같지 않았다. 페트리지아는 당황하면서도 검진 의자에 앉았다. 고작 이런 걸로 마지막 경선이 판가름 난다는 사실을 도무지 믿을 수 없었다. 그러나 이것이 현실이라는 듯 검진은 계속되었다.

한참 지나고 나서야 검진이 완료되었다. 덕분에 페트리지아를 포함한 다섯 명의 퀴네즈는 한마디도 벙긋하지 않은 채 마지막 경선을 마칠 수 있었다. 이걸 '덕분에'라고 말해야 하는지는 잘 모르겠지만.

"최종 결과는 오늘 밤에 발표된다. 퀴네즈들은 각자의 처소에서 결과를 기다리도록. 이상이다."

딱딱한 말투로 마지막 경선을 끝낸 황제가 미련 없이 뒤를 돌아 장내를 나가버렸다. 남은 것은 귀족들의 웅성거림과 변화한 과거에 적응하지 못한 페트리지아, 그뿐이었다.

"너무 뜬금없었어."

페트리지아가 중얼거렸다. 그 말을 들은 라파엘라가 마시던 차를 테이블 위로 내려놓았다. 두 사람은 퀴네즈로서의 마지막 저녁을 먹은 뒤 라파엘라의 방에서 담소를 나누며 티타임을 갖는 중이었다.

"전례에 없는 일이긴 했지. 물론 황제 폐하의 말씀이 틀린 건 아니야. 어쨌든 황후란 황제의 정실부인이기 전에 그분의 옆에서 가장 큰 도움이 되어야 하는 사람이니까. 그렇지만…… 뭔가 떨떠름한걸. 그렇지 않아?"

"엘라는 기사니까 분명 가장 좋은 점수를 받았을 거야."

페트리지아의 말에 라파엘라는 당치도 않다는 듯 고개를 세차게 저으며 부정했다.

"말이 되는 소릴. 그거랑 무슨 상관이야."

"상관이 있지. 나를 포함한 네 명의 퀴네즈는 전부 차나 마시며 시간 보내는 게 일이지만, 엘라는 늘 연무장에서 수련을 하잖아. 당연히 우리보다 건강하겠지."

그 말에 라파엘라가 얼굴을 찡그리며 아까보다 조금 약하게 고개를 저었다.

"끔찍한 소리 하지 마, 리지. 난 황후가 되고픈 마음 전혀 없어. 너도 알잖아."

"뭐…… 그게 우리 마음대로 되나."

설령 이 자리를 원치 않는대도 퀸으로 선발된 퀴네즈는 반드시 그 자리를 받아들여야만 했다. 그게 그 자리를 부여받은 자의 숙명. 거절은 황실에 대한 모독이었다. 잠깐 무언가를 생각하는 표정을 짓던 라파엘라가 다시 입을 열었다.

"근데…… 결과는 언제쯤 나올까?"

"오늘 밤까지 기다리라고 했으니 두어 시간 후면 나오지 않겠어? 아…… 그럼 떨어진 퀴네즈들은 내일이면 집에 돌아갈 수 있겠네."

부디 그 네 명 중에 나도 포함되어 있어야 할 텐데. 간절하게 바라던 페트리지아가 이미 다 비워버린 자신의 자기 찻잔을 만지작거렸다. 결과가 어느 쪽으로 나오든 내일이면 드디어 페트로닐라를 볼 수 있다. 아무 것도 알 수 없는 상태 속에서 페트리지아는 오직 그 사실만을 위안으로 삼고 있었다.

"이만 가봐야겠다. 엘라도 쉬어야 할 텐데 내가 너무 눈치 없이 오래 있었네."

페트리지아가 천천히 자리에서 일어서자 라파엘라가 아쉬운 목소리로 말했다.

"어차피 내일이면 집에 갈 텐데, 좀 더 있어도 좋아."

"그래도. 이 시간까지 있는 건 무례……."

그 순간, 그녀의 말이 맺어지기 무섭게 누군가가 방문을 벌컥 열고 안으로 들어왔다. 그것이야말로 엄청난 무례였기 때문에 라파엘라와 페트리지아 두 사람 모두 깜짝 놀랐다.

방 안으로 들어온 사람은 미르야였다. 이런 무례를 저지를 사람은 아닌데……. 페트리지아가 당황한 표정으로 물었다.

"무슨…… 왜 그래요, 미르야?"

"퀴네즈님, 그게……."

거기까지 말한 미르야가 흘긋 라파엘라를 쳐다보았다. 라파엘라 역시 커진 눈동자로 미르야를 응시하고 있었다. 오래 뛰어왔는지 거친 숨을 찬찬히 고르던 미르야가 조금 시간이 흐른 후에 다시 말을 이었다.

"퀴네즈 라파엘라, 퀴네즈 페트리지아. 결과가 나왔습니다."

"아……."

그 말을 들은 두 사람이 모두 탄식 어린 소리를 냈다. 생각했던 것보다 조금 이르게 나왔다. 페트리지아는 두근거리는 심장에 손을 가져다 대며 침착하게 물었다. 그러나 목소리는 어쩔 수 없이 떨리고 있었다.

"누군가요, 그게?"

페트리지아의 말에 미르야가 상기된 표정으로 라파엘라와 페트리지아 두 사람을 번갈아 쳐다보았다. 그 행동에 페트리지아는 알수 없는 불안을 느꼈다.

안 돼, 오 안 돼. 설마…… 아니겠지? 그녀는 뇌리를 스치는 불안감에 저도 모르게 입술을 깨물었고, 그와 동시에 미르야가 최종 결과를 발표했다.

"경하드립니다, 퀴네즈 페트리지아."

쿵. 페트리지아의 심장이 추락했다. 공허해진 눈빛이 미르야를 훑었다. 미르야는 처음보다 한결 차분해진 목소리로, 약간 감격한 듯 말을 정정했다.

"아니, 이제는 퀸이시네요."

불길한 예감은 늘 빗나가지 않는다. 비극적이게도.

3

Beginning

페트리지아는 놀라긴 했지만 당황하지 않았다. 이미 어느 정도의 가능성을 예상하고 있었기 때문일까. 다만 그녀가 놀란 것은 그녀가 첫 번째와 두 번째 경선에서 좋은 점수를 받았을 리 만무한데도 퀸이 된 것이다. 그렇다는 건 세 번째 건강에서 좋은 점수를 받았다는 건데…….

페트리지아는 이러한 생각이 들자 무언가 찝찝한 기분을 떨쳐내 버릴 수가 없었다.

그 세 번째 경선은 그녀가 알고 있는 과거와 달랐고, 다른 사람들이 보기에도 썩 일반적인 내용은 아니었다.

거기다 그녀가 좋은 점수를 받을 수 있는 부분이 그곳밖에 없었다는 사실 또한. 그녀의 건강이 여타 퀴네즈들보다 확연히 좋았다는 말인데, 상식적으로 말이 되질 않았다. 이제 막 꽃다울 나이의

18세-20세 소녀들의 건강이 차이가 나면 얼마나 난단 말인가.

페트리지아는 계속해서 그녀를 짓누르는 알 수 없는 기시감에 기분이 좋질 않았다. 물론 그중 가장 큰 이유는 자신이 퀸이 되었다는 점 때문이었지만.

"페트리지아 님, 미르야입니다. 들어가도 될까요?"

"아, 들어와요, 미르야."

방 안으로 들어온 미르야는 기분이 좋아 보였다. 물론 모시는 퀴네즈가 퀸이 되었다는 건 분명 기뻐할 만한 일이다.

하지만 그녀는 과연 황궁에 떠도는 그 소문을 알고 있는지……. 모른다는 건 사실 말도 안 되는 일이었고, 그렇다면 알고 있다는 건데 그 생각이 들자 어째 기분이 썩 좋지 않았다.

"다시 한번 경하드립니다, 페트리지아 님. 사실 처음 뵈었을 때부터 왠지 모르게 좋은 인상을 주셔서…… 꼭 궁에서 모시고 싶다고 생각했습니다. 앞으로 계속 페트리지아 님을 모실 수 있게 되어 너무 기쁩니다."

"……"

그 말에 페트리지아는 순간적으로 무언가가 가슴 속에서 울컥하며 치밀어 오르는 것을 느꼈다. 페트로닐라의 시녀였던 미르야는, 페트리지아의 시녀가 되어서도 변함없이 착하고 충성스럽다. 그녀는 순간적으로 얼굴을 일그러뜨렸고 그 모습을 본 미르야가 당황하며 놀랐다.

"페트리지아 님, 혹 제가 실언을······."

미르야가 아까보다 더 당황한 눈으로 자신을 안아주는 페트리지아를 쳐다보았다. 그녀는 도대체 '이 어린 아가씨가 왜 이러나' 하는 표정이었다. 페트리지아는 한참 동안 그녀를 안아주다가 곧 한 가지 결심을 했다.

"잘할게요."

내가 잘해서, 내가 잘 살아남아서 이번에는 절대 미르야, 죽지 않게 할게요.

"고마워요."

언니를 위해 죽었던 것처럼 나 때문에 죽게 하지 않을게요.

"별말씀을요. 저야말로 감사합니다."

미르야가 빙긋 웃으며 다정하게 속삭였다. 그러다 곧 무언가가 생각났는지 페트리지아에게 말을 걸었다.

"참, 페트리지아 님. 그로체스터 후작가에서 서신을 보내왔어요. 페트리지아 님만 괜찮으시면 페트리지아 님을 보러 황궁에 오고 싶으시다고."

레이디 페트로닐라께서요. 그 말에 페트리지아는 순간 고민했지만 곧 고개를 끄덕였다. 어차피 이제 퀸은 자신이고, 그러니 설령 페트로닐라가 황제에게 반한다 해도 문제될 일은 일어나지 않을 것이다. 그러한 배덕 행위를 행할 정도로 제 언니는 멍청하지 않았다. 다만 순수했을 뿐이지. 새하얀 종잇장처럼. 페트리지아는 그래서 흔쾌히 수락했다.

"제가 오늘 할 일은 없나요, 미르야?"

"아직은 없습니다. 다만 앞으로 두 달 동안 에프레니 공작부인을 주축으로 결혼 준비가 시작될 겁니다. 페트리지아 님은 황후로서 교육을 받게 되실 것이고요. 하지만 그것도 아마 사흘 후에나 시작될 겁니다. 그 전까지는 휴식을 취하시면 됩니다."

"그렇군요."

이미 다 알고 있는 내용인데, 그 주체가 닐라에서 자신으로 바뀌었다는 사실만으로도 어쩐지 크게 다가오는 느낌이다.

앞으로 닐라가 겪었던 모든 가시밭길을 자신이 걸어야 한다는 사실이 끔찍하긴 했지만, 그럼에도 불구하고 그편이 모두를 위해 나을 터였다. 가족들을 위해서, 어쩌면 황제를 위해서도. 의미심장한 미소를 지어 보인 페트리지아가 미르야에게 말했다.

"그럼 언니에게 아무 때나 시간 나면 방문해달라고 답신을 써주세요, 미르야."

페트로닐라는 동생의 답신을 받고 한달음에 황궁으로 달려왔다. 어지간히 동생이 보고 싶었는지 얼굴에는 미소가 가득했다. 페트리지아 역시 기쁜 표정으로 그녀를 맞아들였다.

"닐라!"

"리지!"

고작 일주일 떨어져 있었을 뿐이다. 그런데 두 사람의 모습은 보는 사람으로 하여금 무슨 이산가족이라도 상봉하는 것 같은 착각을 불러일으켰다. 페트로닐라가 감격한 목소리로 페트리지아에게 말했다.

"내 동생이 황후 폐하가 되시다니! 세상에, 리지. 아니지, 이제 황후 폐하라 불러드려야 하나?"

언니의 장난에 페트리지아가 그녀를 아프지 않게 때리며 말했다.

"싫어, 닐라. 그냥 원래대로 불러. 내가 퀸이어도 언니 동생인 건 변하지 않잖아."

"어떻게 그러니. 하지만 단둘이 있을 때는 생각을 좀 해볼게."

"좋아. 아, 언니, 얼른 앉아. 다리 아프겠다."

페트리지아가 얼른 페트로닐라를 의자에 앉혔고, 미르야에게 차 두 잔을 부탁했다. 곧 미르야가 김이 오르는 찻잔에 담긴 기문 차를 두 잔 내왔고, 페트로닐라는 차를 홀짝이며 동생에게 물었다.

"도대체 어떻게 된 거야, 리지? 물론 황후 간택은 엄연히 폐하의 재량이긴 하지만, 그래도 네가 경선에서 좋은 점수를 받지 못했다면 힘들었을 텐데."

"나도 잘 모르겠어, 닐. 사실 첫 번째 두 번째 경선에서 그렇게 좋은 결과를 받은 게 아니었어. 오히려 레이디 트리샤의 점수가 높을 것 같아서, 난 당연히 그녀가 퀸이 될 줄 알았거든."

일이 이렇게 된 건 세 번째 경선의 영향이 아주 큰 것 같았지만, 페트로닐라에게 그 사실까지는 말하고 싶지 않았다. 동생의 말을 들은 페트로닐라가 오두방정을 떨었다.

"어머, 정말? 그럼 혹시…… 폐하께서 널 마음에 들어 하신 것 아냐, 리지?"

"……."

페트리지아는 순간 표정이 썩어 들어갈 뻔했으나, 간신히 참아냈다. 그 인간이 누굴 좋아해? 나를? 페트리지아는 무슨 재미있는 소식을 들은 사람처럼 소리 내 웃었다. 하지만 그런 반응에도 페트로닐라는 꿋꿋하게 자신의 의견을 밀고 나갔다.

"얘 좀 봐. 왜 그 생각을 안 해? 폐하께서 네게 반하셨을 수도 있지."

"언니…… 황성에 떠돌던 그 소문, 잊었어?"

마침내 금기의 영역까지 건드린 페트리지아가 진지하게 말을 꺼냈다.

"폐하께는 이미 연인이 있어. 그러니 아마 나를 간택하신 건……."

여기까지 말한 페트리지아가 일순 입을 다물었다. 그러게. 왜 나를 택하셨을까. 가문은 백작가가 더 낮았으니 아르젤도 영애를 택할 수도 있었고, 혹은 바시에 공녀를 택할 수도 있었다. 굳이 자신이 황후로 간택될 특별한 이유가 있나.

페트리지아는 밀려드는 의문에 다시 한번 당혹감이라는 놈이 고개를 쳐드는 것을 느꼈지만, 애써 무시했다. 설령 그 이유가 궁금하다 한들, 알 수 있는 방법이 없었다. 대놓고 황제에게 물어본다면 또 모를까.

"……그냥 실수였을 거야, 닐라. 난 폐하께 그 무엇도 기대하지 않아."

그녀가 얼른 대화를 원점으로 돌렸다. 애당초 정부를 사랑해 정실을, 더더군다나 내 언니를 죽인 남자에게 무엇을 기대할 수 있단 말인가. 설령 무언가 기대를 품고 있더라도, 그건 자신과는 전혀 관련이 없는 일일 것이다. 페트리지아는 어쩐지 가라앉아버린 시선을 두며 페트로닐라에게 말했다.

"언니가 그토록 꿈꾸었던 로맨스는 내게 일어나지 않을 거야. 폐하 또한 나의 백마 탄 왕자님이 아니지. 내가 이 자리에서 기대하는 건 그저……."

갑자기 목이 멘 듯 페트리지아가 잠깐 말을 멈추었다. 목소리를 고른 페트리지아가 다시 빠르게 말을 이었다.

"그저…… 나를 그냥 황후로서라도 존중해주는 것뿐. 그것뿐이야."

뭔가 말하고 나니 다른 사람들 입장에서는 상당히 부정적이고

침울한 어조인 것 같다는 생각이 들었다. 페트로닐라 역시 같은 생각이었는지 밝았던 얼굴이 순식간에 어두워졌다. 그녀는 동생의 결혼에 사랑이–설령 동생 혼자만의 짝사랑일지라도– 조금도 섞이지 않았다는 사실을 엄청난 유감으로 느끼는 듯했다.

"리지…… 날 위해 희생한 거야?"

"그렇게 고결한 이름은 아냐."

이게 희생이라면 과거 페트로닐라가 퀴네즈가 된 것 또한 희생이다. 제비뽑기에서 졌든 안 졌든 그녀가 퀴네즈가 되었고, 그래서 퀸이 되었던 것까지는 부정할 수 없는 사실이니까.

"자, 우리 다른 이야기 하자."

페트리지아는 의도적으로 화제를 바꾸었다. 관심도 없는 남자에 대한 이야기를 나누기에 언니와의 시간은 너무 귀했으니까.

"부모님도 아시지? 혹시 언제 이곳으로 오신대?"

"당연히 아시지. 안 그래도 여기 올 때 물어보셨어. 언제쯤 찾아가는 게 가장 좋겠냐고."

"아무 때나 상관없어. 음…… 그래도 조금 빨리 오셨으면 좋겠어. 어머니 아버지, 보고 싶거든."

"알았다. 그 말 꼭 전할게."

페트로닐라가 다 비워버린 찻잔을 테이블 위에 올려놓은 뒤 쾌활하게 말했다.

"너도 알겠지만 나 시간 많아. 오늘 해 지기 전까지 여기 있다 갈 거야. 괜찮지?"

페트리지아는 대환영이었다. 그녀가 짙게 미소 지으며 흔쾌히 고개를 끄덕였다.

"완전 괜찮지."

페트로닐라는 동생에게 했던 약속을 지켰다. 노을이 막 떨어지기 직전 페트로닐라는 페트리지아가 머물고 있는 곳에서 나왔다.

동생의 방이 황궁 중앙 부근에 위치해 있었기 때문에 해가 완전히 떨어지기 전에 집에 도착하려면 적어도 이 시간에는 출발해야 했다.

페트리지아의 방에서 황궁 입구까지 가는 길목에는 작은 후원이 하나 있었다. 페트로닐라는 아까 언뜻 구경만 했는데, 다시 봐도 너무 아름다운 곳이었다. 찬란한 햇빛을 받은 꽃과 낭만적인 노을빛을 받은 꽃은 그 빛의 차이만으로도 색다른 매력을 안겨주었다.

페트로닐라는 미소를 지으며 화단에 핀 꽃 한 송이를 꺾었다. 손 안의 붉은 장미가 붉은 노을빛을 받아 더 새빨갛게 타오르고 있었다.

"여기 살면 이런 꽃들은 매일 보겠네."

작게 중얼거린 페트로닐라가 곧 멈추었던 발걸음을 옮겼다. 하지만 몇 걸음 못 가서, 그녀의 발은 다시 멈추었다. 페트로닐라는 우연히 어떤 광경과 마주하고선 경악한 표정을 지었다.

"뭐야……?"

그녀는 저도 모르게 근처에 자신의 몸을 숨겼다. 그러고는 길게 목을 빼서 자신이 있는 쪽으로 걸어오고 있는 한 쌍의 남녀를 쳐다보았다. 그리고 마주친 믿을 수 없는 광경에 페트로닐라는 경악한 표정을 완전히 굳혀버렸다. 황제 폐하, 그리고…… 묘령의 여인이었다.

뭐야……. 그 소문이 정말 사실이었어? 페트로닐라는 당혹스러운 눈으로 후원을 다정하게 거닐고 있는 황제와 그 연인을 쳐다보았다. 마치 오래 산 부부처럼 다정한 표정이 낯설었다. 황제의 옆자리는 제 동생의 것인데, 어째서 저 처음 보는 여자가 그의 곁을 지키고 있는 것인지. 소문으로 들었을 때는 그리 큰 신경을 쓰지 않았으나 막상 두 눈으로 똑똑히 확인하니 페트로닐라는 이루 말할 수 없는 충격을 받았다.

"윽!"

순간적으로 느껴지는 전신의 통증에 페트로닐라가 저도 모르게 고꾸라졌다. 털썩, 바닥으로 주저앉은 페트로닐라가 갑작스러운 질식감에 목을 움켜쥐며 꺽꺽거리는 소리를 냈다.

"윽…….'

갑자기 왜 이렇게 숨을 쉴 수 없는 것인지. 왜 이렇게 슬픈 것인지. 동생의 남편, 그러니까 제부 될 남자가 다른 여자와 결혼 전부터 대놓고 바람을 피우고 있다는 사실 때문이라고 보기에는 무언가 부족했다. 그건 충분히 충격적인 일이었지만, 이렇게…… 숨이 막힐 정도로 비참한 기분이 들기에는 적합하지 않은 이유였다.

페트로닐라는 자신의 의지와는 상관없이 눈에서 눈물이 흐르는 것을 느꼈다. 동시에 입에서 흐느낌이 쏟아져 나왔다.

"흐윽, 아아……."

슬프다. 비참하다. 죽이고 싶다. 낯선 감정들이 그녀의 머릿속을 헤집고 다녔다. 페트로닐라는 영문도 모른 채 그 감정에 지배당했다. 알 수 없는 감정과 알 수 없는 통증, 모든 것이 이상했다. 그녀는 몇 번 더 꺽꺽거리는 소리를 내다가, 마침내 정신을 잃고 완전히 쓰러져버렸다.

페트리지아는 달리고 또 달렸다. 단언컨대 태어나서 이렇게 달려본 적이 없을 정도로 열심히 달렸다. 모퉁이를 돌자 드디어 하얀 대리석으로 만든 궁이 보였다. 그녀는 높디높은 하이힐을 신고서도 망설임 없이 두 발끝에 속력을 냈다.

"윽."

그러다 결국 발목이 접질렸다. 그녀는 균형을 잃고 그 자리에 넘어졌다. 쿠당, 시끄러운 소리가 났다. 페트리지아의 속도를 맞추지 못해 뒤늦게 달려온 미르야가 넘어진 페트리지아를 보고 경악하며 그녀에게 다가갔다.

"페트리지아 님!"

미르야는 재빨리 페트리지아의 상태를 살피다, 곧 그녀가 발목을 접질렸다는 사실을 붉게 부어오른 발목을 통해 깨달았다. 그녀는 당황한 얼굴로 얼른 말했다.

"얼른 궁의를 불러오겠습니다."

"아니."

페트리지아가 거절했다. 지금 중요한 건 자신 따위가 아니었다.

"괜찮아요, 미르야. 그보다 날 좀 부축해줘요."

일어나려는 동작을 취한 페트리지아를 미르야가 재빨리 부축해주었다. 그녀는 울음을 참기 위해 입술을 강하게 깨물었다. 피가 날 듯 새빨간 입술이 안쓰러웠다. 페트리지아가 더듬거리며 말했다.

"난 가야 해요, 미르야."

그렇게 말한 페트리지아는 가엾을 정도로 붉게 부어오른 발목을 질질 이끌고 어딘가로 걸음을 옮겼다. 차라리 뛰지 않았으면 더 빨리 도착했을 텐데. 멍청한 자신을 욕하며 페트리지아는 겨우 목적지에 도착했다. 그녀가 다급한 표정으로 문을 열었다.

"……."

그리고 마주친 건 한 사람이 아닌 두 사람. 페트리지아는 순간 당황했으나 곧 떨리는 입술을 열어 예를 갖추었다.

"제국의 위대한 태양을 뵙습니다. 황제 폐하께 영광을."

"그대의 언니인가?"

루시오는 인사를 받아주는 대신 단도직입적인 질문을 했다. 그제야 페트리지아가 시선을 언니에게로 옮겼다. 창백한 언니의 얼굴에 페트리지아는 저도 모르게 통곡했다.

"아, 아흐흑."

얼굴을 감싸 쥔 채 엉엉 울고 있는 페트리지아를, 정확히는 자신의 정실이 될 여자를 달래줄 법도 하건만, 루시오는 무심했다. 그는 감정이 담기지 않은 눈으로 페트리지아를 물끄러미 쳐다보다가 곧 정황을 설명해주었다.

"황궁 후원에서 정신을 잃고 쓰러져 있던 걸 정원사가 발견했다. 심각한 문제가 있어서 그런 건 아니고, 그냥 갑작스러운 충격을 받은 것 같다더군."

"흑, 흐으윽."

그의 설명에 페트리지아는 더 흐느꼈다. 황제의 앞에서 눈물을 보이는 건 예의에 어긋나는 일이었다. 하지만 침대 위에 누워 있는 페트로닐라를 본 순간, 페트리지아는 회귀 후 지금까지 꼭 붙잡고 있던 자신의 정신 줄이 완전히 끊어지는 것을 느꼈다.

그녀는 성하지 않은 발로 페트로닐라가 누워 있는 침대까지 발을 옮겼다가, 곧 엄청난 통증을 느끼고 그 자리에 풀썩 주저앉았다.

"아!"

그녀는 아까와는 비교할 수 없는 고통에 몸부림치며 발목을 움켜쥐었다. 발목은 아까보다 더 붉게 부풀어 있었다. 그 모습을 본 루시오가 천천히 그녀에게 다가왔다.

페트리지아는 넋이 나간 표정으로 자신에게 손을 내미는 루시오를 빤히 쳐다보았다.

"일어나지."

언니, 도대체 무얼 보고 충격을 받은 거야? 이 남자를, 언니의 전 남편을 보기라도 했어? 아니면 설마…… 페트리지아는 순간적으로 떠오르는 가설에 얼굴이 창백해졌다. 설마…… 본 건 아니겠지. 황제와 로즈몬드가 함께 있는 모습을.

그녀는 당장에라도 황제의 멱살을 잡고 물어보고 싶었지만 그건 순전히 그녀의 바람일 뿐이었다. 현실은 결코 그것을 용납하지 않았다. 더더군다나 곧 황후가 될 페트리지아에게는 절대 허용될 수 없는 일이었다.

페트리지아는 그의 손을 잡을 수밖에 없다. 그 잔인하고도 수치스러운 진실에 페트리지아가 입술을 깨물었다. 황제가 내민 손을 잡지 않는 것은 불경이다.

황후가 될 여자가 남편이자 황제인 자에게 그런 불경을 저지를 수는 없다. 온갖 논리와 예절이 머릿속을 떠다니며 그녀에게 흠 잡힐 행동을 하지 말라고 경고했다.

하지만 속내는 전혀 달랐다. 그녀는 마음속으로 평소에는 잘 하지 않는, 사실 할 일이 없었던 심한 욕을 했다.

"……감사합니다."

하나도 감사하지 않았던 당신의 손에 감사하다 말해야 했다. 그 사실이 더 없이 끔찍했으나, 이 또한 어쩔 수 없는 일이라는 사실에 진절머리가 났다.

황제는 페트리지아의 감사 인사에도 가타부타 말이 없었다. 페트리지아는 딱히 반응을 기대한 게 아니었기 때문에, 다친 발을 절뚝거리며 언니가 있는 침대까지 천천히 다가갔다. 페트로닐라에게로 가는 한 걸음, 한 걸음이 무겁다 못해 버거웠다.

"언니……."

후두둑, 눈에서 흐르는 맑은 눈물이 흰색 시트로 떨어져 내렸다. 그녀는 다시 한번 엉엉 울고 싶어졌으나 적어도 황제가 있는 곳에서는 아니었다. 그녀는 시트를 강하게 움켜쥐는 것으로 그 행동을 대신했다.

끼이익. 두 자매의 모습을 물끄러미 바라보던 루시오는 곧 뒤를 돌아 방을 나가버렸다. 쿵, 문이 닫히는 소리가 나자 페트리지아는 그제야 소리 내어 울었다. 엉엉, 아이처럼.

다행히 페트로닐라는 자정이 되기 전 의식을 회복했다. 페트로닐라는 정신을 차린 후 제가 누운 침대에 엎드려 자고 있는 페트리지아를 발견했다. 그 모습을 보니 아까의 그 광경이 떠올라 또 한번 가슴이 미어졌다.

아아, 불쌍한 내 동생. 그녀가 서글픈 눈빛으로 잠든 동생을 조심스럽게 쓰다듬었다. 백마 탄 왕자님, 그래 그것까지는 바라지 않았다. 하지만 적어도…… 결혼 전부터 이런 일은 없길 바랐는데…….

페트로닐라는 마침내 눈물 한 방울을 떨어뜨렸다. 맑은 눈물 한 방울이 볼을 타고 그녀의 드레스로 떨어졌다.

"으음……."

머리를 쓰다듬는 손길을 느꼈는지 페트리지아가 작게 웅얼거리며 눈을 떴다. 그녀는 얼른 눈물을 닦아내며 동생과 마주했다. 이런 모습을 들키고 싶지 않았다. 곧 황후가 될 동생의 걱정을 사고 싶지도 않았고. 그래서 그녀는 부러 더 쾌활한 목소리로 동생과 마주했다.

"일어났어, 리지?"

"……언니."

아, 동생의 목소리가 너무 무거웠다. 무슨 일이 있었던 걸까. 설마 내가 보았던 걸 똑같이 보았을까. 페트로닐라는 이런저런 가정에 가슴이 덜컹거리는 것을 느꼈지만 아무렇지도 않은 표정으로 페트리지아에게 말했다.

"너 엄청 잘 자더라. 많이 피곤했지, 요즘?"

"……아냐. 괜찮아. 일어났으면 깨우지 그랬어."

"너무 잘 자서, 그럴 수가 없겠더라."

페트로닐라가 천천히 동생의 머리를 쓰다듬었다. 이런 행동도 그녀가 황후가 되고 나면 다시는 할 수 없다. 그러니 지금이라도 마음껏 하는 수밖에. 페트로닐라가 다정한 목소리로 입을 열었다.

"리지, 난 네가 행복해졌으면 좋겠는데."

"……."

"그거, 내 욕심이니?"

"……나 행복해."

내가 행복하지 않을 이유가 뭐 있어. 아무렇지 않은 척 담담히 대답하는 동생을 보고 페트로닐라는 눈치챘다. 이미 동생은 자신이 알고 있는 것보다 더 많은 내용을 알고 있다고. 그 생각을 하자 페트로닐라의 가슴은 다시 한번 짓뭉개졌다.

"언니도 있고, 어머니 아버지도 있잖아. 난 지금 행복해, 닐라."

"리지, 그런 말이 아니라……."

페트로닐라는 무언가를 더 말하려 했지만, 곧 그만두었다. 주제넘은 짓이었다. 이제 그녀는 유부였고, 자신이 그녀의 결혼에 대해 무어라 떠드는 건 선을 넘는 일이었다. 하지만…… 그럼에도 불구하고 마음이 아픈 건 어쩔 수 없었다.

"아니다, 리지. 넌 똑똑하고, 예쁘고, 착한 애니까 분명 행복해질 수 있을 거야."

언니가 살아 있어서, 나는 그 사실만으로도 행복해. 페트리지아는 차마 입 밖으로 꺼낼 수 없는 말을 속으로 중얼거리며 그저 이렇게만 대답했다.

"고마워, 언니. 언니도 꼭 행복해질 거야."

페트로닐라는 그다음 날 곧바로 집에 돌아갔다. 공작저로 복귀한 페트로닐라는 부모님께 솔직하게 모든 것을 다 털어놓고 싶었지만 차마 그럴 수 없었다. 입이 떨어지지 않았다.

어떻게 말할 수 있겠는가. 동생이 곧 결혼을 하는데 그 상대에게는 이미 연인이 있다? 그것도 범상치 않은 관계의? 페트로닐라는 절대 그럴 수 없었다. 이건 다른 걸 다 떠나, 도무지 할 수 없는 일이었다. 결국 그날의 그 광경은 오로지 페트로닐라 혼자의 가슴속에만 묻어둬야 하는 일이었다.

두 달은 금방 흘렀다. 페트리지아는 그 시간 동안 눈코 뜰 새 없이 바쁘게 교육을 받았다. 황후 수업은 생각했던 것보다 강도가 높았지만 페트리지아는 군말 없이 잘해냈다. 만약 자신이 로즈몬드와 차별점이 있다면 바로 이 점이었으니까.

정식으로 황후 수업을 받고 황후가 된 자신과, 정부로 있다 황후가 되었던 로즈몬드. 적어도 그녀는 정통성 부분에서는 결코 밀리고 싶지 않았다. 그건 다른 걸 떠나 그녀의 자존심과 직결된 문제였다.

그리고 그 두 달이라는 긴 시간 동안 루시오는 단 한 번도 페트리지아를 찾지 않았다. 그래서 페트리지아가 결혼 전 남편의 얼굴을 개인적으로 본 것은 딱 한 번, 페트로닐라가 궁 안에서 혼절했을 때였다. 사실 그때도 자신과 단둘이 만난 것은 아니었지만.

물론 페트리지아는 그 사실에 별로 개의치 않았다. 어차피 이미 알고 있던 사실이기 때문에 상처받을 것도 없고, 더더군다나 그 남자를 사랑하는 것도 아니기 때문에 사실 평생 동안 보지 않는다고 해도 별문제는 없었다. 유감도 없고.

그렇게 두 달이 흘렀다.

아름답게 치장한들 무슨 소용이 있으랴. 페트리지아는 화려하게 꾸민 자신의 모습을 보고도 별다른 감흥을 느끼지 못했다. 어차피 자신이 누더기를 입든 드레스를 입든 황제는 자신 대신 로즈몬드를 택할 것이었다. 물론 그에게 선택되고픈 마음도 전혀 없었지만.

"페트리지아 님, 지금 나가셔야 합니다."

페트리지아는 미르야의 말에 천천히 발걸음을 옮겼다. 긴장은 전혀 되지 않았다. 긴장이란 내가 상대를 좋아하고 있을 때나 하는 것이다.

그녀는 그를 좋아하지 않았고, 그도 그녀를 좋아하지 않았으니 서로에게 이 의식은 신성한 결합이 아닌 그저 의례에 불과했다. 딱, 그 정도 의미였다.

페트리지아는 정장을 잘 갖추어 입은 황제를 보고서도 웃지 않았다. 루시오 역시 드레스에 아름답게 파묻힌 페트리지아를 보고서도 웃지 않았다.

두 사람은 마치 인형처럼 이 자리에 서 있는 듯했다. 그저 자신의 할 일을 묵묵히 해내야 하는 사람처럼.

주례는 바시에 공작이 보았다. 그의 주례는 상당히 긴 시간 지속되었고 페트리지아는 슬슬 발이 저려오는 것을 느꼈다. 그때 귓속으로 황제의 말이 파고들었다.

"미리 말해두지만."

"……."

"사랑, 총애 이런 건 바라지 않는 게 좋을 거다."

"……."

이미 알고 있는 사실을 담담히 읊는 게 차라리 신선한 일일 것이다. 페트리지아는 여전히 감정 없는 눈빛으로 앞만 쳐다보았다. 대꾸할 가치를 느끼지 못했다.

"그냥 있는 듯 없는 듯 살아. 그게 신상에 이로울 테니."

"협박입니까."

"눈치는 빠르군."

그러고는 만족스러운 듯 웃는다. 페트리지아는 입을 다물어버렸다. 입을 열수록 불리한 것도, 짜증 나는 것도 자신이다. 그는 차라리 바시에 공작의 주례사에 집중하자고 생각했다. 저 지루한 주례사가 남편이라는 작자의 개소리보다는 훨씬 나을 것이다.

"그렇다면 레이디 페트리지아, 그대는 우리의 태양을 남편으로 맞아 그분을 섬기고 따르며 존중할 것을 맹세합니까?"

"……맹세합니다."

"우리들의 폐하시여. 레이디 페트리지아를 아내로 맞아 달로서 존중하고 아끼며 사랑할 것을 맹세합니까?"

"맹세하지."

서로의 거짓말이 의미 없이 오고갔다. 한 편의 촌극 같아 웃음이 새어 나올 뻔했지만, 간신히 잘 참았다.

"이로써 두 사람은 부부가 되었음을 선포합니다."

그리고 웃기지도 않는 결혼식이 끝났다.

그날 밤 피로연까지 마친 페트리지아는 온몸이 천근만근이었다. 결혼식에 피로연까지 참석하는 건 정말 보통 일이 아니었다. 목욕을 끝낸 페트리지아는 당장에라도 자고 싶었으나 미르야가 용납하지 않았다.

"폐하, 곧 황제께서 당도하실 것입니다. 피곤하셔도 참으셔야 합니다."

"미르야."

페트리지아가 조용히 미르야를 불렀다. 어차피 그는 이곳으로 오지 않는다. 첫날밤이라고 해서 딱히 달라진 무언가를 기대한 건 아니었다. 애당초 그럴 만한 자였으면 과거 제 언니에게 그렇게 대하지도 않았을 것이다.

"폐하께서는 오지 않으실 겁니다."

"……."

"말이 나왔으니 우리 한번 허심탄회하게 이야기해볼까요. 폐하께 정부가 있다고 들었습니다."

"폐하……."

그걸 어떻게 알았냐는 듯 미르야의 얼굴이 창백해졌다. 하지만 페트리지아는 도리어 미르야를 이해할 수 없었다. 자신이 무슨 시골에서 온 촌뜨기도 아니고, 나름 후작가의 영애로서 사교계에-벽의 꽃으로라도-참석하는 사람이다. 그런데 사교계에 이미 암묵적으로 퍼져 있는 그 소문-황제에게 이미 정부가 있다는-을 모를 리 없지 않은가. 페트리지아는 담담하게 말했다.

"난 그 소문이 그저 소문에 지나지 않을 거라고 생각하지 않습니다. 미르야, 이 황궁에서 지내면서 그 사실까지 모르지는 않았을 거예요. 그렇지요?"

"……송구합니다."

그녀가 송구해야 할 일은 아니었다. 그녀는 아무렇지 않게 다시 말을 이었다.

"그러니 폐하께서는 오늘 오시지 않을 겁니다. 내 말, 틀렸나요?"

"……."

미르야는 차마 대답하지 못했다. 어떻게 그 사실을 그녀 입으로 직접 말할 수 있겠는가. 그 입장을 이해한 페트리지아가 희미하게 웃으며 미르야에게 말했다.

"그러니 미르야, 잠자리에 드는 걸 좀 도와줘요. 굳이 오지도 않을 분을 기다리며 시간을 보내는 건……."

그때 문밖에서 소란스러움이 일었다. 자연 페트리지아의 말이
허공으로 흩어졌다. 밖의 시녀 하나가 누군가의 방문을 알렸다.

"황후 폐하, 황제 폐하께서 드셨습니다."

페트리지아의 두 눈이 흔들렸다. 그가 왜? 도무지 이해가 되지
않아 두 눈만 껌뻑거리고 있을 때, 그가 방 안으로 들어왔다. 눈치
빠른 미르야가 얼른 밖으로 나갔고 페트리지아는 기계적으로 인
사했다.

"폐하를 뵙습니다."

"아직 안 자고 있었군."

정확히는 이제 막 잠들려던 차였지만, 페트리지아는 그냥 그가
듣기에 기분 좋은 말을 해주기로 했다.

"폐하께서 오지 않으셨으니……."

"쓸데없는 짓을 했군."

그가 차갑게 말을 잘랐다. 그 말에 대해서는 페트리지아 역시 동
의하는 바였으나 다행히 그녀는 그를 기다리지 않고 있었기 때문
에 슬프진 않았다. 오히려 자신의 판단이 맞았음에 기뻐했다.

그는 곧바로 돌아가는 대신 의자에 앉았다. 그래도 황제가 왔는
데 차라도 내와야 하나 싶어 고민하고 있는데 황제가 그 고민을 해
결해주었다.

"차는 필요 없어. 그냥 앉지."

그녀는 그 말대로 했다. 그리고 로즈몬드 대신 저를 찾은 황제를 빤히 쳐다보았다. 무슨 말을 하려 이곳으로 온 것일까. 자신과 이 긴긴밤을 같이 보내려 찾은 것은 절대 아닐 테고.

"그대도 황성에서 지내고 있으니 어느 정도는 알고 있겠지."

"무엇을 말입니까."

"나와 관련된 소문 말이다."

아아. 그 이야기를 하러 온 것이었나. 예상에서 크게 벗어나지 않은 화제에 그녀는 도리어 미소를 지었다.

"정부가 있다는 소문 말씀이십니까."

"그래."

"이리 나오시는 걸 보니, 사실이겠고요."

"그래."

그는 부정하지 않았다. 뭐 잘한 게 있다고 이렇게 당당한지 모르겠다. 물론 황후를 선택하는 게 그의 순전한 자의는 아니었으니, 황후 대신 사랑하는 사람이 있는 게 아주 이상한 일은 아니었다.

어떻게 보면 이 남자도 참 불쌍했다. 황제라는 지위 때문에 자신이 사랑하는 사람과 정식 부부가 될 수도 없었으니까. 물론 황후의 관점에서 본다면 그처럼 쓰레기가 없겠지만.

"하면 저를 찾아오신 까닭은, 그 여인에게 함부로 대하지 말라, 뭐 이런 말씀을 하고 싶으셔서 입니까."

"정확해. 그대는 상당히 똑똑하군."

칭찬이 이렇게 불쾌한 적은 처음이었다. 페트리지아는 난생처음 칭찬이 욕보다 더한 무기가 될 수도 있다는 사실을 깨달았다.

"폐하의 사랑, 총애, 기대하지 않겠습니다. 그 정부를 건드리는 일도 특별한 일이 없는 이상은 없을 겁니다."

"좋군."

"그렇다면……"

페트리지아는 딜을 하기로 결심했다.

"폐하께서는 제게 무엇을 해주실 겁니까?"

"……뭐?"

예상 밖의 질문이었는지 그의 얼굴이 살짝 찡그려졌다. 그러나 페트리지아는 일말의 표정 변화조차 보이지 않으며 차분하게 덧붙였다.

"가는 것이 있으면 오는 것이 있어야 하는 법 아니겠습니까. 저는 황후로서 중요한 두 가지를 모두 포기했습니다. 폐하의 성총과 정부에 대한 응징. 두 가지 문제나 해결해드렸으니 폐하께서도 그에 합당한 조건을 제게 주셔야지요."

"지금 짐을 상대로 거래를 하는 건가?"

"폐하께서는 손해 보실 것 없으실 겁니다. 그리 무리한 부탁도 아닙니다."

"……"

야무지게 말하는 페트리지아를 빤히 쳐다보던 루시오가 곧 입을 열었다.

"좋아. 말이라도 해봐."

"두 가지입니다. 첫 번째, 다음 대 황제는 제 아이가 될 겁니다."

"……두 번째는?"

"두 번째는…… 그 정부라는 사람과 아이를 만들지 말아 주세요."

페트리지아는 그 어느 것도 바라지 않았다. 그녀가 원하는 최고의 복수는 황제가 죽고 자신이 태후가 되어 장성한 자신의 아들이 황제가 되는 것을 바라보는 것이었다. 어차피 정부란 황제가 살아 있을 때나 대접받는 자리였다. 그러니 황제가 서거하고 나면 그다음부터는 어느 일이든 저지르기에 어렵지 않다.

그리고 로즈몬드와 아이를 만들지 말아 달라는 부탁은…… 페트리지아의 마지막 남은 자존심이었다. 그리고 무엇보다 자신의 안위와 관련된 일이기도 했다. 만약 페트리지아보다 먼저 로즈몬드가 황자를 출산한다면 그녀의 안위에 문제가 생길 소지가 컸다.

거기다 최악의 경우에는 로즈몬드의 친자가 다음 대 황위를 물려받을 수도 있다. 그건 절대로, 절대로 안 될 말이었다.

"지켜주실 수 있으시겠습니까."

"하, 좋아."

그가 비뚜름하게 웃은 다음 자리를 박차고 일어났다. 페트리지아 역시 천천히 자리에서 일어났다. 그녀의 표정에는 감정이 없었고 루시오의 표정에는 약간의 분노가 스며들어 있었다.

그는 가겠다는 말도 하지 않은 채 성큼성큼 문까지 걸어가 방을 나가버렸다. 그제야 페트리지아는 한숨을 쉬며 자리에 털썩 주저앉았다.

적어도 지금은, 이것으로 충분했다.

페트리지아는 침대에서 혼자 깨어난 다음 날 라파엘라에게 혹시 자신의 호위 기사가 되어줄 수 있겠냐는 서신을 보냈다. 지금으로서는 믿을 사람이라곤 그녀가 유일했다. 더군다나 자신의 생명과 직결된 일이었으니 아무나 호위 기사로 믿고 맡기기에도 위험했다.

라파엘라는 흔쾌히 제안을 수락했다. 물론 브링스톤 후작이 서거하게 된다면 언제라도 가문으로 돌아가 가주의 자리를 이어야 했지만 브링스톤 후작이 많은 나이도 아니고, 적어도 자신이 황자를 낳기 전까지는 살아 있을 터였다.

라파엘라는 결정을 내린 그다음 날 곧바로 입궁했다.

늘 보던 드레스가 아닌 갑옷 차림의 그녀는 변함없이 아름다웠다. 이제는 레이디 페트리지아가 아닌 퀸 페트리지아가 된 친구의 모습을 빤히 바라보던 라파엘라가 곧 상황을 자각하고 그녀에게 기사의 예를 갖추어 인사했다.

"폐하의 종, 라파엘라 브링스톤, 달께 인사드립니다."

"라파엘라 경, 어서 일어나세요."

친구에게 쓰는 말투로는 아직 어색했지만 이제는 어쩔 수 없는 일이었다.

이곳은 황궁이었고, 마음 가는 대로 하기에는 제약이 너무나도 많았다. 페트리지아는 그러나 최대한 거리감을 줄이기 위해 노력하며 라파엘라를 일으켜주었다. 라파엘라가 미소 지으며 페트리지아에게 말했다.

"황후가 되고 나더니, 더 아름다워지셨습니다."

"무슨 그런 말을. 듣기 민망하네요. 일단 앉으세요."

미르야가 두 사람에게 차를 내주고 방을 나가자, 라파엘라는 그제야 말을 편하게 했다. 마치 지금까지 그것을 엄청 참은 사람처럼, 그녀가 살 것 같다는 표정을 지었다.

"아, 어색하다. 언제쯤 이게 적응될지 모르겠네."

"아직 처음이니까 어색한 건 당연하지. 차차 익숙해지지 않겠어? 그래도 단둘이 있을 때는 좀 편히 대해줘. 나 이러다 반말하는 법도 잊어버리겠다."

"예의 없다고 나중에 죽이지나 마. 첫 합궁은…… 잘 치렀어?"

곧바로 은밀한 대화로 넘어가는 라파엘라에게 페트리지아는 그저 고개를 저어 보였다. 합궁은 무슨, 그냥 적대적인 표정으로 이야기만 하고 끝난 게 다였다. 페트리지아의 말에 라파엘라가 믿을 수 없다는 표정을 지었다.

"하지만 왜? 설마…… 그 소문이 정말 사실이었던 거야?"

"응."

담담한 대답에 오히려 속이 타는 건 라파엘라였다. 어째서 이 일에 이렇게 태평할 수 있는 건지! 라파엘라가 당황한 표정으로 페트리지아에게 말했다.

"리지, 아니 황후 폐하. 이건 심각한 문제야. 성총을 받지 못하는 황후의 입지가 얼마나 좁아질지, 너도 모르지 않잖아."

"알아. 하지만 이건 내 힘으로는 어쩔 수 없는 문제야, 엘라. 알잖아. 내가 폐하의 마음을 얻기 위해 아무리 노력해도 그분의 마음은 변하지 않아. 차라리…… 먼 미래를 도모하는 게 더 나아."

"너다운 답변이야. 하지만 리지…… 일이 꼭 네 뜻대로만 흘러가진 않을 것 같아."

"무슨 뜻이야?"

"내가 폐하의 정부라면 널 끌어내릴 거야."

심각한 표정으로 라파엘라는 말했다. 황제의 성총을 받지 못한다고 해서 정실이자 후작가의 여식인 그녀가 폐위되는 일은 없을 것이다.

하지만 자신이 만약 황제의 정부라면, 어떻게 해서든 페트리지아를 끌어내릴 것이다. 그래야 황제 사후에도 자신의 안위가 보장될 수 있으므로.

"리지, 태평하게 있을 상황이 아니야. 내 말…… 이해해?"

"그래."

충분히 이해하고도 남는 일이었다. 실제로 전생에서 로즈몬드가 그랬으니까. 그리고 페트리지아는, 만약 이번 생에서도 그런 짓을 저지른다면 가만히 있지 않을 생각이었다. 그녀에 대한 복수를 떠나서 이건 자신과 가족들의 목숨이 직결된 문제였다.

마비너스 제국에서 폐위란 곧 죽음을 의미한다. 그러니 고결하고 고귀한 폐후 따위는 영원히 없을 것이다. 그 이름으로 불리기도 전에 이미 형장의 이슬로 식솔들과 함께 사라져 있을 테니.

"걱정 마, 엘라. 일이 그렇게까지 흘러가도록 두지는 않을 거야."

"그래, 믿어. 넌 똑똑하니까. 다만 늘 조심해."

"지켜줄 거지?"

"물리적인 면에서는 당연히. 하지만 그 이외에 정치적인 부분 같은 것들은, 나도 자신 없어. 알잖아."

"전자로도 충분해. 그걸로도 충분히 고맙고."

"그럼 다행이네."

라파엘라가 엷게 웃었다. 누구든 페트리지아를 해하려는 자가 있으면 자신이 처단할 것이다. 하지만 그런 방법이 아니라면 자신이 없었다. 그 부분은 그녀의 영역이 아니었으니까. 라파엘라가 부드러운 목소리로 말했다.

"지금 폐하의 부정이 그저 일탈일 수도 있어, 리지. 너무 벌써부터…… 마음을 닫지 않았으면 좋겠다."

"그런가."

애매모호한 말로 페트리지아는 대답을 대신했다. 아니, 라파엘라. 이건 단순히 일탈이 아니야. 일탈이었다면 내 언니를 끝까지 냉대하지도 않았을 거고, 남작 영애에 불과한 로즈몬드를 후작부인에까지 올리고, 결국은 퀸의 자리까지 주는 일 따위는 하지 않았겠지.

그러니까 라파엘라, 내 마음은 이미 닫혀버렸어. 적어도 그 남자에게 내 마음이 열리는 일 따위는 없을 거야.

로즈몬드는 아침 늦게 눈을 떴다. 아직 잠이 덜 깨 졸린 눈으로 로즈몬드는 제 옆에서 잠을 자고 있는 루시오를 쳐다보았다.

잘생겼다, 내 남편. 흐뭇한 눈빛으로 감상하듯 쳐다보던 로즈몬드가 곧 음흉한 눈빛으로 그의 몸 이곳저곳을 더듬기 시작했다. 오늘 조례가 없다고 했으니 한 번 더 하는 것도 나쁘지 않았다.

"웃!"

순간 눈을 뜬 루시오가 로즈몬드를 침대에 거칠게 고정시켰다. 입술 대신 붉게 물든 쇄골을 물어뜯으며 그는 조금 잠긴 목소리로 입을 열었다.

"왜 이렇게 겁이 없지?"

"폐하께는 늘 겁이 없죠."

매혹적으로 웃으며 그녀가 대담하게 그의 가슴을 쓸었다. 그가 낮게 웃으며 로즈몬드에게 말했다.

"어제 황후궁에서 있었으면 큰일 날 뻔했네."

"울었겠죠, 저는."

그녀가 긴 검지로 그의 가슴을 아래까지 쓸어내렸다.

"밤새. 폐하를 그리워하면서."

"그래서 밤새 함께해줬잖아. 어제 그렇게 당하고도, 아직 부족한가?"

"전 늘 폐하가 부족하다 여겨요. 아시면서."

그녀의 손가락이 점차 위험한 곳까지 치달았다. 그가 경고했다.

"……아침이야. 그만하지."

"진짜?"

"지금 시작하면 또 언제 놓아줄 줄 알고."

"뭐…… 밤까지 안 놔줘도 상관없는데."

설핏 웃으며 그녀가 마침내 위험한 손짓을 했다. 그가 한숨을 쉬었다. 그녀는 늘 정력적이다. 그게 싫은 건 절대 아니었고, 오히려 그는 환영이었다. 그는 어쩔 수 없다는 듯 그녀의 입술을 지분거리며 책임을 전가했다.

"그대가 먼저 유혹한 거야."

"네. 제가 먼저 유혹한 걸로."

분명 해가 밝은 아침이었지만, 두 사람은 아직까지도 밤을 헤매고 있었다. 그리고 그 밤은, 아마 해가 중천에 뜬 낮까지 계속될 터였다.

애당초 결혼식을 치르기 전부터 페트리지아가 마음먹었던 것은 루시오의 사생활과는 관련 없이 자신의 일만 똑바로 잘 해내는 것이었다. 그녀는 황후로 입궁한 것이지 황제의 밤 시중을 들러 입궁한 것은 아니었기 때문이다.

괜한 꼬투리를 잡히는 것도 싫었고, 적어도 황실부의 일을 잘 처리해내야만 후일 자신이 불리한 입장에 처하더라도 도움을 받을 수 있을 터였다. 어쩌면 동정 여론을 모을 수 있을지도 모르고.

"존귀하신 제국의 달을 뵙습니다. 폐하께 영광을."

에프레니 공작부인이 페트리지아를 찾아와 정중하게 인사했다. 지난날 에프레니 공작부인이 황실부의 일을 전담하긴 했으나, 이제 페트리지아가 내궁의 주인이 되었으니 응당 최종 결정권자가 바뀌어야 할 것이었다.

페트리지아는 사람 좋은 미소를 지어 보이며 에프레니 공작부인의 인사에 화답해주었다.

"오랜만에 보는 것 같네요, 에프레니 공작부인. 그간 평안하셨는지."

"새로운 달의 은총으로 인해 무사 평안했습니다, 폐하. 관심에 감사드립니다."

그런 다음 그녀는 하녀들에게 눈짓했고, 곧 뒤에 서 있던 하녀들이 그녀가 있는 책상으로 다가와 어마어마한 양의 서류들을 내려놓았다. 페트리지아는 저도 모르게 인상을 살짝 찌푸릴 뻔했으나 간신히 참아냈다. 그녀가 담담히 물었다.

"무슨 서류입니까."

"아시다시피 지난 10년간 소신이 황실부의 모든 일을 맡아왔습니다."

황실부의 일은 선황 즉위 당시부터 에프레니 공작부인이 전담하고 있었는데, 최종 결정권자가 황후인 것과 별개로 그녀가 거의 대부분의 일을 처리해왔다.

선대 황후 알리사가 폐위된 이후 선황이 황후를 다시 들이지 않으면서 그녀가 단독으로 일을 처리해왔고, 이 때문에 황실부 대부분의 인사가 그녀를 암묵적인 황실부의 수장으로 여기고 따랐다.

"아시는 게 좋을 듯하여 가져온 서류들입니다. 전부 숙지하시는 것이 편하실 것입니다."

"그래야 좋다면 그래야겠지요."

"네. 아직 입궁하시고 교육을 받으신 지 얼마 되지 않으셨으니, 황실부의 일을 곧바로 처리하기에는 무리가 있으실 것입니다. 하여 당분간 소신이 그전처럼 황실부를 꾸려나갈 것입니다."

"……그렇다면 나는 그동안 무엇을 하지요?"

"폐하께서는 1년 정도 남은 교육을 마저 받으시는 것이 좋을 듯합니다."

"……."

페트리지아는 잠깐 생각하는 표정을 지었다. 그녀의 말이 전적으로 틀린 것은 아니다. 에프레니 공작부인이 황실부에서 일한 것이 벌써 20년도 넘었다.

갓 들어온 자신보다야 그녀가 일을 잘 처리할 것은 당연지사. 황후라는 알량한 지위만 가지고 인재를 핍박할 생각은 없다.

거기다 과거에도 페트로닐라는 1년 동안 교육을 받으며 황실부의 업무를 에프레니 공작부인에게 위임했으니 자신의 입장에서 보면 선례가 없는 것도 아니었다. 다만…….

"그것이 관례입니까, 공작부인?"

"관례라 하심은……."

"선대의 황후들께서도 모두 그 전철을 밟으셨느냐는 말입니다."

페트리지아의 질문에 에프레니 공작부인이 곧바로 대답했다.

"몇 되지는 않습니다, 하나……."

"……."

"이편이 폐하께서도 더 편하실 것입니다."

"물론 그렇겠지요. 하나 이 일을 단순한 업무로 보기는 어렵지 않습니까, 부인. 황실부의 일은 본디 황후가 주관하는 것이 관례이고, 마비너스 제국의 상징입니다. 부인께서는 설마 제 권위를 떨어뜨리려 하는 것은 아니겠지요?"

"오해십니다, 폐하. 저는 다만…… 폐하를 위해 그리한 것뿐입니다."

"정말로 저를 위하신다면 1년 동안 제 권한을 눌러두는 것은 막아야 하지 않겠습니까, 부인. 안 그래도 황성에 불미스러운 소문이 나도는데 말입니다."

"……."

로즈몬드에 관한 말임을 깨달은 에프레니 공작부인이 입을 다물었다.

페트리지아는 에프레니 공작부인이 자신의 편인지 아니면 로즈몬드의 편인지 잘 가늠이 되지 않았다. 물론 그녀는 공작가의 안주인이니 혈통에 대한 자부심이 높을 것이다.

그렇게 보면 자신을 지지하는 것이 순리였으나, 과거의 그녀가 말미에 닐라를 변절한 적이 있었던 만큼 페트리지아는 쉽사리 그녀를 믿기 어려웠다.

사실 그렇게 따지고 든다면 과거 닐라를 따랐던 황후궁의 시녀들을 제하고선 믿을 사람이 한 명도 없기는 했지만.

"부인이 저보다 잘하실 거라는 사실은 저도 압니다. 당분간 업무를 전처럼 유지하는 것에 대한 불만 또한 없습니다. 다만 최종 결정권자는 제가 되어야 할 것입니다, 부인. 그게 정석이니까요. 제 말, 알아들으시겠습니까?"

"네, 폐하. 송구합니다."

그러고 흘긋 그녀의 손으로 눈길을 옮겼는데, 주먹을 쥔 채 부들

부들 떨고 있었다. 자신이 그녀의 권한을 침범했다고 여긴 것일까? 내가, 월권을 했다고? 만약 그렇다면 그처럼 웃긴 일이 없을 테지만 본래 그런 법이었다.

자신의 것이 아님에도 계속 가지고 있으면 자신의 것이라 착각하는 것. 그게 인간의 심리였으니까. 그러니 로즈몬드도 그 일 년의 시간 동안 황제의 곁을 지킨 자신이 황후가 될 자격이 있다 착각하는 것이겠지.

"그럼 그렇게 알겠습니다. 주신 서류는 최대한 빨리 숙지하겠어요. 이만 가보셔도 좋습니다."

"네, 폐하. 그럼……."

그녀가 뒤를 돌아 방을 나갔다. 어쩌면 그녀는 속으로 자신을 욕하고 있을지도 모르겠다. 아니, 아마 욕을 하고 있겠지. 하지만 어차피 상관없었다. 세상에서 가장 길들이기 쉬운 사람이 변절자다. 언젠가 로즈몬드에게로 한번 변절한 적이 있으니 그 이유가 무엇인지만 알면, 아니, 설령 알아내지 못한다고 하더라고 회유하는 건 어렵지 않겠지.

페트리지아는 대수롭지 않게 생각하며 에프레니 공작부인이 두고 간 서류들을 대충 훑어보았다. 큰소리까지 쳤는데 자존심상 최대한 빨리 읽어야 할 것 같았다.

걱정했던 것과 달리 그 이후에는 특별한 사건이 일어나지 않았다. 로즈몬드가 찾아와 패악을 부린 것도, 궁 안에 무슨 큰 불상사가 일어난 것도 아니었다.

어쩌면 페트리지아의 마지막 기억이 너무나도 강렬했던 탓에 지레 겁을 먹은 것인지도 모르겠다. 당장에라도 무슨 큰일이 터져 자신이 곤란에 빠질지도 모른다는 걱정은 덕분에 사그라졌으나, 위기는 늘 방심할 때 찾아오는 법이었다.

"폐하, 황제 폐하께서 오셨습니다."

마지막으로 만난 지 근 몇 주는 된 것 같은 황제의 방문은 페트리지아를 당황하게 만들기에 충분했다. 어울리지 않게 방문이라니. 그녀는 그가 이번에는 또 무슨 말로 자신을 상처 입힐지 심히 궁금했다. 그녀가 담담하게 말했다.

"모시세요."

흰 제복을 입은 그가 방 안으로 들어왔다. 수려한 외관이었으나 페트리지아에게는 그저 냉혹한 백사(白蛇)로밖에는 비쳐지지 않는 모습이었다.

그녀가 메마른 목소리로 예를 갖추었다.

"폐하를 뵙습니다. 태양께 영광을."

"인사치레는 됐고, 이만 일어나지."

"네."

그가 자연스럽게 테이블에 앉았다. 무슨 이야기를 그렇게 길게 하려고 자리까지 잡고 앉은 건지 모를 노릇이었지만, 그렇다고 서서 이야기를 나눌 수도 없는 노릇이었다. 미르아에게 레몬 티 두 잔을 부탁한 다음 페트리지아 역시 테이블에 앉았다. 나란히 앉는 것보다는 나았지만, 마주 앉는 것 역시 만만치 않게 불편하고 껄끄러운 일이었다. 어쨌든 편안한 관계는 아니었으니까.

"말해둘 일이 있어 들렀다."

그는 차가 나오기도 전에 말을 꺼냈다. 차라리 그편이 얼른 돌아가려니 더 나으려나. 어느 쪽이 더 좋은 건지 가늠하기 어렵다고 생각하며 그녀가 대답했다.

"네, 말씀하십시오."

"내가 마음에 두고 있다는 사람이 있는 건 그대도 알겠지."

"……네, 폐하."

모를 리가요. 그녀가 서늘하게 웃으며 대답했다. 모를 리가. 이름까지 알고 있는걸. 물론 당신은 내가 그마저 모른다고 생각하겠지만…….

"작위를 내릴 생각이다."

"……"

예상은 했지만 이렇게 뻔뻔할 줄이야. 덕분에 나오는 것은 찌푸린 인상이 아닌 해맑은 웃음이다. 어이가 없어도 너무 없어 차마 얼굴을 찡그리지 못할 정도의 황당함. 페트리지아의 미소가 그를 조롱한다고 생각했는지 루시오가 대신 인상을 찡그렸다.

"그 표정, 뭐지?"

"이 상황에 얼굴을 찌푸리는 것만큼 비참한 일도 없지 않겠습니까, 폐하. 그렇게 하십시오. 어차피 제가 안 된다고 해도, 강행하실 것 아닙니까."

"아주 멍청하지는 않군."

"남작부인 정도면 되겠습니까?"

"……그대가 그걸 어떻게 알지?"

그가 어딘가 꺼림칙함이 느껴지는 목소리로 물었다.

"난 아직 그녀에 대해 설명한 적이 없는데."

"……"

아, 이런. 실수했다. 페트리지아는 얼른 둘러댔다.

"그저 가장 낮은 것으로 먼저 불러본 것뿐입니다. 공작부인의 작위를 부를 수는 없지 않겠습니까, 폐하. 한데…… 그리 반응하시는 것을 보니 그리 높은 지위의 여인은 아닌가 보네요."

"……그것까진 그대가 알 것 없지 않나."

"알아야지요. 새로운 남작부인이 생기는 것 아닙니까. 황실부의 수장인 제가 그걸 몰라서야 되겠습니까. 더더군다나…… 궁에서 지내면 예산은 제가 책정하게 될 텐데요."

"……남작가의 여인이야. 이 이상 다른 정보가 더 필요한가?"

"충분합니다. 그 이외의 일은 제가 처리해도 되겠습니까?"

"뜻대로 해. 단, 그녀와 만나는 일은 없었으면 좋겠군."

"머리채라도 잡을까 봐 걱정하시는 거면 안 하셔도 됩니다. 폐하와의 약속을 져버릴 만큼 어리석지 않아요."

"……."

그는 말없이 자리에서 일어났다. 찻잔에 가득 담긴 차는 한 모금
도 마시지 않은 채였다. 그가 마지막으로 나가기 전, 페트리지아가
조용히 말을 꺼냈다.

"제가 그때 부탁드렸던 일, 잊지 마십시오."

"……."

"원하신다면 그 사람에게 공작부인의 자리까지도 줄 수 있습니
다. 하지만 거기까지예요. 그 이상은 안 됩니다. 제게 사생아를 만
들어주실 생각은…… 아니시겠죠."

"……."

그는 대답하지 않고 나가버렸다. 페트리지아는 입술을 깨물며
그가 나간 자리를 노려보았다. 만일 자신과의 약속을 깨버린다면,
그때는 그녀 또한 가만있지만은 않을 것이다. 여기까지 생각한 페
트리지아가 한숨을 쉬었다.

"하아……."

불공평하다. 결국 황후의 존망은 황제에게 달려 있다. 가문이 아
무리 좋아도 황제의 성총을 잃으면 끝장이다. 그런 자신이 계속 이
자리를 지킬 수 있는 건 순전히 아비가 후작이라는 것과 훗날 모후
가 될 것이라는 점밖에는 없다.

참, 불공평하다. 그 남자는 자신이 원하면 그 누구라도 만나고 다

닐 수 있으면서. 하지만 곧 페트리지아는 고개를 저었다.

"불평하지 말자, 페트리지아."

애당초 다 알고 들어온 일 아니었던가. 과거의 비극을 막기 위해. 저라면 언니처럼 행동하지 않을 것이라고, 질투에 휩싸여 감정적으로 행동하지 않을 것이라고. 이런 생각은 지속되다 보면 끝이 없다. 그럼 자신이 회귀한 것도 의미를 잃는다.

그녀는 좀 더 초연해지기로 했다. 좀 더 황제에 대한 감정을 없애기로 했다. 그래야만 자신이 살고, 가족이 살고, 모두가 끝까지 살아남는다. 씁쓸한 사실이었으나 그것이 현실이었다.

"미쳤어. 말도 안 돼."

라파엘라가 과격하게 말했지만 평소라면 제지했을 페트리지아는 제지하지 않았다. 솔직히 말해 미친 짓이었다. 물론 자신 한정이긴 했지만.

"미친 일이지만 말은 돼. 내 남편은 황제니까."

"……너무 태평해, 황후 폐하. 지금 남편이 정부를 들이겠다고 선언했는데 그런 말이 나와?"

"어쩔 수 없잖아."

자신이 지금 태연한 척하는 건지 아니면 정말로 태연한 건지는 잘 모르겠지만, 적어도 라파엘라 앞에서는 태연해 보였다. 뭐, 이런 식으로 그녀와 자신 두 사람을 모두 속이는 것도 나쁘지는 않을 것 같다.

"어쩔 수 없다고? 아, 세상에 황후 폐하. 정말 지금 내 기분이 어떤지 넌 상상도 못 할 거야."

"상상할 수 있어. 하지만 그렇다고 해서 내가 라파엘라 경을 위로하는 것도 웃기잖아."

그건 또 그랬다. 라파엘라가 한숨을 내쉬었다. 이렇게 아무렇지 않은 척하니까, 더 무섭고 더 걱정스럽다. 원래라면, 아니, 대부분은 이런 반응을 보이지 않을 거다. 화를 낼 거다. 아니면 슬퍼할 거다. 저주를 할지도 모른다. 어쩌면 패악을 부릴지도 모르겠다.

뭐가 되었든 부정적인 감정을 내보여야 정상인데, 페트리지아는 그러지 못했다. 그럴 수 없었고. 그럴 만한 지위도, 상황도, 입장도 못 되었다. 거기까지는 차마 이해하지 못하겠다고 생각하며 라파엘라가 말했다.

"정말…… 폐하께서는 무슨 생각이신 건지."

황제가 정부를 들이는 게 이상한 일은 아니다. 비난받아야 할 일도 아니다. 하지만 자신의 친우가 황후라면 이야기는 달라지지. 라파엘라는 한숨을 쉬며 페트리지아에게 말했다.

"그 정부, 정말 얼굴 한번 보고 싶다. 도대체 누구야? 이렇게 소문이 무성하면, 한 번쯤은 등장해줘야 하는 거 아냐?"

"……"

황제를 제외하고 유일하게 그녀의 존재를 알고 있는 페트리지아로서는 그저 웃음밖에 안 나오는 말이었다. 그녀가 잠시 생각하는 표정을 짓다가 대충 말해버렸다.

"어차피 언젠가는 만날 일이 있겠지. 설마 뺨을 때릴 생각은 아니지?"

"황후 폐하께 해가 될 일은 결코 하지 않아. 무인이라도 머리가 없는 건 아니니까."

그래도 쏘아보는 것까진 괜찮겠지? 아, 그것도 안 되려나? 귀여운 고민을 하고 있는 라파엘라를 페트리지아가 희미한 미소를 띠며 쳐다보았다. 하지만 그 미소가 없어진 건 순식간. 다시금 떠오르는 로즈몬드에 관한 생각은 그녀의 표정에 그늘을 드리웠다. 페트리지아가 속으로 그녀의 이름을 중얼거렸다.

'로즈몬드⋯⋯.'

그녀는 아름답다. 그렇다고 해서 세기의 미인이라 불릴 정도로 아름다운 이는 아니다. 하지만 분명 묘한 색기도 있고, 매력도 있다. 황제가 그녀에게 빠진 게 결코 이상한 일이 아닐 만큼.

그녀는 장미였고, 가시를 가지고 있었다. 아름다움을 지키기 위해, 스스로를 보호하기 위해 만들었을 그 가시는 어느 순간부터 다른 꽃들을 위협하기 시작했고, 그 위협의 끝은 제 언니였던 페트로닐라였다. 그리고 과거가 바뀐 지금은 자신이 될 터.

페트리지아는 먼저 공격할 생각은 아직까지 없었으나, 만일 그쪽에서 선공을 한다면 방어는 열심히 할 생각이었다.

최대한 남들의 이목을 주목시키지 않으면서, 아무렇지 않게. 적어도 아직까지는 상황을 지켜보아야 했다.

만일 자신이 페트로닐라였고, 페트로닐라로서 회귀를 한 것이었다면 그녀에 대해 완벽하게 알았겠지만 유감스럽게도 그녀 역시 전생에서는 방관자에 불과했다. 그랬기 때문에 그녀는 황제도, 로즈몬드도 잘 몰랐다.

그러니 지금 중요한 건, 적을 정확하게 파악하는 것. 공격은 언제 해도 늦지 않다. 어쨌든 이 황후라는 자리가 만만한 건 결코 아니었으니까. 아무리 황제의 총희라 해도 황후를 상대로는 웬만큼 쉽지 않다.

"긍정적으로 생각하면 그 여자를 황후 폐하 관리 아래에 두는 거야. 하긴 뭐…… 그다음은 폐하가 알아서 잘하시겠지만."

"인정하기 싫지만 그것만큼은 장점인 게 사실이야. 그전까지는 너무 베일에 가려져 있어서 뭘 한다고 해도 알기 어려웠으니 관리도, 통제도 어렵지."

더해서, 남작부인도 엄연히 귀족이었다. 더군다나 황제가 정부로서 직접 임명한 자리라면, 나중에 꼬투리를 잡아 약점으로 삼기에도 유리했다.

어쨌든 긍정적으로 생각하면 충분히 그렇게 할 수 있었다. 페트리지아는 마음을 편하게 먹기로 하고, 그 시작으로 먼저 살짝 웃어 보였다.

페트리지아가 황후가 되어 가장 긍정적으로 생각하는 부분이 있다면 그건 바로 황실 도서관을 자유로이 드나들 수 있다는 사실이었다. 남편은 저에게 관심도 없겠다, 아직까지는 에프레니 공작부인이 황실부 업무도 도와주겠다, 시간이 남아돌진 않았지만 부족해 허덕이지도 않았다.

페트리지아는 화창한 날씨를 핑계로 황후궁 밖을 나갔다.

도서관 내부는 여전히 조용했고, 사서는 화장실에라도 갔는지 보이지 않았다. 자신이 만약 황후가 되지 않았더라면 이 도서관의 사서로 일했을 거라고 생각하며 페트리지아는 천천히 서가로 이동했다.

늘 그러하듯 역사서가 모여 있는 서가로 걸어가던 페트리지아는 순간적으로 몇 달 전의 일이 떠올랐다.

대략 세 달 전, 로즈몬드를 이곳에서 만났었다. 그 생각을 하자 갑자기 기분이 나빠졌다. 제기랄. 속으로 작게 욕지거리를 한 페트리지아가 얼른 생각을 지워버리기 위해 머리를 털었다. 티 내지 않는다고 해서 이 일이 불쾌하지 않은 건 결코 아니었으니까.

그녀는 살짝 불쾌해진 표정으로 발끝을 조금 들어 그리 두껍지 않은 양장본 하나를 책장에서 꺼내 들었다.

책장에 머리를 기댄 채 멍한 표정으로 책을 줄줄 읽어 내려가던 중 다음 페이지가 심하게 찢겨져 있는 것을 발견했다.

사서에게 말해놓아야겠다고 생각하며 페트리지아는 책장에서 몸을 뗀 뒤 입구 쪽으로 몸을 옮겼다. 사서가 돌아온 것인지 누군가가 입구에 있었다. 그녀는 부드러운 음성으로 입을 열려다, 곧 누군가를 발견하고는 자연히 얼굴이 굳어졌다.

로즈몬드.

페트리지아는 얼른 표정을 갈무리했다. 지금 자신이 그녀를 보고 인상을 찌푸릴 이유는 그 어디에도 없었다. 어리숙하게 굴지 말아야 했다.

"······못 보던 분인데요."

자신을 발견한 로즈몬드가 환하게 미소 지으며 제 쪽으로 다가왔다.

"어머, 제 얼굴을 그새 잊어버리셨나 봅니다."

"아."

페트리지아가 태연한 척 능청을 떨었다.

"그때 그 시녀로군요. 다시 만났네요."

"······."

로즈몬드의 표정이 미세하게 일그러졌으나 그 역시 곧 원래대로 바뀌었다.

하여간 표정 관리 하나는 더럽게 잘한다니까.

페트리지아는 그 변화를 보고도 못 본 척 그저 웃어 보였다.

"퀴네즈님께서는 황후가 되셨나 봅니다."

"네, 운이 좋았죠."

운이 좋기는 개뿔. 이렇게 재수 없을 수가 없다. 하지만 그걸 그대로 말할 수는 없는 노릇이었다. 더더군다나 남편의 정부 앞에서는.

"그런데 그대는 도대체 누구인가요?"

"저 말씀입니까?"

"그래요, 그대. 나는 그대가 폐하의 모후라도 되는 줄 알았습니다."

페트리지아가 천진하게 웃었고 로즈몬드의 표정이 굳었다. 그녀가 유일하게 단점으로 여기고 있는 게 있다면 황제보다 나이가 많다는 점이었다.

은근히 나이가 많다는 사실을 들먹이며 까자 로즈몬드의 입가 근육이 미세하게 경련했다. 하지만 페트리지아 입장에서는 그야말로 알 바 아니었다.

"일국의 황후 앞에서 이렇게 빳빳하게 고개를 처들 수 있는 분은 황제 폐하뿐이시지요. 그도 아니면 그분의 모후시거나. 그대가 폐하일 리는 없으니 황태후 전하라고밖에는 생각할 수 없는데……. 알고 있겠지만 지금 황실에 태후께서 계신 것도 아니고."

찬찬히 말해나가던 페트리지아가 갑자기 건조한 눈빛으로 로즈몬드를 응시했다. 그 응시에조차 로즈몬드는 빳빳했다. 그 모습을 본 페트리지아는 속에서 엄청난 분노가 치미는 것을 느꼈다. 분명 언니가 황후였을 때도 로즈몬드는 이리 오만방자했겠지. 그녀는 저도 모르게 입술을 깨물 뻔했으나 그만두었다. 그 역시도 로즈몬드에게는 약한 모습으로 비쳐질 수 있었으니까.

"그렇다면 그대는, 누구이지요?"

"……."

"소속을 대세요. 입고 있는 옷을 보니 하녀는 아닌 듯싶고……. 중앙궁의 시녀입니까?"

소속을 댈 수 있을 리가 없다. 아직 그녀의 직위 수여에 대해 페트리지아가 최종 결재를 내린 것이 아니었으니까. 그런 상황에서 자기 입으로 뻔뻔하게 정부라고 말할 만큼 로즈몬드가 멍청이는 아닐 터. 페트리지아는 과연 로즈몬드가 어떻게 대답할지 심히 궁금해졌다.

"곧 폐하께 정식으로 인사를 드릴 것입니다. 그때까지……."

"'곧'은 '곧'이고, 나는 지금 물었습니다. 지금 대답을 못 할 이유라도 있는 겁니까?"

"……."

로즈몬드의 표정이 기괴했다. 웃는 것도 무표정한 것도 아닌 그 중간 어딘가에 있는 듯한 표정. 페트리지아는 그 모습에 불쾌감을 느끼며 조금 더 세게 나갔다.

"일전에는 내가 황실의 안주인이 아니었으니 굳이 궁금해해야 할 필요가 없었지만, 지금은 사정이 다르지. 지금 신원을 대지 않으면 나도 무슨 짓을 할지 잘 모르겠습니다. 그러니 어서 말해보세요."

페트리지아가 똑바로 로즈몬드를 쳐다보며 물었다.

"그대, 누구입니까."

"⋯⋯인사드립니다. 대로우 남작가의 영애, 로즈몬드 메리 라 대로우입니다."

"대로우 남작가의 여식이 어째서 지금 황궁 안을 이렇게 버젓이 돌아다니고 있는 거지? 레이디 로즈몬드, 대로우 남작은 지금 영지에 있는 것으로 알고 있는데, 내 착각입니까?"

"폐하의 말씀이 맞습니다."

"그렇다면 설명이 되지 않는데요. 그대가 이곳에 있을 수 있는 이유가 사라지는 셈 아닙니까."

"그건⋯⋯."

그녀는 말을 하지 못한 채 우물쭈물거렸고, 페트리지아는 그 모습을 감흥 없는 눈으로 바라보고 있었다. 이제 어떻게 하는 게 좋을지 고민하고 있는데, 누군가의 목소리가 갑자기 끼어들었다.

"설명이 되지 않을 이유는 없지."

익숙한 목소리. 그리고 지금은 결코 듣지 않았으면 했던 목소리. 페트리지아의 눈이 커졌다. 황제가 입구에서 들어오고 있었다. 그를 본 로즈몬드의 표정이 언제 어두워졌냐는 듯 금세 환해졌다. 페트리지아의 몸이 자연히 굳었다.

"……폐하."

"내가 그때 설명이 부족했지. 그래서 이런 불상사를 만들었군."

"불상사요."

페트리지아가 황당한 표정으로 뒷말을 반복했다. 불상사, 불상사라. 자신과 그녀가 마주친 게 그렇게 상서롭지 못한 일인가. 그렇게 유감스러운 일인가.

페트리지아는 순간적으로 몰려오는 비참함에 다짐을 어기고 입술을 깨물었다. 그렇게 하지 않았더라면 지금 이 자리에서 무슨 패악을 부리게 될지 감도 잡히지 않았다.

거기까지 생각한 페트리지아가 순간 헛웃음을 지었다. 나름 감정이 없다, 조용하다 자부하며 살아왔는데 로즈몬드 하나가 휘젓고 다니자 잔잔했던 감정이 쉽게 동요했다.

닐라가 변했던 게, 절대 이상한 일이 아니군.

이런 상황을 3년이나 반복했으니 미치지 않고 멀쩡할 수가 있나.

"인사하지. 그때 말했던 남작부인의 작위를 받을 대로우 남작가의 레이디 로즈몬드. 1년 동안이나 궁에 있었으니 시녀들이 말해줄 법도 한데 아무도 언급하지 않았나보군."

"……."

페트리지아는 황제의 이런 뻔뻔함이 도대체 어디서 기인하는 것인지 심각하게 궁금해졌다. 미치지 않고서야 어떻게 정부인 앞에서 첩 소개를 저렇게 당당하게 말할 수 있단 말인가. 아무리 황제라지만, 자신에 대한 일말의 예의는 지켜주는 게 옳았다.

그렇게 생각하던 페트리지아는 곧 생각을 고쳐먹었다. 아니, 애당초 이 남자에게 그런 유의 것을 기대하는 것 자체가 무리다.

그런 예의를 지킬 정신이 조금이라도 남아 있었다면 제게 이렇게까지 행동하진 못하겠지. 페트리지아는 그냥 포기하는 게 더 편하겠다고 생각하며 비뚜름하게 웃었다. 아, 웃지 않고서는 도무지 견딜 수 없는 상황이다.

"굳이 1년 동안이나 인정받지 못한 정부를 제 시녀들이 알려줄 까닭은 없지요."

"……그럼 지금부터 인정하면 되겠군. 그렇지 않나?"

"좋든 싫든 그래야 하지 않겠습니까. 남작부인의 자리까지 내리게 되었는데."

싸늘하게 중얼거린 페트리지아가 들고 있던 책을 사서의 책상 위에 내려놓았다.

기분 전환이나 할 겸 찾은 도서관이었는데 당분간 이곳을 찾던 발길도 끊어야겠다. 그녀는 그냥 피해버리자고 생각했다. 이번에는 무려 똥이 하나도 아니고 두 덩이였다. 밟으면 저만 손해다.

"벌건 대낮부터 정부와 같이 있는 모습을 보이는 건 폐하의 권위에도 좋지 않으니, 이곳에만 계시는 게 좋겠군요. 괜히 아랫사람들

입에 오르내리지 않으시려면 말입니다."

페트리지아는 그 말만 남기고는 미련 없이 뒤를 돌아 도서관을 나가버렸다.

한시라도 빨리 저 두 사람의 모습을 눈앞에서 없애버리는 게 정신 건강에 이로웠다. 그녀는 불쾌해진 표정을 굳이 숨기지 않으며 땅을 밟는 하이힐에 힘을 주고 걸었다.

이렇게나마 분노를 표출하지 않으면 처음 다짐했던 내용을 어기게 될 것 같았으니까.

4
Avoidance

마침내 로즈몬드 메리 라 대로우 남작가 로즈몬드 메리 라 펠프스 남작부인이 되었다. 로즈몬드는 루시오를 졸라 좀 더 넓은 궁전으로 거처를 옮겼다. 물론 황후인 페트리지아의 허락이 떨어져야 가능한 일이었으나, 그녀는 의외로 별말 없이 수락해주었다. 그렇다고 해서 로즈몬드가 그녀에게 고마움을 느낀 것은 아니었지만.

"승격을 축하드립니다, 남작부인."

시녀인 글라라의 말에 로즈몬드는 살짝 웃어 보이며 부정했다.

"샴페인을 터뜨리기에는 아직 일러."

남작부인이라는 자리, 그녀에게는 너무 작았다. 적어도 퀸은 되어야 하지 않겠어? 그녀가 서늘하게 미소 지으며 중얼거렸다.

"황후께서 많이 어리신 것 같더라. 맹랑한 면도 좀 있는 것 같긴한데……."

뭐, 그래봐야 총애도 받지 못하는 황후 따위. 그녀는 으스대는 듯한 웃음을 흘리며 천천히 자신의 침대로 다가가 털썩 앉았다. 손바닥으로 이불의 부드러운 촉감을 느끼며 그녀가 저도 모르게 뇌까렸다.

"내 계획은 지금부터 시작이야."

남작부인을 필두로 공작부인, 황후, 태후까지…… 자신의 원대한 계획을 하나하나 짚어보며 로즈몬드는 웃었다. 자신이 바보도 아닌데, 그 어린 황후 하나 상대 못 할 리 없지 않은가. 아무리 후작가의 영애가 황후가 되었다고 한들 진창에서부터 구른 자신을 당해낼 턱은 없을 터였다.

화목한 가정에서 사랑만 받고 자란 공주님이 독해봤자 얼마나 독하겠어. 사람은 아무리 용을 써봤자 괴물을 이길 수 없는 법이지. 로즈몬드는 비뚜름하게 입꼬리를 끌어올리며 글라라에게 물었다.

"아직 황후 쪽에서는 별 움직임이 없니?"

당장 무슨 일을 꾸밀 거라고는 생각하지 않았지만 그래도 너무 조용했다. 아무리 그래도 그렇지 남편이 정부를 들였는데 이렇게 멍청하게 가만히 있는 꼴이라니. 자신이라면 생각조차 할 수 없는 일이었다. 이거 어째 일이 더 쉬워질지도 모르겠다고 생각하며 로즈몬드가 콧노래를 흥얼거렸다.

"아직 아무런 움직임도 없습니다, 부인. 어쩌면…… 부인께 지레 겁을 먹고 떨고 있는 것일지도 모르지요."

"설령 그렇다고 해도 방심할 순 없어. 어쨌든 그녀는 후작의 딸이니까. 분명 내 출신을 문제 삼아 나를 공격하는 귀족들도 많을 거다."

황제의 총애와 그걸 이용할 줄 아는 머리. 아름다운 외모와 치밀한 성격. 모든 것을 갖추었지만 단 하나, 출신 성분만큼은 그녀가 어찌할 수 없는 것이었다. 로즈몬드가 가지고 있는 유일한 콤플렉스는 바로, 아비가 일개 남작이라는 점이었으니까.

"그건 부인께서 황자만 낳으시면 해결될 일입니다. 어차피 황후는 아이를 낳지 못하는 몸이니, 폐하께서도 방계혈족보다는 직계혈족을 후계로 삼으시지 않겠습니까. 사생아라는 점이 문제가 되면, 그때 구실을 만들어 황후를 폐하고 부인께서 황후가 되시면 될 일이지요."

글라라의 말에 로즈몬드가 맞다는 듯 고개를 끄덕이며 웃었다.

애당초 세 번째 경선이 건강이라는, 누가 봐도 터무니없는 주제로 바뀐 건 자신의 계략이었다. 선례가 없는 주제이긴 했으나 그 명분은 엄연히 타당했고, 그래서 귀족들도 그 주제에 대해 이의를 제기하기 어려웠다.

건강한 황후를, 튼튼한 반려를 들인다는 의도를 누가 감히 무시할 수 있겠는가.

"정부와의 사이에서 아이를 낳지 말아 달라. 하! 어차피 자신이 아이를 낳지 못하면 폐하는 누구에게서든 후계를 낳아야 할 텐데?

불임 주제에 꿈도 크군."

공녀인 트리샤를 제치고 페트리지아가 황후가 될 수 있었던 것
도 다 그 때문이었다. 사실 건강검진은 핑계였고, 실상은 생식 능력
을 판정하는 자리였으니까.

그리고 유감스럽게도 바시에 공녀는 아주 우수한 생식능력을 가
지고 있었다. 자신이 낳은 아이가 황태자가 되려면 반드시 황후는
아이를 낳지 못하는 몸이어야만 했다.

어차피 페트리지아가 한미한 가문의 여식도 아니었으니 그녀를
황후로 올리는 건 그리 어렵지 않았다.

"궁의들 입단속은 잘 시켰겠지?"

설마 하는 마음에 글라라에게 묻자 그녀가 고개를 끄덕이며 말
했다.

"걱정 마십시오. 단단히 말해두었으니 아마 목숨이 아깝거든 입
을 다물 겁니다."

"이상한 움직임이 보이면 무조건 제거해. 아니, 조금 시일이 지나
면 그냥 모두 죽여버려."

그냥 두기에는 찜찜한 구석이 많았다. 만약 이 사실이 밖으로 누
설되면 꽤나 곤란해질 터였고, 어쩌면 페트리지아가 아닌 원래의
바시에 공녀로 황후가 교체될 수도 있었다.

그렇게 되면 자신이 재기할 가능성은 0에 수렴한다. 공작가의 여
식인 데다 생식능력까지 우수한 그녀를 자신이 이길 수 있는 방법

은 없었다. 그건 정말 추잡하고 더러운 방법을 쓴다고 해도 어려웠다.

"지금 바로 죽이면 누군가 의심을 품을지도 모르니까. 알았지?"

"네, 부인. 그렇게 하겠습니다."

그제야 안심한 표정을 지은 로즈몬드가 콧노래를 흥얼거리며 화장대에 놓인 향수를 몸에 뿌렸다. 곧 루시오가 올 시간이었다.

"황후 폐하, 이제 황후가 된 지도 꽤 지났으니 티파티를 한 번 열어야 할 것 같은데."

"아, 티파티."

라파엘라의 말에 페트리지아가 깜빡했다는 듯 고개를 끄덕였다. 의무도 아니었고 공식적인 행사도 아니었지만, 관례였다. 새로 내궁의 주인이 된 황후가 귀족부인들을 불러 모아 티파티를 여는 것. 권위를 내보임과 동시에 입지를 굳히는 하나의 의식과도 같은 일이었다.

물론 근래에 로즈몬드가 정식으로 남작부인의 작위를 받아, 그녀에게도 초대장을 보내야 했다.

사실 이 부분은 페트리지아의 재량이긴 했지만, 만약 보내지 않았다간 로즈몬드가 또 황제에게 쪼르르 달려가 자신이 그녀를 왕

따시켰다고 눈물 바람으로 읍소할지도 모르는 일이었다. 그럼 또 황제는 자신을 찾아와 인상을 찡그리고 제 여자에게 함부로 대하지 말라고 난리를 치겠지.

여기까지 생각한 페트리지아가 머리 아픈 표정으로 고개를 절레절레 저었다. 그냥 초대하고 말지, 고작 티파티 하나로 황제의 얼굴을 보는 건 원치 않는 일이었다.

"해야지. 브링스톤 부인께서 말씀하셨어?"

브링스톤 부인은 라파엘라의 어머니였다. 라파엘라가 고개를 끄덕였다.

"엊그제 하이가 자작부인께서 후작저에 오셨다고 하시더라고. 그때 이야기가 나왔나 봐."

"그래……. 선례가 있는데 안 하는 건 이상하겠지."

"네가 그런 자리를 안 좋아하는 건 나도 알아, 리지. 하지만 지금 상황도 별로 좋은 건 아니니까 잘 생각해줬으면 해."

"알고 있어."

황제의 성총을 받지 못하는 자신이 유일하게 경쟁력을 얻을 수 있는 부분은 귀족들이었다. 일반적인 경우에 귀족들은 남작 영애인 그녀보다 황후인 자신을 더 지지할 가능성이 컸다. 물론 에프레니 공작부인 때처럼 예외의 경우도 있긴 하지만……. 페트리지아가 곰곰이 생각하다 곧 입을 열었다.

"미르야, 그럼 지금 초대장을 좀 써주겠어요? 다음 주에 황후궁 후원에서 티파티가 있다고."

늦추면 늦춰질수록 유리할 게 없는 일이다. 귀부인들의 입장에서는 자신이 그네들을 무시한다고 여길 수도 있었다. 지지를 얻어도 시원찮을 판에 미움을 살 수는 없는 노릇이었다. 페트리지아의 지시를 들은 미르야가 알았다고 대답한 뒤 잠시 후 조금 곤란한 표정으로 그녀에게 물었다.

"폐하, 하면…… 펠프스 남작부인은 어찌할까요."

"베인궁에도 보내세요. 괜히 그 문제로 폐하 얼굴 보고 싶지 않으니까."

무심한 듯 말하는 어조였으나 미르야는 기분이 좋지 않았다. 그 목소리 한구석에 왠지 모를 슬픔이 느껴지는 것 같아서. 그녀가 애써 담담한 목소리로 대답했다.

"네. 그렇게 하겠습니다."

처음 황후로서 귀족부인들과 영애들 앞에 서 보이는 자리였기 때문에, 페트리지아는 그 어느 때보다도 심혈을 기울여 티파티를 준비했다. 괜한 흠 하나도 잡히고 싶지 않았다. 더욱이 거기에 로즈몬드가 참석한다면.

그녀가 아는 로즈몬드는 결코 허술한 악녀가 아니었다. 그녀는 멍청하고 어리석지도 않았기 때문에 페트리지아는 자신이 더 준비해야 한다고 생각했다. 만약 그녀가 귀족부인들과의 친분까지 쌓으면 그때는 끝장이다. 물론 그런 일이 쉽사리 일어나진 않을 테지만 그럼에도 불구하고 사람 일은 모르는 법이었으니까. 대비해 나쁠 것은 없었다.

"폐하, 참석하는 분들께 드릴 선물은 언제 드리면 될까요?"

"파티 말미에 드릴 겁니다. 신호를 보내면 그때 가지고 와주세요."

차분하게 지시한 페트리지아가 슬쩍 자신이 입고 있는 드레스를 내려다보았다. 수수하다고는 말할 수 없는 풍성하고 화려한 백색 드레스. 이 정도면 꿀린다고는 하기 어렵겠지. 내심 안심한 페트리지아가 저도 모르게 손질된 머리를 만지작거렸다. 어른스러운 척, 차분한 척해도 아직은 열아홉의 순진한 소녀일 뿐이었다.

페트리지아는 기본적으로 사교적인 성격이 아니었다. 언니인 페트로닐라는 모르는 사람에게도 스스럼없이 말을 걸고 춤을 신청했지만, 자신은 성격상 도무지 그럴 수 없었다. 지금 자신의 기사로 있는 라파엘라 역시 처음에는 페트로닐라가 말을 걸어 친해지게 된 경우였다.

그러니 소극적인지는 잘 모르겠으나 적극적인 성격도 아닌 페트리지아에게 이런 자리는 심히 불편하게 다가올 수밖에 없었다. 그럼에도 불구하고 어쩔 수 없는 일이었다. 이건 생존의 문제였으니까. 불평하면 닥치는 건 죽음뿐이다.

"다들 와주셔서 감사합니다."

"내궁의 주인이 되신 것을 경하드립니다, 폐하. 저희들이 일찍 찾아뵀어야 했는데 그러지 못했군요."

바시에 공작부인의 말에 페트리지아가 작게 웃어 보이며 대답했다.

"이렇게 함께 모이는 편이 피차 간편하지 않겠습니까. 오히려 제가 일찍 자리를 주선했어야 했는데, 너무 늦었어요."

앞에 놓인 기문 차를 한 모금 홀짝 거린 페트리지아가 슬쩍 좌중을 돌아보았다. 로즈몬드가 보이지 않았다. 오지 않는 건가.

"한데 펠프스 남작부인이 보이질 않는군요."

어느 귀부인 하나가 그렇게 말하자 분위기가 묘하게 흘러갔다. 누군가는 페트리지아의 눈치를 보았고, 누군가는 이 상황을 그저 즐기는 듯했다. 누군가는 또 이렇게 말했다.

"어떻게 이런 자리에 참석을 하겠어요, 부인. 저 같으면 폐하께 죄송스러워서라도 얼굴을 비치지 않을 것 같은데요."

페트리지아가 황후로 책봉된 지 고작 한 달 남짓한 시간이 흘렀을 뿐이다. 그런데 황제는 신혼이라고 봐도 무방한 시기에 곧바로 정부에게 작위를 내려주었다.

이것이 전례가 없는 일은 아니었으나 그때도 결코 좋은 의미로 받아들여진 것은 아니었다. 어쨌든 이 일이 의도했든 의도치 않았든 갓 황후가 된 페트리지아의 권위를 떨어뜨렸다는 데에는 부정의 여지가 없었다.

"하긴 그건 그래요. 후안무치도 유분수지, 설마 그러겠······."

"늦었습니다."

그때 끼어든 목소리에 모두의 시선이 집중되었다. 페트리지아는 감정이 담기지 않은 얼굴로 이쪽으로 걸어오고 있는 로즈몬드를 응시했다. 장식 없는 흰 드레스가 그녀의 흰 얼굴과 어울려 아름다웠다. 그녀는 부인들과 페트리지아가 모여 있는 테이블까지 다가와 우아하게 허리를 굽혀 인사했다.

"인사드립니다. 로즈몬드 메리 라 펠프스입니다."

"어서 오세요, 남작부인."

한 명이 떨떠름한 표정으로 그녀를 맞아들였다. 귀부인들의 입장에서 로즈몬드는 그리 달가운 존재가 아니었다.

고위 귀족의 부인들은 혈통에 대한 자부심이 있었기 때문에 그녀를 꺼렸을 것이고, 하위 귀족의 부인들은 자신과 동일, 혹은 비슷한 지위임에도 나이가 한참 어린 황제의 정부에게 어느 정도의 질투를 느꼈을 것이다.

어느 쪽이든 페트리지아의 입장에서는 그녀의 적이 많아질수록 좋은 것이었다.

"앉으세요, 남작부인."

페트리지아가 애써 웃어 보이며 그녀에게 자리를 권했다. 직위 순 대로 자리가 정해졌기 때문에 당연히 말단 귀족인 그녀는 가장 끄트머리, 그러니까 페트리지아와 가장 멀리 떨어진 자리였다. 더군다나 그녀가 가장 최근에 남작부인이 되었고, 나이도 어렸기 때문에 페트리지아와는 가장 반대편에 앉아 있다고 봐도 무방했다.

페트리지아는 그 사실에 그나마 위안을 느꼈다. 지척에서 그녀와 함께 차를 마셨다면 분명 차가 목구멍으로 들어가는지 콧구멍으로 들어가는지조차 느껴지지 않았을 테니.

"무슨 이야기를 하고 계셨나요?"

"아, 별 이야기 하지 않았습니다."

오늘만큼은 기사가 아닌 레이디로 분한 라파엘라가 천진하게 웃으며 말했다.

"부인에 대한 이야기를 하고 있었어요."

"제 이야기를요?"

"네."

간결하게 대답한 라파엘라가 슬쩍 입꼬리를 위로 끌어 올리며 로즈몬드를 은근히 비난했다.

"남작부인께서 안 오실 줄 알았습니다. 당연히요."

"제가요?"

"네. 제가 부인이라면 안 왔을 것 같아서요."

"어째서요?"

계속 질문만 하는 로즈몬드를 라파엘라가 빤히 쳐다보다 곧 내용과는 어울리지 않는 찬란한 미소를 지으며 대답했다.

"부끄러워서요. 염치라는 게 제 마음에 조금이라도 남아 있었다면, 아마 오지 않았을 겁니다."

"……."

로즈몬드는 라파엘라의 비난에도 얼굴을 찌그러뜨리지 않았다. 그 표정 관리 능력 만큼은 높이 사주어야 한다고 페트리지아는 생각했고, 어떤 부인이 다시 말을 받았다.

"하기야. 그런 감정을 조금이라도 품고 있었다면 애당초 황후도 들이지 않은 폐하의 곁을 일 년이나 지키고 있었을 리 만무하지요."

"……."

상황이 모두 로즈몬드를 공격적으로 몰아가고 있었다. 로즈몬드가 만일 좀 더 높은 작위를 가진 귀족의 여식이었다면 또 모르겠으나, 유감스럽게도 그녀의 아비는 고작 남작이었고, 그래서 귀족들은 더더욱 그녀를 달가이 여기지 않았다.

로즈몬드는 무표정한 얼굴로 한참을 가만히 앉아 있다가 곧 건조하게 입을 열었다.

"저는 다들 왜 그러시는지 모르겠네요."

"뭐요?"

"말씀하신 것처럼, 황후도 계시지 않는 궁에서 폐하를 일 년 동안 모셨습니다. 그것이 그리 잘못한 일이라고는 생각하지 않습니다만."

로즈몬드가 한쪽 입꼬리를 길게 빼내 비뚜름하게 웃었다. 페트리지아는 순간 그 표정을 보자 흠칫 몸을 떨었다. 소름끼치는 표정이다.

"제가 황후 폐하께 직접적인 위해를 가한 것도 아닌데, 너무 그리들 보지 말아 주시지요. 전 오히려 황제께서 부디 황후 폐하께도 성총을 내리셨으면 하고 바라고 있는 사람입니다. 늘, 매일 밤 저만 찾으시니 몸이 남아날 턱이 있어야지요."

"……"

은근한 조롱과 함축적인 과시. 페트리지아는 순간적으로 기가 막혀 미소를 지었다. 그러자 로즈몬드가 슬쩍 페트리지아를 웃음기 띤 눈으로 쳐다보다가 곧 나긋한 목소리로 말을 맺었다.

"물론 그게 제 마음대로 되는 일은 아니겠지만…… 좀 더 적극적으로 말씀드려볼 생각입니다. 말씀하신 것처럼, 저도 염치는 있는지라 황후께서 매일 밤 독수공방하시면 마음이 아프니까요."

"……"

그 한마디에 좌중이 술렁였다. 사실 저들도 알고는 있을 것이다. 황제가 정부에게 빠져 황후궁으로 가는 발걸음이 뚝 끊겼다는 걸. 다만 내색하고 있지 않을 뿐이었던 사실을 대놓고 상기시켜 준 로즈몬드에게 무어라 말하기 위해 페트리지아가 입을 연 순간, 누군가가 끼어들었다.

"펠프스 남작부인."

익숙한 목소리에 페트리지아는 깜짝 놀랐다. 페트로닐라가 보기

드문 무표정을 하고 로즈몬드를 쳐다보고 있었다. 익숙하지 않은 언니의 표정에 페트리지아는 어색해했다.

"이곳에 그대와 폐하의 사생활을 알고 싶은 이는 아무도 없습니다."

"궁금해하시는 것 같아서요, 다들."

로즈몬드가 히죽 웃으며 대답했지만 페트로닐라의 무표정은 변할 줄 몰랐다.

"그렇다고 착각하시는 것이겠지요. 그리고 뭘 모르는 것 같은데, 황후는 본디 정해진 합궁일에만 폐하를 받아들일 수 있는 몸입니다. 아무 때나 시도 때도 없이 폐하를 모실 수 없어요. 그건 폐하보다 고귀하지 못한 자들의 일입니다."

"……."

그 한마디에 로즈몬드가 얼굴을 굳혔다. 자신을 은근히 창녀처럼 몰아가는 뉘앙스의 말에 기분이 상한 듯했다. 그러나 로즈몬드는 곧 특유의 가소롭다는 표정을 은은하게 드러내며 페트로닐라의 말에 반박했다.

"그 정해진 합궁일에도 폐하를 모시지 못한다면 큰일이 아니겠습니까."

"펠프스 부인."

가만히 있던 페트리지아가 조용히 로즈몬드를 불렀다. 티파티의 분위기가 더 흐려지기 전에 빨리 마무리를 하는 게 좋았다. 이런 기조를 오래 끌고 가봤자 손해를 입는 건 페트리지아 자신이었으니까.

"설령 그렇다고 해도 남작부인에 불과한 그대가 감히 황후의 사생활에 대해 왈가왈부할 수는 없는 일입니다."

"……."

"안 그렇습니까?"

"글쎄요. 이 일을 폐하 개인의 일로 치부하기에는…… 후사 문제가 걸리지 않습니까."

"그 또한 남작부인인 펠프스 부인이 걱정해야 할 일은 아닙니다. 폐하를 모시느라 자연 황실에 관심이 많아진 것은 이해합니다만, 선은 넘지 마세요. 이 나라의 황후는 나고, 그 말은 황제 폐하의 공식적인 정실부인이 나라는 뜻입니다. 세상에 측실이 정실의 일에 왈가왈부하는 집안도 있답니까?"

"……."

'첩 주제에 제발 입 좀 닥치라'는 말을 순화하여 표현하자 로즈몬드는 비틀린 웃음을 입가에 피워냈다. 그녀는 더 이상 아무 말도 하지 않았고-못 한 것인지 안 한 것인지 모르겠다-페트리지아는 속으로 한숨을 내쉬며 피곤한 표정을 겨우 갈무리했다.

가급적 조용히 있으려고 했는데 흥분해버렸다. 그녀는 앞에 놓인 찻잔을 들어 찻물을 몇 번 들이킨 다음 화제를 돌리기 위해 부러 나긋해진 목소리로 말을 꺼냈다.

"참, 그러고 보니 에일란드 백작 영애께서 이번에 결혼한다고 하셨지요?"

여자들의 수다는 페트리지아가 생각했던 것보다 상당히 길어졌다. 초반 분위기 탓에 분위기가 매끄럽지 않게 흘러가면 어쩌나 하고 걱정했던 것과는 달리 분위기도 초반을 제외하면 나쁘지 않았다. 의외로 로즈몬드는 끝까지 자리를 지키고 있다가 돌아갔고, 다른 부인들에게 말을 걸려는 모습도 보였지만 그들 전부가 무시했다.

아직까지는 그녀가 받는 성총보다 자신의 지위가 더 강한 힘을 차지하고 있음을 의미했으나, 이 상태가 장기적으로 지속된다면 상황이 역전되는 건 한순간이라는 걸 페트리지아는 누구보다 잘 알고 있었다.

황제의 성총을 받지 못할 바에는 자신의 권위와 권력을 더 탄탄히 해놓아야 했다.

그것만이 은총을 받지 못한 황후가 총희의 음모 속에서 살아남을 수 있는 유일한 방법이었으니까.

티파티가 끝나고 난 뒤 페트로닐라는 페트리지아를 조용히 찾아왔다. 어쩐지 마지막으로 보았을 때보다 어두워 뵈는 듯한 얼굴에 페트리지아가 걱정스러운 얼굴로 물었다.

"언니, 얼굴이 어두워. 무슨 일 있어?"

"무슨 일이 있냐고?"

페트로닐라는 정말 몰라서 묻느냐는 듯 몸을 파들파들 떨었다. 페트리지아는 직감적으로 그녀가 말하는 것이 로즈몬드에 관한 일이라는 것을 깨닫고 곧 아무렇지 않게 웃어 보였다.

"난 괜찮아, 언니."

"내가 안 괜찮아, 동생 폐하. 아, 리지, 너 설마 평소에도 이러는 거니? 그 정부가 다른 때도 네게 이렇게 불손하게 구는 거야?"

"아니, 오늘만 그런 거야."

사실 불과 얼마 전에 비슷한 일이 있긴 했지만 그냥 말하지 않기로 했다. 그것까지 말하는 건 별로 좋은 선택이 아니었다.

그걸 말한다면 결국 황제의 태도에 대해서도 짚고 넘어가야 했기 때문에. 그리고 그걸 들으면 마음 약한 페트로닐라는 분명 슬퍼할 터였다. 페트리지아는 아무렇지 않게 웃어 보이며 언니를 안심시켰다.

"나 잘 지내고 있어. 펠프스 부인이 나한테 시비를 거는 것도 아니고, 우린 그냥 평소에 남남처럼 지내."

"……널 귀부인들이 모두 모인 자리에서 조롱했어, 리지."

그녀가 다시 생각해도 불쾌하다는 듯 작게 몸을 떨었다. 그런 그녀를 착잡한 시선으로 쳐다보던 페트리지아가 무어라 말하려고 했지만 페트로닐라가 더 빨랐다.

"나는…… 내가 잘못한 걸까, 리지? 내가 널 보내지 말았어야 했니?"

"닐라, 그래봤자 상황은 변하지 않아. 이 자리에 서 있는 게 언니고, 그 자리에 서 있는 게 나로 바뀔 뿐이야."

페트리지아가 페트로닐라를 꼭 안아주며 속살거렸다.

"난 차라리 지금이 더 좋아, 언니."

"아……."

그 한마디에 페트로닐라는 결국 참고 있던 눈물을 흘렸다. 이유는 모르겠는데 그냥 눈물이 났다. 내 동생이, 내 반쪽이 너무나도 불쌍해서. 이런 고생을 대신 짊어지게 한 것 같아 미안해서. 그 마음을 이해한다는 듯 페트리지아가 페트로닐라를 안은 손에 더 힘을 주었다.

"내 선택이야. 내가 자원했어."

"리지……."

"닐, 나를 존중해줄 거지?"

"……그래."

페트로닐라는 그제야 눈물을 닦았다. 붉게 충혈된 눈동자를 보자 마음이 아파왔다. 하지만 티 내지 않은 채 애써 웃어 보였다. 페트로닐라는 자신이 웃는 모습을 보고 싶어 할 게 뻔했으니까.

"어머니에게 안부 전해줘. 나 잘 지내고 있다고."

그로체스터 후작부인은 약한 감기 기운이 있어 오늘 티파티에 나오지 못했다. 페트로닐라가 알겠다는 듯 고개를 끄덕였다. 그녀는 헤어지기 전 동생의 이마에 작게 키스해준 뒤, 마지막으로 동생을 한 번 더 꼭 끌어안아주었다.

페트리지아는 오랜만에 만난 언니와 짧은 시간을 함께하고, 또다시 헤어져야 한다는 사실이 매우 슬펐지만, 어쩔 수 없는 일이었다. 다음을 기약하는 수밖에.

-와장창

시끄러운 소리를 내며 화장대에 놓여 있던 온갖 화장품들이 바닥으로 굴러 떨어졌다. 카펫을 아래 깔아놓았음에도 불구하고, 센 힘으로 밀쳐내서인지 몇 개는 바닥으로 떨어지며 산산조각이 났다. 그 모습을 발견한 글라라가 경악하며 로즈몬드에게로 다가왔다.

"부인!"

"……."

그녀는 무섭게 글라라를 노려보다가 곧 세게 뺨을 쳤다. 얼떨결에 뺨을 얻어맞은 글라라가 영문도 모른 채 어벙한 표정을 지었다. 로즈몬드가 곧 소름 끼치게 낮은 음성으로 글라라에게 말했다.

"뭐……?"

"부인, 도대체 왜 그러시는……."

짝. 다시 한번 글라라의 고개가 돌아갔다. 강한 마찰로 잔뜩 붉어진 글라라의 볼이 안쓰러웠다. 그녀는 피가 날 듯 빨개진 볼을 움켜

쥐고는 당황한 목소리로 로즈몬드를 불렀다.

"부……."

하지만 이번에는 말을 끝맺지도 못했다. 다시 한번 글라라의 볼이 돌아갔고, 동시에 그녀의 볼에서 피가 났다. 글라라는 이제 거의 울기 일보 직전이었다.

"내가…… 누구야?"

"부인……."

"아니라고!"

그녀가 미친 사람처럼 악을 내질렀고 글라라는 움찔 놀라 아픔도 잊고 로즈몬드를 응시했다. 그러나 로즈몬드는 개의치 않으며 계속 소리 질렀다.

"내가! 황후가 아니라는 것 때문에!"

"……."

"얼마나! 모욕을! 당하고! 돌아왔는지 알아!"

"아……."

그제야 로즈몬드의 이상 행동의 이유를 이해한 글라라가 당혹스러운 표정을 지었다. 로즈몬드의 고성은 계속되었다.

"날 황후 폐하라고 불러 봐, 글라라. 설마 너도 날 고작 정부 취급하는 거냐?"

"아니, 아닙니다, 폐하."

지금 당장 그녀의 비위를 맞춰주지 않으면 쥐도 새도 모르게 사라져버릴 판이었다. 글라라는 긴장한 표정으로 침을 꿀꺽 삼킨 뒤 그녀가 원하는 말을 잔뜩 해주었다.

"곧 황후 폐하가 되실 분입니다. 진정하세요, 폐하. 어차피 지금 의 황후는 아이를 낳지 못하니, 조금만 더 기다리시면 내궁의 주인 이 바뀔 겁니다."

"비참해……."

아까까지만 해도 소리치던 그녀가 이제는 엉엉 울기 시작했고, 글라라는 속으로 한숨을 쉬었다. 어쨌든 지금은 달래줘야 하는 게 맞았다. 글라라는 로즈몬드를 진정시키기 위해 차라도 내와야겠다 고 생각했는지 저쪽으로 사라졌고, 혼자 남은 로즈몬드는 악에 받 친 눈으로 다짐했다.

"두고 봐. 내가 반드시 황후가 되어 오늘 들었던 그 말, 네게 똑같 이 돌려줄 테니. 그 두 년에게 모두!"

서슬 퍼런 표정으로 중얼거리는 로즈몬드의 표정은 마치 악귀에 쓰인 사람 같았다. 그녀가 침대 시트를 움켜쥔 손에 뼈마디가 드러 날 정도로 세게 힘을 주었다.

페트리지아가 루시오를 못 본 지도 벌써 열흘째였다. 그 사실을 전혀 인지하고 있지 못하던 페트리지아는 어느 순간 그 사실을 깨 닫고 새삼 놀라워했다.

어쨌든 그녀의 입장에서는 그와 마주하지 않으면 않을수록 이로운 것이었기 때문에 부디 이 공백이 길기를 빌 뿐이었다. 하지만 꼭 이런 생각을 하고 나면, 어김없이 루시오가 찾아왔다.

"어쩐 일이십니까."

그녀가 방문의 목적을 물었다. 퉁명스럽지도 않지만 살갑다고 도 할 수 없는 목소리였다. 어차피 제 안부나 물으러 온 건 아닐 것 이다. 그때처럼 자신에게 부탁을 하거나, 혹은 협박을 하러 왔겠지. 그가 가만히 서 있는 페트리지아를 빤히 쳐다보다가 곧 고개를 돌 리며 말했다.

"……일주일 뒤에 중요한 손님이 방문하는 것, 알고 있지?"

아아. 그녀가 알고 있다는 듯 고개를 끄덕였다. 일주일 뒤 크리스 타 제국에서 사절단이 방문하기로 되어 있었다. 그녀의 소관은 아 니었기 때문에 자세히는 몰랐으나, 교역 문제 때문이라고 알고 있 었다. 페트리지아가 대답했다.

"알고 있습니다, 폐하."

"그 일정에 조금 변동이 생겼어. 원래 사절단만 방문하기로 되어 있었는데, 오늘 오전에 그 부인들까지 동행해도 되겠냐는 질문이 왔더군. 이번 일을 원만하게 처리하려면 굳이 거절하고 싶지 않은 데, 혹시 사절단 부인들의 접견을 좀 맡아줄 수 있겠나?"

"……."

결국 그녀를 찾아온 건 일 때문이었다. 좋은 일은 다 로즈몬드 를 시키고 귀찮거나 힘든 일은 죄다 저를 시키는군. 페트리지아는 속으로 투덜거렸지만 거절의 여지가 없다는 건 그녀도 잘 알고 있었다.

본디 이런 일은 황후의 소관이었고, 만약 로즈몬드가 이런 일을 맡게 된다면 그거야말로 하극상이었다. 제 권위가 떨어짐은 물론이고 차후 로즈몬드의 행보에 힘을 실어줄 수도 있다. 결국 그녀는 받아들여야만 하는 입장이었다. 페트리지아가 고개를 끄덕이며 승낙했다.

"그렇게 하지요."

"특별히 신경 써야 할 점은 크게 없을 거다. 아, 한 가지를 빼먹었군."

"말씀하십시오."

"크리스타 제국에서는 종교적인 이유로 돼지고기를 절대 먹지 않아. 만찬을 준비할 때 이 점만은 반드시 명심해줬으면 좋겠군."

아, 그랬다. 페트리지아는 얼마 전 책에서 보았던 내용을 떠올렸다. 주신을 상징하는 동물이 돼지인지라, 그 성스러움을 훼손하지 않기 위해 돈육 섭취가 제국법상으로 금지되어 있다고 했다. 물론 돈육을 제외한 다른 육류는 제한이 없었다.

페트리지아가 알겠다는 듯 고개를 끄덕이자, 그녀를 빤히 바라보던 루시오가 천천히 입술을 뗐다.

"황실부 일은 할 만한가?"

"……."

페트리지아는 순간 당황했다. 갑작스러운 호의는 낯설고, 그 상대가 제게는 관심도 없는 남편이라면 떨떠름하다. 천만다행으로 불쾌하지는 않았다. 만약 그 정도까지 이 남자에게 정이 떨어졌다면 아무리 숨죽여 지낼 계획을 가지고 있더라도 곤란한 일이었다. 다행히 아직까지는 그 정도까지 추락하지 않았다.

"어렵지 않다고 하면 거짓말입니다만, 괜찮습니다."

"다행이군."

그가 어색해하는 게 보였다. 피차 할 말이 없는 사이다. 부부라는 허울로 간신히 묶여 있긴 했지만 상대는 이미 사랑하는 여자가 있고, 본인은 상대에게 관심 자체가 없다. 공유하고 있는 건 두 사람 모두 황실의 구성원이라는 것 정도. 그러니 공통된 관심사에 대한 대화가 끝나면 할 말이 없는 게 당연지사다.

물론 그는 로즈몬드에게는 무슨 말이든 다 늘어놓겠지만, 자신에게는 그러지 않을 것이다. 그러니 우리의 대화는 여기서 종료일 수밖에. 페트리지아가 감흥 없는 얼굴로 그에게 말했다.

"황실과 폐하의 명예에 누가 가지 않도록 하겠습니다."

"……."

"그러니 걱정하지 않으셔도 될 겁니다."

"……그래."

그는 그 말만 남기고선 뒤를 돌았다. 페트리지아는 멀어져가는 황제의 뒷모습에 눈길을 주지 않았다. 이것으로 그녀가 할 수 있는 최소한의 예의는 지킨 셈이고, 구설수가 나오지 않을 정도의 처신은 한 셈이다. 페트리지아는 금세 당면한 과제로 신경을 돌려버렸다.

쿵. 문이 닫히는 소리가 무심하게 울려 퍼졌다.

"사신단 부인들이 입국한다고?"

로즈몬드는 뜻밖의 소식에 귀를 기울였다. 글라라가 상기된 표정으로 고개를 끄덕이며 그녀의 귀에 속닥거렸다.

"방금 결정된 사실이라고 합니다. 원래는 사신단만 방문하기로 되어 있었는데 갑자기 변경된 사안이라고 하더군요."

글라라의 말에 로즈몬드가 무언가를 생각하는 표정을 지었다. 크리스타. 크리스타 제국……. 그 이름을 가만히 곱씹던 로즈몬드가 이내 무언가 생각났다는 표정으로 말을 꺼냈다.

"크리스타 제국이라면 종교적인 이유로 돼지고기를 먹지 않는 그곳 아니냐?"

"아, 네. 맞습니다. 돼지가 그들의 신을 상징한다고 하더군요."

로즈몬드의 말에 대답한 글라라가 곧 좋은 생각이라도 났는지 얼굴을 활짝 폈다. 그녀가 입가에 짙은 미소를 띠고 로즈몬드에게 말했다.

"부인, 그 점을 한번 이용하시는 게 어떻겠습니까."

"역시 똑똑해, 글라라. 내 마음을 너무 잘 아는구나."

그녀가 조용히 웃으며 글라라의 머리를 쓰다듬었다. 로즈몬드가 곧 은밀한 목소리로 글라라에게 지시했다.

"최대한 빨리 황후가 만찬 때 준비할 메뉴들을 알아 와라, 글라라. 사소한 것도 알아 올 수 있다면 그렇게 해. 사신단이 방문하기로 한 날짜까지 많이 남지 않았으니 서둘러야 한다."

"네, 부인. 걱정 마십시오."

말을 마친 로즈몬드가 곧 기분 좋은 미소를 지었다. 크리스타 제국은 마비너스 제국과 견줄 수 있을 정도로 강대국이다. 더군다나 종교적인 문제를 건드린다면 단순한 사과로는 일이 끝나기 어려울 터. 잘하면 이 한 번으로 황후를 완전히 끌어내릴 수도 있을 것이다.

본국에 막대한 손해를 입힌 여자라고, 여론만 잘 조성한다면 폐위도 가능하다. 로즈몬드는 아직 오지도 않은 미래를 상상하며 흐뭇하게 웃었다.

"여차하면 일이 꽤 커질 수도 있을 것 같네."

"만찬 때 나올 스테이크는 우육으로 준비하라고 단단히 일러두었습니다, 폐하."

"고마워요, 미르야."

페트리지아가 고개를 들어 대답한 뒤 다시 하던 일에 신경을 쏟았다. 그 모습을 보고 있던 미르야가 의아한 표정으로 그녀에게 물었다.

"한데 폐하, 지금 무얼 하고 계신가요?"

"초대장을 쓰고 있습니다."

"초대장…… 이요?"

미르야가 생뚱맞다는 표정으로 황후를 바라보았지만, 페트리지
아는 전혀 개의치 않은 채 느긋한 표정으로 다 쓴 초대장을 봉투에
하나하나 넣은 뒤 황후의 인장을 찍었다. 그녀가 여러 개의 초대장
을 미르야에게 건네주며 말했다.

"봉투 겉면에 수신인이 적혀 있습니다. 전달해주겠어요, 미
르야?"

"그건 어렵지 않지만, 갑자기 초대장이라뇨? 티파티를 여신 지
얼마 되지 않았습니다."

"티파티 초대장이 아니에요. 며칠 후에 있을 만찬의 초대장입니
다. 아무리 이 일이 황후의 소관이라고 해도 저 혼자 귀빈들을 전부
맞을 수는 없는 노릇 아니겠어요?"

그건 그랬다. 미르야는 수긍한다는 표정으로 겉면에 쓰인 이름
들을 하나하나 뜯어보기 시작했다. 그로체스터 후작부인을 필두로
브링스톤 후작부인, 바시에 공작부인, 디바르 후작부인, 아르젤도
백작부인, 위더포드 공작부인. 그리고 마지막 이름을 확인한 미르
야의 인상이 저도 모르게 찌푸려졌다. 그녀가 얼른 페트리지아를
불렀다.

"폐하."

"말씀하세요."

"이상한 이름이 하나 섞여 있습니다."

"이상한 이름이라뇨?"

미르야의 말에 페트리지아가 고개를 갸웃거리며 물었다. 그러자 미르야가 불쾌한 표정으로 편지 봉투를 직접 페트리지아의 면전에 보이며 따지듯 말했다.

"펠프스 남작부인의 이름이 도대체 왜 여기 있는 겁니까?"

"아아."

페트리지아가 '난 또 뭐라고' 하고 중얼거리며 대수롭지 않은 표정을 지었다. 물론 그 모습을 보고 있는 미르야로서는 울화통이 터질 만한 상황이었다. 어째 저만 이렇게 화를 내고 있는 것 같은 이상한 기분이 들었다. 폐하께서 설마 미치시기라도 한 것일까? 답답해진 그녀가 물었다.

"폐하, 실수인 것이지요?"

"아닙니다, 실수."

"폐하!"

좀처럼 목소리를 높이는 법 없는 미르야가 소리를 지를 정도면 꽤 충격적이긴 했나 보다. 페트리지아는 그런 그녀의 속을 아는지 모르는지 태연하게 웃으며 미르야에게 말했다.

"예민하게 굴 필요 없어요, 미르야. 실수도 아니고 미친 것도 아닙니다."

"……."

뜨끔한 표정의 미르야가 헛기침을 했고, 페트리지아는 여전히 아무렇지 않게 웃으며 말을 이었다.

"물론 저와 고위 귀족부인들이 모이는 자리이니, 남작부인인 펠 프스 부인이 참석하는 것은 예법에 어긋나긴 하지요. 그래도 어쨌 든 나름 폐하의 정부이고, 또…… 보여줄 것도 있어서요."

보여준다니 도대체 뭘 보여주신다는 건지 도통 모르겠다. 자신 의 울화통이 터지는 모습은 확실히 보여주실 수 있을 것이다.

그런 자리에 한낱 남작부인인 로즈몬드가 끼어든다는 건 미르야 의 관점에서는 도무지 있을 수 없는 일이었다. 그녀는 여전히 불퉁 한 얼굴로 페트리지아에게 불만 섞인 목소리를 냈다.

"폐하의 권위와 존엄을 펠프스 남작부인에게 보여주시려는 의도 는 이해합니다만, 격식이 맞지 않습니다. 어떻게 후작부인급 이상 만 참석하는 자리에 남작부인을 부르실 수 있단 말입니까. 더군다 나 말씀하신 것처럼 폐하의 정부입니다. 사신단 부인들이 폐하를 어찌 생각하겠어요."

"그럼 한번 물어보는 것도 나쁘지 않겠네요. 그쪽 나라에서는 이 런 경우에 무슨 상황이 일어나는지. 조언을 구해보는 것도 나름 도 움이 되겠어요."

"폐하!"

도무지 농담처럼 들리지 않는 농담에 미르야가 울상이 된 얼굴로 소리를 질렀다. 평소에 이런 분이 아니셨던 것 같은데, 갑자기 성격이 변해버리신 것 같다. 미르야는 도통 이해할 수 없다는 표정으로 그녀에게 물었다.

"그러다 일이 생각하신 대로 흘러가지 않으면 어쩌려고 그러십니까."

"그 또한 내 운이겠지요. 안 그렇습니까?"

페트리지아의 담담한 목소리에 미르야는 할 말을 잃었다. 늘 다음 행동이 예측 가능하게 행동하시는 분이었는데 이번 따라 조금 이상하시다.

미르야는 끝까지 페트리지아의 의중을 이해하기 어려웠으나, 이 부분에서 페트리지아의 고집이 의외로 셌던 탓에 그냥 입을 다물기로 했다. 그녀는 속으로 짧게 한숨을 쉰 뒤 화제를 돌렸다.

"참, 그런데 오늘따라 라파엘라 경이 안 보이시네요. 늘 폐하의 곁을 철통처럼 지키고 계시지 않았습니까."

"아. 걱정하실 것 없습니다. 제가 이번 접견에 관한 일로 뭘 좀 따로 지시한 일이 있어서요. 아마 저녁 늦게나 돌아올 겁니다. 신경 쓰지 마세요."

태연하게 대답한 페트리지아가 곧 다시 화제를 돌려버렸다.

"그나저나 하루 종일 생각을 했더니 배가 고프네요. 미르야, 초대장을 돌리기 전에 간식을 좀 가져다주겠어요?"

페트리지아가 미르야에게 건네준 초대장은 하나도 빠짐없이 주인에게로 전달되었다. 물론 그중에는 로즈몬드도 포함이었다.

로즈몬드는 처음에 자신에게로 온 페트리지아의 초대장이 잘못 온 것인 줄 알고 당황해했지만, 분명 자신의 것이라는 미르야의 말에 얼떨떨한 표정으로 그것을 받아 들었다. 초대장을 전하는 시녀의 표정이 여간 불쾌해 보이는 게 아니었으니 정말로 맞을 것이었다.

"그게 뭔가요, 부인?"

당연하게도 글라라가 초대장에 관심을 보여 왔고, 로즈몬드는 황후의 인장이 찍힌 부분을 언짢은 표정으로 바라보다가 대답해 주었다.

"황후궁에서 초대장이 왔네."

"초대장이라뇨? 하지만 티파티는 얼마 전에 있었잖아요."

"읽어보면 알겠지."

로즈몬드가 찢는 듯한 거친 손길로 편지를 뜯어 내용을 찬찬히 읽어 내려갔다. 곧 잠잠했던 그녀의 입가 근육들이 미세하게 경련하더니, 곧 부들부들 떨리기 시작했다. 그 모습을 하나도 빠짐없이 지켜보고 있던 글라라가 긴장했다. 설마 이번에도 히스테리를 부리는 건 아니겠지.

"아, 아하하하하."

미친 사람처럼 웃어젖히는 로즈몬드를 글라라가 불안한 표정으로 응시했다. 제발 저 편지에 쓰여 있는 내용이 그녀를 자극하는 내용이 아니길. 글라라가 조심스레 그녀의 주인에게 물었다.

"무슨…… 내용인데 그러시나요, 부인?"

"아하하, 글라라. 세상에, 이것 좀 보렴."

그녀가 이렇게 재미있을 수 없다는 듯한 표정으로 글라라에게 초대장을 내밀었다. 어리둥절한 표정으로 초대장을 받아 든 글라라는 차분히 내용을 읽어보았다. 하지만 로즈몬드처럼 웃지는 않았다.

"부인을…… 이번 만찬 때 초대한다는 내용이네요."

"그 어린 것이 참 발칙하기도 하지. 모두가 보는 앞에서 내 처지를 일깨워주려는 의도 아니겠어?"

그녀가 서늘하게 웃으며 글라라에게서 초대장을 다시 낚아챘다. 그러고는 일말의 망설임 없이 죽죽 찢어버리며 중얼거렸다.

"가야지. 가줘야지."

직접 가서 무슨 망신을 당하는지, 무슨 일이 터지는지 두 눈 뜨고 똑똑히 봐줘야지. 생각만 해도 즐겁다는 듯 그녀가 짙게 미소 지었다. 글라라가 따라서 미소 지으며 말을 꺼냈다.

"분부하신 내용은 전부 잘 처리했습니다, 부인."

"그래. 잘했어."

그녀가 잘게 찢어진 종잇조각들을 바닥에 흩뿌렸다. 조각조각
나 밟을 것도 없는 종이 쪼가리들이었음에도 그녀는 아랑곳하지
않고 그것을 최대한 밟아주었다. 마치 그 초대장이 페트리지아라
도 되는 것처럼.

~∽✺⌒~

접견 당일 저녁, 페트리지아는 자신이 가지고 있는 드레스 중 가
장 화려한 붉은색 드레스를 입었다. 금실로 수놓아진 그 강렬한 붉
은 드레스는 너무 화려해 페트리지아가 평소 즐겨 입는 것은 아니
었으나 오늘 만큼은 꼭 입어야 했다. 중요한 날이었으니까.

사신단의 실질적인 접견은 황제가 하겠지만, 그 밖에 부인들의
접견들은 자신의 몫이었다. 어쨌든 국가적 차원의 외교와 관련된
일이었으므로 조금의 실수도 있어서는 안 됐다. 거울 앞에 서 자신
의 모습을 확인한 페트리지아는 신중한 표정으로 점검해야 할 것
들을 다시 찬찬히 점검해나갔다.

"음식들은 전부 준비되었나요?"

"네, 폐하. 걱정하지 않으셔도 됩니다. 음식뿐만 아니라 그 밖의
다른 자잘한 사안들도 전부 확인했습니다."

"수고했어요, 미르야. 고생이 많네요."

그녀가 빙긋 웃으며 머리에 씌워진 티아라를 바로잡는 사이, 하녀 한 명이 두 사람이 있는 방 안으로 들어와 말을 전했다.

"황후 폐하, 지금 나가보셔야 할 것 같습니다. 사신단이 당도했다고 합니다."

"그래요."

그녀가 차분한 목소리로 대답한 다음 문가 쪽으로 발걸음을 옮겼다. 문 밖을 나가 접견 장소인 소노궁까지 걸어가면서, 페트리지아는 지나가는 말로 미르야에게 물었다.

"남작부인은 초대에 응하던가요?"

성이 붙지 않았지만 오늘 만찬 때 초대받은 남작부인은 단 한 명뿐이었기 때문에, 미르야는 금방 알아들었다. 그녀가 대답했다.

"사흘 전에 참석하겠다 답을 보내왔습니다."

그 말을 들은 페트리지아가 '예상은 했지만 역시······.' 하고 중얼거렸다. 그러는 사이 어느새 소노궁에 도착했다. 페트리지아는 다시 한번 옷매무새를 정돈한 다음 안으로 들어갔다. 이미 귀부인들이 도착해 앉아 있었고, 페트리지아를 보자마자 자리에서 벌떡 일어섰다.

"존귀하신 제국의 달, 황후 폐하를 뵙습니다. 어머니께 영광을."

"다들 앉으세요."

그렇게 말한 페트리지아가 슬쩍 주변을 둘러보며 누군가를 찾는 듯한 표정을 지었다. 눈치 빠른 브링스톤 후작부인이 페트리지아가 듣고 싶어 하는 대답을 해주었다.

"폐하, 펠프스 남작부인은 조금 늦는다고 합니다."

"그렇군요."

페트리지아가 고개를 끄덕인 다음 담담하게 대꾸했다. 자리에 앉자마자 부인들의 칭찬이 쏟아졌다. 대부분 페트리지아처럼 퀴네즈를 배출한 가문이었기 때문에 대체로 그녀에게 우호적이었다.

"이런 일은 처음이시니 서투르실 거라 감히 생각했는데, 소신의 착각이었군요. 준비가 훌륭합니다."

"과찬입니다, 위더포드 공작부인. 마음에 드신 것 같아 다행이군요."

"한데 폐하, 남작부인을 굳이 초대한 까닭이 무엇인지요."

가만히 있던 브링스톤 후작부인이 끼어들며 물었다. 라파엘라의 어머니답게 강인한 현명함이 느껴지는 목소리에 페트리지아는 잠시 생각하는 표정을 짓다가 차분하게 되물었다.

"'굳이'라니요, 후작부인?"

"이 자리에 모이신 분들 전부 후작부인, 아니면 공작부인이 아닙니까. 남작부인인 데다 폐하의 정부이기까지 한 여인을 굳이 초대하신 까닭이 무엇인지 궁금합니다."

"혹 이 일로 앙심을 품고 황제 폐하께 제 뒷공론이라도 하면 어찌합니까. 그게 걸려서 초대했습니다."

물론 진짜 이유는 그게 아니었지만. 설핏 웃어 보인 페트리지아는 누가 봐도 아무렇지 않아 보였다. 그 모습에 모두가 설명할 수 없는 이질감을 느꼈지만 굳이 반박하지 않았다. 황후가 그렇다면 그런 것이다. 그리고 실제로 그 이유가 아예 합당하지 않은 것도 아니었으니.

"늦었습니다, 폐하."

그때 낭랑한 목소리와 함께 누군가가 잔잔한 분위기에 파문을 일으켰다. 분명 페트리지아의 초대를 받고 왔으나, 이 자리에 모인 이들에게는 불청객으로밖에 느껴지지 않았다. 유일하게 페트리지아만 그렇게 생각하지 않는지, 그녀가 밝은 미소를 지으며 로즈몬드를 맞아들였다.

"어서 오세요, 남작부인. 늦으셨네요."

페트리지아가 로즈몬드의 모습을 한번 흘긋거리다가 곧 첨언했다.

"치장에 시간이 많이 걸린 모양이군요. 아주 화려하네요."

"칭찬 감사합니다."

말을 하는 사람도, 듣는 사람도 칭찬으로 받아들이고 있지 않지만 서로는 모두 그런 척했다. 페트리지아는 웃는 낯을 거두지 않은 채 그녀에게 자리를 권했다.

"어서 앉으세요. 곧 사신단 부인들도 당도하겠군요."

"초대해주셔서 감사합니다, 폐하. 사실 저보다 높은 작위의 부인들이 많이 오셔서 제가 끼어도 될 자리인지 긴가민가했는데, 이리 초대해주시니 감사할 따름입니다."

"아닙니다, 부인. 감사는 제가 드려야지요."

따스한 목소리로 말을 받은 페트리지아를 그로체스터 후작부인은 불안한 표정으로 쳐다볼 뿐이었다. 듣기로는 마지막으로 두 사람이 대면했을 때까지만 해도 저런 분위기가 아니었다고 했던 것 같은데, 갑자기 제 딸이 너무나도 변해버린 것 같아 이상한 느낌이 들었다. 하지만 겉으로는 아무런 문제도 없어 보였다. 겉으로는 정말 그랬다.

"한데 오늘 기분이 좋아 보이세요, 황후 폐하. 평소 붉은 드레스는 잘 입지 않으신다고 들었는데, 오늘은 특별히 입으셨고요."

아르젤도 백작부인의 말에 페트리지아가 빙긋 웃으며 대답했다.

"아아, 눈치가 빠르세요, 백작부인. 말씀하신 것처럼, 실은 제가 오늘 좀 기분이 좋습니다."

"어머, 특별한 이유라도 있으신 건가요? 오늘 이 자리 때문만은 아닌 것 같은데."

"네. 이 자리도 분명 제겐 기분 좋은 일이지만, 단순히 이것 때문만은 아니랍니다."

그녀가 의미심장한 미소를 지으며 앞에 놓인 물 잔을 만지작거렸다.

"근래에 선물 하나를 받았거든요. 덕분에 제 기분이 너무 좋아졌어요."

'선물'이라는 말에 그로체스터 후작부인이 궁금하다는 목소리로 물었다.

"선물이요? 도대체 무슨 선물이기에 폐하의 기분을 그리 좋게 만들어주었을까요? 궁금하네요."

"좋은 선물이었습니다. 아마 제가 입궁한 후 받은 선물들 중 가장 좋은 선물이었을 거예요."

"드레스였나요, 폐하?"

바시에 공작부인의 질문에 페트리지아가 고개를 내저었다. 유감스럽게도, 아니었다.

"아닙니다, 부인. 그런 종류의 것은 아니었어요."

"그럼 도대체 무엇인가요?"

"제 심신을 좀 더 강인하게 만들어주는 선물이었죠. 덕분에 제가 좀 더 강해질 수 있을 것 같아서. 그래서 기분이 좋네요."

"궁금하네요, 폐하. 혹시 저희에게도 보여주실 수 있으신가요?"

"그럼요, 위더포드 공작부인. 하지만 유감스럽게도 지금은 보여드릴 수 있는 상황이 아니네요. 잠시 후에 보여드릴게요. 괜찮으시죠?"

위더포드 공작부인이 당연하다는 듯 고개를 끄덕여 보였고, 페트리지아는 다시 한번 웃어 보였다. 그때 조용히 있던 로즈몬드가 끼어들었다.

"저도 폐하께 선물을 드리고 싶은데, 괜찮을까요?"

그 말에 흥미로운 눈을 한 페트리지아가 되물었다. 이번에는 또 무슨 말로 자신을 들쑤시려는 것일까. 불안함과 동시에 흥미로움이 솟구쳤다.

"갑자기 웬 선물을? 특별한 이유라도 있나요, 남작부인?"

"특별하다면 특별한 이유지요. 황후 폐하께서 제가 작위를 받는 데 일조해주셨다 들었습니다."

그녀가 순수한 척 미소를 지어 보이며 페트리지아에게 말했다.

"황후 폐하께서 돕지 않으셨으면 제가 지금 이 자리에 앉아 있지 못했겠지요. 한미한 가문의 여식이 어떻게 감히 폐하와 얼굴을 나란히 들 수 있겠습니까. 그래서 전 베인궁으로 옮긴 후부터 단 한 번도 폐하에 대한 은혜를 잊은 적이 없답니다."

겉으로는 분명 아무런 문제가 없는 말이었는데, 중간에 섞여 있는 단어 몇 개가 페트리지아의 심기를 어지럽혔다. 하지만 그녀는 차분하게 웃으며 감정을 갈무리한 뒤, 아무렇지 않게 대답해버렸다.

"그 정도 가지고 고마워하긴요, 남작부인. 그런 건 내게 그리 큰일도 아닐뿐더러, 어려운 일도 아니랍니다. 그대가 폐하의 곁을 내가 없는 일 년간 지켜드렸다고 들었으니, 그 정도 대가는 드려야지요."

"제 노고를 인정해주시니 기쁠 따름입니다, 폐하. 앞으로도 폐하와 이런 관계를 유지할 수 있었으면 좋겠네요."

"본디 관계란 쌍방이 우호적이어야 원활하게 굴러가는 것이라고 생각합니다. 한쪽이 먼저 사특한 생각을 품으면 그때는 모든 것이 끝이랍니다, 남작부인."

"저 또한 폐하와 같은 생각입니다. 역시 듣던 대로 영민하시네요."

"칭찬 고마워요."

전혀 고마워 보이지 않는 얼굴이었지만 로즈몬드도, 페트리지아도 그 점에 대해 군이 먼저 딴죽을 걸지 않았다. 묘하게 팽팽해진 분위기에 그로체스터 후작부인을 포함한 다른 부인들이 긴장했으나, 다행히 그런 분위기는 때마침 들어온 미르야에 의해 깨질 수 있었다.

"황후 폐하, 지금 막 사신단 부인들께서 당도하셨습니다. 안으로 모실까요?"

"당연하지요. 어서 모시세요, 미르야."

자연스럽게 깨진 대화에 경직된 분위기는 다시 살아났다. 새 손님의 출현이 가져다주는 묘한 활기가 금세 방 안을 헤집고 다녔다.

곧 한 무리의 여성들이 페트리지아가 있는 방 안으로 들어왔다. 젊은 부인부터 나이 든 부인까지 나이대는 다양했으나, 배를 타고 외국까지 온다는 점을 감안했을 때 그렇게 노령의 부인은 보이지 않는 듯했다. 페트리지아가 유창한 외국어 솜씨를 뽐내며 그들을 맞아들였다.

"어서 오세요. 기다리고 있었습니다."

언니인 페트로닐라가 다른 영애들과 티파티를 전전하고 다닐 때, 페트리지아는 홀로 집 안에서 외국어, 특히 마비너스 제국과 동맹 관계를 맺고 있는 크리스타 제국의 언어를 익히곤 했다. '언젠가 쓸 일이 있겠지.' 하고 막연하게 생각만 할 뿐 그게 이런 때일 줄은 상상도 못 하긴 했지만. 페트리지아의 유창한 회화 능력에 내심 감탄하며 그들 중 가장 우두머리로 보이는 이가 말했다.

"환대해주셔서 감사합니다, 마비너스의 달이시여. 제국의 새 어머니를 뵙게 되어 영광이군요. 크리스타의 베리카 공작부인입니다."

"저 또한 공작부인을 만나게 되어 기쁘기 한량없네요. 어서들 앉으세요."

"네, 폐하."

빈자리에 앉은 크리스타의 귀부인들은 하나같이 크리스타 제국 특유의 검은 머리카락과 가무잡잡한 피부색을 가지고 있었는데, 이는 마비너스 제국에서 쉽사리 보기 힘든 모습이었기 때문에 페트리지아는 새삼 신기한 기분이 들었다. 하지만 자칫 그 마음이 실례가 될까 봐 최대한 그런 기색을 얼굴에 드러내지 않았다.

"먼 곳에서 오시느라 피곤하셨을 텐데, 일단 식사부터 하시는 게 좋겠네요. 저희 궁의 주방장이 아주 요리 솜씨가 뛰어나답니다."

"그렇게까지 말씀하시니 아주 기대가 되네요. 사실 저희들이 마비녀스의 음식에 대해 매우 기대를 하고 왔답니다. 마비녀스의 음식이 그렇게 맛있다면서요?"

"과찬이세요, 공작부인. 부디 입에 맞으셨으면 좋겠네요."

그렇게 말한 페트리지아가 미르아에게 음식을 들이라는 듯 고갯짓을 했고, 곧이어 수많은 하녀들이 음식이 담긴 접시를 들고 만찬장 안으로 들어왔다.

색색의 채소 요리와 함께 맛있는 냄새를 풍기는 육류 요리들이 시선을 잡아 끌었다. 누군가는 벌써부터 군침이 도는 듯 사방에서 침 삼키는 소리가 들려왔다. 세상 뿌듯한 표정을 지은 페트리지아를 쳐다보며 로즈몬드는 속으로 회심의 미소를 지었다.

지금 하녀들이 순진한 표정으로 들고 들어오는 저 스테이크는, 원래는 쇠고기 스테이크여야 했지만 자신이 미리 손을 쓴 덕에 재료가 교체되었다.

물론 전문적으로 요리를 하는 주방장이라면 그 둘을 구분할 가능성이 크겠지만 아마 쉽지는 않을 것이다. 주방장이 요리를 시작하기 직전, 구별하기 어려울 정도로 쇠고기와 비슷한 모양과 색의 돼지고기로 교체해놓았기 때문에. 로즈몬드는 짐짓 아무것도 모른다는 표정을 지으며 부러 스테이크를 거론했다.

"어머, 스테이크가 정말 맛있어 보이네요. 아주 품질이 좋은 고기를 구웠나 봐요."

"맞아요, 남작부인. 특별히 주방장에게 부탁했지요. 아주 질 좋은 고기로 요리해달라고. 그러니 많이 드시지요. 다른 분들도 모두 즐기셨으면 좋겠네요."

"네, 폐하. 잘 먹겠습니다."

비뚜름하게 웃어 보인 로즈몬드가 곧 우아한 손놀림으로 스테이크를 썰기 시작했다. 그러자 육즙이 배어나오며 커다란 스테이크가 조각조각 썰리기 시작했다. 로즈몬드는 일부러 다른 사람들이 써는 것보다 더 느린 움직임으로 스테이크를 썬 뒤, 슬쩍 다른 사람들이 입가로 스테이크 조각을 가져가는 것을 살펴보았다. 가장 지척에 있는 크리스타의 귀부인 한 명이 기대 어린 표정으로 제법 커다란 크기의 스테이크를 입안에 넣었다.

크리스타 제국에서 돼지고기가 허용되지 않는다고 해서 저들이 돼지고기의 맛까지 모르는 것은 아닐 터. 로즈몬드는 곧 일어날 엄청난 소란을 기대하며 제 접시에 담긴 스테이크 조각을 입안에 집어넣었다. 그런데…….

'이게…… 어떻게 된 일이지?'

스테이크를 맛본 로즈몬드의 얼굴이 단박에 굳어져 내렸다. 그녀는 자신이 잘못 맛보았다고 생각했는지 스테이크를 몇 번 더 씹어 삼켰다. 하지만 그렇다고 해서 쇠고기 스테이크에서 돼지고기 맛이 나는 것은 아니었다. 그녀가 믿을 수 없다는 표정으로 다시 한 조각을 입안에 넣었다. 여전히 쇠고기 맛이었다.

그녀는 당황한 표정으로 상황을 판단했다. 그래, 어쩌면 자신에게만 쇠고기 스테이크가 왔거나, 아니면 쇠고기 스테이크와 돼지고기 스테이크가 반씩 섞여 귀빈들에게 접대되었을지도 모르는 노릇이었다. 하지만 그런 가설을 세우기에는 스테이크를 맛본 귀부인들의 표정이 하나같이 만족스러워 보였다.

"어머, 폐하 말씀대로 스테이크 맛이 상당히 훌륭하네요. 마비너스의 소들이 이렇게 맛있을 줄은 몰랐는데 말이죠."

"입에 맞으신다니 다행이네요. 베리카 공작부인께서도 입에 맞으시나요?"

"네, 폐하. 신경 써주셔서 감사합니다. 이런 스테이크는 정말 오래간만에 먹어보네요."

그러니까, 지금 이 상황은 모두가 쇠고기 스테이크를 먹고 있는 것이었다. 자신이 준비한 돼지고기 스테이크가 아니라. 예상과 일이 판이하게 흘러가자 당황한 로즈몬드의 얼굴이 새하얗게 질렸다. 그 모습을 본 페트리지아가 의아한 표정으로 로즈몬드에게 물었다.

"펠프스 남작부인, 왜 그러시나요? 안색이 좋지 않아요."

"아…… 속이 조금 좋지 않네요. 송구합니다, 폐하."

로즈몬드가 애써 둘러대자 페트리지아는 너그러운 얼굴로 그녀에게 권유했다.

"저런. 유감이네요. 그럼 밖에 나가서 밤공기라도 조금 쐬고 오시는 게 어떨까요? 다시 돌아오시면 분명 속이 더 좋아져 있을 거예요."

"……그럼 실례하겠습니다."

최대한 낭패라는 기색을 얼굴에 드러내지 않으며, 로즈몬드는
차분하게 자리를 빠져나왔다. 그 모습을 묘한 시선으로 바라보던
페트리지아는 곧 신경을 다시 귀부인들과의 식사에 집중시켰다.

5
Confusion

밖으로 나온 로즈몬드는 일이 수틀린 것에 대한 당황스러움으로 발을 동동 굴렀다.

"도대체, 도대체!"

그녀가 분노한 표정으로 같이 따라 나온 글라라에게 따져 물었다.

"도대체 이게 어떻게 된 거야. 왜 일 처리가 이 모양이야?"

"부, 부인…… 저도 잘 모르겠습니다. 전 분명 부인께서 지시하신 대로 모든 일을 다 끝냈습니다. 쇠고기가 돼지고기로 바뀌는 것도 직접 제 두 눈으로 확인했어요."

글라라는 정말로 억울했다. 로즈몬드가 지시한 일은 전부 그녀가 마지막까지 확인한다. 이번에도 그 원칙은 깨지지 않았다. 그녀는 분명 소노궁의 주방에서 쇠고기가 돼지고기로 은밀히 교체되는 것을 확인했다. 하지만 그렇다면 도대체 왜……?

글라라는 제발 믿어달라는 표정을 지으며 로즈몬드에게 결백을 주장했다.

"정말 저는 억울합니다, 부인. 아시잖아요. 제가 왜 부인께서 지시하신 일을 대충 하겠습니까. 전 분명…… 전 분명……!"

"그럼 도대체 왜 일이 틀어진 거야, 어? 누가 그 짧은 시간 동안 돼지고기를 쇠고기로 다시 바꿔치기라도 했다는 거야?"

"그래."

순간 들려오는 제삼자의 목소리에 로즈몬드와 글라라 모두 흠칫하며 말을 멈추었다. 목소리가 들려오는 쪽으로 고개를 돌리자 무표정한 얼굴의 페트리지아가 천천히 그들이 있는 쪽으로 다가오고 있었다. 로즈몬드는 그녀의 등장에도 전혀 위축되는 기색 없이 당당하게 어깨를 폈다.

이왕 이렇게 된 거, 이판사판이다.

"어찌 나오셨습니까, 황후 폐하? 크리스타의 귀부인들을 접대하시지 않고."

"잠시 볼일이 있다고 하고 나왔습니다. 어차피 길게 있지도 않을 거라."

"그럼 그냥 가시던 길 그대로 볼일 보시면 되겠군요."

그녀가 비뚜름하게 웃으며 페트리지아에게 말했고, 페트리지아는 그런 그녀의 표정을 보며 따라서 웃었다. 속을 알 수 없는 미소는, 그러나 곧 광기로 변했다.

짝!

만월의 밤, 거친 마찰음이 어둠을 찢어발겼다. 페트리지아는 무표정한 얼굴로 맞은 뺨을 감싼 채, 믿을 수 없다는 표정으로 자신을 쳐다보고 있는 로즈몬드를 바라보았다. 그녀가 분노로 부들부들 몸을 떨며 페트리지아를 죽일 듯 노려보았다.

"너, 너⋯⋯!"

짝!

페트리지아는 망설이지 않고 다시 한번 뺨을 내리쳤다. 서늘한 목소리는 덤이었다.

"미쳤습니다, 로즈몬드. 정부가 되더니 정신병을 화대로 받기라도 했나 보네요."

"뭐? 네가 정말⋯⋯."

짝! 세 번째 응징이었다. 로즈몬드는 완전히 붉어져버린 뺨을 이를 악문 채 감쌌다. 그 와중에도 신음 한 번 내지 않은 게 장했다. 페트리지아가 잔뜩 낮아진 음성으로 그녀에게 물었다.

"정말 미쳤나요, 로즈몬드? 하긴, 한미한 가문의 여식이라고 했죠. 가정교육을 제대로 받지 못한 건 이해합니다. 하지만 적어도, 달과 태양에게 예의는 갖추어야 하지 않겠어요? 그건 열 살배기 꼬마 애도 아는 사실인데 말입니다."

"네가 뭔데 내 집안을 운운하고 가정교육을 운운해? 네가 뭔데!"

짝! 마침내 그녀의 볼에서 피가 흘러 내렸다. 페트리지아의 하얀 손바닥에 피가 묻었고, 그녀는 그것을 무심하게 바라보다가 곧 자신의 붉은 드레스에 미련 없이 닦아버렸다.

이럴 줄 알고 붉은 드레스를 입고 온 것은 아니었으나, 결과적으로 오늘의 상황에 참 잘 어울리는 드레스였다. 그녀가 손을 매만지며 말했다.

"내가 누군지 아직도 모르다니. 심각합니다, 로즈몬드. 교육이 필요하겠어요."

"······."

"한 번만 말해줄 테니 잘 들으시길 바랍니다. 나는, 페트리지아 라일라 레 그로체스터는 이 마비너스 제국의 황후이고, 그대가 사랑한다고 말하는 황제 폐하의 정실부인이며, 이 나라의 모후가 될 사람입니다."

"하, 모후라니····· 웃기지도 않·····."

"첨언하자면, 그대는 말입니다."

"······."

"로즈몬드 메리 라 펠프스는, 이 마비너스 제국의 남작부인이고, 내 남편인 황제 폐하의 측실입니다. 동시에 우리 부부의 충실한 신하이고, 나의 종입니다. 아시겠어요?"

"모르겠는데요, 황후 폐하."

그 말에 다시 한번 페트리지아의 손이 움직였지만, 이번에는 로즈몬드도 호락호락하게 당하고 있지만은 않았다. 한 손으로는 여전히 피가 흐르고 있는 뺨을 감싼 채, 나머지 한 손으로는 페트리지아의 여린 팔목을 움켜쥐었다. 그녀가 비뚜름하게 웃으며 페트리지아에게 말했다.

"모르겠습니다, 황후 폐하. 내가 그대의 종인 것도, 그대가 이 제국의 모후가 될 여인이라는 것도."

"괜찮습니다, 로즈몬드. 머리가 나쁘면 이해하지 못할 수도 있어요. 이해합니다. 하지만 너무 걱정 마세요. 그런 것들은 살아가면서 차차 알게 될 것들이니까요."

페트리지아는 그녀에게 잡힌 손목을 다른 쪽 손을 이용해 떼어낸 뒤, 이번에는 뺨을 후려치지 않고 그녀의 다친 쪽 볼을 가만히 쓸어내렸다. 당연히 로즈몬드는 무시무시한 표정으로 그녀의 손을 거칠게 쳐내며 거부했지만, 페트리지아는 아무렇지도 않은 얼굴로 그녀에게 차분히 말해나갔다.

"설령 그대가 알고 싶어 하지 않더라도 알게 될 것들이니, 굳이 더 말할 필요는 없을 겁니다."

"너무 자신만만하세요, 황후 폐하. 뭘 믿고 이렇게 자신만만하실까? 폐하의 총애도 얻지 못하는 이름뿐인 황후가, 무슨 권력이 있다고."

'틀린 말은 아니에요.' 하고 페트리지아가 웃으며 말했다. 하지만 로즈몬드는 그 웃음 속에 숨겨진 분노를 보았고, 그래서 더 환하게 웃었다.

그것만큼은 황후인 페트리지아라도 부정할 수 없는 사실일 테니. 하지만 그런 로즈몬드의 미소는 얼마 안 가 자취를 감추었다.

"황후는 첩이 아닙니다, 로즈몬드. 저번에도 말했지만 그대처럼 천박하게 몸을 굴리지 않아도 권력을 쥘 수 있어요. 만일 황제의 총희에게 모든 권력이 집중되었다면, 이 나라는 진즉에 망했을 겁니다."

"……."

"그대도 그걸 잘 알고 있잖아요. 그렇죠?"

빌어먹게도, 사실이다. 이 나라는 그렇게 호락호락하지 않다. 적어도 마비너스 제국이 그 오랜 시간 동안 제국의 형태를 유지하며 그 왕조를 지켜낼 수 있었던 건, 자신 같은 요부들이 나라를 주름잡지 못했기 때문이었다.

정부가 개입할 수 있는 부분은 한계가 있었다. 마비너스 제국은 혹시 모를 황제의 부정을 막기 위해 부러 황후에게 황제와 동등한 권한을 주었고, 그래서 결과는 지금과 같다. 로즈몬드는 빌어먹게도, 그 사실을 누구보다 잘 알고 있었다. 그렇기 때문에, 무슨 수를 써서라도 황후가 되려 하는 것이고.

황후가 되지 못한 정부의 말로는 참혹하다. 그게 자신이 모시던 황제가 살아 있을 때라면 아닐 수도 있겠지만, 만일 황제가 서거하고 그다음 대 황제가 즉위한 상황이라면, 그리고 만약 그때 황후가 살아 있다면 이야기가 완전히 달라진다. 상식적으로 죽은 남편의 사랑을 독차지했던 정부를 고운 눈으로 바라보는 정실은 거의 없으니까.

"그래서 오늘 일을 꾸민 거겠죠. 참으로 발칙하고, 무례하고, 천박하고……."

페트리지아가 분노가 치미는 듯한 목소리로 중얼거렸다. 정확히 자신이 이 일의 전말을 알게 된 건, 만찬이 열리기 나흘 전의 일이었다. 혹시 몰라 베인궁 쪽의 동태를 유심히 살펴보라고 지시한 게 이렇게 도움이 될 줄은 몰랐다.

페트리지아는 로즈몬드의 음모를 알아채고 난 즉시 라파엘라에게 지시해 주방장에게 이 일을 알리게 했다. 만찬 당일 사용될 쇠고기를 따로 알려지지 않은 은밀한 곳에 보관해놓으라고.

처음 로즈몬드의 계략에 대해 알게 되었을 때, 그녀는 적잖은 충격을 받았다. 전혀 예상하지 못했던 일이었다. 물론 언젠가는 자신을 끌어내리기 위해 결정적인 한 수를 둘 것이라고는 예상하고 있었지만, 그걸 이렇게 빨리, 그리고 대담하게 계획할 줄은 몰랐다.

적어도 지금보다는 좀 더 훗날의 일이라고 생각하고 있었기 때문에, 그녀는 안일할 수 있었다.

그리고 지금, 페트리지아는 자신의 안일함과 태연함을 탓했다. 하마터면 큰일 날 뻔하지 않았는가. 이건 단순히 자신에게서만 끝날 문제가 아니었다. 자칫하면 외교적인 문제로까지 번질 수 있는 사안이었다.

그리고 만약 자신이 이 일을 알아차리지 못했더라면, 생각했던 것보다 더 끔찍한 일이 벌어졌을 것이다. 어쩌면 양국 간의 동맹 관계가 위태로워졌을지도 모를 일. 다시 한번 이 사안의 심각성을 깨닫자 모골이 송연해졌다.

페트리지아가 느끼는 충격의 크기만큼, 로즈몬드를 향한 분노도 깊어졌다. 그녀는 여전히 가라앉을 대로 가라앉은 목소리로 말을 계속했다.

"이 나라의 정부들은 황제의 사랑을 얻기 위해 온갖 모략을 다 꾸몄지만, 적어도 로즈몬드 그대처럼 나라에 해가 되는 짓은 저지르지 않았습니다. 도대체 무슨 배짱으로 이런 일을 저지른 거죠? 자칫 양국 간 외교 문제까지 번질 수 있는 사안이었어요."

"무슨 말씀을 하시는지 잘 모르겠습니다, 황후 폐하."

그녀는 갑자기 태세를 바꾸었다. 지금 상황, 결코 자신에게 유리하지 않다고 판단한 것이다. 빠른 태도 전환에 페트리지아는 헛웃음이 삐져나왔으나, 곧 싸늘한 얼굴로 그녀에게 말했다.

"어물쩍 넘어가려는 생각은 하지 마세요, 로즈몬드. 날 그렇게 끌어내리고 싶었나요? 이런 무리수를 둘 만큼? 아주 무서운 사람이네요, 당신."

"알면 그냥 그 자리, 제게 넘기세요, 황후 폐하. 그럼 제가 당신을 굳이 건드릴 이유가 없지 않겠습니까."

"그건 안 되겠네요. 알다시피, 이 나라에서 폐위란 곧 죽음을 의미하니까."

이 나라에는 폐후라는 고귀한 용어 따윈 없다. 폐위는 곧 죽음이다. 이는 곧, 죽을 만큼의 죄를 짓지 않으면 폐위되기 어렵다는 것을 의미한다.

그러니 페트리지아는 결코 그녀의 말처럼 좋게 좋게 이 상황을 해결할 수 없었다. 어찌 보면 참, 유감스러운 일이었다. 폐후라는 그 고귀한 직책만 가진 채 살 수 있다면, 그녀의 제안을 받아들이는 것도 나쁘지는 않았을 텐데.

"그러니 로즈몬드, 그대가 포기하세요. 그러면 적어도 폐하께서 서거하셨을 때 험한 꼴은 보지 않도록 해줄 수 있습니다. 이게 내가 그대에게 베풀 수 있는 최대한의……."

"입 닥치세요, 페트리지아."

생글생글 웃는 사람이 하는 욕을 듣는 건 결코 신선한 기분도 아니었고, 새로운 기분도 아니었다. 그냥 더러웠다. 페트리지아의 한쪽 눈썹이 꿈틀거렸다.

"아, 먼저 이름으로 부르기에 나도 그러려고요. 괜찮겠죠? 어차피 지금 일어난 일, 누설할 생각 없잖아요."

"하! 그 뻔뻔함, 배우고 싶을 정도로 대단하네요. 난 조용히 살고 싶습니다. 그대가 날 먼저 건드리지 않는 한, 내가 그대를 건드리는 일은 없을 거예요. 약속할 수 있습니다. 하지만……."

페트리지아가 로즈몬드를 죽일 듯 노려보았다. 오늘의 일은 정말로 용서가 되지 않는다. 아직까지도 그녀를 소름 끼치게 만드는 그 사특한 음모를 꾸몄다는 사실이, 너무나도 화가 났다.

"먼저 날 건드리면, 나도 어쩔 수 없어요. 실수도, 용서도 이번이 마지막입니다. 그러니까…… 조용히 지내요, 우리. 이 다음에도 이런 일이 일어난다면, 나도 무슨 짓을 저지를지 감이 잡히지 않으니까."

"무섭네."

조롱조로 중얼거린 로즈몬드가 페트리지아를 깔아 내리는 듯한 시선으로 쳐다보았다. 사람 기분을 망치게 하는 데는 참으로 일가견이 있는 여자라고 생각하며, 페트리지아가 말했다.

"마음 같아선 오늘 일을 온 천하에 밝히고 당신을 매장시키고 싶지만, 그렇게 되면 깔끔하지 못한 상황이 일어나겠지요. 그러니 이번 딱 한 번만입니다, 로즈몬드. 두 번째부터는 자비가 없으니까."

이 일을 만천하에 공포하는 건 그리 어려운 일이 아니다. 아무리 총애를 받지 못하는 황후라고 해도 그 정도의 권력까지 가지고 있지 못하는 것은 아니니까.

다만 그렇게 되면 내부의 문제는 해결되지만 외부의 문제가 생길 여지가 있다. 물론 가장 바람직한 경우는 아무 일도 일어나지 않는 것이지만, 만약 이 일을 구실로 크리스타 제국과의 외교에서 불이익이 생긴다면 그것처럼 곤란한 일도 없을 테니까.

본래 외교란 그런 것이었다. 약간의 그럴 듯한 명분만 있으면 언제든 말도 안 되는 부당한 권력을 행사할 수 있는 것.

크리스타 제국이 약소국도 아니고, 마비너스 제국과 어깨를 나란히 하는 대국이다. 섣부른 행동이 어떤 불씨가 되어 돌아올지 그녀는 감히 짐작할 수 없었다.

그래서 빌어먹게도, 그녀는 마음 가는 대로 행동할 수 없었다. 이건 단순히 내부적인 문제로 끝내기에는 파장이 큰 사안이다.

"아아, 참고하지요, 황후 폐하. 이거야 원, 무서워서 오줌이라도 지릴 것 같네요."

"그 깐족대는 태도도 가급적 집어치워요. 성질나서 머리채를 잡게 될지도 모르니까."

"아아, 그것도 참고하지요."

끝까지 무례함을 버리지 않은 로즈몬드가 언제 맞아 위축되었냐는 듯 당당한 표정으로 페트리지아를 노려보았다. 그 시선을 하나도 피하지 않은 채 페트리지아는 그대로 다 받아주었다.

피할 이유 따위는 없었다. 지금 시선을 피할 이는, 자신이 아니라 그녀였으니까. 페트리지아가 낮게 소리 내 웃은 뒤 물었다.

"그 당당함, 어디서 나오는 건지 심히 궁금하네요. 내가 이 일을 아무에게도 발설하지 않을 거라고 생각하는 건가?"

"당연하지요, 황후 폐하. 폐하께 그럴 배짱이 있으실 리 없지 않습니까."

로즈몬드가 당당한 데는 다 이유가 있었다. 첫째, 진짜로 그녀가 계획한 것처럼 쇠고기가 돼지고기로 바뀐 게 아니다. 즉 무슨 사달이 일어나지 않았다.

둘째, 실질적인 증거가 없다. 황후가 알고 있는, 이 일에 연루된 사실은 로즈몬드와 글라라뿐이다. 하지만 그건 두 사람 모두가 입만 다물면 해결될 일이었다. 글라라처럼 충성스러운 이도 없으니 그녀는 아마 고문을 받는다고 해도 쉽사리 입을 열지 않을 터였다.

셋째, 무엇보다 이 일을 키우면 크리스타 제국에까지 이 이야기가 퍼질 위험성이 컸다. 그렇게 되면 페트리지아가 그토록 우려했던 외교적 마찰이 뒤늦게 생길 수도 있는 것이다. 페트리지아 역시 이 사실을 누구보다 잘 알고 있었으나, 조금 더 세게 나가보기로 했다.

"죄란 있으면 밝히면 되는 것이고, 설령 없다고 해도 만들면 되는 것이지요. 하지만 이 경우에는 전자이니, 어려울 이유도 없겠네요."

"황제 폐하께 약조 드리지 않으셨습니까. 절 건드리지 않으시겠다고."

"그건 그대가 먼저 나를 건드리지 않았을 때의 이야기지요. 내가 멍청하게 바보처럼 당하겠다는 약조는 하지 않았습니다만."

"정부가 제국을 주름잡은 예는 없지만, 황제를 치마폭에 넣고 흔든 선례는 있지요. 폐하, 지금이 딱 그때라고 생각지 않으십니까?"

너무나도 자신 있는 표정으로 물어오는 로즈몬드를 보며 페트리지아는 할 말이 없어졌다. 뻔뻔함도 정도껏이어야지.

"당당해요, 로즈. 내가 그대의 그런 점을 참 싫어합니다."

페트리지아는 비틀린 미소를 지어 보인 뒤 로즈몬드에게 가까이 다가가 귓가에 대고 속삭였다.

"어쨌든 선물 고맙습니다, 로즈몬드. 덕분에 내가 다짐을 하나 했거든요. 자비는 이번까지만, 선공은 그다음부터."

페트리지아의 선공이라, 이거 기대되는걸. 상황에 어울리지 않게 해맑게 웃은 로즈몬드가 흥미롭다는 목소리로 그녀에게 말했다.

"기대해도 될까요, 폐하?"

미친 여자 같으니라고. 페트리지아는 황당함에 목이 막혀오는 것을 느꼈다. 예상은 했지만 역시나 호락호락하지 않은 상대다. 하지만 적어도 지금은, 자신이 우위에 있다.

이건 그저 약해 보이지 않기 위해 발버둥 치는 패자의 몸부림 같은 거다. 그러니 절대 겁먹을 필요도, 위축될 필요도 없겠지. 페트리지아가 말했다.

"그런 일, 부디 일어나지 않았으면 좋겠네요, 로즈몬드. 난 평화주의자거든요."

말도 안 되는 소리다. 로즈몬드는 속으로 페트리지아를 비웃었다. 평화를 원한다면 그 자리, 당장 자신에게 내놓고 깔끔하게 사라지는 게 맞았다. 왜냐하면 자신은 황후의 자리에 오를 때까지 절대로 이 싸움을 포기하지 않을 테니까.

페트리지아에게 그 자리를 유지하는 것이 생존과 직결된 일이 듯, 그녀에게 역시 이것은 생존과 관련된 문제였다. 그래서 그녀는 포기할 수 없었다. 그 지고한 퀸의 자리를 차지하는 것을.

"아, 너무 오래 밖에 있었네요. 난 이만 가봐야겠습니다. 귀부인들이 기다리시겠네요."

페트리지아가 한쪽 입꼬리를 살짝 끌어 올려 웃은 다음 그녀에게 위로랍시고 말을 건넸다.

"그만 화내고, 이만 들어와요. 쇠고기 스테이크, 아까 보니까 몇 점 먹지도 않았던데 다 식겠네."

이미 다 식어빠져 버렸겠지만. 페트리지아는 끝까지 미소를 남긴 채로 로즈몬드를 지나쳐, 당당하게 걸어갔다. 그녀의 모습이 시야에서 사라지자마자, 로즈몬드는 괴성을 질렀다.

"아아악!"

그것은 자신이 원하던 일이 뜻대로 풀리지 않을 때 로즈몬드가 흔히 내지르는 악이었다. 그녀는 분노를 주체할 수 없다는 듯 발을 쿵쿵 구르며 화를 냈다.

"감히, 감히!"

자신을 창녀 취급한 것도 모자라, 저 발칙한 애송이가 이번에는 꼴에 경고란 걸 했다. 로즈몬드는 자신이 저 어린 황후에게 놀아났다는 사실이 너무나도 분해 견딜 수 없었다.

그녀가 잔뜩 붉어져 있는 볼에 아픔을 느낄 새도 없이 입술을 잔뜩 물어뜯었다. 그러자 옆에서 새파래진 표정으로 그간의 일을 모두 지켜보고 있던 글라라가 걱정스러운 목소리로 로즈몬드에게 물었다.

"상처가 심하십니다, 부인. 어서 베인궁으로 돌아가시는 게 좋겠어요."

짝!

그러나 글라라의 걱정 어린 말에 돌아오는 것은 날카로운 폭행이었다. 글라라가 뺨을 조심히 감싸 안은 다음 묵묵히 말했다.

"죄송합니다, 부인. 다 제 불찰입니다."

"너 때문에……."

로즈몬드가 분이 풀리지 않는 듯 잔뜩 낮아진 목소리로 으르렁거렸다. 그녀는 지금 자신이 처한 상황을 도무지 믿지 못하는 듯했다.

정확히는, 페트리지아가 자신을 역공했다는 사실을 믿지 못하는 것이었다. 그건 산전수전 다 겪은 백전노장 로즈몬드의 입장에 있어서 엄청난 수치와도 같은 일이었으므로.

"자비는 이번뿐이고, 다음부터는 선공이라고? 하! 그것참 기대되는군. 그 순진한 온실 속 화초가 독하면 얼마나 독할까. 정말 무섭기도 하지."

로즈몬드는 싸늘해진 눈매를 숨기지 않은 채 베인궁 쪽으로 말도 없이 발길을 돌렸다. 도무지 이런 기분으로는 귀부인들 앞에서

하하 호호 웃고 떠들 수 없었다. 그리고 무엇보다, 이 꼴을 하고서 다시 되돌아갈 수도 없는 노릇이었다. 그녀는 어떻게 하면 페트리지아에게 복수할 수 있을지 심각하게 고민하며 베인궁까지 걸어갔다.

한편 그 시각, 루시오는 사신단을 접견하느라 눈코 뜰 새 없이 바빴다. 이따금 페트리지아가 잘하고 있을지 불쑥 의문이 튀어나오기도 했지만, '어련히 알아서 잘하겠지' 하고 곧 걱정을 무마시켰다.

어쨌든 후작가의 영양이고 한 나라의 황후다. 에프레니 공작부인이 교육을 허술히 시켰을 리도 없을 테니 분명 잘하고 있을 터였다.

만찬이 끝나고 사신단까지 모두 배정된 침실로 돌아가자, 그제야 루시오에게는 자유가 생겼다. 그는 중앙궁에서 간단한 목욕을 마친 뒤 곧바로 로즈몬드에게로 갔다. 그리고 전혀 생각하지 못했던 뜻밖의 광경과 마주했다.

"이게…… 무슨 일이지?"

그가 굳어진 목소리로 로즈몬드에게 물었다. 로즈몬드는 그 물음을 기다리고 있기라도 한 사람처럼, 눈물 바람으로 루시오에게 달려가 안겼다.

"흑, 폐하……."

"무슨 일이냐고 물었어. 누가 그댈 때리기라도 한 건가?"

"흑……."

그녀가 말없이 눈물만 찍어내자, 답답해진 것은 당연히 루시오였다. 그가 다그치듯 그녀에게 캐물었다.

"말해봐, 로즈. 누가 널 이렇게 만들었나. 황후인가?"

"……."

말없이 고개만 돌리는 것을 보니 맞는 듯했다. 그러자 피곤함이 더해져 엄청난 분노가 솟구쳤다. 루시오는 다른 건 다 그렇다 넘어갈 수 있어도 오직 하나, 그녀에게 손을 대는 것만은 참을 수 없었다.

그건 그에게 손을 대는 것과 같은 일이었기 때문에. 그가 끓어오르는 속을 참은 채 차분하게 로즈몬드에게 물었다.

"왜 황후가 네게 손찌검을 했지? 별다른 이유가 있나?"

"……."

로즈몬드는 입을 다물었다. 그 이유를 발설했다간 아무리 저를 끔찍이 위하는 루시오라도 용서하기 어려울 터. 이럴 때는 묵비권을 행사하는 것이 도리어 나은 편이었다. 당연히 루시오는 입을 다문 로즈몬드를 보며 말할 수 없는 답답함을 느꼈고, 결국 그의 입에서 말이 먼저 나왔다.

"내가 황후를 찾아가 물어보기를 바라는 건 아니겠지, 로즈? 어서 말해."

"전…… 말할 수 없어요."

그녀는 마치 자신이 무슨 큰 억울한 일이라도 당한 양 연기했다. 이렇게 꼼새만 슬쩍 흘려주면 그다음은 루시오의 몫이지 자신의 몫이 아니다.

로즈몬드가 마치 풀 죽은 어린 아이처럼 입을 꾹 다문 채 아래만 내려다보고 있자, 그 모습이 루시오의 무언가를 건드렸다. 그가 흔들리는 표정으로 잠깐 로즈몬드를 바라보다가, 곧 다정하게 진상을 파악하기 시작했다.

"말해봐, 로즈. 설마 내가 그대에게 해가 갈 일을 할까."

"말할 수 없어요……."

말할 수 없다. 이걸 말했다간 모든 일이 자신의 잘못에서 기인했다고 스스로 광고하는 꼴이 나버리니까. 그러니 답은 끝까지 묵비권을 행사하는 것. 로즈몬드는 애써 그에게서 시선을 돌렸다. 결국 루시오에게 정해진 선택지는 하나였다. 그가 로즈몬드에게서 몸을 떼어냈고, 로즈몬드가 의아한 표정으로 그를 불렀다.

"폐하……?"

"그대가 말하지 않겠다면 내가 알아보는 수밖에."

"……."

"글라라, 네 주인을 잘 모시도록 해라. 상처가 깊군."

"네, 폐하. 걱정 마십시오."

글라라가 조용히 대답했고, 루시오는 로즈몬드의 볼 부근에 잠간 시선을 주었다가, 다시 뒤를 돌아 나가버렸다. 혼자 남겨진 로즈몬드가 조마조마한 표정으로 저도 모르게 한숨을 내쉬었다.

모든 접견을 마치고 돌아온 페트리지아는 온몸이 천근만근 무거웠다. 오늘 일을 나름대로 열심히 준비하긴 했으나 혹시 모를 변수가 생길까 계속 긴장하고 있었던 탓이다. 거기다 로즈몬드의 계략을 막느라 신경 쓴 것도 한몫했다. 어쨌든 결과적으로 그녀가 예상했던 끔찍한 일은 일어나지 않았고, 접대는 훌륭하게 마무리되었다.

하지만 분명 아슬아슬한 시간이었다. 아무리 회귀를 했다고는 해도 그때 황후를 지냈던 것은 제가 아니라 언니인 페트로닐라였다. 그러니 페트리지아로서는 알 수 있는 정보가 제한적이었고, 앞으로 황궁에서 일어날 일들에 대해서도 제대로 알지 못할 수밖에 없었다.

그러니 자신이 과거로 회귀했다는 사실은 그녀에게 있어 이점이라기보다는, 미래의 일을 조금 더 조심하게 해주는 촉매제 같은 역할밖에 하지 못했다. 하지만 미래를 바꿀 새로운 기회를 얻었다는 점과, 로즈몬드와 관련한 일에 있어 더 조심스럽게 행동하도록 만들어준다는 건 부정할 수 없는 이점이었다.

어쨌든 오늘 일은 자신이 조금만 로즈몬드 쪽의 동태에 관심을 기울이지 않았다면 크나큰 불상사로 이어질 뻔한 일이었다. 그녀는 앞으로도 베인궁 쪽의 움직임에 모든 신경을 집중시켜야겠다고 생각하며 피로한 한숨을 쉬었다. 그런 페트리지아에게로 라파엘라가 다가와 물었다.

"피곤해 보이네, 황후 폐하."

"응. 피곤하네, 라파엘라 경. 오늘 큰일을 치렀잖아."

"맞아. 그 발칙한 첩년 때문에 하마터면 큰일이 날 뻔했지."

그녀가 지금 생각해도 괘씸하다는 듯 이를 부득부득 갈았다.

"세상에, 어떻게 그런 짓을 꾸밀 생각을 해? 무모한 것도 정도껏이지. 하마터면 전쟁이 일어날 수도 있었어. 돼지고기를 금기시 하는 나라의 귀빈들에게 돼지고기 스테이크를 바꿔치기할 생각을 하다니, 제정신이야? 거기다 만약 펠프스 부인의 모략이 현실화되었다면 피해가 가는 건 너뿐만이 아니야. 황제 폐하도 피해를 입게 되신다고."

"알아. 그래서 막았잖아. 어쨌든…… 결과적으로 지금은 아무 일도 일어나지 않았어."

"태평하긴."

라파엘라가 혀를 쯧 찬 다음 페트리지아의 옆에 차분히 앉았다. 그러고선 조근 조근 한 목소리로 그녀에게 물었다.

"황후 폐하, 정말 황제 폐하께 아무 언질도 드리지 않을 셈이야? 이걸로 남작부인 작위를 빼앗아올 수도 있어."

"이 일이 폐하 귀에 들어간다고 해서 바뀌는 건 아무것도 없어. 폐하께서 제정신인 이상 이 문제를 공론화하실 일도 없을 거고. 펠프스 부인을 아끼기 전에, 이 나라를 아끼셔야 할 분이니까. 괜한 문제를 일으키려는 무모함은 보이지 않으시겠지."

"하. 그도 그러네."

라파엘라가 답답하다는 듯 한숨을 쉬었다. 사실 답답하기로는 페트리지아도 마찬가지였다. 분명 좋은 기회였으나, 이를 공론화시키기에는 주제가 너무나도 민감했다. 어쩔 수 없이, 덮는 수밖에. 어쨌든 로즈몬드에게 충분히 경고를 주었으니, 적어도 당분간은 잠잠할 터였다.

"황후 폐하, 황제 폐하께서 드십니다."

그때 들려오는 미르야의 목소리에 페트리지아와 라파엘라 두 사람 모두 흠칫 놀랐다. 설마 우리 이야기를 다 들은 건 아니겠지? 조마조마한 마음으로 기다리고 있는데 루시오가 열린 문 사이로 모습을 드러냈다. 라파엘라는 눈치 있게 일어선 다음 그에게 인사를 올렸다.

"미천한 검이 위대하신 폐하를 뵙습니다. 태양께 영광을."

그러고는 뒤도 돌아보지 않고 그 자리를 빠져나왔다. 지금은 자신이 빠져주는 게 예의였다. 그리고 사실 자신이 황제에게 무례한 말을 쏟아내지 않을 자신이 없었다.

괜한 말을 꺼내서 우리 폐하게 누를 끼치느니 차라리 먼저 나와 버려야지, 뭐.

라파엘라는 자신도 이만 쉬어야겠다고 생각하며 자신이 머무르는 방 쪽으로 걸음을 옮겼다. 결국 방에는 두 사람만이 남겨졌고, 페트리지아는 혹시 그가 자신과 라파엘라 간의 대화를 들었을까 봐 이상하게 가슴이 두근두근거렸다.

물론 그녀가 잘못한 일은 하나도 없었으니 혹시 그가 캐묻는다고 해서 문제될 건 없었지만, 그럼에도 불구하고 왠지 해서는 안 될 말을 한 것 같은 기분이 들어서였다. 이상한 일이었다.

"존귀하신 제국의 태양을 뵙습니다. 아버지께 영광을."

그녀는 인사를 마치고 곧바로 방문 목적을 물었다.

"어인 일이십니까. 계속 사신단을 접견하시느라 힘드셨을 텐데요."

"……."

루시오는 무슨 생각을 하고 있는 건지 아무 말도 하지 않았고, 페트리지아는 문득 로즈몬드와의 일을 떠올렸다. 혹시 그 일 때문에 자신을 추궁하러 온 것은 아니겠지.

만약 그렇다면 자신도 지체 없이 일의 전말을 모조리 까발릴 생각이었다. 자신이 피해를 입으면서까지 로즈몬드를 비호해줄 생각은 조금도 없었으니까.

"……오늘 사신단 부인들의 접견을 잘 마쳤는지, 그걸 물어보러 왔을 뿐이다."

다행히 그녀가 예상했던 말이 아니었다. 페트리지아는 저도 모르게 속으로 안도의 한숨을 쉰 다음 루시오가 듣고 싶어 할 대답을 해주었다.

"잘 마쳤습니다."

물론 큰일이 날 뻔하긴 했지만…… 이라고 첨언하려다 그만두었다. 이러면 이야기가 왠지 길어질 것 같아서. 그녀는 빨리 그를 돌려보내고 목욕이나 하고 싶었다.

"그랬군."

말을 마친 루시오가 어색해하는 게 느껴졌고, 그 낌새를 눈치챈 페트리지아는 자신이 먼저 가보라는 말을 해야 하나 고민에 빠졌다. 하지만 다행히 그 고민이 무색하게, 그가 먼저 자신이 듣고 싶어 하는 말을 해주었다.

"그럼 오늘 피곤하겠군. 이만 쉬지."

"네, 폐하. 폐하께서도 푹 쉬시지요."

그녀는 예의 바르게 허리를 숙였고, 황제는 그런 그녀를 빤히 쳐다보다가 곧 말없이 뒤를 돌아 가버렸다.

뭐야, 고작 이 한마디 하려고 여기까지 온 거야? 중앙궁에서 황후궁까지 가까운 거리도 아니면서? 페트리지아는 황당하기가 그지없었지만, 어찌 되었든 황제가 빨리 돌아갔으니 그만큼 그녀가 쉴 수 있는 시간도 늘어났다.

페트리지아는 그냥 다행스럽게 여기자고 생각하면서 머리 중앙에 박혀 있는 티아라를 조심히 빼냈다.

"제기랄."

중앙궁 쪽으로 걷던 루시오가 저도 모르게 욕지거리를 내뱉었다. 분명히 처음에는 따지러 갈 생각뿐이었다. 어째서 로즈몬드를 때렸냐고. 무슨 잘못을 했으면 말로 타이르면 될 것이지, 어째서 그녀에게 손까지 대었냐고.

하지만 우연히 마주하게 된 뜻밖의 진실에 루시오는 당황할 수밖에 없었다.

"만약 그렇다면……."

그가 심각한 표정으로 중얼거렸다. 만에 하나, 로즈몬드의 계략이 성공했더라면 그녀의 뜻대로 황후를 폐위하는 게 어려운 일은 아니었다.

하지만 문제는 그다음이었다. 로즈몬드가 꾸민 음모의 불똥이 자신에게, 그리고 이 제국에까지 튈 수 있다는 것. 자칫하다간 동맹 결렬과 전쟁으로까지 이어질 수 있는 민감한 사안이었다.

그리고 그건 정말로 안 될 말이었다. 안 그래도 에크만 제국에서 끊임없이 크리스타 제국과 접촉을 시도하고 있는 상황에서, 그 어떠한 작은 마찰도 용납할 수 없었다.

거기다 페트리지아의 말을 들어보면, 그녀가 사전에 로즈몬드의 계획을 간파하고 일을 막은 것 같은데……. 만약 그렇다면 분노한 페트리지아가 로즈몬드에게 손을 대는 게 아주 이해 못 할 일은 아니었다.

그는 태어나서 처음으로 로즈몬드와 관련된 일에 혼란함을 느꼈다. 그녀를 처음 만났을 때부터 지금까지 단 한 번도 그녀와 관련된 일에 있어 혼란함을 느낀 적이 없었다.

그녀를 늘 자신처럼 여겼기 때문에, 그녀가 원하는 것은 전부 다 해주고 싶었고, 그녀가 하기 싫어하는 것들은 하나도 하게 해주고 싶지 않았다.

분명 그랬지만⋯⋯ 이번 일은 조금, 아니, 많이 무리수였다. 그가 착잡한 표정으로 자신의 방 안에 들어갔다. 원래는 황후궁으로 갔다가 곧바로 베인궁에 갈 생각이었지만, 이상하게도 지금은 로즈몬드의 모습을 보고 싶지 않았다.

혼란스러움에 머리가 지끈거렸다. 그는 오늘만큼은 일찍 침수에 들어야겠다고 생각하면서 잠자리에 들 준비를 했다.

한편, 머릿속이 복잡하기는 페트리지아도 마찬가지였다. 아까 라파엘라에게는 세상 태연하게 말하긴 했지만, 사실 이번 일은 페트리지아에게 있어 엄청난 충격으로 다가왔다. 자칫 황후의 자리를 내놓아야 했음은 물론이요, 가문이 풍비박산 날 수도 있는 중죄가 아니던가. 만약 일이 잘못되었다면 애써 회귀를 한 보람도 없이 똑같은 최후를 맞이할지도 모를 일이었다.

그 생각을 하니 더없이 몸이 떨려왔다. 아직 어린 페트리지아에게 이런 일은 너무나도 큰 충격이었다.

"앞으로는 더 조심하고, 신중하자."

다짐하듯 중얼거린 페트리지아가 이내 한숨을 쉬며 긴 청록색의 머리카락을 쓸어 넘겼다. 가려져 있던 흑안이 드러나며 빛에 반사되어 반짝거렸다. 그녀는 심신 안정을 위해서라도 빨리 잠자리에 드는 게 좋겠다고 생각하며 얼른 이불을 덮고 누웠다.

하지만 아무리 시간이 흘러도 잠은 오지 않았고, 그렇게 두어 시간 정도를 뒤척거리던 페트리지아는 결국 참지 못하고 자리에서 벌떡 일어났다. 분명 몸은 더 없이 피곤했는데, 잠이 도무지 오질 않았다. 정신만 말짱히 깨어 있는 기분.

페트리지아는 차라리 산책이라도 한번 다녀오는 게 좋겠다고 생각하며 침대에서 일어나 얇지 않은 숄을 하나 걸쳤다. 밖으로 나오자 문 앞에서 대기하고 있던 미르야가 깜짝 놀란 표정으로 페트리지아에게 물었다.

"폐하? 이 야밤에 어딜 가시려고……."

"잠이 오질 않네요. 산책이나 좀 다녀올까 해서요."

"그럼 어디로 모실까요?"

"아니, 혼자 다녀올게요."

그녀가 정중히 거부한 다음 혼자 궁 밖으로 나섰다. 혼자 있고 싶었다. 적어도, 이 밤만이라도. 여차하면 품 안에 단도도 있으니 괜찮을 터였다. 적어도 제 한 몸은 지킬 수 있었으니까.

페트리지아는 황후가 되고 난 이후 단 한 번도 찾지 못했던 곳으로 발걸음을 옮겼다. 아마 마지막으로 갔을 때가, 퀴네즈로서 두 번째 경선에 참여했을 때일 것이다.

그때 이후로는 오히려 황후가 되어 황궁에서 지내고 있음에도 불구하고 단 한 번도 그곳을 찾지 않았다. 아니, 못 했다는 표현이 더 정확하다. 그날 이후로 그녀는 정말 눈코 뜰 새 없이 바쁘게 지냈으니까. 그리고 잠을 자는 시간이나 겨우 쪼개 이렇게 그곳으로 가고 있는 것이었다.

사방이 어두웠으나 만월의 밤이었기 때문인지, 달이 떠 있는 호숫가만은 밝디밝았다. 수면 위로 내리쬐는 달빛을 만끽하던 페트리지아는 저도 모르게 주륵, 눈물을 흘렸다. 따뜻한 눈물이 볼을 타고 흘러내리자, 그제야 자신이 울고 있다는 걸 자각한 페트리지아가 얼른 소매로 눈물을 닦아 내렸다.

"아…… 미쳤나봐."

울기는 왜 우냔 말이다. 오늘 분명 황후로서 첫 공식 행사도 잘 치러냈고, 로즈몬드의 음모도 성공적으로 막았는데.

하지만 곧 페트리지아는 바로 그 점이 문제임을 깨달았다. 자신은 분명 로즈몬드에게 이번이 마지막이니 다시는 그런 일을 꾸미지 말라고 경고했다. 하지만 과연 로즈몬드가 자신의 말을 들을까? 아니, 그녀는 언젠가 다시 또 자신을 내치기 위해 음모를 꾸밀 것이다.

그렇다면 자신은 언제까지 그 계략을 막아내며 살아야 하는 걸까? 설마 죽을 때까지, 황제가 죽을 때까지 자신은 로즈몬드와 그렇게 시시때때로 대립하며 살아야 하는 걸까? 암담한 미래에 페트리지아가 결국 엉엉 울기 시작했다.

솔직히 말해서, 그녀는 자신이 없었다. 그녀가 로즈몬드처럼 황제의 총애를 받는 것도 아니었고, 특별히 머리가 좋은 것도 아니었다.

하지만 로즈몬드는 지금 명실상부 황제의 총희이고, 바닥부터 시작한 탓에 후작가의 여식인 자신보다 상황을 제어하는 능력이 뛰어나다.

그래서 그녀는 겁이 났다. 혹시라도 자신이 미래를 바꾸지 못할까 봐. 언니가 그랬던 것처럼 폐후가 되어 가족들과 함께 단두대에 오르게 될까 봐. 끔찍한 가정은 되도록 하지 말자는 주의였으나, 밤이었기 때문인지 아니면 처음으로 큰일을 치렀기 때문인지 페트리지아의 마음은 오늘따라 약해져 있었다.

"왜 우는 거지?"

그때 들려오는 남자의 목소리에 페트리지아의 몸이 저절로 굳어졌다.

익숙한 목소리였다. 자주 듣지는 못했지만, 분명 아까 전에도 들었던 목소리였다. 그녀가 저도 모르게 몸을 돌려 상대방을 쳐다보았다.

"황제…… 폐하?"

"이 야밤에, 이런 곳에서 무얼 하고 있지?"

페트리지아는 당혹스러움에 얼른 눈물을 닦아냈다. 세상에서 가장 눈물을 보이고 싶지 않은 사람 앞에서 눈물을 보이고 말았다. 왠지 자존심이 하락하는 기분에 그녀가 부러 눈을 크게 뜨고 자신에게로 다가오는 황제를 바라보았다.

"……폐하께서는 여기 어인 일이십니까."

"짐이 먼저 물었어."

"……."

쓸데없이 집요하다. 그녀는 그냥 대충 둘러댔다.

"그냥…… 달빛이 좋아 달빛을 쐬고 있었습니다."

"볼에 눈물 자국, 아직 남아 있는데."

그의 정곡에 얼굴이 빨개진 페트리지아가 얼른 눈물을 닦아냈다. 하여튼 쓸데없이 눈만 좋다. 그녀가 당황한 목소리로 그에게 변명하듯 말했다.

"침입니다."

"……."

그가 황당해하는 것이 눈에 보였고, 그녀는 더 부끄러워졌다. 제기랄, 내 무덤을 내가 팠군. 그녀가 한숨을 내쉬고 있는데, 눈앞에 무언가가 불쑥 내밀어졌다. 그가 손수건을 내민 것이다. 그녀가 떨떠름한 표정으로 거절했다.

"괜찮습니다."

사람이 안 하던 짓을 하면 죽을 때가 다 되었다는 소리라 했는데, 그건 아직 안 될 말이었다. 눈앞의 이 남자는 적어도 자신이 황손을 생산하기 전까지는 살아 있어야 했으니까.

그녀의 노골적인 거절에도 루시오는 담담하게 손수건을 내밀었다. 그걸 끝까지 거절하는 것도 예의는 아닌 것 같아 하는 수 없이 페트리지아는 손수건을 받아 들었다. 이제는 거의 다 마른 볼을 닦던 페트리지아가, 갑자기 솟은 심술에 손수건에 대고 코를 풀었다. 그것도 아주 세게.

앞에 있던 루시오가 당황해하는 것을 재미있게 지켜보던 페트리지아가 속으로 큭큭 웃으며 그에게 말했다.

"빨아서 돌려 드릴 테니 그렇게 죽을상 쓰지 않으셔도 됩니다."

"……소중한 손수건이다. 꼭 돌려주어야 해."

소중한 손수건이라니. 로즈몬드에게 받기라도 했나 보다. 괜한 심술에 그녀가 삐딱하게 물었다.

"펠프스 부인이 주기라도 한 것입니까?"

"……아니."

부정의 대답을 내놓았으면 그다음에는 누가 이 손수건을 그에게 줬는지라도 말을 해줘야 하는데, 그런 것도 없었다. 참 불친절한 사람이라고 생각하며 그녀가 콧물로 잔뜩 젖은 손수건을 잘 접었다. 뭐 누가 줬든 남의 손수건을 썼으니 잘 빨아서 돌려주긴 해야겠지.

"감사합니다."

"그대, 울었나?"

"……."

다 봤으면서 묻는 저 뻔뻔함을 좀 봐라. 그녀가 황당한 기색을 숨기며 묵비권을 행사했다. 결국 한참 동안 정적이 흘렀고 그녀는 그 어색함을 견디다 못해 먼저 자리를 뜨기로 결심했다. 솔직히 말해 지금 이 분위기도, 상황도 불편했다.

그녀가 몸을 휙 돌려 이만 후원을 나가려는데, 우연히 달빛에 비친 루시오의 얼굴이 들어왔다. 그리고 페트리지아는 그 모습을 보고 흠칫 놀랄 수밖에 없었다.

'원래 저렇게…… 얼굴이 창백한 사람이었나.'

평소보다 새파랗게 질린 듯한 얼굴. 그리고 언뜻 보이는 듯한 이마의 땀. 그녀의 호기심을 불러일으키기에 충분했으나, 그녀는 유감스럽게도 그의 사정, 사연 따위에는 관심이 없었다. 그런 일에 관심을 보이기에는 그녀는 너무나도 지쳐 있었고, 바빴으며, 정신이 없었기 때문에. 그래서 그녀는 미련 없이 발걸음을 돌릴 수 있었다. 그가 그녀를 붙잡기 전까지는.

"……가지 마."

"……."

헛웃음이 나왔다. 지금 제게 가지 말라고 한 것인가. 왜? 도대체 무슨 이유로? 그녀가 드디어 뒤를 돌았다. 그의 표정이 여전히 좋지 않았다. 무언가에 아주 시달린 사람 같았다.

"안색이 좋지 않으십니다, 폐하."

"……."

"펠프스 부인에게 가세요. 폐하께서 그토록 사랑하는 여자가 아닙니까."

"……."

"위로든 뭐든, 그녀가 폐하를 더 잘 모실 겁니다."

싸늘하게 말을 남긴 페트리지아가 망설임 없이 뒤를 돌았다. 그에게 줄 자비도, 마음도 없다. 아까도 말했지만, 그런 마음을 품기에, 그런 선의를 베풀기에는, 그녀는 너무나도 지쳐 있었으니까.

그렇게 얼마 정도를 걸었나. 빗방울이 한 방울 두 방울 떨어지기 시작하더니 이내 굵어지기 시작했다. 페트리지아는 자신이 두르고 있던 숄을 벗어 머리에 두르고 달리기 시작했다.

그렇게 한참을 달렸을 때, 페트리지아는 순간적으로 후원에 두고 온 루시오가 생각났다. 그녀의 인상이 찌푸려졌다.

갔겠지? 갔을 거야. 하지만 그렇다고 말하기에는 주변이 너무나도 조용했다. 그 후원에서 중앙궁까지 가는 길은 자신이 있는 이 길 밖에는 없었다.

페트리지아는 저도 모르게 입술을 질끈 깨물었다. 신경 쓰지 마, 페트리지아. 너와 일말의 상관도 없는 남자야. 그녀는 단호한 표정으로 다시 발걸음을 돌려 뛰기 시작했으나, 그것은 잠시뿐이었다. 페트리지아의 발이 마침내 멈추었다.

멈추어진 그녀의 몸을 따라 빗방울이 천천히 페트리지아를 적시기 시작했다. 그녀가 작게 욕지거리를 내뱉었다.

"빌어먹을."

신경이 안 쓰일 수가 있나. 차라리 보지 못했다면 또 모를까. 지금 이 비를 맞고 있을 게 빤히 보이는데. 그녀는 미치겠다는 표정으로 갈팡질팡하다, 결국 그가 있는 쪽으로 방향을 틀었다. 속으로는 끊임없이 '미친년, 너나 신경 쓸 것이지 그 남자까지 신경 쓰는 이유가 뭐야?' 하고 질책했지만, 어쩔 수 없는 일이었다. 페트리지아는 홀로 비를 맞고 있을 남자를 모른 척할 만큼 독하지 못했으니까.

"하아, 하아."

마침내 꽤 긴 거리를 달려 원래 있던 호숫가까지 다다랐을 때, 그녀는 호숫가 근처에서 멍한 표정으로 서 있는 루시오를 발견했다. 그녀는 도대체 그가 왜 저런 얼빠진 표정으로 세상일을 다 포기한 사람처럼 서 있는 것인지 도무지 알 수 없었으나, 지금 그런 걸 묻기에는 상황이 그리 좋지 않았다.

그녀가 저벅저벅 하이힐로 물을 튀기며 그에게 걸어갔다. 그가 그제야 시선을 들어 올려 그녀를 쳐다보았다. 공허한 눈동자에 그녀는 순간 흠칫했으나, 티 내지 않고 그에게 물었다.

"미치셨습니까."

"……."

"그러다 감기라도 걸리시면, 제 탓 하시려고요."

"……."

"어서 가세요. 뭐 하시는 짓입니까. 머리가 어떻게 되기라도 하신 겁니까?"

"……."

인형처럼 부동도 하지 않는 그를 보며 페트리지아는 속이 터지기 일보 직전이었으나, 곧 빠르게 감정을 갈무리한 다음 자신이 덮고 있던 숄을 벗어 그의 몸에 둘러주었다. 꼼꼼하게 머리를 가리는 것도 잊지 않았다.

새삼 로즈몬드가 아닌 자신이 왜 이런 짓거리를 하고 있나 자괴감이 들었지만 어쩔 수 없었다. 마음 같아선 당장 로즈몬드를 불러 당신의 폐하를 좀 모셔가라고 하고 싶었지만 지금은 그럴 수 있는 상황이 아니었으니까. 페트리지아가 입고 있던 얇은 모슬린을 벗어 자신의 머리를 감싼 다음 그에게 말했다.

"어서 가세요."

"……."

"폐하!"

미칠 노릇이다. 이 남자는 자신을 애타 죽게 만들려고 작정한 것이 틀림없다. 아니면 설마 이곳에서 내가 감기에 걸리기를 바라는 걸까? 감기에 걸려 죽으라고? 페트리지아는 답답한 표정을 숨기지 않으며 그에게 소리쳤다.

"빗줄기가 거세지고 있습니다. 감기 걸리고 싶으시면 혼자 걸리세요. 괜한 사람 걱정시키지 말고."

"……."

여전히 말없이 목석처럼 서 있는 루시오를, 페트리지아가 더는 못 봐주겠다는 듯 손을 잡아끌었다. 두고 가더라도 사람이 많이 다니는 골목에 버려버려야지 여기다 버렸다간 귀찮은 일이 일어날 수도 있고, 또 오늘 일의 책임을 그녀가 다 물지도 모를 일이었다.

그녀는 속으로 끊임없이 '내가 미쳤지, 내가 미쳤어'를 중얼거리면서도 억센 힘으로 그를 계속 끌고 앞으로 나아갔다. 그는 이상하게도 평소와는 달리 가볍게 그녀의 손에 이끌려 움직였다.

마침내 후원을 벗어났을 때, 페트리지아는 하늘을 올려다보았다. 늦은 밤부터 시작된 빗줄기는 도통 멈출 줄을 몰랐다.

페트리지아는 이번에는 고개를 내려 루시오의 얼굴을 쳐다보았다. 여전히 나사 하나가 빠져 있는 듯한 표정이다. 도대체 무슨 일이 있었기에 사람이 그 짧은 시간 동안 이렇게 미쳐버릴 수가 있는 것인지. 페트리지아가 도무지 이해하지 못하겠다는 표정으로 그에게 말했다.

"중앙궁까지는 모셔다드리지 않아도 되겠지요?"

"……."

여전히 말이 없다. 미치겠다. 그녀는 정말 이 남자가 갑자기 어떻게 되어버린 것은 아닌지 심히 궁금해졌다. 그녀가 그를 재촉하듯 물었다.

"말씀 좀 하시면 안 되겠습니까, 폐하? 혹시 이건 절 답답하게 만들어서 죽이려는 의도십니까? 아니면 다 같이 감기에 걸려 죽자, 이거예요?"

"……."

미치겠다. 이렇게 답답한 사람이었나? 그녀는 더 이상 묻지 않고 행동으로 옮기기로 했다. 일단 두 사람 모두 이 자리에 이러고 있었다간 감기에 걸리기 십상이다.

마음 같아선 이 남자를 곧바로 중앙궁까지 데려다 놓고 싶었지만 그러기에는 여기서 중앙궁까지의 거리가 너무 멀었다. 그녀는 결국 하는 수 없이 가장 선택하고 싶지 않았던 보기를 선택하기로 했다.

"일단 제 궁으로 가서 몸이라도 말리고 나가십시오. 이러다 우리 둘 다 큰일 나겠어요."

"……."

역시나 묵묵부답이었으나 이번에는 딱히 답을 기대하지 않았던 터라 페트리지아는 상관하지 않고 그를 억지로 황후궁까지 끌고 갔다. 당연히 황후궁의 시녀들과 하녀들은 깜짝 놀라는 반응을 보였는데, 첫 번째는 페트리지아가 황제와 함께 등장했기 때문이었고, 두 번째는 그 둘이 모두 홀딱 젖어 있었기 때문이었다.

그녀는 그 시선에 개의치 않고 열심히 루시오를 제 방까지 끌고 갔다. 당연히 미르야는 깜짝 놀란 표정을 지으며 그녀에게 경위를 물었다.

"폐, 폐하…… 이게 어쩐 일……."

"설명은 나중에. 방에 불을 지피고 마른 수건과 차를 내와주세요. 넉넉하게."

"네, 알겠습니다."

다급한 표정으로 미르야가 대답했고, 페트리지아는 여전히 죽은 사람처럼 표정 없는 루시오에게서 자신의 숄을 벗겨냈다. 당연히 그 아래는 잔뜩 젖어 있었다. 하필이면 잠옷 차림이었던 탓에 더 추워 보였다.

얇은 실크가 젖어 몸에 착 달라붙으며 그의 몸의 굴곡이 노골적으로 드러났다. 하지만 페트리지아는 그런 것에 딱히 신경 쓰지 않으며 자신도 차분히 둘러쓰고 있던 모슬린 드레스를 벗었다. 역시나 완전히 젖어 드레스가 몸에 딱 달라붙어 있었다.

"……"

정작 상대는 상관하지 않는 것 같았지만, 페트리지아가 도리어 부끄러워졌으므로 그녀는 미르야가 돌아오는 대로 옷을 갈아입어 야겠다고 생각했다.

다행히 미르야와 하녀들은 생각보다 빨리 자신이 부탁했던 물건들을 가지고 들어왔고, 곧 그녀의 지시에 따라 황제의 몸을 말렸다. 페트리지아는 미르야에게 옷을 좀 갈아입고 오겠다고 말한 뒤, 드레스 룸으로 수건을 잔뜩 들고 갔다.

잠시 후, 건조한 흰 드레스로 갈아입은 페트리지아가 잔뜩 젖어 버린 머리카락을 매만지며 자신의 방 안으로 들어왔을 때, 보이는 것은 세상모르고 잠에 빠져든 루시오였다. 페트리지아가 황당해하며 미르야에게 물었다.

"도대체 왜 폐하께서 제 방에서 주무시고 계신 거죠, 미르야?"

하지만 미르야는 그것까지는 자신도 모르겠다는 듯 머쓱한 얼굴로 어깨를 으쓱일 뿐이었다. 아무리 이 남자에게 관심이 없어도 멀쩡히 자는 사람을 억지로 깨워 보낼 수는 없는 노릇이다. 거기다가 비는 그칠 줄 모르고 계속 왔다. 그녀는 길게 한숨을 쉰 다음 미르야에게 지시했다.

"미르야, 폐하를 침대로 옮기세요."

"하지만 폐하는요? 어디서 주무실 생각이세요?"

"옆에 빈방이 있지요? 거기서 자면 됩니다. 걱정 마세요. 참, 그 방에 불을 좀 지펴주시고요."

"같이 주무셔도 될 것 같은데……."

'침대가 넓어서요.'하고 미르야가 부연했으나, 그녀의 입은 곧 슬며시 흘겨보는 페트리지아의 시선에 의해 꽉 다물렸다. 유감스럽게도 페트리지아는 그와 같은 침대를 공유할 생각이, 적어도 지금은 없었다.

그와 한 침대에서 밤을 보내고 황손을 생산해내는 건 나중에 해도 충분한 일이다. 페트리지아가 피곤한 표정으로 미르아에게 말했다.

"폐하를 좀 돌봐줘요. 내가 이 방에 신경 쓰지 않을 수 있도록. 비를 많이 맞으셨으니 아마 밤중에 앓으실 수도 있을 겁니다."

"네, 폐하. 그렇게 하겠습니다."

그녀는 그 말만 마치고 미련 없이 자신의 방을 나갔다. 어쩌다 보니 주객전도가 된 것 같아 기분은 썩 좋지 않았지만 어쩔 수 없는 일이었다. 어쨌든 엄밀히 따지자면 이 황후궁마저도 황제인 그의 소유였으니.

그녀는 피곤한 표정으로 아직 불이 들어오지 않아 싸늘한 옆방의 침대에 몸을 뉘였다. 일단 저부터도 감기에 걸릴 것 같았으니, 오늘 밤은 무엇보다 깊게 잠드는 게 중요했다.

$\sim\!\!\mathcal{O}$

인생을 살아가며 단 한 번의 고난도 겪어보지 않는다는 것은, 그 삶이 미치도록 재미없고 건조하다는 것을 의미한다.

하지만 때때로 루시오는, 차라리 삶이 미치도록 재미없고 건조해도 상관없으니 자신의 삶에 어떠한 고난도 지나가지 않기를 바랐다. 그런 말은 그에게 있어 사치에 불과했으니.

루시오가 눈을 떴을 때는 새벽녘이었다. 정확히는 동이 트기 직

전, 그러니까 하늘이 점차 어두운 흑색에서 약간 파란빛이 감돌기 시작하는 시간이었다.

그는 직감적으로 이곳이 자신의 방이 아니라는 사실을 눈치챘고, 어디선가 은은하게 풍겨오는 프리지어 꽃향기에 비로소 황후의 방이라는 것을 깨달았다. 그 사실을 인지한 루시오가 한숨을 쉬었다.

"하……."

못 볼 꼴을 보았다. 로즈몬드 외에는 단 한 사람에게도 보여주지 않았던 모습을.

그가 자괴감에 빠져든 얼굴로 머리를 감싸 쥐었다. 밤새 비를 맞은 탓인지 머리가 지끈거렸다. 아무래도 감기에 걸린 것 같다.

창밖으로는 여전히 빗방울이 창문을 두드리고 있는 것을 보아, 비는 아직도 그치지 않은 것 같았다. 그는 지금이라도 방에서 나가 자신의 궁으로 돌아갈까 생각하다가, 순간 느껴지는 엄청난 피로감과 무거운 몸에 그냥 누워 있기로 했다. 이미 못 볼 꼴 다 보았으니 이제 와 내숭을 떨 수도 없고, 의미가 없다고 느껴졌기 때문이다.

그나저나 황후가 보이지 않았다. 설마 자신이 지금 누워 있는 이 침대가 그녀의 것은 아니겠지? 여기까지 생각하자 그의 미간이 슬며시 좁혀졌다.

아, 완전히 최악이다. 무슨 술 취한 주정뱅이도 아니고, 자신이 참 멍청하고 추하게 굴었다. 그는 더 이상 이곳에 있지 않는 게 그나마 낫겠다고 판단했는지, 결국 무거운 몸을 일으켰다. 그래도 이편이 더 나았다.

방문을 열고 나가자 황후궁의 시녀장인 미르야가 자신을 발견하고는 놀라는 모습이 보였다. 왠지 모를 머쓱함에 헛기침을 하자 그녀가 얼른 제게 인사했다.

"위대하신 제국의 황제 폐하를 뵙습니다. 존귀한 태양께 영광을."

"……황후가 날 이곳까지 데리고 온 것인가?"

"그러합니다, 폐하."

"폐를 끼쳤군."

"……"

잠시 머뭇거리던 미르야가 조심스레 자신에게 말을 걸었다.

"폐하, 외람된 말씀이지만……."

"……"

"펠프스 부인께서 폐하께 특별한 분이라는 걸 모르지 않습니다."

"……그걸 그대가 어찌 알지?"

그것은 성역인 동시에 역린이었다. 아무도 건드릴 수 없었다. 그가 허용한, 로즈몬드를 제외하고선 그 누구도.

그러니 미르야는 지금, 어쩌면 목숨을 걸고 그에게 간언하고 있는 것이었다.

"송구합니다. 종신직 시녀를 지내셨던 작고한 모친께서 말씀해주셨습니다."

"……"

"폐하께 그분을 마음에 담지 말라, 감히 청을 드릴 수는 없으나…… 저희 폐하를 조금만이라도 돌아봐주실 수는 없는 것입니까?"

"……무슨 염치로."

그가 씁쓸한 목소리로 말을 이었다.

"이미 결혼 첫날 사랑을 기대하지 말라, 펠프스 부인을 건드리지 말라 약조까지 받아낸 나다. 그대는 이런 내가 황후를 신경 쓸 자격이 있다고 보는가?"

"……"

차마 그렇다고는 대답할 수 없는지 미르야는 아무 말도 하지 못했다. 그 솔직한 태도에 그는 쓰디쓴 표정을 지어 보인 뒤 말을 맺었다.

"이미 그렇게 하기에는 너무 멀리 와버렸어. 모친에게 들었다니 알고 있겠지만, 난 펠프스 부인을 버릴 수 없다. 그건 내 정체성을 부정하는 일이야."

"……"

미르야는 더 이상 말을 꺼낼 수 없었다. 제 주인의 편만 들기에, 미르야는 황제의 속사정을 알고 있는 몇 안 되는 사람들 중 한 명이었다.

그녀는-황후의 시녀로서 이런 마음을 품으면 안 되는 일이라는 것을 잘 알았지만- 황제가 가엾었다. 그는 지금 미치지 않은 게 신기할 정도였으니까. 미르야가 저도 모르게 입술을 깨물었고, 그는 그 모습에 여전히 착잡한 표정을 숨기지 못하며 그녀에게 말했다.

"황후에게 간밤 실례가 많았다고 전해줘. 괜히 폐를 끼친 것 같아 마음이 편치 않군."

"……예, 폐하."

그래서 미르야도 결국 그렇게밖에는 대답할 수 없었다. 루시오가 뒤를 돌아 성큼성큼 황후궁의 복도를 걷기 시작했다.

그리하여 그가 밖으로 나왔을 때, 아까까지만 해도 거세게 퍼붓던 빗줄기는 점차 사그라지고 있었고, 그는 우산을 써야 한다는 생각도 하지 못한 채, 그 약하디약한 비를 전부 맞으며 중앙궁까지 걸어갔다.

페트리지아는 눈을 떴을 때 심한 피로감을 느꼈다. 불길한 예감은 현실이 되었다. 아무래도 감기에 걸린 것 같다.

아, 괜히 착한 일 했다가 저만 손해 본 느낌이다. 페트리지아는 속으로 한숨을 쉬며 무거운 몸을 일으켰다. 저절로 '아이고' 하는 신음이 쏟아졌다.

"기침하셨습니까, 폐하."

"아, 미르야. 폐하께서는 기침하셨나요?"

그런데 질문을 받은 미르야의 표정이 심상치 않다. 우물쭈물하는 표정에 페트리지아가 의아한 표정으로 물었다.

"왜 그러죠?"

"그게…… 새벽에 기침하신 후 곧바로 중앙궁으로 복귀하셨습니다."

"아……"

그녀가 이해했다는 듯 고개를 끄덕였다. 하긴 염치가 있으면 일어나자마자 바로 나가는 게 맞았다. 무려 남의 침대를 차지하고 잔 것 아닌가. 물론 그가 황제이긴 했지만, 그래도. 미르야가 페트리지아에게 아까 루시오가 지시했던 말을 전했다.

"폐를 끼친 것 같아 마음이 편치 않다고 하셨습니다. 간밤 실례가 많았다고……"

"알고 계신다니 다행이군요."

"……"

미르야는 더 이상 말하지 않았다. 그래, 어쩌면 황제 폐하의 말씀처럼 이미 늦은 것일지도 모른다. 페트리지아는 루시오를 상식적인 수준에서 이해할 수 없을 것이고, 루시오는 로즈몬드가 있는 상황에서 페트리지아에게 군이 설명하려 들지 않을 것이다.

하여튼 그녀의 황제 폐하는 이런 면에 있어서는 쓸데없이 고집이 셌으나, 사실 그의 입장에서 봤을 때는 그럴 수밖에 없는 사안이었다. 그리고 만약 자신이 그였다고 해도, 아마 그렇게 했을지 모르겠다.

어쨌든 그의 처지에 대해서는 군이 가정하고 싶지 않았다. 그녀의 주인은 누가 뭐래도 페트리지아였으니까.

미르야는 아까 새벽에 루시오와 나누었던 이야기들을 전부 머릿속에서 지워버린 뒤, 다시 원래의 상황으로 돌아왔다.

"참, 오늘 오전에 사신단 부인을 배웅하셔야 합니다. 아침 식사를 하신 뒤 제국으로 출발한다고 하시는군요. 준비하시는 게 좋을 듯합니다."

"알겠어요, 미르야. 고마워요."

"혹시 몸이 많이 안 좋으신 건 아니시지요? 궁의를 부를까요?"

"괜찮습니다. 아직…… 그 정도는 아닌 것 같아요."

페트리지아는 조금 힘든 표정으로 긴 청록색 머리를 쓸어 올린 뒤, 미르야에게 말했다.

"일단은 아침 식사부터 먼저 하는 게 좋겠네요."

한편 간만에 홀로 잠에서 깨어난 로즈몬드는 아침부터 충격적인 소식을 듣고 화를 내야만 했다.

"폐하께서 간밤에 황후궁에 가셨다고?"

도무지 믿을 수 없는 말이었다. 첫 합궁일에도 그녀를 찾았던 루시오다. 그런 그가 어떻게…… 로즈몬드가 배신감에 몸서리치자, 글라라가 진정하라는 듯 그녀에게 말했다.

"자세한 상황은 잘 모르겠는데, 간밤에 양 폐하께서 비를 잔뜩 맞은 채 황후궁에 당도하셨다고 합니다. 비가 너무 많이 와서 결국 하룻밤 지새고 가셨다고……."

"그러니까! 두 사람이 어제 그 야심한 시각에 만났다는 거잖아. 아니야?"

로즈몬드가 가장 중요한 사실을 콕 짚어내자, 글라라가 잠깐 머뭇거리다 긍정의 대답을 내밀었다.

"……맞는 것 같습니다."

"하!"

로즈몬드가 황당한 숨을 터뜨렸다. 어떻게 자신에게 이럴 수가 있단 말인가. 제 뺨의 상처를 따지러 황후궁에 간 줄 알았더니, 황후와 밤을 지새우기 위해 찾아간 거였나?

로즈몬드가 분노로 부들부들 떨리는 몸을 진정시키기 위해 흰 침대 시트를 꾹 부여잡았다. 그녀가 도무지 참을 수 없다는 듯 몸을 벌떡 일으켰다. 숄을 챙겨 드는 로즈몬드를 쳐다보며 글라라가 설마 하는 표정으로 물었다.

"부, 부인, 설마…… 황후궁에 가시려는 것은 아니시겠죠?"

"왜 아니지? 맞아."

"부인!"

그녀가 사색이 된 표정으로 로즈몬드를 말렸다. 안 된다. 다른 건 몰라도 이것만은 절대 안 되는 일이다. 지금 로즈몬드는 자중해야 할 시기지 나서야 할 시기가 아니었다.

안 그래도 어제의 일로 황후에게 미운털이 단단히 박히는 것은 물론이고 약점까지 잡혔는데, 이렇게 바로 나서게 되면 역효과만 불러일으킬 뿐이었다.

글라라는 어떻게 해서든 로즈몬드를 막아야 한다고 생각했다.

"부인, 어제 그 일이 벌어진 지 하루도 되지 않았는데, 다시 황후 궁에 가시는 것은 너무 무모합니다. 엄밀히 말해 간밤의 일이 황후 폐하의 잘못도 아니니 이번 일은 그냥……."

하지만 로즈몬드는 글라라의 간언을 가뿐히 지르밟은 채 숄을 두르며 방을 나가버렸다.

아아, 그녀의 주인님은 아침부터 힘도 참 좋았다.

글라라는 조마조마한 표정으로 하는 수 없이 로즈몬드를 따라 나섰다. 부디 안 좋은 일만 생기지 않기를 바랄 뿐이었다.

페트리지아는 황당하기 그지없었다. 아침 식사를 마치고 사신단 부인들을 배웅하기 위해 화장을 마치자마자 들려온 소식이, 로즈 몬드의 방문 소식이라니. 참 배짱 있는 여자라는 생각과 동시에, 어 제오늘 이상하게 일이 꼬이는 것 같다는 생각도 들었다.

여하튼 좋지 않은 일이었다. 이 황궁에서 가장 별로인 두 사람과 어제오늘 너무 많이 마주쳤다.

어제와 변함없는 기백을 뽐내고 있는 로즈몬드를 우호적이라고는 할 수 없는 표정으로 바라보며 페트리지아는 피곤한 표정을 지어 보였다. 그러자 로즈몬드가 예민한 표정으로 그녀에게 시비를 걸었다.

"피곤해 보이십니다, 황후 폐하."

"원래 그렇게 피곤하지 않았는데, 그대가 찾아오니 더 피곤하군요. 대관절 찾아온 이유가 무엇인가요? 피차 불편한 사이라고 생각하는데. 거기다 어제 일 때문에라도 지금은 자숙해야 할 시기가 아닌지."

"자숙이라니요, 폐하? 대관절 제가 무슨 잘못을 했다고 이러시나요?"

그녀가 생긋 웃으며 페트리지아에게 물었다. 아무리 자신이 공론화를 시키지 않았다지만, 뻔히 일어날 뻔했던 일을 저렇게 뻔뻔하게 부인하는 것도 참 쉽게 할 짓은 아니다. 새삼 그녀의 철면피에 감탄하며 페트리지아가 로즈몬드를 조롱했다.

"그대는 참 인생 사는 게 쉽겠습니다. 잘못한 것도 이리 눈 가리고 아웅 하면 끝이니 말이에요."

"모든 게 폐하의 성총이 있기 때문에 가능한 일 아니겠습니까. 제가 만약 총애도 받지 못하는 황후의 자리에 앉아 있었다면 결코 불가능한 이야기지요."

그 말을 부정하고 싶었지만, 군이 그럴 필요성을 느끼지 못한 페트리지아가 얼른 그녀에게 용건을 물었다. 빨리 돌려보내는 게 정신 건강에 이로운 일이다.

"왜 오셨지요?"

"여쭐 것이 있어서 말입니다."

"하세요, 질문."

"어제 폐하와 함께 계셨습니까?"

이건 또 무슨 소리인가. 페트리지아가 순간 얼떨떨한 표정을 짓다가, 곧 무언가를 퍼뜩 떠올리고선 '아아' 하는 소리를 냈다. 어젯밤 그가 비로 인해 하룻밤 이곳에서 묵어간 일을 말하는 것 같았다. 하지만 그게 어떻게 이렇게 일찍 로즈몬드의 귀에 들어갔단 말인가. 어쩌면 황후궁 내에 스파이가 있을지도 모르겠다고 생각하면서 페트리지아가 태연하게 대답했다.

"그랬습니다."

"어째서요?"

"폐하와 단둘이 있다가 비를 맞았거든요."

참으로 로맨틱한 말이 아닐 수 없었으나 정작 사정을 알고 있는 당사자 입장으로서는 그리 달콤한 말이 못 되었다. 물론 듣는 사람, 특히 로즈몬드의 입장에서는 당연히 열불 날 만한 일이었지만. 그녀가 부들부들 떨리는 주먹으로 드레스 자락을 강하게 움켜쥔 채 페트리지아에게 물었다.

"그 야밤에…… 폐하와 같이 계셨다고요?"

"그렇습니다."

"왜요?"

하. 페트리지아는 지금껏 살아오면서 가장 어이없는 순간을 꼽으라면, 아마 이 순간을 뽑을 것 같다고 생각했다. 저건 보통 철면피가 아니다. 어떻게 한낱 정부가 감히 정실이 남편과 함께 있는 것을 가지고 왈가왈부한단 말인가.

하지만 유감스럽게도 로즈몬드는 그러한 오류에 대해 전혀 인지하지 못하고 있는 것 같았다. 저것도 능력이면 능력이겠다고 생각하며 – 물론 사람을 매우 짜증 나게 하는 능력이다 – 페트리지아가 말했다.

"정실 황후가 황제와 함께 있는 것이 비정상적인 일은 아닙니다. 황제가 정부를 두는 상황이 더 비정상적이고, 응당 황후가 캐물어야 할 상황이지요."

"……."

"그래서, 내가 그대에게 왜 폐하와 함께 밤을 보냈냐고 묻습니까?"

"……폐하!"

"소리 지르지 마세요. 그대는 어제도 말했지만 참으로 예의가 없는 사람입니다. 대로우 남작의 인성이 의심스러워지네요. 도대체 딸을 어떻게 교육시킨 건지……."

"말씀이 지나치십니다."

"그대의 말이 더 지나치다고는 생각하지 않습니까?"

마침내 참을 데까지 참은 페트리지아가 그녀에게 화를 냈다. 그녀는 가만히 있겠다고 말했지만, 이렇게 사람을 들쑤셔놓으면 아무리 착한 성정의 페트리지아라도 가만히 있을 수 없었다. 이렇게 불꼬챙이로 자꾸만 쑤셔대는데 어떻게 반응하지 않을 수 있겠는가.

"감히 황후가 남편과 시간을 보낸 일로 딴죽을 걸다니……. 로즈몬드, 그대도 어제 비를 좀 맞았나 보군요. 그렇지 않고서야 이렇게 머리가 미친 쪽으로 돌아갈 수가 있나요? 아무래도 궁의를 좀 불러 드려야겠군요."

"미친 건 제가 아니라 황후 폐하십니다. 분명 합궁일 날 폐하께 약조하셨다면서요. 폐하의 사랑을 바라지도 않겠다, 저를 건드리지도 않겠다. 그 약조를 깨버리실 생각이십니까?"

"그건 그대가 날 건드리지 않는다는 전제 조건하에 성립될 수 있는 이야기지요. 그대가 자꾸 이렇게 나를 쑤셔대고 음모를 꾸미는데도 가만히 있다면 내가 호구라도 된다는 소리입니까? 아니면, 그대는 그냥 멍청하고 허울뿐인 황후를 원했던 거예요?"

"설마 황제 폐하를 사랑하십니까?"

"이봐요, 펠프스 부인."

참다못한 페트리지아가 소리를 쳤다. 루시오와 로즈몬드 두 사람 모두 언어 인지 능력이 어제와 오늘 현저히 떨어진다. 이건 분명 비의 영향 때문일 것이다. 그렇지 않고서야 멀쩡했던 두 사람이 이 정도로 망가질 수는 없는 노릇 아닌가.

로즈몬드는 분명 악녀였지만, 멍청한 악녀는 아니었고, 그래서 말까지는 통했는데, 오늘은 그마저도 통하지 않았다. 그리고 그게 자신이 루시오와 같은 궁전에서 밤을 보낸 사실 때문이라고는 미처 생각하지 못한 페트리지아였다.

"나는 펠프스 부인이 그래도 의사소통 능력은 어느 정도 갖추고 있는 줄 알았는데, 심각하군요. 비를 잘못 맞아 머리가 이상해지기라도 한 것입니까? 내가 폐하를 사랑하든, 사랑하지 않든, 그대에게 대답해야 할 의무가 있습니까? 만약 사랑한다면 어쩔 것이고, 사랑하지 않는다면 어쩔 건데요? 내가 지금 왜 내 궁에서 그대에게 이런 소리를 듣고 있는 것인지 대관절 이해할 수가 없군요. 정말 궁의라도 보내드려요?"

"……."

로즈몬드는 여전히 씩씩거리는 얼굴로 열을 냈고, 페트리지아는 진심으로 로즈몬드가 정신병에 걸린 것 같다고 판단했다.

그녀는 더 이상의 대화는 의미가 없을 것이라는 생각에 최대한 빨리 이 대화를 마무리 짓기로 결심했다.

"내가 어제 폐하와 한 침대에서 굴렀든, 잠만 잤든, 그대에게 설명할 이유는 전혀 없습니다. 그게 그리 궁금하시면 그대가 그리 사랑한다는 황제 폐하께 직접 물어보시든가요."

그렇게 말한 페트리지아가 곧 조롱조로 그녀에게 물었다.

"아, 혹시 겁나시는 겁니까? 그 얄팍한 총애를 내게 빼앗길까 봐 두려워서?"

그 한마디에 로즈몬드의 눈빛이 흉포해졌다. 아이쿠, 무서워라. 이러다 정실이 측실 눈치를 보게 생겼다. 페트리지아는 아랑곳하지 않은 채 쐐기를 박듯 말했다.

"오늘 이 일, 상당히 무례합니다. 어제 분명 경고한 것 같은데, 효과가 없나 보네요. 다시 한번 뺨이라도 때려야 경고가 먹히겠습니까?"

"……."

로즈몬드가 무서운 눈초리로 페트리지아를 노려본 다음, 인사도 없이 휙 방을 나가버렸다. 쿵, 세차게 방문을 닫는 소리가 페트리지아의 고막을 찢길 듯 울렸고, 홀로 남겨진 페트리지아는 한숨을 쉬었다. 하여튼 어느 상황에서나 자신을 피곤하게 만드는 여자였다. 그때 라파엘라가 다가와 황당한 표정으로 그녀에게 따지듯 물었다.

"황후 폐하, 폐하야말로 미쳤어? 제 발로 들어온 먹이를 왜 그냥 돌려보내? 뺨이라도 한 대 더 갈겼어야지!"

"어제 갈긴 걸로 충분해, 엘라 경. 어제는 무슨 일인지 황제 폐하께서 아무 말씀 않으셨지만, 오늘도 뺨을 때리면 괜히 구설수에 오르게 될지도 몰라. 그럼 투기하는 황후로 낙인 찍힐지도 모르고."

그녀는 그런 소문을 결코 원치 않았다. 세상에 무슨 그런 말도 안 되는 소문이. 다른 것도 아니고 투기라니, 정말 말도 안 되는 일이었다. 살인 충동이면 또 모르겠지만.

페트리지아는 화를 내느라 조금 헝클어진 머리 상태를 점검한 후, 천천히 일어섰다.

"귀빈들께서는 언제 출발하시죠, 미르야?"

"지금 가시면 넉넉하실 듯싶습니다. 가시겠어요?"

"그래요."

페트리지아가 대수롭지 않게 대답한 다음 천천히 푸른색 하이힐을 눌렀다. 어제는 불꽃같은 강렬한 붉은 드레스였다면 오늘은 물을 연상시키는 아쿠아빛 드레스를 입었다.

페트리지아는 배웅이 정해진 장소까지 천천히 걸어가다가, 핸런궁 100미터 앞에서 제복을 갖춰 입은 루시오를 발견했다. 어제 분명 실례를 저지른 이는 자신이 아닌 그였는데, 이상하게 그를 보기가 껄끄러웠다. 그녀는 최대한 아무렇지도 않은 표정을 지어 보인 뒤 그에게 다가가 예를 갖춰 인사했다.

"위대하신 제국의 태양을 뵙습니다. 아버지께 영광을."

"황후 왔나."

"마땅히 황후로서 일을 잘 마무리 지어야지요. 혹 원치 않으신다면 물러가겠습니다."

"……그냥 있지."

"네."

페트리지아는 간략하게 대답한 다음 품 안에서 손수건을 꺼냈다. 어제 그녀가 빌려갔던 흰 손수건이었다. 마음 같아서는 그냥 모른 척한 뒤 돌려주고 싶지 않았지만, 소중한 거라고 하니 그렇게 하기에도 마음이 찜찜했다.

그녀는 굳이 모든 고위 귀족들이 모인 자리에서 그 손수건을 꺼냈다. 이렇게라도 해야 자신에게 조금이나마 더 도움이 될 것 같아서. 예상대로 뒤쪽에 서 있던 귀족들이 이쪽으로 시선을 주는 것이 느껴졌다.

"감사했습니다, 어제는."

"어제는 짐이 더 미안했지."

그가 어제의 일을 떠올리기라도 하는 듯 헛기침을 작게 했다. 그 함축된 말 사이에 숨겨진 정보를 찾느라 귀족들은 어째 혈안이 되어 있는 듯했고, 페트리지아는 그 낌새를 눈치채며 작게 웃었다. 왠지 기뻤다.

그리고 그녀를 더 기쁘게 만드는 것 한 가지 더.

"괜히 침소를 차지한 것 같아서 신경이 쓰이더군. 몸은 좀 괜찮나?"

"조금 피곤합니다만, 괜찮습니다. 폐하께서는 괜찮으신지요."

지금 나무 뒤에 숨어 자신들을 지켜보고 있는 한 여인의 존재 때문에.

'로즈몬드.'

"짐도 괜찮은 것 같군."

"다행입니다."

그렇게 말하며 환하게 웃어 보이는 자신의 얼굴은, 황제를 위한 것이 아니었다. 지금 나무 뒤에서 자신을 죽일 듯 노려보며 이를 갈고 있는 로즈몬드를 위함이었다.

총애란 본디 갈대와도 같아서, 언제든 흔들릴 수 있음을, 언제든 꺾일 수 있음을 알려주고 싶어서.

"마비너스 제국의 양 폐하 덕분에 편안히 있다 가는군요."

그때 등장한 사신단의 말에 페트리지아의 입가에 잔잔한 미소가 떠올랐다. 그녀가 유창한 크리스타 제국어로 사신의 말에 답했다.

"모쪼록 편히 지내셨기를 바랄 뿐입니다. 준비가 미흡해 혹 폐를 끼치지는 않았는지 우려스럽군요."

"폐라니요, 황후 폐하. 그렇지 않습니다. 이리 우리나라 말을 유창하게 해주시니, 저는 물론이고 일행 모두가 편안함을 느꼈답니다."

그렇게 말한 베리카 공작부인이 루시오에게로 고개를 돌려 칭찬을 건넸다.

"참으로 잘 어울리시는 한 쌍입니다, 황제 폐하. 이리 현숙하고 아름다우신 황후를 얻으셨으니 황실과 제국의 영광이군요."

"칭찬 감사합니다."

겉으로는 정말로 화기애애한 분위기였으나, 오직 한 사람, 나무

뒤의 로즈몬드만은 이를 갈며 서늘한 냉기를 흩뿌리고 있었다. 그녀는 그 광경을 보는 순간 무언가가 잘못되었음을 직감적으로 깨달았다.

안 된다, 아직은 안 된다. 적어도 루시오가 제게서 총애를 거두어 가는 날은 자신이 황자를 낳고, 그 황자가 황태자로 책봉되는 이후여야만 했다. 그 이전까지는 무슨 일이 있어도 그의 총애가 자신에게 머물러야만 했다.

그녀는 불안감에 손톱을 잘근잘근 씹은 뒤 무언가를 작게 중얼거리며 뒤를 돌았다. 그런 로즈몬드의 눈매가 소름 끼칠 정도로 사나웠다.

6
Lady-in-waiting

그날 오후 페트리지아는 그로체스터 후작저에서 페트로닐라의 연락을 받았다. 다음 날 방문해도 되겠냐는 내용이었다. 당연히 페트리지아는 승낙했고, 오래간만인 언니의 방문 소식에 표는 내지 않았으나 그날 내내 꽤 들떠했다.

마침내 다음 날이 되었고, 페트리지아는 페트로닐라와의 시간을 방해받지 않기 위해 오후까지 마쳐야 할 일들을 전부 밤을 새서 끝냈다. 황후가 된 이후 자신에게 폐가 되지 않기 위해 방문마저 사리고 있는 언니였다. 그녀가 좋아하는 딸기 맛 마카롱을 잔뜩 구우라고 미리 지시한 페트리지아는 살짝 흥분한 표정으로 페트로닐라를 기다렸다.

그녀의 기대를 저버리지 않겠다는 듯 페트로닐라는 페트리지아가 예상했던 시각보다 일찍 황후궁에 도착했다. 페트리지아가 두

팔을 가득 벌려 그녀를 맞아들였다.

"닐라!"

지난 사신단 부인 접견 때 그로체스터 후작부인만 보고 페트로 닐라를 보지 못해 많이 아쉬워하던 페트리지아였다. 어린아이처럼 자신에게 안겨드는 쌍둥이 동생을 꼭 끌어안아주며 페트로닐라가 커다란 목소리로 반가움을 표했다.

"리지! 잘 있었니?"

이렇게 말해놓고도 페트로닐라는 잠시 뒤에 조금 불안한 표정으로 물었다.

"아…… 황후 폐하라고 해야 하나?"

"닐라, 내가 그런 것 별로 좋아하지 않는 거 알잖아. 누가 있는 것도 아니고 황후궁에 우리 둘뿐인데, 무슨 격식이야? 그만둬."

"그럼 염치 불고하고. 차 한 잔만 줄래? 급히 왔더니 목마르다."

페트로닐라의 요구에 페트리지아가 활짝 이를 드러내며 웃은 뒤 대답했다.

"당연하지. 널 주려고 닐이 좋아하는 딸기 맛 마카롱도 잔뜩 준비해뒀어. 같이 들면 되겠네."

이윽고 페트리지아가 지시한 대로 딸기 맛 마카롱이 가득 담긴 접시와 밀크 티 두 잔이 테이블 위에 내려졌다. 페트리지아는 언니와 함께 맛보는 오래간만의 즐거움에 입가에 계속해서 미소를 띠고 있었다. 둘은 한참 동안 이런저런 시답지 않은 이야기를 하다 어느 순간 미묘한 주제로 접어들었다.

"참, 어머니께 이야기 들었어. 이번 사신단 부인 접견을 훌륭하게 해냈다면서? 어머니도 감탄하시던데."

"아……."

페트리지아가 어색하게 말끝을 흐렸다. 자연히 그날의 일이 생각났다. 정작 접견에만 제대로 힘쓰지 못했던 그날. 그럼에도 그들이 자신을 좋게 봐주어 다행할 노릇이었다. 그때 페트리지아의 신경은 오로지 로즈몬드에게로만 쏠려 있었으므로.

페트리지아는 그날 있었던 일을 언니에게 말할지 말지 고민했고, 그 낌새를 귀신같이 눈치챈 페트로닐라가 그녀를 독촉했다.

"왜 그래? 무슨 일이 있었어?"

순수한 눈빛으로 저를 향해 물어오는 쌍둥이 언니에게, 페트리지아는 고민하는 표정으로 답했다. 그러자 페트로닐라가 보기 드문 진지한 표정을 지어 보이며 페트리지아를 회유했다.

"왜 그래, 리지. 우린 자매잖아. 무슨 일이든 다 말해줘야지. 왜, 안 좋은 일이야?"

"좋은 일은 아니었어, 닐. 내가 이걸 언니에게 말해도 되는지 모르겠다."

알고 있는 사람이 라파엘라밖에는 없거든. 그 말에 페트로닐라가 더욱 호기심 띤 눈빛으로 그녀에게 물었다.

"뭔데?"

"펠프스 부인이 장난질을 쳤어."

'펠프스 부인'이라는 단어에 페트로닐라의 얼굴이 딱딱하게 굳어졌다. 그녀가 아까와는 확연히 달라진, 경직된 목소리로 페트리지아에게 물었다.

"무슨 뜻이야?"

"펠프스 부인이 스테이크로 만들 소고기를 돼지고기로 바꿔치기했어. 다행히 내가 사전에 베인궁 쪽을 주시하고 있어서 막긴 했지만…… 지금 생각해도 참 모골 송연한 일이지."

"세상에……."

페트리지아가 경악한 표정으로 입을 다물지 못했다. 꽤나 충격을 받은 듯한 언니의 모습에 페트리지아는 순간 후회했다. 괜히 말했나. 안 그래도 자신을 걱정하는 사람인데.

"로즈몬드 그 미친 것이 기어이 또……."

"진정해, 닐라. 지금은 아무 일도 일어나지 않았잖아."

페트리지아의 말에도 페트로닐라는 화난 기색을 숨기지 못했다. 오히려 아까보다 더 굳어진 목소리로 페트리지아에게 따지듯 말했다.

"태평해, 동생 폐하. 이 사안이 얼마나 심각한 일인지, 똑똑한 네가 모르지 않을 텐데."

"알아. 안 그래도 그녀에게 경고했어. 다시는 이런 장난질 치지 말라고. 그때는 나도 가만있지 않을 테니까."

"……무섭다."

페트로닐라가 한참 후에 다시 한마디를 뱉어냈다.

"리지, 너 정말 괜찮은 거야?"

"괜찮아, 닐라. 닐이 이렇게 걱정할 줄 알았으면 말 안 하는 건데."

"혼나."

그녀가 짐짓 무서운 표정을 지어 보이며 페트리지아를 꾸중했지만, 페트리지아는 그저 아이처럼 미소 지으며 언니의 볼에 키스할 뿐이었다.

"난 괜찮아. 퀸으로서 조용히 지내긴 할 테지만, 그게 멍청하게 당하고 있겠다는 뜻은 아냐. 내 말…… 알지?"

"……."

하지만 페트로닐라는 줄곧 심각한 표정을 지은 채 페트리지아의 물음에 답하지 않았다. 그러자 슬슬 그녀의 눈치를 보던 페트리지아가 페트로닐라에게 물었다.

"닐, 설마 화난 거야? 하지만 쓸 만한 증거가 없는데다 자칫했다간 외교적 마찰이……."

"리지."

그때 페트로닐라가 조용히 페트리지아를 불렀다. 왠지 모르게 긴장한 표정이 된 페트리지아가 마른침을 꿀꺽 삼키는 사이, 페트로닐라의 말이 이어졌다.

"사실 이곳에 온 게 단순히 널 보러 온 것만은 아냐."

"그럼?"

"제안…… 이라고 하기엔 뭣하고, 말하고 싶은 게 있어서."

"말해, 닐라."

페트리지아의 말에 페트로닐라가 페트리지아의 동공을 빤히 응시했다. 그러더니 얼마 지나지 않아 곧, 다시 입을 열었다.

"네 시녀가 될까 해."

"……뭐?"

순간적으로 당황한 나머지 페트리지아의 눈이 크게 흔들렸다. 이게 도대체 무슨……. 갑작스러운 페트로닐라의 포고에 페트리지아는 깜짝 놀란 표정으로 캐물었다.

"무슨 소리야? 갑자기 시녀라니?"

"네 말을 듣고 갑자기 결정한 게 아냐. 네가 퀸이 된 이후부터 생각해왔던 일이야."

그렇게 말하는 페트로닐라의 표정이 사뭇 비장했다. 페트리지아는 왜 갑자기 언니가 자신의 시녀가 되겠다고 말하는 건지 도무지 그 이유를 짐작할 수 없었다.

전생의 자신은 시녀는커녕 황궁 출입도 자제하던 사람이었다. 그런데 다시 돌아온 생에서 언니는, 갑자기 제 시녀가 되겠다 말하고 있었다. 페트리지아는 이걸 좋은 쪽으로 바라봐야 할지, 아니면 나쁜 쪽으로 바라봐야 할지 도무지 감이 잡히질 않았다.

"하지만 그렇다고 해도……."

"너도 알고 있겠지만 역사적으로도 자매의 시녀가 되는 건 마비너스 황실에서 그렇게 이상한 일은 아니었어. 거기다 내가 종신 시녀직을 맡을 것도 아니고, 결혼 적령기를 다 채우기 전에 그만둘 거야. 그 시간 동안만이라도…… 그냥 네 곁에 온전히 있고 싶을 뿐이야."

"그럼 기껏해야 1, 2년인걸. 나중에 내가 너무 힘들어질 거야. 언닐 그리워하며 매일 밤마다 베갯잇을 적실지도 몰라."

페트리지아의 말에 페트로닐라가 깔깔 웃었다.

"그립긴. 결혼한다고 해도 특별한 일이 없는 이상은 황성에 있을 텐데. 어쩐 일로 갑자기 이렇게 감성적이 되었어?"

"그러는 닐라야 말로 갑자기 정이 없어졌어. 그래서 정말로 시녀를 할 거야?"

"그래."

페트로닐라가 차분하게 고개를 끄덕였고, 페트리지아는 고민에 휩싸였다. 어쨌든 퀸은 자신이고, 언니는 다른 영식과 결혼을 하게 될 터였다. 그러니 과거에서처럼 닐라가 황제에게 첫눈에 반하는 일은 일어나지 않을뿐더러, 설령 그렇게 된다 하더라도 언니가 이 자리를 넘볼 일은 0에 수렴할 터.

만약 닐라가 제 곁에 있어준다면 확실히 지금보다 더 든든하긴 할 것이었다. 물론 그녀에게 저가 별로 보여주고 싶지 않았던 면까지 보여주게 될 수도 있지만…….

"좋아, 그럼."

그럼에도 불구하고 페트리지아로서는 그녀의 말을 거절할 이유
가 전혀 없었다. 어차피 시녀의 수가 조금 부족한 것 같아 충원하는
것도 염두에 두고 있었으니까. 황후의 허락에 페트로닐라가 작게
미소 지으며 기쁨을 표시했다.

"아, 좋다. 그럼 나 앞으로 하루 내내 너랑 함께 있을 수 있는
거야?"

페트로닐라의 경우, 만일 입궁하게 된다면 미르야처럼 종신직
시녀는 아닐 것이기 때문에 출퇴근이 자유로울 확률이 컸다. 페트
리지아가 빙긋 웃으며 대답했다.

"응. 아마 다음 주부터 출근할 수 있을 거야."

다음 주까지는 얼마 남지 않았다. 페트리지아는 왠지 모르게 진
지함과 기쁨이 동시에 서려 있는 언니의 얼굴을 쳐다보며 저도 모
르게 미소 지었다.

페트로닐라는 그로체스터 후작저로 복귀한 저녁 시간에 부모님
께 자신의 뜻을 밝혔다. 그로체스터 후작부부는 당연히 그녀의 말
에 당황할 수밖에 없었다.

"닐라, 지금 내가 들은 게 사실이니?"

그로체스터 후작부인이 떨떠름한 목소리로 물었다. 물론 닐라가
리지의 곁에서 황궁 생활을 돕는 건 그녀로서도 바라 마지않는 일

이었다.

하지만 제 딸들이 황실과는 연을 쌓고 싶지 않아 했기에 애당초 마음을 버리고 있던 그녀였다. 그런 차에 갑작스러운 페트로닐라의 통보는 그녀를 당황시키기에 충분했다.

하지만 후작부인의 반응에도 페트로닐라는 단호했다.

"네, 엄마. 저 시녀로 입궁하려고요. 설마 반대하시는 건 아니 겠죠?"

"그럴 리가. 하지만 당황스럽긴 해. 넌 분명 얼마 전까지만 해도 퀴네즈가 되고 싶지 않아 했잖니. 엄만 너도 리지처럼 황궁과는 담을 쌓을 생각을 하고 있는 줄 알았어."

"……"

엄마는 아직 모르고 계시는 것 같았지만, 그 마음 아직도 변함없 었다. 그녀는 여전히 황궁을 좋아하지 않았고, 발을 들일 생각도 없 었다. 하지만 그런 그녀가 이런 과감한 결정을 내리게 된 이유는 오 직 하나.

'페트리지아.'

그 살벌한 황실에 리지 혼자만 덩그러니 내버려두고 나오기가 불안했다. 도무지 마음이 안정되지 않아, 차라리 그녀가 시녀로서 동생의 곁을 지키는 게 더 낫겠다는 생각이 들 정도.

어차피 그녀는 퀴네즈만, 퀸만 아니면 되었으니 이편도 나쁘지 않았다. 시녀가 황제와 결혼해야 하는 자리도 아니었으니까.

"종신 시녀를 하겠다는 것도 아니고, 자유로운 일이에요. 엄마,
아빠. 뭘 걱정하시는지는 몰라도, 별일 없을 거예요."

"그런 생각을 한 건 아니란다, 닐라. 아까도 말했지만 조금 놀랐
을 뿐이야. 마치…… 다른 사람이 된 것 같구나."

"……"

페트로닐라가 씁쓸하게 웃었다. 그날, 황궁에서 그 광경만 보지
않았다면 상황은 달라졌을지도 모르지. 하지만 그녀는 이미 목격
자였고, 그러니 무시할 수는 없는 노릇이었다. 페트로닐라는 고저
없는 목소리로 이렇게만 말했다.

"저도 나이가 들었나 봐요."

페트로닐라는 페트리지아의 재가가 떨어지자마자 곧바로 입궁
했다. 페트리지아가 직접 신경 쓴 일이었기 때문에 그리 복잡한 절
차는 소요되지 않았다. 황후의 친인척이나 자매가 시녀로 입궁하
는 것이 마비너스 제국에서 그리 드문 일도 아니었기 때문에 별다
른 조건이 요구되는 것도 아니었다.

시녀로서는 처음 황후궁에 입성한 페트로닐라가 기사로서 페트
리지아의 옆을 지키고 있던 라파엘라와 반갑게 인사했다.

"엘라, 이야기는 들었는데 정말로 있을 줄이야. 여기서 보니까 더
반갑다."

"나도 그래, 닐. 우리 황후 폐하의 결혼 피로연 이후 처음인가?"

라파엘라가 가볍게 페트로닐라를 안으며 그녀를 환대해주었다.

"황후궁에 온 걸 환영해. 시녀로 입궁한 건 더 환영하고."

사실 내 또래 시녀가 없어서 요즘 좀 심심했거든. 킥킥 거리며 덧붙이는 라파엘라를 향해 페트로닐라가 눈살을 곱게 접어 웃어 보였다. 라파엘라는 여전했다.

"동생 폐하 하루 일과 좀 알 수 있을까요, 미르야?"

하지만 대답한 이는 미르야가 아닌 페트리지아 본인이었다. 그녀가 지루한 목소리로 말했다.

"별거 없어, 언니. 하루 종일 일하다 가끔 차 마시고, 그러다 또 일하고, 종종 산책하고 시녀들과 담소 나누고."

따분해. 그녀의 설명에 옆에 있던 미르야가 작게 큭큭 거리며 웃은 뒤 한 가지를 덧붙였다.

"책도 자주 읽으시잖아요. 덕분에 제가 요즘 베르실링 부인하고 엄청 친해졌어요."

베르실링 자작부인은 도서관 사서를 맡고 있는 귀부인이었다. 미르야의 말에 페트리지아가 싱긋 웃은 다음 화제를 마무리 지었다.

"그게 다야, 닐. 아마 닐도 딱히 신경 써서 해야 할 일은 없을 거야."

"일은, 안 힘들고?"

"처음엔 힘들었지. 할 만해, 이젠."

뭐든 처음이 어려운 거다. 사실 황실부 업무도 전생에서는 한 번도 접하지 못했던 것들이니 초심자인 페트리지아로서는 엄청난 난제로 느껴질 수밖에. 어쨌든 시간이 약이라고 이제는 이런 빡빡한 일상에서 조금 자유로워지고 있는 중이었다.

"지난번 사신단 부인 접견 이외에는 아직 크게 준비할 일도 없고. 아, 아니다. 곧 하나 있네. 그렇죠, 라파엘라 경?"

"……."

"조금 있으면 황실에서 직접 주관하는 사냥 대회가 열려. 아마 널도 알고 있을 텐데, 상금이 무려 1억 골드야."

그녀는 약간 흥분한 목소리였다. 기사답게 이런 쪽에 상당히 관심이 많은 모양이었다. 페트리지아가 슬쩍 웃으며 그녀에게 장난조로 물었다.

"이번에 기대해봐도 되는 건가요, 라파엘라 경?"

"너무 기대는 마세요, 폐하. 하지만 노력은 최대한으로 하죠."

폐하의 명예를 위해. 씩씩하게 대구한 라파엘라가 곧 무언가 생각났는지 살짝 눈을 크게 뜬 표정을 지으며 페트리지아에게 물었다.

"참, 그런데 이번에 폐하께서도 참가하시나요?"

"저요?"

"네, 폐하. 말 탈 줄 아시잖아요. 양궁도 다룰 줄 아시고요."

"어머, 정말이세요, 폐하?"

미르야가 놀랍다는 듯 물었고, 페트리지아는 어색하게 웃어버렸다. 라파엘라의 말은 사실이었다. 그녀는 말도 탈 줄 알았고, 활도 쏠 줄 알았다. 물론 그리 능숙한 건 아니었지만.

"예전에 교양으로 잠깐 배웠어요. 닐과 함께. 그렇지, 닐?"

"그랬지. 하지만 전 그렇게 좋은 실력은 아니었어요. 폐하는 수준급이었지만."

"어머, 정말이세요?"

페트로닐라의 비약에 페트리지아의 볼이 붉어졌다. 그냥 조금 하는 것뿐이다. 라파엘라와 비교했을 때 부끄러울 정도의 수준. 물론 이 말을 들은 라파엘라는 펄쩍 뛰었지만.

"제가 한낱 레이디가 아닌 폐하의 호위 기사인데 폐하보다 실력이 없으면 안 되지요. 저와 필적한 수준이시면 폐하께서는 지금 당장 연무장으로 가셔서 저와 함께 수련을 하셔야 합니다."

"그건 그래요, 폐하. 욕심이 과하신 것 아니에요? 라파엘라 경이 실력이 없는 무인도 아닌데."

왠지 모르게 흐뭇한 미소를 띤 채 타박하는 미르야를 향해 머쓱하게 웃은 페트리지아가 저도 모르게 뒷머리를 긁적였다. 곧 라파엘라가 채근하듯 그녀에게 물었다.

"그래서 폐하, 참가하실 건가요? 아마 이변이 없다면 황제께서도 참가하실 텐데."

"……"

그 한마디에 네 사람 사이에 정적이 깃들었다.

이상한 단어가 나온 건 아니었다. 황당무계한 주제도 아니었다. 하지만 적어도 이들 네 사람에게는 그런 존재였다. 황제란 건.

뒤늦게 실수했다고 생각했는지 라파엘라가 난처한 표정을 지었다. 더군다나 황후궁 내에서 황제의 존재가 그리 달갑게 여겨지지만은 않다는 걸 누구보다도 잘 알고 있는 그녀였다. 라파엘라는 빠르게 사과했다.

"죄송해요. 실언했네요."

남편을 화제에 올리는 게 실언으로까지 여겨질 줄이야. 황당한 현실에 페트리지아는 씁쓸해했지만 그것도 잠시, 그녀는 곧 아무렇지도 않은 표정으로 대화를 재개했다.

"실언은 무슨. 괜찮아요, 라파엘라 경. 그보다 펠프스 부인은 참가할지 모르겠네요."

오히려 더더욱 금기시되는 로즈몬드를 화제에 끌어 들임으로써 페트리지아는 이 상황을 태연히 넘겼다. 물론 그렇다고 해서 분위기가 분홍색으로 변하거나 하는 건 아니었지만.

"안 할 겁니다. 그녀는 말만 겨우 탈 줄 알거든요."

그나마 이 황궁에서 가장 오래 있었을 미르야의 대답에 페트리지아는 가볍게 고개를 끄덕였다. 그쪽으로도 재능이 있을 줄 알았는데 그건 또 아닌 모양이었다.

"참가하시는 것도 나쁘지 않을 겁니다, 폐하. 이번 기회에 폐하의 위상을 높일 수 있을지도 모르고요."

"음……."

미르야의 말에 페트리지아가 조금 고민하는 표정을 지어 보였다. 사실 이 대회는 참가해도 그만, 안 해도 그만이었다. 일국의 황후가 사냥 능력이 없다고 해서 조롱받을 일도, 무시당할 일도 없었으니까.

하지만 참가하게 된다면 황후의 위상이 조금은 색다른 의미로 모두에게 전달될 터. 거기다 로즈몬드로 인해 미약해진 권위를 높일 수 있는 계기도 마련할 수 있었다. 페트리지아는 모험과 안전 사이에서 무엇을 택해야 할지 고민하다 결국 페트로닐라의 의견도 물어보기로 했다.

"닐라."

"……."

"닐라?"

약간 얼이 빠져 있는 듯한 표정의 페트로닐라가 그제야 정신을 차리고 고개를 돌렸다. 페트리지아가 나긋한 목소리로 언니에게 물었다.

"닐라 생각은, 어때?"

"난……."

그녀 역시 고민이 되는지 조금 혼란스러운 표정이었다. 얌전히 페트로닐라의 말을 기다리던 페트리지아가 성급하게 말을 꺼냈다.

"그래도 안 나가는 게…… 나으려나?"

"……아니."

찬성이었다. 의외의 결론에 페트리지아가 조금 의아한 듯한 표정을 지으며 이유를 물었다.

"닐도 엘라 경과 같은 이유야?"

"응. 펠프스 남작부인 때문에 네 입지가 어느 정도 좁아질 수밖에 없는 게 사실일 거야. 좋은 기회라고 생각해. 역사적으로도 무예에 조예가 깊었던 황후는 몇 없었으니까."

"조예가 깊은 것까지는 아닌데."

페트리지아가 부끄러운 듯 얼굴을 살짝 붉히며 페트로닐라의 말을 부정했다. 잠깐 헛기침을 한 그녀가 조용히 중얼거렸다.

"나가서 망신이나 안 당하고 오면 다행인데. 말 탄 지도 오래됐네."

이 몸으로 회귀한 지 일 년도 채 되지 않았지만, 황후의 동생으로 지냈던 지난 3년 동안은 단 한 번도 말을 탄 적이 없었다.

지금 생각해보면 왜 그랬는지. 뭣 때문에 그렇게 바빴는지.

"그럼 나가는 걸로 하죠 뭐. 한 마리도 못 잡으면, 라파엘라 경이 한 마리 주는 거죠?"

"어머, 폐하. 그래도 한 마리는 잡으실 거면서."

라파엘라가 호호 웃으며 페트리지아의 등을 아프지 않게 쳤다.

"물론 폐하의 위신을 위해서라도 그래야겠죠. 하지만 아마 그럴 일 없을 걸요."

페트리지아는 사냥 대회에서 망신을 당하지 않으려면 어느 정도
연습을 해놓아야겠다고 생각했다. 목적이 황후로서의 권위를 세우
기 위함인데, 가서 빈손으로 돌아올 수는 없었으니까.

"승마 연습을 미리 하시는 건 어때요?"

페트리지아의 고민에 라파엘라가 내린 답이었다. 그 말을 들은
페트리지아가 의아한 표정으로 되물었다.

"승마 연습이라뇨?"

"황궁 뒤편에 승마를 할 만한 숲이 있어요. 아마 잘 모르실 거예
요. 잘 알려진 곳은 아니라."

"아······."

그런 곳이 있는 줄은 몰랐다. 심지어 자신은 3년 동안을 황후의
동생으로 살아왔는데도. 언니는 알고 있었을까. 잠깐 멍한 표정을
짓던 페트리지아는 곧 자신에게 말하는 라파엘라의 목소리에 다시
현실로 돌아왔다.

"가보시겠어요? 좋아하실 거예요."

"내가······ 가도 괜찮으려나요?"

그 말에 라파엘라는 황당하다는 듯한 반응이었다. 황궁의 안주
인이 가지 못할 곳이 어디 있냐는 투. 라파엘라가 걱정도 팔자라는
듯 태연하게 타일렀다.

"폐하께서도 가지 못하는 곳이면 황제 폐하 이외에는 아무도 출입할 수 없는데요? 절대 아니니까 쓸데없는 걱정 마세요."

"음…… 그럼 한번 가보는 것도 나쁘진 않겠네요."

"지금 가시겠어요?"

쇠뿔도 단김에 빼려는지 라파엘라가 눈을 빛내며 물었다. 어쩌자신보다 더 가고 싶어 하는 느낌이었다. 페트리지아가 쿡쿡 웃으며 그녀에게 물었다.

"가고 싶은가 봐요, 라파엘라 경."

"어머, 들켜버렸네."

라파엘라가 킥킥거리며 웃은 다음 자리에서 일어났다. 페트리지아도 천천히 소파에서 몸을 일으켰다.

그래, 뭐. 어차피 오늘은 할 일도 많지 않으니까. 마침 바깥의 날씨도 좋고, 말을 타기에는 딱이다. 미르야가 눈치 있게 그녀의 승마복을 가져왔고, 페트로닐라가 환복을 도와주었다.

"구름 한 점 없이 날씨가 맑네요. 그렇죠?"

"네, 폐하. 아마 비 올 걱정은 안 하셔도 될 것 같아요."

미르야가 빙긋 웃으며 페트리지아의 발에 신발을 신겨주었다. 마침내 모든 준비가 끝나자, 페트리지아가 어색한 표정으로 전신 거울에 자신의 모습을 비추어 보았다. 이런 옷을 입는 게 도대체 얼마 만인지.

"잘 어울린다."

뒤에서 흐뭇한 표정으로 페트로닐라가 감상을 말했다. 언니의 말에 페트리지아는 갑자기 부끄러워졌다.

"너무 오랜만이라 어색하네."

무려 3년, 아니 4년 만인가. 페트리지아가 아득한 기억을 되살리며 중얼거렸다. 그러자 페트로닐라가 까르르 웃으며 그녀에게 말했다.

"그래봤자 일 년도 안 됐으면서 무슨. 자, 나가자."

수직으로 내리쬐는 햇빛이 따사롭다. 페트리지아는 오래간만에 미소를 지으며 편안함을 만끽했다. 이런 감정, 마지막으로 느낀 게 언제더라. 회귀 이후 늘 가시밭길을 걷는 것처럼 마음이 불편했는데, 언니가 옆에 있어서인지, 아니면 그냥 지금 이 상황이 기분 좋은 건지, 페트리지아의 마음은 오래간만에 봄이었다.

"이 말을 타시면 될 것 같아요, 폐하."

라파엘라가 뿌듯한 표정으로 어디선가 백마 한 마리를 끌고 왔다. 새하얀 갈기가 아름답게 느껴졌다. 그녀가 입가에 미소를 띠며 라파엘라에게 물었다.

"말은 잘 모르지만 명마 같네요. 이름이 뭐예요?"

"책임자 말로는 '샐리'라던데요. 혈통이 아주 우수하대요."

"그래요?"

페트리지아가 기대 어린 표정으로 조심히 말 등 위에 올라탔다.

잠깐 동안 불안정한 표정으로 자세를 잡던 페트리지아가 곧 능숙하게 말고삐를 잡았다.

이 몸으로는 말을 마지막으로 탄 게 그리 오래 전이 아니기 때문일까. 의외로 어색하지 않았다. 페트리지아가 약간 신난 표정으로 모두에게 말했다.

"혼자 다녀올게요."

"혼자요? 폐하, 위험해요."

당연했지만 라파엘라가 걱정했다. 하지만 페트리지아는 괜찮다는 듯 슬쩍 웃어 보이며 걱정을 만류했다.

"오랜만에 혼자 달려보고 싶어서요. 낙마할 정도로 초보는 아니니까, 걱정 안 해도 돼요."

"……."

라파엘라가 난감한 표정을 지었다. 페트리지아의 마음을 이해 못 하는 건 아니다. 늘 시녀와 하녀들에게 둘러싸인 채 생활했으니 혼자만의 시간이 필요하기도 하겠지. 하지만 그래도 걱정스럽긴 했다. 결국 라파엘라가 하는 수 없다는 목소리로 그녀에게 다짐을 받아냈다.

"대신 너무 멀리까지 가시지 않기. 그리고 30분 후에는 돌아오시기. 아셨죠? 조금만 늦으시면 제가 바로 출동할 거예요."

"알았어요. 걱정하지 말아요."

해맑게 대답한 그녀가 조심스럽게 말을 출발시키기 시작했다.

멀어져가는 페트리지아의 뒷모습을 물끄러미 바라보던 라파엘라가 작게 중얼거렸다.

"괜찮겠죠?"

"엘라도 알겠지만 리지가 그렇게 초보는 아니야. 쟤도 혼자만의 시간이 필요하긴 하겠지."

페트로닐라의 말에 라파엘라가 그도 그렇다는 듯 고개를 끄덕이며 대꾸했다.

"그래, 뭐. 별일 없겠지."

"이번 기회에 그간 받으신 스트레스나 풀고 오셨으면 좋겠네요. 요즘 좀 힘들어하시는 것 같아서 마음이 안 좋았거든요."

미르야의 말에 그 자리에 모인 모두가 수긍한다는 듯 고개를 끄덕였다. 그녀에게는 혼자만의 휴식이 필요했다.

"워, 워."

한참 동안 조용한 숲을 달리던 페트리지아가 천천히 말을 세웠다. 말이 얌전히 발을 멈추었다. 그녀가 조심스럽게 말 위에서 내렸다.

"……좋다."

숲 한가운데는 축축했고 따스함과는 거리가 멀었으나, 그녀는 제 코끝으로 느껴지는 상쾌함과 싱그러움이 좋았다. 한번 걷는 것도 나쁘지 않겠다고 생각하며, 페트리지아가 천천히 승마 부츠를

신은 발을 옮겼다.

"이런 곳이 있었구나."

한참 동안 걷기만 하던 페트리지아가 중얼거린 말이었다.

이런 곳이 있었구나. 황후로 대략 3개월, 황후의 동생으로 3년. 그 시간 동안 단 한 번도, 이런 곳이 있다는 것조차 모르고 지냈다.

그녀가 왠지 모를 씁쓸한 미소를 지으며 무심하게 말의 갈기를 쓰다듬었다. 페트리지아의 손길에 말이 푸르릉 소리를 내다가 어느 순간 그녀의 손을 물어버렸다.

"앗!"

페트리지아가 저도 모르게 크게 소리치며 얼른 말의 입에서 손을 빼냈다. 심각하게 고통스러운 건 아니었지만 피가 줄줄 배어 나오는 것으로 보아 상처는 꽤 깊은 듯했다.

제기랄. 그녀의 입안에서 욕지거리가 흘러나왔다. 페트리지아가 속상한 목소리로 말에게 따졌다.

"아직 조교가 덜 된 건가? 으…… 아무리 그래도 그렇지, 이렇게 물어버리면……."

–사르륵.

그때 낯선 소리가 페트리지아의 귓가를 잡아 끌었다. 그녀는 저도 모르게 몸을 굳혔다. 이 공간 안에 다른 누군가가 있다. 하지만 도대체 누가?

페트리지아가 긴장이 역력한 표정으로 주변을 살폈다. 도대체 누굴까? 이 공간에 들어올 수 있는 사람은, 그녀 외에는⋯⋯.

"설마⋯⋯."

문득 떠오른 가설, 정확히는 확신에 가까운 가설이 페트리지아의 머릿속을 지배했다. 그녀는 저도 모르게 입술을 깨문 다음 제 앞에 모습을 드러낸 한 남자를 올려다보았다. 승마복을 입은 남자 역시 건조한 표정으로 자신을 내려다보고 있었다. 자연스럽게 그의 호칭이 그녀의 입속에서 흘러나왔다.

"황제 폐하⋯⋯."

"황후가 여기까진 어인 일이지?"

그였다, 루시오.

그녀가 무표정한 얼굴로 대답했다.

"말을 좀 타고 있었습니다."

보시다시피요. 스트레스 풀 겸 왔는데 스트레스를 더 받고 가게 생겼다. 그녀가 받는 스트레스의 최대 원흉이 바로 눈앞에 있었으니. 페트리지아가 지친 표정으로 말 위에 타기 위해 자세를 잡았다. 말에게 손을 물린 데다 황제까지 만나다니, 액운이 덕지덕지 붙은 날인 게 틀림없다.

그때, 그런 그녀를 그가 막아 세웠다.

"잠깐."

"⋯⋯."

왜 잡는 건지. 페트리지아가 노골적으로 안 좋은 표정을 지으며 루시오에게 물었다.

"무슨 일이십니까?"

"그 손."

"……."

아, 몹쓸 꼴을 보여버렸다. 적어도 이 남자 앞에서만큼은 이런 모습 보이고 싶지 않았는데. 그래서 페트리지아는 과장되게 아무것도 아닌 척했다.

"괜찮습니다."

"괜찮지 않아 보이는데."

그의 얼굴은 굳어 있었고 그녀는 그의 표정을 이해하지 못했다. 자신이 다치든, 말았든, 그가 상관할 바 아니다. 자신은 로즈몬드가 아니었으니까. 페트리지아는 정말로 괜찮은 사람처럼 대수롭지 않은 목소리로 그의 관심을 끊어버렸다.

"가볍게 물린 것뿐입니다. 정말 아무렇지도 않아요."

"……."

그는 그녀의 말을 들은 건지 안 들은 건지, 아니면 듣지 못한 척하는 건지 아무런 반응도 보이지 않은 채 페트리지아를 빤히 바라보다가, 곧 말에서 내렸다.

거기까지는 괜찮았다. 페트리지아를 당황시킨 건 그다음이었다. 그가 그녀가 있는 쪽으로 다가오기 시작했다. 페트리지아는 저도 모르게 주춤주춤 뒤로 물러섰지만, 부질없는 일이었다.

"'가볍다'라는 뜻이 언제부터 바뀐 건지 참 궁금하군."

"······."

페트리지아가 말없이 시선을 다른 데로 돌렸다. 루시오가 한숨 쉬는 소리가 귓가에 적나라하게 울려 퍼졌다. 그녀는 그가 가주기를 기다렸지만, 그는 그녀의 뜻대로 해줄 생각이 전혀 없어 보였다.

시선을 돌린 페트리지아의 시야로 익숙한 흰 손수건이 들어왔다. 그녀가 조소했다. 어울리지 않게 걱정하는 척하긴.

"그 손수건 자주 보네요."

"······."

루시오는 대꾸하지 않은 채 페트리지아의 손을 잡아끌었다. 그녀는 왠지 모를 오기에 붙잡힌 손을 빼려 했지만 쉽지 않았다. 루시오가 그녀의 손을 힘주어 쥔 채 놓아주지 않았기 때문이었다. 페트리지아가 볼멘소리로 불평했다.

"아파요."

"······."

그제야 루시오가 슬며시 손에 쥔 힘을 뺐고, 페트리지아는 말없이 그가 하는 행동을 가만히 지켜보았다. 상처 난 손을 손수건으로 휘감는 손놀림이 의외로 능숙하다. 그녀가 저도 모르게 입술을 달싹이며 말했다.

"잘하시네요."

"······익숙하거든."

루시오가 절제된 목소리로 대꾸했다. 그때 그가 잘못 건드렸는지 엄청난 격통이 페트리지아를 뒤덮었다. 페트리지아가 저도 모르게 날카로운 신음을 뱉었다.

"아흑……!"

"아…….."

그녀의 신음을 들은 루시오가 눈에 띄게 당황해했다. 페트리지아가 아픔을 참기 위해 입술을 피가 날 정도로 깨물었다. 그가 얼른 사과했다.

"미안하군."

"……괜찮습니다."

사실 전혀 괜찮지 않았지만 사실대로 말하고픈 마음은 조금도 없다. 이 남자 앞에서 이런 꼴을 보인 것 자체가 수치인데 여기서 더 망가질 수는 없으니까. 페트리지아는 간신히 고통을 참으며 루시오가 떨리는 손으로 상처를 묶는 것을 지켜보았다.

"다 됐어."

그가 한참 후에 내뱉은 말이었다. 그녀가 조심스럽게 손을 빼냈다. 손수건으로 묶은 부위가 화끈거렸다. 페트리지아가 손수건이 묶인 손을 물끄러미 바라보다가 어느 순간 입을 열었다.

"손수건……."

"응?"

"중요한 거라면서요."

그녀가 신경 쓰이는 듯한 목소리로 말했다.

"핏물은 빨아도 잘 지지 않아요. 폐하께서 굳이 이런 수고를 하실
필요는……."

"환자가 앞에 있는데 그냥 지나칠 순 없지 않나."

단호함이 느껴질 정도로 딱 부러지는 말에 페트리지아의 입이
다물려졌다.

"다친 사람을 빤히 앞에 두고 그냥 갈 만큼 매정하진 않아."

"……."

그녀는 아무 말도 하지 않았다. 말이 하기 싫었다기보다는 무슨
말을 해야 좋을지 감이 잡히지 않았다. 기분이 이상했다. 페트리지
아가 다시 입을 연 건 그로부터 한참이 지난 후였다.

"……최대한 깨끗이 빨아볼게요."

"됐어. 쓸데없는 데 애쓰지 마."

"빚진 거 같아서 기분이 이상해요."

그 말에 그가 한숨을 쉬었다.

"까다롭군."

"……."

당신에게만 까다로운 거라고 말해주고 싶었다. 당신이기 때문에
까다로운 거라고. 다른 누구도 아닌, 이 모든 불행의 중심에 서 있
는 당신 때문에. 그녀가 살짝 찡그린 얼굴로 그에게 말했다.

"어쨌든 감사합니다, 폐하."

"그런 말도 필요 없어. 지난날 그대에게 빚진 것도 있으니까."

"……."

비 오던 날 밤, 그때의 이야기인가. 그날을 상기한 페트리지아의 표정이 멍해졌다. 그가 정말로 이상했던, 만월의 밤.

-투둑, 투두둑.

그 순간 비가 내리기 시작했다. 분명 아까까지만 해도 맑았던 하늘은, 어느 순간 급속도로 어두워져 있었다. 페트리지아가 황당한 얼굴로 빗물이 떨어지는 어두운 하늘을 올려다보았다. 분명 아까까지만 해도 맑았던 하늘에 갑자기 폭우라니, 참 오늘 액운이 잔뜩 낀 게 틀림없었다.

"아……."

그때 그녀가 마른 소리를 내며 루시오가 있는 쪽으로 끌려갔다. 당황한 페트리지아가 이게 무슨 짓이냐고 따지려 들기도 전에, 그의 입이 먼저 열렸다.

"지금 말을 타고 돌아가는 건 무리야. 근처에 비를 피할 만한 곳이 있으니 그리로 가지."

"……."

조금만 더 가면 황궁이 나왔지만 문제는 그곳까지 말을 끌고 갈 수 없다는 점이었다. 그녀는 그의 말에 따를 수밖에 없었다.

그들이 도착한 곳은 커다란 나무 아래였다. 페트리지아는 태어나 처음 보는 것 같은 어마어마한 크기의 나무에 입을 떡 벌렸다.
몇백 년은 묵은 것 같은 웅장함. 그녀가 신기하다는 목소리로 중얼
거렸다.

"되게 크네요, 이 나무."

"천 년 된 나무지. 건국 황제 때부터 내려오는 나무니까."

그의 설명에 그녀는 다시 한번 더 놀랄 수밖에 없었다. 나무는 천
년 동안의 위용을 자랑하기에 충분할 정도로 거대했고, 덕분에 두
사람과 두 말이 비를 충분히 피할 수 있을 만큼의 공간을 제공해주
었다.

아무 데나 자리를 잡고 앉은 페트리지아를 따라 루시오도 그녀
의 옆에 앉았다. 그녀는 굳이 그것까지 제지하지는 않았다.

"……."

"……."

그와 그녀, 두 사람 모두 말없이 나뭇잎 아래로 경쾌한 소리를 내
며 떨어지는 빗방울만 바라보고 있었다. 둘 사이에 감도는 침묵은
약간의 어색함을 동반했지만, 페트리지아는 이 정적이 그리 이상
하게만은 느껴지지 않는다고 생각했다. 빗방울이 바닥으로 떨어지
며 내는 청명한 소리가 그나마 어색함을 없애주었다.

"오늘 말을 타러 나온 게…… 사냥 대회 때문인가?"

그가 먼저 그녀에게 말을 걸었다. 그녀는 빠르게 대답했다.

"네."

"의외였어. 나올 줄 몰랐거든."

"유감이시겠어요. 펠프스 부인이 참가를 안 해서."

별다른 비꼼 없이 말했지만 받아들이는 쪽은 그러지 않았는지 그의 미간이 살짝 좁혀졌다.

"비꼬는 건가?"

"그냥 순수한 유감이에요."

그 말을 끝으로 다시 한번 침묵이 이어졌다. 빗방울이 한 몇 초쯤 더 떨어졌나, 루시오의 목소리가 다시 들려왔다.

"무예 쪽에도 조예가 있는 줄은 몰랐는데."

"조예라고 하기에는 부끄럽고, 그냥 조금…… 활만 쏠 줄 아는 정도예요."

"사냥을 좋아하나?"

갑작스러운 질문이었지만 페트리지아는 차분하게 대답했다.

"아뇨. 사실 별로 좋아하지 않아요. 살생을 즐기는 편은 아니라."

대답을 마치고 나니 왠지 자신도 물어야 할 것 같은 느낌이다. 페트리지아는 예의상 한 번 물어봐주기로 했다.

"폐하는요?"

"짐도 그닥."

그렇게 말하는 루시오의 표정이 어두웠다. 뭔가 사연 있어 보이는 얼굴이었지만 페트리지아는 관심 두지 않았다. 그럴 사이라고는 생각되지 않았다. 괜히 숨겨져 있을 이상한 사연을 들어 그에게 연민 비슷한 것을 품고 싶지 않았다.

그와 자신의 거리는 딱 이 정도 거리가 적당했다. 서로에 대해 모르는 게 더 많은, 남보다는 조금 가깝고 가족보다는 훨씬 먼 관계.

"선황께서는 즐기신다고 들었는데, 모친을 닮으셨나보네요."

"……."

그는 아무 말도 하지 않았고, 자연히 대화가 끊겼다. 침묵이 처음으로 불편해졌다. 마지막으로 입을 열었던 사람이 그가 아닌 그녀 자신이었기 때문에.

그녀는 말없이 다친 쪽 손으로 시선을 두었다. 붉은 핏물은 이미 흰 손수건을 음습하게 적시는 것을 멈추었다.

그럼에도 불구하고 그녀는 왠지 자신이 아직까지도 피를 흘리고 있는 것 같다는 착각에 사로잡혔다. '과연 이 핏자국을 지울 수 있을까' 하는 생각과 함께.

"그때……."

"네?"

"그때 말이야."

루시오가 진지하게 말을 꺼냈다. 페트리지아가 의아한 표정으로 그를 쳐다보았다. 그는 무언가를 머뭇거리는 듯 표정이 조심스러웠다.

"그때라면……."

"사신단 접견이 있던 날."

아아, 그날. 자신이 로즈몬드의 뺨을 사정없이 때렸던 그날을 말하는 건가. 페트리지아가 조금 멍한 표정으로 이야기해보라는 듯 작게 고개를 끄덕였다.

"말씀하세요."

"그날 펠프스 부인이 네게 무슨 짓을 했나?"

"……."

페트리지아는 순간적으로 입을 다물었다. 그날의 이야기를 왜 지금에서야 꺼내는 걸까. 자신이 잘못한 건 단 하나도 없었지만, 이 화제는 불편했다. 하지만 대놓고 무시할 수도 없는 노릇인지라 그녀는 최대한 감정을 드러내지 않은 채 되물었다.

"무슨 말씀을 듣고 싶으신 겁니까?"

"그냥 묻는 거야."

"뭘 듣고 오신 것 같은데요. 아니면…… 다른 이유가 있나요?"

"그런 거 아니니 예민하게 반응할 필요 없어. 말하기 싫으면 하지 않아도 좋아."

"진실을 듣고 싶으신 거예요? 아니면 안심되는 말?"

"전자."

그가 짤막하게 대답했고, 페트리지아는 입술을 꾹 깨물었다. 그녀가 고개를 위로 올려 하늘을 바라보았다. 하늘에서 쏟아지는 굵은 빗줄기는 여전히 거셌다. 움직임을 멈출 조금의 기미도 보이지 않았다. 그 말인즉 이 남자와 생각보다 더 긴 시간을 함께 있어야 한다는 거다. 페트리지아는 잠깐 고민하다가 결국 천천히 입을 열었다.

"폐하께 말씀드리지 않으려고 했어요."

"어째서지?"

"이유는 잘 아실 텐데요."

그녀가 비소를 지으며 말을 이었다.

"폐하께서 제 말을 들으신다 한들, 그게 그녀에 대한 직접적인 처벌로 이어질 거라고 생각하지 않았습니다."

"……."

"제 말이 틀렸나요?"

"사안에 따라 다르지."

'사안에 따라 다르다'라……. 조용히 그 말을 곱씹던 페트리지아가 곧 다시 입을 열었다.

"그 말씀은, 중대한 사안이면 그녀를 처벌하겠다는 의미로 해석할 수 있나요?"

"……일단 말해보도록 해."

"……."

애당초 처벌 따위는 기대하지 않는다. 이 일이 공론화가 되지 않을 거라는 사실은 누구보다도 그녀가 더 잘 알고 있다.

그러니 지금 이 말을 꺼내는 건 그저…… 어떠한 호기심에 불과하다고 치자. 이 이야기를 들었을 때 그가 보일 반응. 자신은 그것이 참 궁금했다.

"크리스타 제국에서 돼지고기를 금기시하는 것은 누구보다 폐하께서 잘 아시겠지요."

"……."

"펠프스 남작부인이 스테이크용으로 준비된 소고기를 돼지고기로 바꿔치기했습니다."

아, 결국 그런 것이었나. 이미 알고 있던 사실이었지만 정작 다시 한번 들으니 새삼스럽게 충격적이었다. 루시오는 이제 인정해야만 했다. 그의 로즈몬드가 그런 추악한 일을 저질렀다는걸. 자칫 국가 간 외교 마찰로까지 번질 수 있는 위험한 행동을.

"……이미 알고 계셨나요?"

의외로 놀라지 않는 것 같은 모습에 당황한 건 도리어 페트리지아였다. 그렇다면 자신에게 물은 것은 그저 확인성 질문인가. 아니면 이미 그녀의 악행을 사전에 알고 있었던 것인가. 그도 아니면……. 끊임없이 솟아나는 가설에 페트리지아는 당혹스러운 마음을 숨길 수 없었으나, 부러 아무렇지 않은 척 말을 걸었다.

"놀라지 않으시는 것 같아서."

"놀랐어."

"……."

본인이 놀랐다는데 여기서 딴죽을 걸 수도 없다. 잠깐 동안 입술을 오물거리던 페트리지아가 곧 루시오에게 물었다.

"이제 제 발언이 폐하께 어떤 영향을 미치기라도 하는 건가요?"

"……."

그는 아무 말도 하지 않았지만 페트리지아는 직감적으로 눈치챘다. 혼란스러워하고 있다. 어떤 점이 그를 건드린 것인지는 잘 모르겠지만 분명…….

"……내가."

"……."

"어떻게 하길 바라는 거지?"

"마치 제가 원하는 걸 뭐든 다 들어주실 수 있다는 것처럼 말씀하시는군요."

"그녀를 내쫓기라도 하라고 말하려는 건가?"

"그렇다면."

페트리지아가 살짝 떨리는 목소리로 말을 받았다.

"그렇다면…… 그리 해주실 겁니까."

"황후."

그가 짧게 한숨을 쉬었다.

"나는 그녀를 버릴 수 없어."

"……어째서요?"

그녀가 조금 이상하다는 듯 물었다. 예전부터 조금 이상하다고 느낀 적이 있었다. 무어라 말로 형용하긴 어렵지만, 무언가 이상한 느낌. 그러니까 그건 일종의 육감이었다.

황제는 로즈몬드를 사랑했다. 여기까지는 그녀도 알고, 모두가 알고 있는 사실이다. 하지만 페트리지아는 때때로 두 사람 간의 관계에 있어서, 자신이, 그리고 다른 사람들이 모르고 있는 그 무언가가 있다고 생각했다. 그게 무엇인지는 정확히 알 수 없었지만. 그런 것까지 짐작하기에 그녀는 그 두 사람에 대해 아는 게 너무 없었다. 머뭇거리던 루시오가 천천히 입술을 움직였다.

"그녀는……."

"폐하!"

그때 익숙한 목소리가 빗속을 뚫고 들려왔다. 페트리지아가 저도 모르게 흠칫 놀라 자리에서 몸을 일으켰다. 거센 빗줄기를 헤치고 라파엘라가 그들 앞에 모습을 드러냈다. 그녀가 당황한 목소리로 라파엘라를 불렀다.

"라파엘라 경."

"폐하, 괜찮으십니까?"

그녀는 다급한 표정으로 말에서 내려 얼른 나무 아래로 달려왔다. 페트리지아는 엉거주춤 자리에서 일어나 그녀를 맞았다. 라파엘라가 얼른 그녀에게 물었다.

"폐하, 괜찮으십니까?"

"난…… 괜찮아요, 경."

"아, 황제 폐하께서도 계셨군요."

그제야 루시오를 발견한 라파엘라가 얼른 그에게 예를 취해 인사했다. 가볍게 인사를 받은 루시오가 그녀에게 물었다.

"라파엘라 경이 여기까진 어인 일이지?"

"황후 폐하께서 정해진 시간까지 돌아오지 않으셔서 와본 것입니다. 거기다 비까지 내리니 폐하의 안전 또한 장담하기 어려웠는지라……. 한데 폐하께서는 이곳까지 어인 일이십니까?"

"그간 말을 탈 기회가 없어 운동차 온 것이다."

"그러셨군요. 폐하께서도 이만 환궁하시는 것이 좋을 듯합니다. 빗줄기가 거세 금방 그칠 것 같지가 않은데다, 젖은 상태로 계속 계셨다간 감기에 걸리실 겁니다. 제가 엄호할 테니 이만 말에 오르시지요."

"그래."

담담하게 대답한 루시오가 옆에 있던 자신의 말 등에 올라탔다. 페트리지아 역시 라파엘라의 도움을 받아 조심히 말 위에 올랐다. 곧 세 사람이 탄 말이 천천히, 하지만 너무 느리지 않게 움직이기 시작했다.

"……."

"……."

"……."

세 사람 모두 말이 없었다. 라파엘라는 페트리지아에게 물어보고 싶은 것이 산더미였지만, 옆에 루시오가 있어 함부로 입을 열기가 어려웠다. 페트리지아는 아까 루시오가 하려던 말이 무엇이었는지 궁금하지만 지금 와서 그에게 다시 묻는 것도 어색하기 짝이 없는 노릇이었는데다, 옆에 라파엘라가 있어 눈치가 보였다. 루시오는 그 나름대로 로즈몬드에 대해 상념에 잠겨 있었다. 결국 세 사람은 그 긴 거리를 단 한 마디도 하지 않은 채 움직였다.

"어찌 된 일이에요, 폐하."

황후궁으로 복귀한 라파엘라가 난로 앞에서 젖은 몸을 말리고 있는 페트리지아에게 물었다. 페트리지아는 미르야가 가져다준 뜨거운 로즈마리 차를 마시며 아무 말도 하지 않다가, 곧 생각을 마쳤는지 입을 열었다.

"숲 깊은 곳까지 갔다가 폐하를 만났어요. 운 없게 폐하를 만났고, 손까지 다쳐 이 상태로는 바로 이동하는 게 무리라고 생각했습니다. 그래서 그렇게 된 거예요."

"걱정했습니다. 아무 일도 없었기에 망정이지, 불순한 마음을 먹은 자들이 있었다면 큰일이 벌어질 수도 있었을 겁니다."

결과적으로는 아무 일도 일어나지 않았지만, 그런 결과론을 들먹이기에 자신은 마땅한 처지가 아니었다. 페트리지아가 미안하다는 듯한 표정을 지어 보이며 그녀에게 사과했다.

"미안해요, 엘라 경. 내 과실입니다."

"여하튼…… 별일 없으셔서 천만다행이지요. 닐이 많이 걱정했습니다."

"그래, 리지. 이곳에 온 지 며칠이나 되었다고 날 벌써 이렇게 걱정시키는 거야. 거기다 손까지 다쳐서는."

페트로닐라가 약간 창백해진 얼굴로 그녀를 꾸짖자, 페트리지아가 면목 없다는 얼굴로 그녀에게도 사과했다.

"미안해, 닐."

"말은 조교를 다시 시킬 거야. 원한다면 책임자를 문책할게."

"너무 과하다. 그럴 필요까진 없어. 적당히 주의만 줘."

"그래."

말을 마치자마자 미르야가 불렀던 궁의가 처소 안으로 들어왔다. 그는 페트리지아에게 예를 갖춘 다음 곧바로 치료를 시작했다. 아까 루시오가 묶어주었던 하얀 손수건은 이미 핏물로 굳어져 있었다. 치료하던 궁의가 말했다.

"그래도 곧바로 지혈을 하셔서 다행입니다, 폐하. 자칫 흉이 질 수 있겠지만 그 부분은 최대한 막아보겠습니다."

"부탁합니다."

짤막하게 대꾸한 페트리지아가 곧 다시 상념에 잠겼다. 그는 지금 무얼 하고 있을까. 아까 자신이 했던 이야기가 과연 그에게 어떤 영향을 미치게 될까.

페트리지아는 자신의 말이 그에게 큰 영향을 미치리라고는 기대하지 않았지만, 그저 일말의 파동이라도 일게 할 수 있다면 그것으로 족하다고 생각했다. 모쪼록 자신에게 유리한 방향으로 상황이

홀러가길 바랄 뿐이었다.

한편 로즈몬드는 목욕 후 곧바로 베인궁을 찾은 루시오를 맞아들이느라 여념이 없었다.

"폐하. 이러다 감기에 걸리기라도 하시면 어쩌려고 그러셨어요."

루시오는 속상하다는 투가 가득한 어조로 말을 하며 저에게 안겨오는 로즈몬드를 말없이 응시했다. 잠깐 동안 침묵하던 루시오가 곧 입을 열어 로즈몬드를 불렀다.

"로즈."

"네, 폐하."

순종적인 여인으로 분한 로즈몬드가 곧 고개를 들어 루시오를 쳐다보았다. 그는 머뭇거리면서도 끝끝내 입을 열어 그녀에게 질문했다.

"사신단 부인 접견이 있던 날."

"……."

그 이야기를 꺼내자마자 로즈몬드의 안색이 살짝 새파래졌다. 왜 갑자기 그날의 일을 들먹이는 것일까? 당황한 로즈몬드가 되물었다.

"네?"

"그날 무슨 일이 있었지?"

"……무슨 일이 있었냐뇨, 폐하. 폐하께서 더 잘 아시잖아요."

그녀가 떨리는 목소리로 그에게 대답했다.

"황후에게 뺨을 맞았어요. 폐하도 보셨잖아요."

"그 전에. 황후가 이유 없이 그대를 때리진 않았겠지. 아닌가?"

"폐하."

로즈몬드는 당황했다. 단 한 번도 이런 적 없었다. 로즈몬드의 말은 루시오에게 있어 곧 법이었다. 그는 마치 아버지처럼 자신을 사랑했다. 그녀가 어떤 잘못을 해도 용서해주었고, 무슨 행동을 해도 다 용인해주었다. 하지만 이번에는 왜……? 혼란스러움에 눈가를 잘게 떨자 루시오가 한숨을 쉬었다.

"정말 떳떳해, 로즈?"

"……아니라고 하면."

그녀가 서러운 눈빛으로 그에게 따져 물었다.

"아니라고 하면 절 버리기라도 하실 건가요?"

"로즈."

"폐하, 절 사랑하지 않으세요?"

그녀가 울먹이며 물었고, 루시오는 슬슬 머리가 아파오는 것을 느꼈다. 하지만 내색하지 않으며, 그가 로즈몬드를 달랬다.

"그런 게 아니야, 로즈. 다만 이번 사안은……."

"흑."

그녀는 그냥 그 자리에 주저앉아 울어버리기로 했다. 이럴 때는 눈물이 최고다. 루시오가 자신의 눈물에 약하다는 사실은 그 누구보다도 그녀 자신이 가장 잘 안다. 그는 예상대로 당황하는 모습을 보였다.

"로즈."

"전…… 흑, 전 폐하라면 절 이해해주실 줄 알았어요."

"내가?"

"흑…… 폐하라면 절……."

"로즈, 다른 건 다 이해해줄 수 있겠지만 그건 제국 내에서의 일이야. 제국 밖의 일까지 영향을 미친다면 그건 나도 어쩔 수 없어."

"폐하."

로즈몬드는 모골이 송연해졌다. 이미 그가 모든 것을 다 알고 있다! 로즈몬드는 당황한 눈으로 그를 쳐다보았다. 그는 복잡한 표정으로 자신에게 다가오고 있었다. 로즈몬드가 물끄러미 그를 올려다보았다. 그가 그녀에게 손을 내밀었고, 그녀는 저도 모르게 그 손을 잡고 자리에서 일어섰다.

"폐하……."

"로즈, 나는 그대를 사랑해."

"……."

"하지만 이번에는…… 정말 모르겠군."

"폐하?"

로즈몬드가 당황한 눈으로 그를 쳐다보았다. 그는 여전히 착잡한 눈을 하고 있었다. 갑작스러운 불안감이 엄습했다.

왜 날, 그런 눈으로 보는 거야, 루시오? 적어도 당신만은 날 이해
해줘야지. 적어도 당신만은 날 사랑해줘야지. 내가 당신을 이해하
고 사랑했듯, 당신도 내게 똑같이 해주어야 하는 거 아냐? 그게 사
랑이잖아. 받은 것을 그대로 돌려주는 것.

"그대만이 유일하게 나를 이해하고 위로해주었고, 그래서 그대
를 사랑했고, 그대가 하는 모든 일을 다 이해했어. 하지만…… 이번
일은 정말 아니야. 위험했어. 이 일이 공론화가 되면 대내외적으로
어떤 파장을 불러일으킬지 모르는 건 아니겠지. 만일 황후가 작정
하고 이 일을 수면 위로 드러낸다면 그대는 끝장이야. 내가 보호해
줄 수 있는 한계를 넘었다고."

"폐하, 하지만 퀸이 되려면 이 방법밖에는 없었어요."

"퀸으로 만들어준다는 게 적어도 이런 의미는 아니었어. 그런 방
법 말고도 훨씬 더 고상한 방법이 많았잖아. 모두가 다치지 않고 조
용히 해결할 수 있는 방법. 굳이 이 방법을 쓴 이유가 뭐야?"

"이게 가장 빨리 퀸이 될 수 있는 방법이었으니까."

그녀가 울음을 삼키며 대답했다. 다른 좋은 방법, 그가 말하는 고
상한 방법은 많았다. 하지만 그런 방법으로는, 부족하지. 가장 큰
건수 하나가 필요한데, 거기에 고상함이 끼어들면 곤란하다. 그녀
가 기괴한 표정으로 웃었다.

"그럼 절 언제까지 남작위에만 머무르게 하실 생각이셨어요?"

"……로즈, 모든 일에는 단계가 있는 법이야."

"그러다 제가 늙어 죽기 직전에 절 퀸으로 만들어주실 건가요?"

"로즈, 그대가 제일 잘 알겠지만 황후는 불임이야. 그걸 핑계로 모든 일을 조용히 처리할 수 있었어. 그것까지 기다리지 못하는 건가? 아무리 황제라도 황후를 끌어내리려면 그런 명분 없이는 불가능해."

"……."

그의 말은 다 사실이었고, 로즈몬드는 그 점을 머리로는 이해했지만 가슴으로는 이해할 수 없었다. 황후가 아이를 낳지 못한다는 사실이 판명 날 즈음이면 자신은 이미 늙는다. 그때가 되면 아이를 낳을 수 있을지 없을지도 불확실한 상황이다.

하지만 그의 말마따나, 마땅한 명분 없이는 황후를 폐위시키는 게 결코 쉬운 일이 아니다. 그래서 부러 이런 일을 꾸민 것인데……. 그녀가 저도 모르게 입술을 깨물었다.

그래, 이 일이 조금 무리수라는 사실은 그녀도 인정하는 바였다. 그의 말마따나 자칫 외교 분쟁으로 치달을 수 있는 일이었으니까.

하지만 이 일처럼 확실한 것도 드물잖아.

그렇지만 로즈몬드는 그 말을 하는 대신 가라앉은 눈빛으로 그에게 사과했다. 적어도 지금은 한 수 접어야 할 때다.

"죄송해요."

로즈몬드의 풀 죽은 목소리에도 루시오의 표정은 변함없이 착잡했다. 지금 자신의 감정이 그녀에게 있어 정말로 올바른 것인지 잘 가늠이 되지 않았다. 자신을 유일하게 이해하고 감싸준 사람이다. 그 은혜에 보답하기 위해서라도 그녀가 원하는 것을 모두 안겨다 주는 것이 진짜 사랑이라고 믿었다.

하지만 이런 것까지…… 정말 사랑일까? 물질적인 것에 가려 본질이 위협받고 있는 느낌이 들었다. 그래서 루시오는 난생처음 로즈몬드와의 관계에서 회의를 느꼈다. 이전에는 단 한 번도 생각해보지 않았던 의구심과 착잡함.

그는 두려웠다. 진실하다고 믿고 있던 이 관계가 혹 더럽혀지는 것은 아닌지. 그리하여, 그녀와의 관계에서 맺고 있던, 남들은 모를 수밖에 없는 이 유대감이 깨지는 것은 아닌지.

"……."

그는 로즈몬드를 응시했다. 그녀가 눈물이 그렁그렁한 눈을 들어 자신을 올려다보고 있었다. 그는 순간적으로 지금 당장은 로즈몬드의 얼굴을 볼 수 없겠다는 생각이 들었다. 결국 괴로운 표정으로 그녀에게 한두 발짝 걸어가 그녀의 이마에 작은 키스를 남겼다. 그러고는 머뭇거리다 뒤를 돌아 그녀의 처소를 나와버렸다.

루시오가 나간 뒤 혼자 남은 로즈몬드는 언제 눈물을 글썽였냐는 듯 순식간에 표정이 싸늘해졌다. 그녀가 낭패라는 표정을 지으며 얼굴을 일그러뜨렸다. 입속에서 거친 욕지거리가 터져 나왔다.

"제기랄."

어째, 느낌이 좋지 않았다.

7
Hunting

-탁!

"명중이에요, 폐하!"

옆에서 라파엘라가 신난 듯 소리쳤고, 페트리지아는 그저 부끄러운 듯 웃었다. 다행히도 양궁 실력은 아직 녹슬지 않았다. 적어도 토끼 한 마리는 잡겠군, 하고 중얼거리며 페트리지아가 고개를 으쓱였다.

"아직 죽지는 않았네요."

"어머, 그럼요, 폐하. 하여튼 너무 겸손하셔."

라파엘라가 푸흐흐 소리를 내며 웃었고, 그 칭찬에 페트리지아는 얼굴을 붉혔다. 그때 페트리지아의 눈에 멀리서 걸어오는 페트로닐라가 보였다. 페트리지아가 싱긋 웃었다.

"닐이 오네요."

그녀는 손에 갓 구운 듯한 파이를 들고 있었는데 꽤 커 보였다. 페트리지아가 살짝 놀란 표정을 지으며 페트로닐라에게 물었다.

"웬 파이야?"

"호두 파이. 너 좋아하잖아."

태연하게 대답한 페트로닐라가 한 조각을 들어 올린 다음 그녀의 입에 집어넣어 주었다. 바삭한 식감이 온몸 가득 퍼졌다. 기분 좋은 미소를 지으며 입가를 닦은 페트리지아가 부드러운 목소리로 말했다.

"맛있네. 역시 주방장 솜씨가 일품이야."

"그렇지? 마실 거 가져다줄까?"

"딸기 라테로 부탁해도 될까?"

"당연하지. 그나저나 내일이 사냥 대회인데, 준비는 다 됐어?"

"다 마무리됐지. 아마 큰 이변이 없는 한은 성공적으로 개최되고, 성황리에 마무리될 거야. 자신 있어."

"네가 그렇게까지 말한다니 기대되네. 네가 이번 대회에 나가서 조금 즐기다 왔으면 좋겠다. 제대로 말을 타고 활을 쏜 지 너무 오래되었잖아. 나이가 들고 나서는 더더욱 하기 어려웠지."

"사실 나도 조금 기대되긴 해. 사냥터가 정말 넓더라고."

"잘됐네."

살짝 웃어 보인 페트로닐라가 이만 나가보려고 했을 때, 그녀의 머릿속으로 아직 전하지 못한 말이 떠올랐다.

"참, 아까 황실 마구간에서 전갈이 왔는데, 샐리는 조교를 완벽하게 마쳤어. 이제 네 손을 물거나 하는 불경은 저지르지 않을 거야."

"그래? 다행이다. 알겠어. 고마워, 닐. 이만 나가봐도 좋아."

"그래. 수고하렴."

페트로닐라가 고개를 끄덕인 다음 황후궁 주방이 있는 쪽으로 사라졌다. 그 모습을 물끄러미 바라보던 페트리지아가 다시 고개를 돌려 양궁에 집중했다. 진지한 얼굴로 활시위를 팽팽하게 당기던 페트리지아는, 순간 루시오를 생각했다.

'그 사람, 로즈몬드에게 뭐라고 말했을까?'

활시위를 당기던 손이 멈추었다. 시위는 여전히 팽팽한 상태였고, 옆에 있던 라파엘라가 의아한 눈으로 페트리지아를 쳐다보았지만, 상념에 빠진 얼굴을 보고서는 아무 말도 하지 않았다. 페트리지아는 여전히 생각을 계속하고 있었다.

아무것도 모르는 자신이지만, 두 사람 사이의 관계가 각별하다는 것쯤은 그녀도 알고 있었다. 두 사람에게는 분명 함께 보낸 시간을 훨씬 뛰어넘을 만큼의 깊은 유대감이 있었다.

그러니 자신이 남긴 말로 두 사람의 관계가 당장 바로 틀어지지는 않을 것이다. 사실 그 둘의 관계가 틀어지길 굳이 바라는 건 아니지만……. 만약 그게 제 쪽에 도움이 된다면야, 그것도 썩 나쁘지 않았다.

"폐하."

그때 조심스러운 목소리가 페트리지아를 불렀다. 페트리지아는 저도 모르게 활시위를 놓았다. 화살은 힘없이 고꾸라졌고, 페트리지아의 손이 아래로 툭 떨어졌다. 걱정스러운 표정으로 자신을 바라보고 있는 라파엘라에게, 페트리지아가 아무렇지 않게 웃어 보였다.

"갑자기 손에 힘이 빠져서. 괜찮아요, 라파엘라 경."

"어디 편찮으신 건 아니죠? 내일이 사냥 대회인데……. 괜찮으시겠어요?"

"괜찮아요, 엘라. 그냥 잠깐 저렸던 것뿐이니까."

그녀가 아무렇지 않게 웃어 보이자 그제야 라파엘라도 조금 안심하는 표정이었다. 그녀가 물었다.

"좀 더 연습하시겠어요? 벌써 두 시간째인데, 들어가시는 게 좋을 것 같아요."

"30분만 더. 일이 많이 남았나요, 미르야?"

"아닙니다. 괜찮습니다. 두 시간 정도는 더 하셔도 돼요."

그 말이 끝나기가 무섭게 페트리지아가 활을 꽂은 후 시위를 당겼다. 매섭게 바람이 날리는 소리와 함께 날카로운 화살촉이 과녁판에 꽂혔다. 정확히 한가운데였다.

"또 명중이네요."

페트리지아가 뿌듯한 표정으로 웃었다.

그날 밤, 페트리지아는 이상한 소리를 들었다.

"으음......."

소음에 몇 분간 계속해서 몸을 뒤척이던 페트리지아는 결국 참지 못하고 자리에서 벌떡 일어났다. 안 그래도 밤에 잠이 없어 힘들어하던 차에 이런 소음은 곤란했다. 그녀가 신경질적인 표정을 애써 감추며 미르야를 불렀다.

"미르야, 미르야."

"네, 폐하. 무슨 일이십니까."

"이게 무슨 소리죠?"

"소리요?"

방으로 들어온 미르야가 의아한 표정을 지었다. 지금 이 방에는 아무런 소리도 들리지 않는데, 소리라니? 그녀가 갸우뚱거리며 그녀에게 말했다.

"폐하, 하지만 제 귀에는 아무것도 들리질 않는걸요."

"내가 좀 귀가 예민한 편입니다. 주위를 조용히 하고 한번 잘 들어보세요. 뭔가 소리가 들리지 않나요?"

"......."

페트리지아의 말에 미르야가 숨을 죽이고 귀에 모든 신경을 집중시켰다. 하지만 미르야의 귀에는 정말로 아무런 소리도 들리지 않았다. 미르야가 난처한 표정을 지어 보이며 페트리지아에게 말했다.

"폐하, 죄송하지만 아무것도 들리지 않습니다."

"으음······."

페트리지아가 이상하다는 표정으로 소리를 냈다. 분명 자신에게
는 그 소리가 들렸는데 미르야는 듣지 못한다고 하니 답답할 노릇
이다. 하지만 자신의 귀에도 겨우 들릴 만큼 확실히 작은 소리이긴
하다. 그냥 내가 까다로운 거겠지. 그녀가 속으로 한숨을 쉬며 미르
야에게 말했다.

"미안해요, 미르야. 내가 예민했나 봐요."

"요즘 잠을 못 주무셔서 그래요, 폐하. 사냥 대회를 준비하시느라
너무 많이 고생하셨어요."

안쓰러워 죽겠다는 듯한 미르야의 목소리에 페트리지아가 어색
하게 웃으며 고개를 저었다.

"아니에요. 어쨌든 미안해요, 미르야. 괜히 내가 번거롭게 굴었
네요."

"천만에요, 폐하. 몇 시간 뒤면 대회에 참가하셔야 하니 얼른 주
무셔요. 이따가 피곤하시겠어요."

"그래요, 미르야. 이만 나가봐요."

"네, 폐하."

그녀가 곧 정중하게 허리를 굽히며 물러갔고, 혼자 남겨진 페트
리지아는 저도 모르게 짤막한 한숨을 내쉰 다음 몽롱한 표정으로
다시 자리에 누웠다.

그래, 미르야의 말마따나 요즘 너무 무리해서 그런 것일지도 모른다.

어쨌든 몇 시간 뒤면 말을 타고 활을 쏴야 하니 체력이 부족하다면 곤란했다. 페트리지아는 한시 바삐 잠에 들기 위해 얼른 눈을 감았다. 모쪼록 아침에 일어나기 전까지 조금이라도 더 숙면을 취할 수 있길 바랄 뿐이었다.

드디어 사냥 대회의 아침이 밝았다.

페트리지아는 오늘을 위해 특별히 맞춤 제작한 사냥복을 입었다. 매번 드레스만 입다가 사냥복을 입으니 느낌이 새로웠다. 그녀가 머쓱한 표정으로 웃으며 하나로 묶은 포니테일을 매만졌다. 마음에 들었다.

"폐하, 어떠세요? 이번에 궁중 수석 디자이너가 특별히 제작한 사냥복이래요. 마음에 드세요?"

"네, 예뻐요. 편하고."

페트리지아가 마음에 든다는 표정으로 고개를 끄덕였다. 마지막으로 사냥터에 들고 나갈 페트리지아의 활과 화살을 점검하던 라파엘라가 만족스러운 목소리로 말했다.

"완벽해요, 폐하. 이제 결과는 폐하께 달렸네요."

"실망스러운 결과가 안 나와야 할 텐데, 정말 걱정이네요."

"하여튼 겸손하시긴."

라파엘라가 키득거리며 웃은 뒤 활과 화살통을 미르아에게 건넸다. 화살통을 등에 멘 페트리지아가 조금 진지해진 얼굴을 한 다음 마지막으로 자신의 모습을 거울에 비춰보았다. 오랜만에 보는 모습은 분명 제 모습인데도 자신의 정체성을 의심하게 만들었다. 내게 이런 면이 있었나, 하는.

"폐하, 이만 가셔야 합니다."

그 말에 페트리지아는 상념에서 깨어났다. 어쨌든 지금의 자신 또한 현실. 페트리지아가 싱긋 웃으며 방을 나섰다.

사냥 대회는 황성 안의 귀족들과 지방 영지에서 올라온 귀족들, 그리고 황족들이 참가 대상이었는데, 이 중 직계 황손은 황제인 루시오 혼자였다. 페트리지아는 샐리의 말고삐를 잡은 다음 천천히 걷기 시작했다. 멀리서 귀족들과 함께 루시오의 모습이 보였다. 아…… 한 명이 더 있었다.

"하아."

로즈몬드의 모습을 발견한 페트리지아가 한숨을 쉬었다. 사냥 대회에 나가지도 않을 거면서 여기엔 뭣 하러 왔는지. 물론 두 사람이 제 앞에서 무슨 애정 행각을 벌이든 알 바 아니었지만, 페트리지아는 그저 그녀의 면상을 봐야 한다는 사실이 매우 불쾌하게 느껴질 뿐이었다.

물론 귀족들이 모두 모인 자리에서 그런 기색을 비출 수는 없었기 때문에, 페트리지아는 가식적으로 미소 지은 다음 그 두 사람과 다른 귀족들이 모인 곳까지 걸어갔다. 그녀를 발견한 귀족들이 서둘러 예를 갖춘 후 인사했다.

"황후 폐하."

"폐하를 뵙니다."

"위대한 제국의 달께 영광을."

자신이 등장했을 때와는 확연히 달라진 대우에 로즈몬드의 인상이 잠깐 찌푸려졌으나, 그 또한 찰나였다. 용케 그 변화를 잡아낸 페트리지아가 속으로 웃었고, 곧 사근사근한 목소리로 인사를 받았다.

"모두 이렇게 만나 반갑습니다. 대회 준비를 열심히 했는데, 모쪼록 그대들의 마음에 찼으면 좋겠군요."

"이미 폐하의 능력은 지난 사신단 접견 때 확인이 되지 않았습니까. 저희 귀족들은 아무 걱정도 하지 않고 있습니다."

무관이자 라파엘라의 친부인 브링스톤 후작의 칭찬에 페트리지아가 쑥스러운 듯 웃었다.

"과찬에 몸 둘 바를 모르겠습니다, 후. 오늘 기대해도 되겠는지요."

"이 늙은이에게 기대할 게 뭐가 있겠습니까. 아마 제 여식이 폐하의 기대를 충족시켜 드릴 것입니다."

"라파엘라 경 또한 훌륭한 무관이지만, 아직 그 아비를 넘어서기에는 부족하지요. 겸손하십니다, 후."

훈훈한 미담이 그 후로도 몇 차례 오고 갔다. 귀족들과의 담화가 어느 정도 마무리되었을 때가 되어서야, 페트리지아는 루시오와도 말을 섞었다. 그녀가 단정한 목소리로 루시오에게 물었다.

"열심히 준비했는데, 폐하의 기준에서 많이 벗어나진 않았을지 우려됩니다."

"그대야 뭐, 말하지 않아도 잘했겠지. 보고서를 받아보니 훌륭하더군."

"감사합니다."

대답을 마친 페트리지아가 이번에는 로즈몬드에게로 시선을 돌렸다. 그녀는 아무렇지 않게 웃어 보이며 페트리지아와 마주한 뒤, 뒤늦게 그녀에게 인사했다.

"폐하를 뵙습니다."

"오랜만이네요, 펠프스 부인. 이번 대회에 참가하지 않는다고 하니 아쉽습니다."

"본래 이런 자리를 좋아하지 않아서요. 실력도 되지 않고요."

"아쉽네요."

실상은 전혀 아쉽지 않았지만 이런 말 정도는 해주는 게 예의일 것이다. 페트리지아는 마음에도 없는 말을 마친 다음 이만 출발해야겠다고 생각했는지 바로 화제를 돌렸다.

"이제 출발하셔야 할 듯합니다, 폐하. 말에 오르시지요."

"다녀오지."

로즈몬드에게 짧게 인사를 마친 루시오가 말에 올라탔다. 로즈몬드는 세상에 그런 천사가 없다는 듯한 표정으로 그를 배웅했고, 페트리지아는 그 모습을 보며 속으로 구역질이 났지만 애써 내색하지 않았다.

하루 이틀 일도 아니고 익숙해질 법도 한데 자신의 적응력은 참으로 형편없었다. 루시오를 따라 샐리의 등 위에 오른 페트리지아가 말고삐를 타이트하게 잡은 다음 천천히 말을 몰기 시작했다. 사냥 대회가 열릴 사냥터는 황궁 근처 숲에 위치해 있었다.

"이랴!"

마침내 대회의 시작이었다.

⸎

몰아붙이듯 세차게 말을 몰면 바람이 함께 따라왔다. 세게 말을 몰면 몰수록 바람도 세차게 몰아쳤다. 페트리지아는 바람이 자신의 얼굴을 때리는 느낌이 좋았다. 움직이면 움직일수록 이마 옆에 고이는 땀방울과, 그 땀방울을 말리는 차가운 공기. 페트리지아가 만족스럽게 웃으며 말고삐를 더 세게 쥐었다.

"이랴!"

떨어질 듯 위태롭게 페트리지아가 흔들렸다. 그 흔들림마저 그녀는 좋았다. 낙마와 안전 사이에 있는 불안정한 상태. 그 짜릿함과 아찔한 감각.

"워, 워."

조금 깊은 숲속으로 들어오고 나서야 페트리지아는 말을 멈추었다. 격하게 달렸는지 입속에서는 험한 숨소리가 터져 나왔다. 그녀는 한참 동안이나 숨을 고른 다음, 흩날려 엉망이 된 머리카락을 정리했다. 손수건으로 땀까지 닦은 다음에야 페트리지아는 본격적으로 사냥을 준비했다. 본디 살생을 즐기지 않는 그녀였으나, 황후로서의 위신을 살리려면 못해도 토끼 한 마리는 잡아야 하지 않을까.

페트리지아는 화살통에서 화살을 하나 꺼낸 다음 사냥감을 찾기 시작했다. 그때 풀숲이 흔들리는 소리가 나며 무언가가 움직이는 소리가 들렸다. 사냥감이다! 신이 난 페트리지아가 입가에 미소를 띤 채 말고삐를 다시 쥐었다.

천천히 말을 몰자 저편에서 사슴 한 마리가 보였다. 페트리지아가 얼른 활에 화살을 대고 활시위를 당겼다. 숨까지 죽이고 적절한 때를 엿보던 그녀는 적당한 때가 되자 망설임 없이 활시위를 놓았다.

-푹

-푹

명중이다!

그러나 꽂힌 화살은, 한 개가 아닌 두 개였다. 페트리지아가 당황한 표정으로 사슴이 있는 쪽까지 말을 몰았다. 자신의 화살과 함께 다른 이의 화살이 꽂혀 있었다. 누군가가 자신이 이미 정해둔 사냥감에게 화살을 쏜 것이다. 페트리지아는 그 상대가 누구인지 궁금해하다가, 곧 익숙한 화살깃을 보고는 표정을 굳혔다.

"여기서 다 보는군."

"폐하."

루시오, 그 남자였다. 페트리지아가 속으로 한숨을 쉬었다. 도대체 왜 이 넓디넓은 사냥터에서 이 남자를 만난 건지. 그것도 같은 사냥감을 노리고. 이 남자와의 악연은 정말이지, 끝이 없는 듯했다.

그녀는 거의 체념한 기분으로 그에게 예를 갖춰 인사했다.

"위대한 제국의 태양을 뵙습니다."

"이런 곳까지 와서도 그대는 여전하군."

"어느 곳이든 폐하는 폐하시고, 저는 저니까요."

무심하게 대답한 페트리지아가 사슴에 박힌 화살촉을 빼냈다. 피가 잔뜩 묻어 있었지만 페트리지아는 개의치 않고 자신이 입은 옷에 화살촉을 닦아 피를 제거한 뒤 다시 화살통에 꽂았다. 그 모습을 보고 있던 루시오가 물었다.

"그 화살, 그대 것인가?"

"네, 폐하. 같이 쏘신 듯합니다."

"그럼…… 이 사슴은 누가 사냥한 것으로 하지?"

"폐하께서 사냥한 것으로 하시지요. 제가 양보하겠습니다."

"아니, 내가 양보하지."

"……."

이런 시시한 말싸움은 유치하다. 유치한 건 별로 하고 싶지 않았다. 상대가 이 남자라면 더더욱. 페트리지아는 피곤한 표정을 숨기며 짧게 감사를 표했다.

"황은에 감사드립니다."

"이 정도 가지고 황은까지야. 그런데 그대, 너무 멀리 나온 것 아닌가? 그대를 지키는 호위 기사들은 어디로 갔지?"

질문도 많다. 페트리지아는 굳이 이 남자의 질문에 대답해야 할 필요성을 느끼지 못했지만, 무시할 수는 없는 노릇이었으므로 성의 있게 답변해주었다.

"굳이 따라올 필요 없다고 말했습니다. 저도 조금 혼자 있고 싶었고…… 그들도 이 대회를 즐겨야 할 테니까요."

그렇게 말한 페트리지아는 흘긋 그의 주변을 둘러보았다. 그렇게 말하는 그 또한 주위에 호위 기사들이 한 명도 없었다. 페트리지아가 설명을 요구하는 듯한 표정으로 그를 쳐다보자, 머쓱해진 표정의 루시오가 헛기침하며 변명했다.

"짐이 따돌렸다. 이유는…… 그대와 마찬가지고."

"아무리 그래도……."

"나도 혼자 있을 시간이 필요하니까. 황후는 날 이해해줄 수 있다고 생각하는데. 안 그런가?"

"……."

같은 처지에 이해 못 할 상황은 아니었기 때문에 그녀는 입을 꾹 다물었다. 하지만 걱정 되는 건 사실이다. 도대체 이 남자는 생각이 있는 걸까, 없는 걸까. 물론 그가 정적이 있는 상황은 아니었지만, 그래도 이 제국에 하나 남은 직계 황족이다. 이렇게 경각심이 없어서야……!

그녀는 루시오에게 무언가 한마디 하기 위해 입을 열었지만 곧 다시 다물었다. 생각해보니 그런 이유를 들자면 자신 또한 그에게 뭐라 지적할 처지는 아니지 않은가. 페트리지아는 속으로 한숨을 쉰 다음 그에게 말했다.

"저희 두 사람 다 이만 돌아가는 게 좋겠습니다. 이곳은 본부와도 조금 떨어진 곳이고, 거기다 주변에 사람도 저희 둘밖에……."

그때 페트리지아의 말이 끊겼다. 갑자기 루시오가 칼을 빼 들어 그녀에게 휘둘렀다. 페트리지아는 깜짝 놀라 새된 비명을 지르며 몸을 움츠렸고, 잠깐 시간이 흐른 뒤에 겁먹은 눈을 떴다.

뭐야, 도대체. 갑자기 왜……. 당황한 표정으로 눈을 뜬 그녀의 눈에 바닥에 떨어진 낯선 화살 한 개가 보였다. 그녀가 놀란 표정으로 루시오를 불렀다.

"폐하!"

"제길, 누구냐!"

그가 날카로운 목소리로 허공에 대고 외쳤다. 페트리지아는 직감적으로 알 수 있었다. 이런, 습격이다.

하지만 도대체 누가? 이런 생각을 할 틈도 없이 한 무리의 복면을 쓴 사내들이 모습을 드러냈다. 제기랄. 페트리지아가 욕지거리를 내뱉으며 얼른 화살통에서 화살을 두어 개 빼냈다. 그녀는 그 와중에도 직감적인 판단을 내렸다. 이 사람들, 로즈몬드가 자신을 죽이기 위해 보낸 살수들이다.

그 생각을 하니 모골이 송연해졌다. 아, 멍청한 페트리지아. 도대체 왜 너는 그 생각을 전혀 하지 않았을까? 왜 로즈몬드가 이 좋은 기회를 날려먹을 거라고 생각했을까? 도대체 왜 너는…… 그녀가 아무런 음모도 꾸미지 않을 것이라고 생각했을까? 너는 도대체 왜 그리 안일했니? 도대체 왜!

"그대, 활 쏠 줄 아나?"

다급한 그의 질문에 생각은 곧바로 중단되었다. 그녀는 망설임 없이 대답했다.

"조금요."

"내가 엄호할 테니 뒤를 맡아. 난 앞을 맡지."

대화는 거기서 끝이었다. 생각할 시간이 더는 없었다. 정말로 로즈몬드가 자신을 죽이기 위해 이자들을 보냈다고 해도, 그 밖의 것들은 일단 이 살수들을 처리한 다음 생각해야만 했다. 그렇지 않으면 이 자리에서 곧바로 마지막 생각이란 걸 하게 될 수 있었으니까.

페트리지아는 화살 두어 개를 곧바로 활에 꽂은 뒤 활시위를 당기기 시작했다.

뒤쪽에 있던 살수들이 하나둘 쓰러지기 시작했지만, 페트리지아는 기쁨에 도취될 시간도 없이 기계적으로 화살통에 손을 가져가 화살을 빼내야만 했다. 다행히 화살을 넉넉히 가져온 탓에 부족하지는 않았지만, 만약의 사태를 대비하기 위해서라도 낭비는 없어야만 했다. 그녀는 다급한 와중에도 놀라운 집중력을 발휘해 단 한 개의 화살도 낭비하지 않으려 애썼다.

스무 명이 조금 넘는 것 같은 살수들은 점차 줄어들고 있었지만, 그만큼 그녀의 체력도 빠르게 떨어지고 있었다.

그럼에도 불구하고 그녀는 정신을 바짝 차려야 한다는 사명감에 모든 세포 하나하나 전부 다 깨웠다. 지금 정신 차리지 않으면 영원히 정신이란 걸 차릴 수 없게 되는 것이다. 거기다 하필, 그들은 모두 실력자였다. 그에 비하면 턱없이 실력이 부족한 자신이 살아남기 위해서는 조금도 방심하지 않아야만 했다.

"헉, 헉."

그녀가 거친 숨을 내쉬며 빠르게 화살통에서 화살을 빼냈다. 이제 살수들은 대략 대여섯 명 정도 남아 있었다. 이 정도면 승산이 있었다. 문제는 자신과 그가 얼마나 더 버틸 수 있느냐인데……

페트리지아가 루시오를 쳐다보았다. 다행히도 그는 그리 지치지는 않아 보였다. 그럼에도 불구하고 살수 다섯을 그가 혼자 상대하는 것은 무리였기 때문에 페트리지아는 조금만 더 힘을 내기로 했다. 이제 정말로 얼마 남지 않았다.

"억!"

마침내 마지막 살수까지 전부 다 해치웠을 때, 페트리지아는 순간 다리가 후들거리는 것을 느꼈다. 그 모습을 본 루시오가 얼른 그녀에게 다가와 부축해주었다. 그가 걱정스러운 목소리로 페트리지아에게 물었다.

"그대, 괜찮은 건가? 다친 곳은 없고?"

"하아…… 괜찮습니다, 폐하. 폐하께서는 무탈하십니까."

"난 괜찮아. 그나저나 도대체 누가 이런 짓을…….'

말이 끝나기가 무섭게 그가 그녀를 바닥에 밀쳐 넘어뜨렸다. 갑작스러운 행동에 페트리지아는 아무런 방어 행동도 취하지 못하고 그대로 바닥에 나자빠졌다. 이게 도대체 무슨 짓이냐고 따지기 위해 일어난 페트리지아는 아무 말도 하지 못하고 그대로 얼어붙어야만 했다.

"폐…… 하."

"윽……!"

그가 화살을 맞은 채 고통스러운 얼굴로 주저앉아 있었다. 당황한 페트리지아가 얼른 그에게 다가가 그를 감싸 안았다. 그녀가 다급한 목소리로 그를 불렀다.

"폐하, 폐하! 괜찮으십니까?"

"하아…… 괜찮아."

"도대체…… 도대체 왜……."

당신이 나 대신 화살을 맞은 거야? 왜? 왜? 도대체 왜! 그녀가 울부짖는 듯한 표정으로 그를 쳐다보며 설명을 요구했지만, 루시오는 그럴 기력조차 없는 듯 힘겨운 표정으로 몇 마디를 더 중얼거렸다.

"하…… 그보다…… 얼른…… 피해야 할 것 같은데."

그 말에 페트리지아가 재빨리 고개를 들어 주변을 살펴보았다. 제기랄, 몇 명의 살수들이 더 모습을 드러냈다.

아까 한꺼번에 나타날 것이지, 왜 하필이면! 페트리지아가 성난 표정으로 멀리서 자신들이 있는 쪽으로 다가오는 살수들과, 제 품에 안겨 있는 루시오를 쳐다보았다.

그녀는 습관적으로 화살통에서 화살을 찾다가, 곧 아까의 혈전에서 화살을 모두 사용했다는 사실을 알고 절망했다. 설상가상으로 루시오는 저 대신 부상을 입었고, 자신 혼자 저 인원을 무기도 없이 상대하는 건 불가능하다.

그녀가 침착한 표정으로 그에게 물었다.

"폐하, 달리실 수 있으시겠습니까."

그 말에 루시오가 그녀의 품에서 떨어진 뒤 천천히 일어났다. 하지만 잘 모르는 페트리지아의 눈에도, 그가 지금 안간힘을 쓰고 있다는 사실이 빤히 보였다. 이런 상황에서 전면전은 멍청한 짓. 일단은 대피가 우선이다.

페트리지아는 루시오의 손을 덥석 잡은 다음 그를 자신의 말 위에 태운 뒤 함께 달리기 시작했다. 일단 최대한 이곳에서 빨리 벗어나는 게 급선무였다. 뒤쪽에서 살수들이 자신들을 쫓는 것이 보였고, 페트리지아는 루시오가 가지고 있던 검을 뽑아 날아오는 화살들을 막았다. 그러는 사이 말은 제멋대로 달렸고, 결국 그들이 도착한 곳은 막다른 골목, 아니, 절벽이었다.

"젠장!"

그녀가 큰 목소리로 욕지거리를 내뱉었다.

최악의 상황이다. 앞에는 절벽, 뒤에는 살수. 심지어 저가 부축하고 있는 루시오는 거의 실신 상태 같았다. 결국 어느 쪽을 선택하든 죽기는 매한가지인가.

페트리지아가 머뭇거리는 표정으로 살수들을 쳐다보았다. 딱 보아하니 자신들을 살려둘 생각은 전혀 없어 보였다. 그들 중 한 사람이 여전히 칼을 겨누며 자신에게 말을 걸었다.

"아깝네. 화살을 그쪽이 맞았어야 했는데."

"당신들, 누가 보냈지?"

페트리지아의 질문에 모두가 웃었다. 그걸 자신들이 알려줄 것 같느냐는 투다. 페트리지아는 애당초 대답 따윈 기대하지 않았다는 듯, 서늘하게 웃으며 그들에게 물었다.

"로즈몬드구나, 그렇지?"

"이제 곧 죽을 건데, 그게 그렇게 중요하쇼?"

"중요하지. 말해줄 텐가?"

그러자 그들은 잠깐 눈짓으로 의견을 교환하더니, 곧 개의치 않는다는 표정으로 킬킬거리며 웃었다. 그중 한 사람의 입이 열렸다.

"로즈몬드 메리 라 펠프스. 지금 황제의 정부라든가, 남작부인이라든가? 그 여자가 거액의 돈을 주고 우리에게 일을 맡겼지."

살수는 그 말을 마치고 킬킬거렸고, 페트리지아는 그 전까지만 해도 흥분했던 자신의 얼굴이 싸늘하게 가라앉는 것을 느꼈다. 아, 그런 거였나. 그런 거였구나. 로즈몬드가 자신을 죽이기 위해 이런 발칙한 일을 꾸민 게, 결국 사실이었구나.

페트리지아는 순간적으로 웃음을 터뜨릴 뻔했으나, 곧 아직은 광기를 선보일 때가 아니라는 사실을 깨닫고선 빙긋 미소 짓는 것에 만족하기로 했다. 그 표정에 살수들은 자신을 미친년 보듯 쳐다보았고, 아마 감당할 수 없는 진실에 미쳐버린 게 틀림없다고 저들끼리 숙덕거렸다.

그들의 말은 하나 거짓이 없었다. 자신은 미쳤고, 앞으로도 이변이 없는 한 계속 미칠 예정이었다. 자신은 이제 미친년이 되었다. 페트리지아는 그 첫 번째 증거로, 예전이라면 상상도 하지 못했을 행동을 했다. 혈투의 흔적이 가득한 루시오의 의식 잃은 얼굴을 빤히 바라보던 페트리지아는, 잠시 후 표정 없는 얼굴로 그의 납작한 이마에 입을 맞추었다.

아, 당신이 저들의 말을 듣지 못해 나는 참으로 유감이야.

"이제 비밀까지 들었으니, 이만 저승 강을 건너야 할 시간이야."

살수들 중 한 명이 히죽 웃으며 칼을 흔든 채 자신들에게로 다가왔다. 페트리지아는 곧 죽음을 앞둔 사람 같지 않은 미소를 지은 다음 정신을 잃은 루시오를 데리고 말 위에서 내렸다. 페트리지아가 그들에게 부탁했다.

"말은 죽이지 않아 줄 수 있을까? 내가 아끼는 말이라."

"아이구, 자비롭기도 하시지. 곧 죽을 마당에 그깟 말이 그렇게 중하나?"

명백한 조롱에도 페트리지아는 개의치 않고 웃으며 대답했다.

"중하지. 약속 지켜줄 텐가? 신께 약속해줘."

"하, 그게 뭐가 그렇게 중요하다고. 아무래도 죽기 직전이라 미쳐버렸나 보네."

"그럴지도 모르지."

"좋아, 그게 그렇게 소원이라면 약속하지. 말만은 건드리지 않는 걸로."

"좋아."

페트리지아는 그제야 만족스러운 미소를 지어 보인 다음 루시오를 안은 손에 힘을 주고 고쳐 안았다. 그는 여전히 정신을 잃은 상태였고, 이제 이 상황을 바꿀 사람은 오직 그녀밖에는 없었다. 페트리지아는 조심스럽게 루시오를 아이 안듯 안은 다음, 이전까지의 표정이 모두 거짓이라는 듯 무섭도록 싸늘한 표정을 지어 보였다.

"정보 고맙네. 덕분에 한 가지를 확실히 깨달았어."

"이년이 뭐라는 거야?"

황당한 표정의 살수들이 미쳤냐는 듯 손가락을 머리 옆에다 대고 빙빙 돌렸지만, 페트리지아는 개의치 않고 계속 말해나갔다.

"그년한테 경고 따위를 날린 내가 미친년이었다는 걸."

페트리지아는 그 말만 남기고는 망설임 없이 절벽 아래로 몸을 던졌다. 갑작스럽게 일어난 일에 살수들은 당황했고 재빨리 페트리지아가 있던 쪽으로 달려갔지만, 이미 상황은 종료된 뒤였다. 페트리지아는 낭패라는 표정으로 절벽 아래를 내려다보는 살수들을 향해 그녀가 지을 수 있는 가장 아름다운 미소를 지어 보였다.

풍덩!

곧 물보라가 휘몰아치며 잔잔한 수면에 엄청난 파동을 일으켰다. 살수들은 난감한 표정으로 아래쪽과 서로를 번갈아 쳐다보다가 곧 한 번씩 고개를 끄덕이고는 자리를 뜨기 시작했다.

페트리지아는 자신이 나름 똑똑하다고 생각했다. 그녀는 책을 많이 읽었고, 사색을 즐겨했으며, 지식인과의 토론을 즐겼기 때문이었다.

하지만 절벽에 몸을 던진 그 순간, 페트리지아는 깨달았다. 지금까지 자신이 쌓았던 모든 지식은, 결국 허상일 뿐 실체가 아니라고. 자신의 모래성과 같은 지식들은 전부 허울 좋은 장식품에 지나지 않았다고.

결국 이런 상황에서 최후의 승자는 자신과 같은 고상한 척하는 순진무구한 후작 영애가 아니라, 로즈몬드와 같은 치밀한 악녀일 테니.

"컥! 커억!"

물가로 겨우 올라온 페트리지아는 차가운 돌밭에 그대로 주저앉아, 연신 기침 소리를 내며 가슴을 때렸다. 물을 잔뜩 마셨는지 배가 벙벙하고 코는 쓰라렸다. 페트리지아가 자신의 얼굴에 묻은 물기를 최대한 털어내며 정신을 차렸다. 입에서는 여전히 거친 숨소리가 터져 나오고 있었다.

"하아, 하아!"

페트리지아는 그 후에도 꽤 오랫동안 숨을 고르며 진정의 시간을 가졌다. 죽다 살아난 건 정말로 천운이라고 봐도 무방했다. 자신이 수영을 할 줄 알아 다행이지, 그게 아니었다면 꼼짝없이 물귀신이 될 뻔했다.

그녀는 물에 잔뜩 젖어버린 자신의 옷을 그대로 찢어 물 위에 다시 띄웠다. 곧 수류를 따라 자신의 사냥복이 사람들이 자주 발견하는 곳까지 떠내려갈 것이었다. 그렇게 되면 로즈몬드도 자신의 죽음을 확인하기 위한 추격은 더 이상 하지 않을 것이다.

간신히 속옷만 걸친 페트리지아가 제 옆에서 여전히 정신을 잃고 쓰러진 루시오를 쳐다보았다. 그녀는 제일 먼저 아까 그가 화살을 맞은 부위를 확인했다. 피는 멈추지 않은 채 나고 있었고, 독화살에 맞은 건지 피의 색이 이상하게 변해 있었다.

제기랄! 페트리지아가 거칠게 욕지거리를 중얼거렸다. 이대로 계속 두었다간 그는 꼼짝없이 죽고 만다. 그렇게 되면 자신은 살아 돌아간다고 하더라도 황제 시해범으로 몰릴 가능성이 컸다. 어쩌면 로즈몬드는 그것을 가장 원하고 있을 터였다.

차라리 여기서 같이 죽고 말지, 그렇게는 안 된다. 페트리지아는 일단 그를 물가에서 끌어낸 후, 햇볕을 받아 따스해진 돌밭 위에 눕혔다. 젖은 옷을 계속 입고 있었다간 체온이 떨어져 죽을 가능성이 높았으므로, 그녀는 망설임 없이 그의 옷을 벗겼다. 그가 이성이고 한 제국의 황제이며 자신의 남편이라는 생각 따위는 들지 않았다. 지금 그녀는 그에게 어떠한 이성적 관심도 가지지 않았고, 머릿속에는 어떻게 하면 살아서 황성까지 무탈히 돌아갈 수 있는지, 이 생각뿐이었으니까.

루시오의 옷을 벗긴 페트리지아는 다시 한번 그의 상처 부위를 자세히 살폈다. 독화살을 맞은데다 달리기까지 한 탓에 이미 독이 퍼져 있을 가능성이 컸지만, 더 이상의 상해를 막기 위해서라도 최대한 독을 빼내야만 했다.

그녀는 망설임 없이 그의 가슴에 얼굴을 묻고 상처 부위에서 독을 빨아들였다. 절대 독을 삼키지 않기 위해 조심하면서 그녀는 빨아들인 독을 한곳에 잘 뱉어두었다. 그렇게 한 10분여 정도를 독만 빨자, 페트리지아는 미약한 현기증을 느꼈다. 삼키지 않았다고 해도 독을 머금고 있었던 탓에 어느 정도 독이 체내로 흡수된 것 같았다.

페트리지아는 비틀거리며 이마를 짚다가, 다시 정신을 차리려는 듯 독하게 눈을 떴다. 만약 그녀마저 여기서 무너진다면 이 남자는 끝이었고, 자신까지도 끝이었다. 지금 이곳에 그녀를 지켜줄 수 있는 사람은 아무도 없었다. 그녀만이 스스로를 보호하고 지켜야만 했다.

중요한 건 시간이다. 어떻게 해서든 페트리지아는 루시오와 함께 24시간, 못해도 48시간 안에는 황궁까지 귀환해야 했다.

가장 좋은 선택지는 오늘 밤 안에 황궁으로 복귀하는 것이다. 만일 그 시간을 넘긴다면 귀족들은 국정의 공백을 걱정하며 새 황제를 세우기 위해 혈안이 되어 있을 것이다. 그런 상황만은 기필코 막아야만 했다. 그뿐만 아니라 그녀를 위해서라도.

황제와 황후가 동시에 사라졌으니 세 공작들은 발을 동동 구르며 자신들을 찾기 위해 사람을 풀 것이 분명하다. 하다못해 그들에게라도 발견되어야만 했다. 그러기 위해서는 가장 먼저 이 남자부터 살려야 할 터.

페트리지아가 비장한 표정으로 여전히 쓰러져 있는 루시오를 쳐다보았다. 일단은 체온 유지가 우선이다. 그녀는 연약한 몸뚱이를 이끌고 쓰러진 루시오를 안아 들었다. 그때 무언가가 그녀를 막아섰다. 정체를 확인한 페트리지아의 표정이 놀람으로 물들었다.

"네가…… 어떻게……."

페트리지아가 멍한 표정으로 있는 사이 샐리가 그녀에게로 다가왔다. 페트리지아는 지금 이 순간처럼 샐리가 반가웠던 적이 없었다. 세상에, 똑똑한 말 같으니! 그녀가 샐리의 말갈기를 부드럽게 쓰다듬으며 그녀에게 물었다.

"죽지 않았구나! 다행이다. 그나저나 여길 어떻게 찾아온 거야?"

그 말에 대답이라도 하려는 듯 샐리가 그녀를 향해 머리를 들이대며 냄새를 맡는 시늉을 했다. 그 짧은 시간 동안 페트리지아의 냄새를 맡고 그녀를 찾아온 것이었다. 처음에는 조교조차 잘 되지 않아 제 손을 문 말이었는데, 짧은 시간 동안 이렇게 성장하다니. 페트리지아는 새삼 감격한 표정으로 그녀를 칭찬하며 끌어안았다.

"고마워, 샐리. 네가 있어서 정말 다행이다."

페트리지아는 그녀의 이마에 키스한 다음 탈진한 루시오를 얼른 샐리의 등 위에 태웠다. 혹 샐리도 지쳤을까 싶어 자신은 타지 않기로 했다. 일단 말의 체력도 생각해주어야 했으니까.

몇십 분 정도를 걷자 외딴곳에 위치한 동굴이 보였다. 페트리지아는 일단 그곳으로 들어간 뒤, 루시오를 평평한 바위 위에 내려놓고는 그의 상태를 좀 더 자세히 살폈다. 다행히 열은 없었지만 몸이 너무나도 차가웠다.

페트리지아는 보온이 될 만한 것을 찾다가, 곧 동굴 구석에 깔려 있는 짚단을 발견하고선 그것들을 무더기로 가지고 왔다. 이윽고 바닥에 잔뜩 짚을 깔아 아래에서 올라오는 냉기를 막은 페트리지아가 루시오를 다시 그곳에 눕힌 뒤, 그 위에 다시 짚을 깔아주었다. 일단 이것으로 기본적인 응급처치는 한 셈이고, 약초나 그런 것들은 잠시 후에 좀 더 찾아봐야 했다.

어쨌든 급한 불은 끈 셈이니 좀 더 주변의 것들을 둘러볼 시간이 생겼다. 페트리지아는 자신을 찾느라 지쳤을 샐리도 돌보아주기 위해 샐리를 끌고 동굴 밖으로 나갔다. 동굴 밖으로 나가는 마지막 발걸음을 내딛기 전, 페트리지아는 마지막으로 뒤를 돌아 쓰러진 채 잠든 루시오에게 한 줌의 시선을 주었다가, 다시 거두었다. 상념은 나중에. 지금은 현실이었다.

왜 그런 짓을 했는지를 묻는다면, 루시오는 조금 고민의 시간을 거쳐 대답할 생각이었다. 왜냐하면 그 자신도 대답을 알 수 없었기 때문에. 그리고 그는 한참 동안 고민하는 표정을 짓다가 둘 중 하나의 대답을 골라 대답할 것이었다. 그중 하나는 '그냥 나도 모르게 몸이 움직였어'일 것이고, 나머지 하나는…… '그녀에게 진 마음의 빚을 갚기 위해서'일 것이다. 아마도 그럴 것이라고 루시오는 생각했다.

솔직히 말하자면 앞서의 두 대답들도 어떻게 겨우 끼워 맞춘 이유일 뿐, 정확한 이유는 되지 못할 것이다. 그조차도 그가 저지른 행동의 이유에 대해 명확히 알지 못했고, 설명할 수 없었으니까.

분명 그녀에 대한 미안함은 늘 가지고 있었다. 정후인 그녀를 내버려 두고 정부인 로즈몬드를 총애하는 것도, 지난번 사신단 부인 접견 때 로즈몬드가 저지를 일도, 전부. 그러나 두 가지 이유 모두 자신이 이제는 어떻게 할 수 없는 일이었다.

그렇다면 그는 단순히 그 이유 때문에 그녀를 대신해 독화살을 맞은 것일까? 어쩌면 이런 복잡한 이유 따윈 필요 없이, 그저 조건 반사적으로 맞았던 것은 아닐까? 이 복잡한 물음에 답을 할 수 있는 사람은 오로지 당사자인 루시오뿐이었지만, 정작 본인 역시도 자신이 왜 그런 행동을 자행했는지에 대해서는 명확한 이유가 생각나지 않았다.

그래서 그는 누군가가 자신에게 희생의 이유를 묻는다면 앞서 말했던 두 가지 이유 중 후자를 댈 터였지만, 그건 엄연히 외부의 이야기일 뿐, 내부적으로는 끊임없이, 스스로 답을 찾아나갈 생각이었다.

그는 수수께끼를 좋아했으니까. 자신과 관련된 일이라면 더더욱. 그래서 그는 아직까지 깨어나고 있지 못한 것일지도 모르겠다. 그가 내린 질문의 답을 아직 찾지 못했기 때문에.

어째서 자신이 사랑하지도 않는 황후 페트리지아를 위해 죽음을 감수하고 화살을 맞았는지. 그가 그 답을 찾으면 잠에서 깨어날지, 아니면 그 답을 찾지 않고도 잠에서 깨어날지는 오직 그만이, 아니, 어쩌면 그조차도 알 수 없는 일이었다.

"옳지, 잘 먹는다."

페트리지아가 기특하다는 듯 샐리의 갈기를 부드럽게 쓸어주었고, 그녀는 기분이 좋은지 푸르릉 소리를 내며 거대한 몸을 떨었다. 페트리지아는 말에게 충분히 물을 먹인 뒤, 말이 먹을 만한 풀을 찾아 한데 모았다. 풀까지 배불리 먹이고 난 뒤에야 페트리지아는 샐리를 다시 묶어두었다. 물론 어디 갈 것이라고는 생각하지 못할 만큼 영특한 말인데다 제게 충성심까지 높았지만 그래도 혹시 모를 일이었으니까. 최대한 끈을 길게 해 동굴 근처에 묶어둔 페트리지아는 이번에는 루시오에게 먹일 약초를 찾기 위해 길을 나섰다.

사실 그녀가 약초에 해박한 지식을 가지고 있는 것은 아니었고, 어쩌면 그 반대에 가까웠지만, 다행히 황후 수업을 받으면서 그 부분에 대해 어느 정도 지식을 익혔던 탓에 기본적인 약초 판별은 할 수 있었다. 페트리지아는 새삼 자신이 그때 받았던 교육이 참 유용했다고 생각하며 도움이 될 만한 약초를 찾기 위해 눈에 불을 켰다. 하지만 보이는 건 약초로 둔갑한 독초가 태반이었고, 원하던 약초는 좀체 보이지 않았다. 그렇게 1시간 여 정도를 걸었을 때, 그녀의 눈에 무언가가 잡혔다.

"아!"

작은 보랏빛 풀꽃을 발견한 페트리지아가 저도 모르게 기쁨의 탄성을 내질렀다.

"스컬러."

마비너스에서 가장 짧은 기간 동안 피고 사라진다는 귀한 꽃, 스컬러였다. 대부분의 사람들은 이 스컬러를 그저 미관적인 측면에서만 높이 치고 있었지만, 약초학계에서는 달랐다. 스컬러는 그 희소성답게 엄청난 의료학적 가치를 지니고 있는 꽃이었는데, 어떤 독이든 대부분 해독할 수 있는 효능을 가지고 있었다.

이런 꽃을 여기서 발견한다는 건 엄청난 행운이었다. 페트리지아가 기쁜 표정으로 얼른 스컬러가 있는 곳까지 달려갔다. 하지만 그녀는 곧 현실의 벽에 부딪혔다. 상당히 높은 절벽 위에 스컬러가 피어 있었던 것이다. 페트리지아가 난감한 표정으로 위와 아래를 번갈아 보며 높이를 가늠했다. 만약 저걸 따러 갔다가 떨어지기라도 한다면, 자신은 필시 추락사할 것이었다.

페트리지아는 짧은 시간 동안 고민했다. 저걸 따러 가야 할 것인가, 아니면 말아야 할 것인가. 하지만 고민은 금방 끝났다. 자신은 무조건 저 꽃을 따러 가야 했다.

이건 연인을 살리기 위한 눈물겨운 노력이나 희생 따위가 아니었다. 만약 자신이 저 꽃을 구하지 못한다면 오늘 내로 루시오는 죽는다. 그렇게 되면 자신 또한 함께 죽는 것이다. 이래도 죽고 저래도 죽을 것이라면, 시도는 해 보고 죽는 게 낫지.

페트리지아는 비장한 표정으로 자신의 가장 앞쪽에 있는 바위를 잡았다. 운동신경이 그리 뛰어난 편은 아니었지만, 제 운을 한번 믿어볼 생각이었다. 어차피 제 눈앞에 떡하니 스컬러가 피어 있었던 것도, 보통 행운은 아니었으니까.

"하아, 하아⋯⋯."

페트리지아는 거친 숨을 몰아 내쉬며 암벽을 오르기 시작했다. 고소공포증이 조금 있었던 탓에 발끝은 찌릿찌릿 전기가 통하는 것 같았고, 온몸은 경직되는 게 느껴졌지만, 그보다는 생존이 먼저였다. 그녀는 정말로 부모님의 품에 안겨 울고 싶은 심정이었지만, 그 순간을 위해서라면 자신이 먼저 이 공포를 이겨내야만 했다.

페트리지아는 입술을 질끈 물며 발끝에 모든 힘을 주었다. 살아야 한다. 살아야 했다.

"조금만⋯⋯ 더!"

아슬아슬한 위치에서 페트리지아는 거의 쥐가 날 것 같은 손끝을 부들부들 떨었다. 눈물이 눈에 고이는 것이 느껴졌지만 아직 울 때가 아니었다. 우는 건 이 꽃을 따고 난 이후, 아니면 재수 없게도 이곳에서 떨어져 죽기 직전에 해도 충분했다.

페트리지아는 모든 신경을 스컬러에 집중시켜, 혼신의 힘을 다해 팔을 뻗었다. 팔과 몸이 애처로울 정도로 부들부들 떨리고 있었지만, 상관없었다. 저걸 얻을 수만 있다면……!

"앗!"

그 순간 그녀가 발을 딛고 있던 암석이 부서지며 아래로 굴러 떨어졌다. 생명의 위협을 느낀 페트리지아가 얼른 다른 쪽 바위에 발을 디뎠다. 하마터면 정말로 저세상으로 갈 뻔했다고 생각하자 가슴이 선득해졌다. 페트리지아는 안도의 한숨을 내쉰 다음 다시 한번 스컬러를 따기 위해 손을 뻗었다.

"아…… 조금만……!"

정말로 지척에 있었다. 페트리지아는 젖 먹던 힘까지 전부 짜내 손가락을 애타게 움직였다. 마침내 그녀의 손가락에 스컬러가 걸렸고, 페트리지아는 망설임 없이 곧바로 그것을 뜯어냈다. 그녀가 승리에 도취된 미소를 지으며 소리쳤다.

"됐어!"

이제 스컬러까지 땄으니 남은 건 잘 내려가는 일뿐이었다. 페트리지아는 혹시나 잃어버릴까 스컬러를 손 안에 꼭 쥔 뒤 조심조심 암벽을 타고 내려가기 시작했다. 다행히 목표한 바를 성취했다는 만족감 탓에 올라갈 때보다 불안감이나 공포가 덜했다.

마침내 무사히 땅에 발을 내딛었을 때, 페트리지아는 새삼 자신이 살아 있는 것에 감사했다. 그녀는 기쁨에 도취되어 있을 시간도 충분히 주지 않은 채 서둘러 루시오가 있을 동굴 쪽으로 발걸음을 옮겼다.

한편 라파엘라는 간만의 사냥에 물 만난 고기처럼 활을 쏘고 있는 중이었다. 그녀는 화살통을 두 번 정도 더 교체하고 난 뒤에야 만족하는 표정을 지었는데, 그녀의 뒤를 따르던 다른 기사들은 그 모습을 보고 얼굴 가득 질린다는 표정이었다. 요즘 실력이 나날이 는다는 소리를 듣긴 했지만 이 정도일 줄은 몰랐다는 것이었다. 그 녀는 뒤쪽에 수북이 쌓여 있는 사냥감들을 흡족한 얼굴로 바라보 며 만족해했다. 아, 이 정도면 우승은 따논 당상이겠지? 신이 난 표 정으로 사냥감의 개수를 세던 라파엘라는, 곧 무언가를 생각해내 고선 얼굴이 조금 진지해졌다.

"폐하께서는 잘하시고 계시려나."

따라가겠다 말씀드렸지만 페트리지아는 그녀의 청을 거절했다. 자유롭게 혼자만의 시간을 즐기고 싶을 페트리지아의 마음을 모 르지 않았기에 혼자 보내긴 했지만…… 역시나 조금 불안하긴 했 다. 라파엘라는 뒤에 있던 다른 기사에게 물었다.

"라실 경, 혹시 황후 폐하께서 어디 계신지 아세요?"

"저야 모르죠."

사실 그건 꽤나 멍청한 질문이었다. 라실 경이라고 그걸 알 리가 있겠는가? 페트리지아에게 좌표가 달린 것도 아닌데. 라파엘라는 자신을 책망했다. 너무 안일했다. 폐하 말만 믿고 그대로 보내드리지 말았어야 하는 건데. 더구나 이런 때에!

라파엘라가 낭패라는 표정으로 말고삐를 돌렸다. 그녀가 탄 말이 거칠게 달리기 시작했다. 부디 모든 것이 자신의 기우이기를. 부디 모든 것이 자신의 망상이기를.

약초는 사실 달여 먹는 것이 가장 좋은 복용 방법이었으나, 당장 아무것도 없는 동굴 안에서 그런 호사를 누릴 수 있을 리 없었다. 동굴로 돌아온 페트리지아는 어떻게 하면 이 약초를 그에게 먹일 수 있을지 고민했다.

마땅한 방법이 없었다.

가장 좋은 방법은 루시오가 직접 이것을 전부 씹어 먹어버리는 방법이겠지만, 의식도 없는 사람에게 저작 운동을 시킬 수 있을 리가 없었다. 하지만 그렇다고 해서 약초를 달일 수 있는 도구가 있는 것도 아니었다.

그렇다면 도대체 어떻게 해야 이것을 먹일 수 있을까? 페트리지아는 난감해졌다. 조금이라도 더 효과를 높이려면 한시라도 빨리 이 약초를 그에게 먹여야만 했다.

방법을 모색하던 중, 페트리지아는 순간적으로 어처구니없는 생각이 떠올라 저도 모르게 웃음을 터뜨렸다. 아니, 다른 방법은 다

써도 그건 아니다. 내가 어떻게 이 남자와…….

절대 안 된다는 듯 페트리지아가 고개를 절레절레 저었다. 이것만은 결코 안 될 일이다. 페트리지아가 질색하는 표정으로 쓰러진 채 누워 있는 루시오를 쳐다보았다.

그는 여전히 죽은 듯 눈을 감고 있었는데 미약한 숨소리만 아니라면 정말로 죽은 사람처럼 보였다.

페트리지아는 입술을 질끈 깨문 뒤 누워 있는 루시오와 제 손에 들려 시들어가는 스컬러를 번갈아 쳐다보았다. 그러다 순간적으로 화들짝 놀라며 중얼거렸다.

"뭐 하는 거야, 페트리지아?"

미친 게 틀림없다. 지금 이런 상황에 제 감정의 호불호나 따지고 있다니. 미친 게 틀림없는 게지, 네가. 그 고생을 겪고도 고작 네 감정이 원하지 않는다는 이유로 가장 확실하고 두 명 모두에게 이익이 되는 방법을 걷어차버리려 하다니. 미친 거야.

페트리지아는 결심이 선 표정으로 손에 쥐고 있던 스컬러를 입안에 욱여넣었다. 그녀가 선택한 방법은 자신이 직접 스컬러를 씹어 즙을 낸 뒤 그의 입속으로 흘려 넣어주는 것이었다. 정말로 하고 싶지 않은 방법이었지만 지금으로서는 이 방법이 가장 확실하고, 효율적이었다.

더구나 자신의 입안에서 즙을 내면 소량의 즙이 자신의 몸 안에서 흡수될 수도 있으니 두 사람 모두 치료 효과를 볼 수 있었다. 지금으로서는 분명 이게 최선이다.

페트리지아는 끊임없이 자기 최면을 걸며 스컬러를 씹고 또 씹었다. 혹시 조금이라도 즙이 새어 나올까 봐 조심하면서 그녀는 최대한 많은 양의 즙이 나올 수 있도록 최선을 다해 씹었다.

마침내 충분한 양이 그녀의 입안에 고였고, 페트리지아는 조심스럽게 루시오의 얼굴에 자신의 얼굴을 가까이했다. 그녀가 천천히 손을 이용해 루시오의 입을 벌렸다. 의식이 없는 상태였기 때문에 그의 입은 쉽게 벌어졌다. 조심스럽게 그와 자신의 입술을 겹치자 그녀의 입안에 있던 즙이 그의 입속으로 넘어갔다.

그제야 안심한 페트리지아가 속으로 안도의 한숨을 쉬었다. 중요한 건 그가 이것을 모두 목구멍 안으로 넘기는 것이었으므로, 페트리지아는 그가 완전히 입안에 있는 것을 삼킬 때까지 그에게서 입술을 떼지 않았다.

마침내 스컬러의 씁쓸한 향이 그와 그녀의 입술 사이에서 하나가 되었을 때가 되어서야 페트리지아는 그에게서 입술을 뗐다. 입술에 남은 스컬러 즙을 한 방울도 남기지 않고 모조리 핥은 페트리지아가 한숨을 쉬며 고개를 떨구었다. 이제 자신이 할 수 있는 일은 다 한 셈이다. 남은 것은 하늘에 맡기는 수밖에.

"······."

페트리지아는 멍한 표정으로 의식을 잃은 루시오를 쳐다보았다.

이 남자는 도대체 왜 저 대신 화살을 맞은 걸까? 급박한 상황이 지나가자 솟구치는 것은 질문이었다. 인간은 등 따시고 배부르면 쓸데없는 생각을 하게 된다던데 그 말이 딱 맞았다. 지금 이 상황에서 조금이나마 처지가 나아졌다고 이런 생각을 하고 있는 꼴이라니. 새삼 자신이 한심하면서도, 정말 궁금하다는 생각이 들었다. 그는 도대체 왜, 자신을 대신해 화살을 맞았을까?

그는 그녀를 사랑하지 않는다. 그녀 또한 그를 사랑하지 않는다. 이건 페트리지아와 루시오 모두가 잘 알고 있는 사실이다. 이 사실을 부정할 수는 없다. 하지만 그렇다면 도대체 왜? 사랑이 아니면 그러한 자기희생은 도대체 어떤 이유에서 기인한 것일까?

그는 설마 제게 미안했던 걸까? 자신을 사랑해주지 않아 미안한 마음이 들었던 걸까? 그도 아니면 지난 사신단 부인 접견 때 로즈몬드의 일로 제게 죄책감을 가지고 있었던 걸까? 가설은 많았고 그중 확신할 수 있는 것은 아무것도 없었다.

페트리지아는 곧 생각을 그만두기로 했다.

어차피 이렇게 추론해봐야 그녀가 본인이 아닌 이상 답이 나오지는 않을 것이었다. 그러니 이건 한마디로 쓸데없는 일이었다. 의미 없는 일이기도 했고. 이곳이 안락하고 안전한 황궁이라면 또 모를까, 이런 상황에서 그런 의미 없는 행동은 생명을 갉아먹는 일밖에는 되지 않았다.

페트리지아는 보다 의미 있는 행동을 하기 위해 자리에서 일어섰다. 아까 스컬러 즙을 좀 마셔서 그런지 조금 증상이 나아졌다. 현기증도 많이 나아졌고 메슥거리던 속도 아까보다는 편해졌다. 페트리지아는 자신도 무언가 먹을 것을 구하기 위해 천천히 동굴 밖으로 걸어 나갔다.

어쨌든 그를 황궁까지 이송하기 위해서는 보호자인 자신의 체력 역시 뒷받침되어야만 했기 때문에. 페트리지아는 부디 먹을 게 좀 있었으면 좋겠다고 생각하면서 빈 화살통을 챙겼다.

그 시각 로즈몬드는 자신의 처소인 베인궁 안에서 우아하게 차를 홀짝이고 있었다. 그녀가 가장 좋아하는 로즈마리 차였다. 곧 그녀는 차를 마시다 말고 천천히 고개를 돌려 창밖을 쳐다보았다. 하늘은 흐렸고, 어쩌면 곧 비가 올지도 모를 날씨였다.

비가 온다면 증거는 더욱 인멸하기 쉬울 것이다. 그녀는 만족스러운 표정을 지으며 글라라에게 차 한 잔을 더 부탁했다. 그녀의 명령에 따라 찻주전자 하나를 더 들고 온 글라라가 빙긋 웃는 얼굴로 로즈몬드에게 물었다.

"기분이 좋아 보이십니다, 부인."

"좋을 수밖에, 글라라. 넌 그렇지 않은 모양이구나."

"그럴 리가요, 부인. 부인께서 기쁘시다면 저 또한 기쁩답니다."

제 주인은 오랜만에 표정이 좋았다. 그녀의 말마따나 그녀는 지금 기분이 아주 좋을 수밖에 없을 것이다. 얼마 전 제 주인은 몰래 황성에서 가장 실력 있는 살수 집단에 살인 청부를 의뢰했다. 돈은 얼마든 줄 테니 사냥 대회 때 황후를 처리해달라고. 그들은 아주 실력 있는 살수들이었고, 그러니 제 주인의 계획은 아마 성공했을 것이다. 원래 돈을 들이면 그만큼 결과가 나오는 법이고, 제 주인은 돈이 차고 넘쳤으니까.

호위 기사인 라파엘라가 있다고 해도 사신(死神)이 아닌 이상 서른 남짓의 살수 전부를 당해내지는 못할 것이다. 그리고 아직 라파엘라는 그 정도의 실력은 되지 못했다. 글라라가 나긋한 목소리로 로즈몬드에게 말했다.

"이제 곧 황궁이 발칵 뒤집어질 겁니다. 폐하께서는 부인을 새 황후로 책봉하시겠지요."

"당연히 그러시겠지, 글라라. 내가 만약 황후가 된다면 너 또한 황후궁의 궁녀장이 되는 거야. 어때, 기쁘지 않니?"

"몹시 기뻐요, 부인. 말씀드렸지 않습니까. 제 기쁨이 곧 부인의 기쁨이고, 부인의 기쁨이 곧 저의 기쁨이라고."

"어쩜. 말도 참 예쁘게 하는구나."

간만에 기분이 좋아서인지 그녀의 말투 또한 평소보다 더욱 부드러웠다. 늘 오늘 같기만 하면 얼마나 좋을까, 하고 생각하던 글라라가 잠시 뒤 조금 진지해진 목소리로 말을 꺼냈다.

"아마 특별한 일이 없는 한 황후는 죽을 것이고, 날씨를 보니 곧 비가 올 것 같습니다. 증거인멸도 쉬울 거예요."

"내 생각도 같아. 사실 비가 내리지 않는다고 해도 그들을 잡아내기는 어려울 거다. 늘 말하지만 돈은 들인 값을 하는 법이거든."

키득대며 웃던 로즈몬드가 곧 흥미로운 표정으로 찻잔을 달그락거렸다. 일이 이렇게 쉽게 끝날 줄 알았으면 진즉 살인 청부를 넣을 걸 그랬다. 로즈몬드는 모든 일이 수월하게 풀려가는 것 같아 기분이 너무나도 좋았다.

앞으로도 쭉, 자신의 앞길은 이래야만 할 것이다. 험난한 가시밭길이 아닌 부드럽고 아름다운 꽃길. 설령 그 꽃들이 전부 피에 젖어 섬뜩하게 그 색을 발할지라도. 바람에 흩날리는 향이 향기로운 꽃향기가 아닌 혈흔 가득한 혈향(血香)일지라도.

페트리지아의 기대와는 달리 루시오의 회복은 좀처럼 빨리 되지 않았다. 주변 풀숲에서 찾은 열매들로 간신히 요기를 한 페트리지아는 그 이후 꼼짝도 하지 않고 루시오의 주변을 지키며 상태를 관찰했다. 그는 처음에는 조금 나아지는 듯하다가, 점차 열이 오르기 시작했는데, 나아지는 과정이라고 치부하기에는 그 온도가 지나치리만치 높았다.

책에는 이런 내용까지 적혀 있지 않았기 때문에 비전문가인 페트리지아는 당연히 당황할 수밖에 없었다. 그녀는 본인이 알고 있는 대로 스컬러를 그에게 먹였고, 자신은 분명 효과를 보았다.

하지만 그가 이렇게 깨어나지 않고 있는 거라면…… 설마 이미 늦어버린 것일까?

좋지 않은 가정을 하던 페트리지아는 곧 고개를 저었다.

그런 재수 없는 생각을 하는 건 아직 이르다. 그는 아직 죽지 않았고, 자신은 이렇게 살아 있으며, 방법은 아직 더 있을지도 모른다. 페트리지아는 어떻게 해야 그의 열을 식힐 수 있을지 고민하다가 일단 그를 가득 덮은 짚들을 거둬주었다. 이렇게 열이 오르는 상태에서 보온은 적합하지 않으리라는 판단이 들었다.

-우르릉 쾅쾅

그때 뒤쪽에서 천둥 번개가 울려 퍼졌고, 뒤이어 비가 퍼붓듯 쏟아지는 소리가 났다. 페트리지아는 깜짝 놀라 자리에서 일어난 후, 얼른 비가 내리는 동굴 밖까지 걸어가 샐리를 묶은 줄을 풀어준 뒤 그녀를 동굴 안에 들였다. 샐리는 조금 비를 맞았는지 몸을 털었고, 그러자 적지 않은 양의 물이 페트리지아에게로 튀었다.

그녀는 손으로 대충 물기를 털어낸 다음 샐리를 다시 묶어두었다. 그러는 와중에도 비는 계속 내렸고, 그녀는 고개를 들어 올려 하늘에서 쏟아지는 수많은 물줄기들을 쳐다보았다. 비가 내린다는 건 그녀의 입장에서 좋은 일일 수도, 나쁜 일일 수도 있었다. 일단 비가 오니 자신들을 찾는 수색이 불가능해질 터였다.

그 상대가 살수들이면 쌍수 들고 환영할 만한 일이었지만, 만약 황실의 귀족들이면 그처럼 낭패도 없었다. 더군다나 비가 오면 물이 불 테니 혹 강을 건너게 된다면 그 점에 있어서도 불리했다.

그녀는 저도 모르게 동굴 밖으로 손을 내밀어 떨어지는 빗줄기를 손바닥으로 받았다. 빗물은 매우 차가웠고, 페트리지아는 순간적으로 그를 빗물로 식히는 것도 나쁘지 않은 방법이리라는 생각이 들었다.

하지만 곧 생각을 고쳐먹었다. 이런 날씨에 몸을 식힌다는 명목으로 그를 보내는 것은 무리가 많이 따르는 일이었다. 급격한 체온 저하로 자칫 몸에 무리가 가 더 안 좋은 결과를 초래할 수도 있다는 내용을 예전에 읽은 책 어디에선가 본 것 같았다.

그 책에는 뒤에 이런 구절이 적혀 있었는데, 만일 약이 없을 때 열을 내려야 한다면 건강한 다른 사람이 직접 몸을 식힌 뒤 그 사람을 끌어안고 있어야 한다는 것이었다.

그 생각이 갑자기 떠오르자 페트리지아는 얼굴이 붉어졌지만, 아까도 생각했듯 지금은 그런 걸 따질 만한 상황이 아니었다. 이 자리에서 모두 다 죽느냐, 아니면 살아남느냐의 순간 속에서 그런 걸 따지고 있을 바보는 어디에도 없었다.

페트리지아는 결심했다는 듯 망설임 없이 빗속으로 걸어 나갔다. 뒤쪽에서 샐리가 무슨 짓이냐는 듯 푸르릉 소리를 내며 날뛰었지만 상관없었다. 지금 자신이 결단을 내리지 않으면 저 말도, 저 남자도, 그리고 자신도 모두 죽을 테니까.

페트리지아는 차가운 물줄기를 그대로 맞은 채 그 자리에 서 있었다. 차갑게 쏟아 내리는 빗줄기가 그녀의 얼굴과 머리카락과 가슴과 배를 타고 흘러내렸다. 그 차가운 감각과 그로 인해 내려가는 체온에 페트리지아는 끊임없이 신음을 흘리며 고통에 떨어야 했지만, 정신력으로 버티고 또 버텼다. 어차피 자신은 아까 스컬러도 먹었기 때문에 이런 일로는 쉽게 죽지 않을 터. 페트리지아는 이를 악물고 다짐하듯 중얼거렸다.

내가 당신 절대 죽게 안 해. 젠장.

죽긴 누가 죽느냐 말이다. 우리는 모두 건강한 상태로 황궁까지 돌아갈 것이다. 그도, 그녀도, 말도 죽지 않은 채 전부 무사하게. 페트리지아는 덜덜 떨리는 이를 애써 다물며 온몸으로 비를 맞았다.

그렇게 한 이십 분 정도를 비를 맞자 페트리지아는 거의 정신이 혼미해질 지경이었다. 그녀는 이대로 더 비를 맞았다간 정말로 큰일이 날 것이라고 생각했는지, 비틀거리며 동굴 안으로 들어왔다.

샐리는 그녀가 걱정되었는지 자꾸만 푸드득 소리를 내며 날뛰었다. 페트리지아는 그녀에게 괜찮다는 듯 힘없이 미소를 지어 보인 후, 루시오가 누워 있는 바위로 휘청거리며 올라갔다. 정신이 혼미한 것이 금방이라도 우주로 가버릴 것만 같았다.

"하아……."

그녀가 지친 소리를 내며 그를 양팔 가득 끌어안았다. 온몸이 불덩이인 탓에 그를 안자 순간적으로 엄청난 온기가 느껴졌다.

페트리지아가 피곤한 표정으로 눈을 감으며 그를 안은 손에 힘을 주었다. 그녀는 그의 뜨거운 몸을 안으면서도 끊임없이 중얼거렀다.

"내가 당신 절대 죽게 안 해. 절대로."

지금 이 순간, 적어도 그의 목숨은 그녀의 목숨과 같았으니까. 그녀를 결백한 입장으로서 황궁으로 보내줄 수 있는 유일한 존재. 페트리지아는 이후로도 비를 맞고 그를 안는 행동을 서너 번은 더 반복한 후에야 지쳐 잠에 곯아 떨어졌다.

한 번도 느껴보지 못했던 쓰디쓴 맛과 온몸에 전해지는 차가운 감각. 루시오는 냉기와 온기가 공존하는 기묘한 감각에 조금씩 정신을 차리기 시작했다. 루시오처럼 이미 독에 심각하게 중독되어 있을 경우, 스컬러가 그 효능을 발휘하기까지는 대략적으로 두세 시간 정도가 소요되었다.

루시오는 악몽이라도 꾸는 건지, 아니면 단순히 고통에 몸부림치는 것인지 안색이 좋지 않았고, 이마에는 식은땀을 흘리고 있었다. 이미 그의 몸이 정상 체온으로 내려간 것을 감안할 때, 전자에 무게를 두는 것이 더 신빙성이 있었다.

그의 악몽은 늘 동일한 내용이었다. 그가 악몽을 꿀 만한 일은 차고도 넘쳤으나 그 어느 것도 그날의 일과는 비할 바가 못 되었다.

다른 일들은 모두 정신력으로 버틸 수 있는 사안이었지만, 그날의 일은 달랐다. 그건 정신력이 아니라 정신력 할아버지가 와도 인간이 버틸 수 없는 일이었다.

그리하여 그의 악몽은 늘 동일한 내용이었고, 그는 그 반복된 고통 속에서 결코 자유로울 수 없었으며, 아마 영원히 그리할 예정이었다. 그것은 그에게 내려진 무한의 형벌이었다. 결코 끝나지 않는 프로메테우스의 형벌과도 같았다. 그리고 루시오는 자신에게 내려진 그 벌에 있어 늘 탈출하기를 원했으나, 한편으로는 마땅히 받아야 하는 것이라고 생각했다. 마땅히 받음으로써 그 죗값을 치러야 한다고 생각했다.

하지만 이성과 감정은 늘 다른 것이고, 이상과 현실은 대조되는 것이다. 그의 이성은 늘 자신의 악몽에 대해 올바르다 외쳤으나, 그의 감정은 그 처벌에 대해 죽을 듯한 고통을 호소했다. 그의 이상은 그 악몽으로 자신이 죽을 때까지 그날의 일을 잊지 않고 기억하는 것이었으나, 그의 현실은 악몽에 벌벌 떨며 안식처를 찾는 겁 많은 어린아이였다.

그의 악몽은 규칙이 없었다. 그가 행복할 때도 그를 찾았고, 그가 불행할 때도 그를 찾았다. 행복하지도, 불행하지도 않을 때도 그를 찾았다. 악몽은 그의 일상이었다. 결코 떼어낼 수 없고, 떼어내서도 안 되는.

라파엘라는 달리고 또 달렸다. 페트리지아를 찾기 위해 거의 모든 구역을 다 쓸고 다녔는데도 그녀는 보이질 않았다. 상황이 이렇게 되자 평소 낙천적 성격의 소유자인 라파엘라도 당연히 걱정이 될 수밖에 없었다. 길이 엇갈린 것일까? 라파엘라는 제발 그러기를 빌었다. 당장 서너 시간 후면 사냥 대회가 종료된다.

만일 그때까지도 페트리지아가 나타나지 않으면…….

여기까지 생각한 라파엘라는 얼른 고개를 저어 망상을 털어버렸다. 쓸데없는 소리다. 그녀는 분명 숲속 어딘가에서 자유롭게 말을 몰며 사냥을 즐기고 있을 것이다. 그러나 늘 만약이란 게 존재했기 때문에, 라파엘라는 조금 더 둘러보기로 했다. 만약 그 '만약'의 상황이 닥친다고 하더라도 지금 당장은 아무것도 속단할 수 없었으므로.

그때, 돌아서려던 라파엘라의 눈에 무언가가 들어왔다. 익숙한 형체에 라파엘라는 설마 하는 표정으로 그것을 향해 다가갔고, 곧 그것의 정체를 알아보자마자 경악한 표정으로 악을 질렀다.

"페트리지아!"

페트리지아가 눈을 떴을 때는 그로부터 한 시간이 더 지난 후였다. 아까 전 비를 많이 맞은 자신의 몸 상태를 객관적으로 판단해봤을 때, 다행히 감기에 걸리지는 않은 것 같았다.

적어도 지금까지는 그러했으나, 사람 몸이란 게 어찌될지는 한 치 앞도 모르는 것이 정설이었으므로, 페트리지아는 한시 바삐 복귀에 서둘러야겠다고 생각했다.

그러기 위해서는 무엇보다도 그가 정신을 차려야 했는데, 그는
여전히 죽은 듯 누워 있었다. 페트리지아는 조심스럽게 그에게서
몸을 뗀 다음 루시오의 상태를 살폈다. 가만히 손으로 몸을 만지자
살아 있는 온기가 손끝에 느껴졌다.

아, 다행이다. 페트리지아는 안도했다. 고비는 넘겼다. 곧 죽을
사람에게서 이런 온기가 돌 수는 없겠지. 페트리지아는 순간 울고
싶다고 생각하며 얼굴을 무릎에 대고 묻었다. 아무도 도와주지 않
았던, 모든 것을 자신 혼자 헤쳐나가야만 했던 너무나도 힘든 시간
들이었다.

여전히 비는 내리고 있었으나 천둥 번개는 치지 않았고, 빗줄기
도 아까보다는 훨씬 얇아졌다. 그러나 우중충한 날씨 탓에 도무지
시간 가늠을 할 수가 없었는데, 그저 원래 사냥 대회가 끝날 때까지
대략 두어 시간 정도밖에는 남지 않았다는 사실만 체감상으로 어
림할 수 있을 뿐이었다. 어쨌든 길을 나서는 것은 비가 멈춘 후에나
가능했다. 비가 내리는 상태에서 움직였다간 셋 모두의 상태에 악
영향을 끼칠 것이다.

페트리지아는 지친 표정으로 이미 엉망이 되어버린 머리를 정돈
한 후 다시 루시오에게로 시선을 옮겼다. 그는 여전히 미동도 않고
자고 있었다. 그녀가 중얼거렸다.

"일어나세요."

"……."

당연히도 그는 일어나지 않았다. 애당초 이런 말 한마디로 일어난다면 그녀는 마법사일 것이다. 하지만 그녀는 마법사도 아니었고 마술을 부릴 줄도 몰랐다. 페트리지아는 길게 한숨을 쉬며 한탄하듯 중얼거렸다.

"빨리 일어나지 않으시면 제 목숨은 둘째 치고, 폐하의 입지도 위험해집니다. 가장 잘 아실 분이 왜 이러십니까."

"……."

"제발 일어나세요, 폐하. 제가 여기서 더 뭘 어떻게 해드려야 합니까."

원망 어린 목소리가 구슬펐다. 페트리지아는 솔직히 말해 울고 싶은 심정이었다. 차라리 자신 혼자만 이런 일을 당했으면 일이 더 쉬웠을까.

그 딴에는 그녀를 돕기 위해 그런 행동을 했을지 모르지만, 냉정하게 말해서 지금 그는 그녀에게 있어 짐밖에는 되지 못했다. 하지만 그렇다고 해서 그가 자신 대신 독화살을 맞은 마음을 깎아내리고픈 심정은 아니었다.

페트리지아는 그렇게까지 냉정한 사람은 아니었으므로.

"로즈몬드……."

페트리지아의 관심사는 어느새 이 모든 일의 원흉인 로즈몬드에게로 향했다. 그녀를 생각하자 페트리지아의 두 눈이 분노로 화르르 타올랐다. 분명 지난번 경고를 날렸었다. 다시는, 다시는 그런 짓거리를 하지 않는 것이 좋을 것이라고. 하지만 자비 어린 경고의 결과가 결국 이것인가. 자칫하다간 모든 것을 빼앗길 수 있는 이 상황이.

페트리지아가 비소했다. 결국 자신의 어리석음이 이 상황을 만든 것이다. 애당초 로즈몬드 그녀는 제 경고 따위를 진지하게 받아들일 이가 아니거늘.

자신은 왜 그리 아둔했는지. 페트리지아는 자신의 멍청함에 혀를 내두르고픈 심정이었다.

어쨌든 상황은 벌어졌고, 페트리지아는 드디어 인정해야만 했다. 자신이 로즈몬드와의 싸움을 결코 피할 수 없다는 것을. 애당초 계획은 황궁에서 있는 듯 없는 듯 지내다 황태후가 되는 것이었지만 지금 상황에서 '있는 듯 없는 듯' 지내는 것은 거의 불가능에 가까운 일이었다. 만약 계속해서 '있는 듯 없는 듯' 지냈다간 '있는 듯 없는 듯' 살해당하거나 폐위당하고 말 것이다.

그건 단순히 자신만의 문제가 아니었다. 마비너스 제국의 황후는 웬만한 일로는 폐위가 되지 않는다. 그러니 만일 자신이 폐위가 된다면 그것은 곧 가문의 멸망을 의미했다. 가문이 풍비박산 나고, 목이 단두대에서 잘리고. 그런 일은 다시는 겪고 싶지 않았다.

페트리지아는 착 가라앉은 표정으로 허공을 응시했다.

다시는 당하고만 있지 않을 것이다. 다시는 이런 일을 겪지 않을 것이다. 다시는, 다시는! 페트리지아가 서늘한 표정으로 숨을 죽이며 웃었다.

그자들의 입에서 로즈몬드의 이름을 들은 것은 참으로 다행한 일이었다. 만일 그자들이 진범을 밝혀주지 않았더라면 착한 그녀는 약간의 고뇌에 빠질 게 분명했을 테니까. 심증은 있지만 물증은 없다는 그 고귀하고도 쓸데없는 이유 하나 때문에. 하지만 그 싹은 완벽히 제거되었고, 이제 페트리지아에게 남은 선택지는 하나밖에 없었다.

전쟁, 그리고 승리. 페트리지아가 싸늘한 표정으로 입술을 물어뜯었다. 풀꽃으로 살다 있는 듯 없는 듯 가고 싶었건만, 결국에는 잡초가 되어야 하나. 서글프기 그지없었으나 하는 수 없었다. 잡초로 살아남는 것도 싫었지만 풀꽃으로 죽는 건 더더욱 싫었으니까. 그러니…….

"일어나주세요, 폐하."

지금의 저는 당신이 그 어느 때보다도, 절실하게 필요합니다.

정해진 시간을 한두 시간 정도 남겨두고 라파엘라가 본부로 돌아왔을 때, 그녀는 황제는 물론이고 황후마저 그 자리에 없다는 사실을 깨닫고선 완전히 패닉에 빠져버렸다. 그때 누군가가 그녀를 강하게 붙잡았다.

"라파엘라 경!"

"아······ 아버님."

그녀의 부친인 브링스톤 후작이었다. 친부를 보자마자 라파엘라는 깜짝 놀라 하마터면 손에 숨기고 있던 것을 떨어뜨릴 뻔했다. 브링스톤 후작은 그녀를 사람이 없는 은밀한 곳으로 데려갔다. 주변에 아무도 없다는 것을 확인하고 나서야 브링스톤 후작은 작은 목소리로 라파엘라를 추궁했다.

"이게 어떻게 된 일이냐. 양 폐하께서 모두 보이질 않아. 황제 폐하야 그렇다손 치더라도, 황후 폐하는 어찌 된 것이냐?"

"아버님, 그게······ 폐하께서 혼자 달리고 싶다고 하셔서······."

주눅이 든 라파엘라가 솔직하게 대답했지만 돌아오는 건 엄한 문책이었다.

"그래서 넌 황후 폐하의 호위 기사란 자가 폐하를 방치해두고 혼자 다닌 것이냐? 네가 지금 제정신이야? 현재 상황이 어떻게 돌아가는지도 모르고 이렇게 안일할 수가 있나!"

"죄송합니다, 아버님."

구구절절 맞는 말이었기에 라파엘라는 진심으로 할 말이 없어졌다. 자신이 지나치게 안일했다는 브링스톤 후작의 말에는 틀린 점이 없었다. 애당초 페트리지아의 황후로서의 삶에 연민을 느꼈다는 것이 그녀의 행동의 원인이었다.

라파엘라는 페트리지아를 레이디가 아닌 퀸으로 보아야만 했지만, 아직 어린 그녀로서는 친구를 그런 막중한 위치에 있는 여인으로 보기 어려울 수밖에 없었다.

라파엘라는 그제야 현 상황을 완전히 자각했고, 곧 자신이 무슨 짓을 저질렀는지에 대한 엄청난 후회가 몰려왔다.

그 두려움은 그대로 발현되어 그녀는 손을 달달 떨기 시작했으나, 브링스톤 후작은 평소와는 다른 엄격한 표정으로 그녀에게 명령했다.

"내 딸이 아닌 기사 라파엘라 경에게 내리는 명령이다. 무슨 일이 있어도 폐하를 찾아. 이 일이 잘못 알려진다면 황실에 어떤 파란을 일고 올지는 내가 말하지 않아도 네가 잘 알 것이다. 그렇지?"

"……."

그녀는 말없이 고개를 끄덕였고, 브링스톤 후작은 한숨을 쉬었다. 다른 사람도 아니고 제국을 떠받치는 두 남녀가 동시에 실종되었다. 다행히 아직까지는 시간이 남았기에 별 이상한 말이 돌지는 않았지만, 이대로 한두 시간만 지나면 동요는 한순간이다.

그렇게 되면 두 사람의 권위에 좋을 게 전혀 없었다. 브링스톤 후작은 엄습해오는 불안감을 애써 떨쳐버리기 위해 애쓰며 딸에게 부탁했다.

"명령이자 부탁이다, 엘라. 아주 시급한 사안이야. 네가 두 분을 찾아오지 않으면 그 뒷일은 이 아비도 어떻게 될지 정확히 알지 못한다. 알지?"

"예, 아버님. 반드시…… 반드시 찾아오겠습니다."

다행히 사냥터로 지정된 숲 주변은 페트리지아 일행이 있는 곳과는 달리 흐리기만 할 뿐 비가 내리지 않고 있었고, 라파엘라는 뒤에 숨긴 페트리지아의 사냥복을 차마 내보이지 못한 채 숨겨버렸다.

이것을 공개하는 일은 없어야 했다. 이걸 들키는 순간, 브링스톤 후작이 말한 그 파란이란 것이 일어날 것은 자명한 일이었으므로. 라파엘라는 반드시 그 두 사람을 찾으리라고 다짐하며 굳은 눈빛으로 의지를 다졌다.

시간이 지날수록 페트리지아는 점점 초조해지기 시작했다. 빗물은 그치기 시작했지만 여전히 루시오는 미동도 않은 채 잠들어 있으니 그럴 수밖에. 페트리지아가 초조한 표정으로 누워 있는 그와 바깥의 하늘을 번갈아 쳐다보았다.

"제기랄. 돌아버리겠군."

페트리지아가 이마를 짚으며 골 아프다는 표정을 지었다. 마음 같아선 그녀가 직접 그를 옮겨 이동하고 싶었지만, 어떤 변수가 생길지 모르는 상황인데다가, 괜한 의심을 받고 싶지 않았기 때문에 가급적 피하고픈 선택지였다.

그녀가 애타는 표정으로 천천히 그가 있는 쪽을 향해 걸어갔다. 잠자는 숲속의 왕자도 아니고, 공주가 분명 키스 비슷한 것까지 해주었는데 이 정도면 일어나줘야 하지 않나. 답답한 마음과 속을 알 수 없는 슬픔이 섞여 페트리지아의 표정이 이상하게 변했다.

"……."

솔직히 말해 미안하지 않다면 거짓말이다. 죄책감이 들지 않는 다면 그 또한 거짓말이다. 상대가 그 누구라도 그녀는 미안해했을 것이다. 절대 그럴 일은 없겠지만 만약 그 상대가 로즈몬드라고 할 지라도. 페트리지아는 복잡한 한숨을 내쉬며 얼굴을 무릎에 묻었 다. 만약…… 만약 그가 이대로 깨어나지 않으면 어떻게 하지? 어 떻게…….

"하아……."

그때 미약한 숨소리가 그녀의 귀를 자극했다.

그녀는 얼른 무릎에서 얼굴을 떼고 소리가 난 쪽으로 고개를 돌 렸다. 그녀가 간절한 표정으로 인상을 살짝 찡그린 루시오를 쳐다 보았다. 그는 악몽이라도 꾸고 있는 건지 안색이 좋지 않았고, 이마 에는 식은땀까지 흘리고 있었다.

페트리지아는 입술을 살짝 깨문 다음 자신이 입고 있던 속옷의 일부를 찢어 손수건처럼 만든 뒤 그의 이마에 흐르는 땀을 닦아주 었다.

악몽을 꾸지 않는 가장 확실한 방법은 바로, 꿈에서 깨어나는 것 이다. 그러니 당신, 어서 일어나라. 당신이 어떤 악몽을 꾸든, 지금 이 상황보다는 나을 테니까.

"흐으…… 안 돼……."

"······."

생각보다 상태가 심각했고, 페트리지아는 덜컥 겁이 났다. 이 남자가 도대체 왜 이러는 건지 당최 알 수 없었다. 그녀는 당황한 표정을 그대로 내보이며 어떻게 해야 하는지 방법을 찾기 시작했지만 마땅히 떠오르는 묘안이 없었다.

그렇게 한참을 고민하던 페트리지아에게 떠오른 묘수는, 자신과 닐라가 어릴 적 악몽을 꾸었을 때 어머니가 자주 해주셨다는 방법이었다.

그녀는 여전히 신음을 흘리며 괴로워하는 루시오를 무릎 위에 눕히고선 그의 부드러운 흑색 머리카락을 가만히 쓰다듬어 주기 시작했다.

이 남자에게 이런 행동을 하게 될 줄은 정말 꿈에도 생각하지 못했던 페트리지아였지만 어쩔 수 없었다. 제 어머니도 자신을 이런 식으로 잠재우셨다고 하니, 효과가 아주 없지는 않을 것이다. 페트리지아는 부디 자신의 행동으로 그가 깨어날 시간을 조금이나마 앞당길 수 있기를 바랄 뿐이었다.

"쉬이, 폐하. 괜찮습니다."

"윽······ 하아······."

"괜찮습니다, 폐하. 천천히 심호흡을 해보세요. 들이마시고, 내쉬고······."

아, 자신이 지금 도대체 무엇을 하고 있는 건지. 새삼 자괴감이

드는 페트리지아였지만 그녀는 내색하지 않고 자신의 임무에 충실히 임했다.

그녀는 끊임없이 부드러운 손길로 그를 쓸어주며, 입 밖으로는 달콤하고 부드러운 말을 내뱉었다. 아마 페트로닐라나 라파엘라가 봤다면 기겁을 했을 것이다.

"쉬이- 폐하……."

"아…… 안…… 제발……."

"……."

이 남자는 도대체 무슨 꿈을 꾸고 있는 것일까. 페트리지아는 새삼 궁금해졌다. 도대체 무슨 꿈을 꾸고 있길래 이렇게 괴로워하는 것일까. 단 한 번도 이 남자의 사정이나 사연 따위에 궁금해한 적 없었던 그녀였지만 이상하게도 이번만큼은 궁금증이 들었다. 도대체 어떻게 하면 사람이 이렇게 잠을 자면서, 꿈을 꾸면서 괴로워할 수 있는 것인지. 무슨 꿈을 꾸어야 사람을 이토록 비참한 표정을 짓게 만들 수 있는 것인지.

자신은 단 한 번도 보지 못했고 볼 일 없었던 모습과 표정이었기에.

"아……."

그러다 페트리지아는, 곧 자신이 지나치게 감상적이었다는 사실을 깨닫고선 고개를 단호하게 저었다. 지금은 그런 생각에 빠져 있을 때가 아니다. 일단 그를 깨우는 데만 집중해야 했다. 페트리지아는 조금 냉정한 표정으로 다시 한번 그의 볼을 부드럽게 쓰다듬었다.

"아……!"

그때 그가 미약한 신음을 터트리며 번쩍 눈을 떴다. 졸지에 그와 눈이 마주치게 된 페트리지아는 그보다 훨씬 놀란 표정으로 루시오의 검은 눈동자와 마주했다. 순간 당황한 페트리지아가 저도 모르게 그를 불렀다.

"폐하……!"

"……황후?"

그녀를 부르는 그의 목소리는 잔뜩 갈라져 있었고, 페트리지아는 왜인지 그것이 마음에 들지 않았다. 입술을 작게 짓누른 그녀가 고개를 끄덕였다. 그가 잠깐 상황 파악이 안 되는 눈으로 그녀를 쳐다보다, 곧 아까의 상황을 기억해내고선 그녀에게 물었다.

"내가 왜…… 지금 여긴 어디지?"

"폐하께서 저 대신 독화살을 맞으셨고, 지금 이곳은 사냥터에서 외떨어진 동굴입니다. 눈을 뜨셨으니 지금 바로 본부로 복귀하셔야 합니다. 괜찮으시겠습니까?"

빠르게 상황 설명을 마친 다음 의사까지 묻자 루시오는 가만히 고개를 끄덕였다. 그녀는 그를 조심히 일으켜준 다음 몸 상태를 물었다.

"몸은 좀 어떠십니까."

"괜찮아. 그보다…… 독화살을 맞았다면 해독이 어려웠을 텐데 어떻게 했지?"

"……."

페트리지아는 잠깐 머뭇거리다 곧 사실대로 대답했다.

"제가 직접 독을 빨아냈고, 그것만으로는 부족하니 약초를 구하다 스컬러를 발견했습니다. 그걸 드셔서 지금 깨어나신 걸 겁니다."

"스컬러라니……."

그가 놀란 표정을 지었고, 페트리지아는 조금 다급한 목소리로 그에게 말했다.

"폐하, 다른 것들은 전부 가면서 말씀드리겠습니다. 시간 내에 돌아가지 않으면 궁이 발칵 뒤집어질 겁니다. 폐하의 안위를 위해서라도 빨리 돌아가 제대로 된 치료를 받으셔야 합니다."

"그러지."

페트리지아가 루시오에게 그가 입고 있던 옷을 건네주었다. 처음에는 잔뜩 젖어 있었던 옷은, 아까 전 페트리지아가 힘들게 피운 불가 근처에 두었던 탓에 거의 말라 있었다. 하지만 페트리지아는 애당초 입을 옷 자체를 시내에 떠내려 보냈기에 아무것도 입을 수 없었다. 그것을 발견한 루시오가 의아한 목소리로 페트리지아에게 물었다.

"그대의 옷은 어디로 갔지?"

"아……."

페트리지아는 어떻게 설명해야 할지 잠깐 고민하다가, 그 이야기마저 하게 되면 시간이 지체되리라고 생각했는지 말을 돌렸다.

"그것도 가면서 말씀드리겠습니다. 일단 입으시지요."

"그대가 내 걸 입지."

"폐하."

이런 문제로 입씨름하고 싶지 않았다. 그는 환자였다. 설령 그가 암살 위협을 받아 그의 옷이 없는 상황이었다고 해도 그녀는 그에게 옷을 주었을 것이다. 그녀가 단호한 표정으로 상황의 심각성을 설명했다.

"전 멀쩡하고, 폐하께서는 다치셨습니다. 체온 유지는 정상인보다는 환자에게 더 중요하지요."

"짐은 괜찮아."

어디서 되도 않는 헛소리를. 페트리지아가 황당한 표정으로 그에게 쏘아붙이듯 말했다.

"제가 폐하의 의식을 회복시키기 위해 반나절 동안 얼마나 고생했는지 아십니까. 제 노력을 설마 헛수고로 만들고 싶으신 게 아니시라면, 부디 제 뜻을 따라주세요. 전 괜찮습니다."

"⋯⋯."

결국 루시오는 짧게 한숨을 쉬더니 그녀의 말대로 했다. 마침내 모든 준비가 다 끝나자 페트리지아는 묶었던 샐리를 풀어준 뒤 루시오와 함께 샐리의 등에 탔다. 혹시 모를 일에 대비해 그의 뒤에 앉은 페트리지아가 천천히 말을 출발시켰다.

"이랴!"

말은 빠르게 달리기 시작했다. 곧 해가 질 것이고 그렇게 되면 길을 찾기가 더욱 어려워진다. 날이 밝아도 깊은 숲속에서 길을 잃은 탓에 본부를 찾기가 어려운 상황인데, 어둠까지 내려오면 꼼짝없이 그 자리에서 발이 묶일 수밖에 없었다.

그랬다가 혹 그들을 추적하는 살수들의 눈에 띄기라도 하면 그때는 정말로 끝장이다. 페트리지아는 말고삐를 쥔 손에 좀 더 힘을 주었다.

"누가 저를 암살하기 위해 살수들을 보낸 것 같습니다."

"……."

페트리지아는 아무렇지도 않게 말을 시작했고, 루시오는 그 말을 듣고 아무 말도 하지 않았다. 그것을 눈치챈 페트리지아가 그에게 물었다.

"대답을 안 하십니다. 혹 배후를 알고 계신 겁니까?"

"그럴 리가. 다만…… 짐작 가는 사람이 있을 뿐이다. 아마 그대도 의심하고 있는 사람이겠지."

"……."

곧바로 나온 답은 시시하지 않았다. 도리어 무거웠다. 페트리지아는 저도 모르게 입술을 질끈 깨물고서는 그에게 고백했다.

"폐하께서 의식을 잃고 쓰러지셨을 때, 마지막으로 살수에게 물었습니다."

"……."

"배후가 누구냐고요."

"그걸 그가 순순히 대답하던가?"

"하더군요. 절 정말로 죽일 생각을 했을 테니까요."

담담하게 대답한 페트리지아가 그에게 물었다.

"누구라고 생각하십니까?"

"내 대답이 의미가 있나?"

"있지요. 폐하께 이 한 가지는 확실히 말씀드려야 할 것 같아서
말입니다."

차분한 어조와는 다르게 목소리에서는 분노가 가득 묻어났다.
루시오는 그것을 충분히 느낄 수 있었다. 그는 참담한 표정으로 이
름 하나를 내뱉었다.

"로즈몬드 메리 라 펠프스."

"……."

"맞나?"

"아, 세상에."

그녀가 재미있다는 듯 중얼거렸다.

"이제 '드디어' 폐하도 알게 되셨네요. 그녀가 저를 해하기 위해
수단과 방법을 가리지 않는다는 사실을."

"……."

"폐하께 펠프스 부인이 어떤 의미를 갖는지, 잘은 모르겠지만 소중한 사람이라는 사실쯤은 눈치채고 있었어요. 단순한 애정······ 그런 게 아니었거든요."

눈빛이 그랬어. 단순한 남녀 간의 애정으로는 설명할 수 없는 무언가가 있었지. 그 사정을 모르는 사람들은 결코 끼어들 수 없는······ 그런 유대감 말이야. 페트리지아가 어느새 싸늘하게 식은 눈을 감으며 그에게 물었다.

"제 말이 거짓 같으세요?"

"심증은 있으나 물증이 없지. 설령 내가 그대의 말을 믿는다고 해도, 물증이 없으면 처벌이 어려워. 그게 누구라도 말이야."

"알고 있습니다, 폐하. 하지만 그렇다고 해도 폐하가 이 사실을 아시는 것과 모르시는 것에는 엄연한 차이가 있으니까요."

"······."

"펠프스 부인을 어떤 여자로 보시는지는 모르겠지만, 만약 그녀를 성녀로 보고 있으셨다면 폐하께서 틀리셨어요. 성녀는 남을 해치지 않아요. 남이 가진 것을 빼앗기 위해 발악하지도 않죠."

"······."

"그녀를 계속 아끼시는 건 폐하의 자유예요. 결혼 첫날밤에 약속드린 대로 그것까지 간섭하지는 않겠습니다. 하지만 폐하, 저는 이제 변할 수밖에 없어요. 두 번째 약속은 지키기 어렵겠네요. 분명 그녀가 절 건드리지 않으면 그녀를 건드리지 않겠다고 말씀드렸지

만, 그녀가 절 건드려도 멍청히 호구처럼 있겠다는 약속은 드린 적
이 없거든요."

"……."

"철저히 진상 규명을 할 겁니다. 만약 물증이 나와 그녀의 죄가
사실로 판명 난다면 그다음은…… 제가 말씀드리지 않아도 아시
겠죠."

"그래."

사형이었다.

감히 한 제국의 황후를 일개 남작부인이 시해하려 하였고, 거기
다 실질적인 피해를 입은 이는 이 나라의 위대한 황제다. 그 죄는
삼족을 멸해도 다 갚기 어려울 정도로 무거운 것. 페트리지아는 감
정 없는 목소리로 화제를 돌렸다.

"한 가지만 여쭈어도 될까요."

"말하지."

"왜 저 대신 화살을 맞으셨죠?"

"……그게 궁금한가?"

"네, 폐하. 매우 궁금합니다."

그녀가 흔들림 없는 목소리로 말을 이었다.

"폐하는 절 사랑하지 않으시고, 그러니 저를 대신해 화살을 맞으
실 이유가 전혀 없어요. 당연히 궁금할 수밖에요. 왜 저를 대신해
화살을 맞으신 것인지……."

"빚을 갚은 거라고 해두지."

"빚이요?"

그녀가 이해되지 않는다는 목소리로 물었고 그는 조용히 대답했다.

"일전의 일에 대해, 공론화는 시키지 못하지만 대신 사과하고 싶었어. 그래서 대신 맞았다고 치지. 이 정도면, 훌륭한 대답인가?"

"……."

아니, 그건 훌륭한 대답이 되지 못했다. 그의 눈을 보지 못했기에 판가름이 어려웠지만, 페트리지아는 그것이 이유의 전부일 거라고는 생각하지 않았다. 다른 보기가 생각나는 게 아닌데도 이상하게 그런 생각이 들었다.

그건 어쩌면 당연한 일이었다. 왜냐하면 그 말을 꺼내는 루시오조차 그 이유에 대해 정확히 알지 못했으니까.

이후 페트리지아는 말없이 말만 몰았고, 이후 다시 입을 연 이는 루시오였다.

"그대, 내게 알려준다고 하지 않았나?"

"무엇을요?"

"옷이 없는 이유. 아까 이동하면서 알려준다고 했었잖아."

"아까 말씀드려서 짐작하실 줄 알았는데. 폐하를 안고 절벽 아래로 몸을 던졌습니다. 혹 살수가 재추격을 할까 봐 죽은 척 옷을 찢어 냇가에 버렸고요."

그게 효과가 있었는지 정말로 재추격의 움직임은 아직까지 보이지 않았다. 페트리지아의 말이 끝나자 루시오가 괴로운 표정으로 눈을 감았다.

　모든 것이 어그러지는 느낌이었다. 그날처럼 자신이 알고 있던 모든 진실이 어그러지고 새로운 진실과 마주해야 할 시간이 다가오고 있었다. 루시오는 직감적으로 변화가 도래할 것임을 깨달았고, 그 변화의 소용돌이 속에서 자신의 감정이 어떻게 흘러갈지는, 장담할 수 없었다.

　그는 선정으로 추앙받는 황제였고, 강력한 황권을 바탕으로 귀족 간의 갈등을 잠재우는 훌륭한 정치인이었으나, 사랑에 관해서만큼은 철저하게 약자일 수밖에 없었다. 애당초 그는 그럴 수밖에 없는 운명이었으므로. 적어도 지금까지의 그는 그랬다. 사랑에 관해서는 지독히도 나약할 수밖에 없는 남자.

　한편, 아까 왔던 길을 정확하게 기억해둔 페트리지아가 긍정적인 목소리로 루시오에게 말했다.

　"폐하, 아까 지나쳐 왔던 길입니다. 잘하면 시간 안에 도착할 수 있겠습니다."

　"그래? 잘됐…… 윽!"

그때 갑자기 단말마의 비명이 들렸고, 페트리지아는 말을 멈출 생각도 하지 못한 채 다급한 목소리로 그에게 물었다.

"폐하? 왜 그러십니까!"

"윽…… 아무것도 아니…….."

하지만 곧 그의 대답마저 끊겼고, 페트리지아는 그제야 말을 멈춰 세운 뒤 그의 상태를 살폈다. 제기랄, 이마가 불덩이였다. 아직 열이 완전히 내려가지 않은 것 같았다. 페트리지아의 이마에 낭패라는 듯 작은 주름이 생겼다.

지금 여기서 더 지체했다간 시간 내에 본부에 도착하기 어려울 것이다. 페트리지아는 최대한 빨리 본부까지 이동하자고 다짐한 다음 굳어진 목소리로 그에게 말했다.

"폐하, 조금만 참으세요."

그녀는 루시오를 뒤에서 조심히 받쳐 안아 혹시라도 생길 낙마의 위험성을 차단했다. 그런 다음 곧바로 다시 말을 몰기 시작했다. 이제는 정말로 시간이 없었다. 만일 빠른 시간 내에 올바른 치료를 받지 못한다면 그의 안위는 정말로 보장할 수 없었다.

8

Regent

그 시각 본부에서는 온갖 소란이 일고 있었다.

"도대체 폐하께서는 어디 계신 겁니까!"

"황제 폐하는 물론이고 황후 폐하까지 사라지시다니. 이게 도대체 무슨 해괴망측한 일인가?"

"혹 무슨 변이라도 당하신 건 아니겠지요?"

귀족들은 정해진 시간이 지나도 돌아오지 않는 황제와 황후로 인해 거의 패닉 상태였다. 당연히 먼저 추궁이 가해진 것은 라파엘라를 포함한 두 사람의 호위 기사들이었으나, 그들 모두 두 사람의 혼자 있고 싶다는 명령을 받아 행한 것이었기에 대놓고 문책을 하기에도 곤란한 상황이었다.

곧 비상 귀족 회의가 임시 막사에서 열렸고, 귀족들은 진지한 토론 끝에 인력을 모조리 풀어 황제와 황후 두 사람을 찾는 것으로 결론을 내렸다. 대회에 참여한 기사들이 각각 조로 나누어 구역별로 탐색을 벌이는 것이었다.

이상적인 결론에 귀족들은 만족스러운 듯 웃었고, 총책임자가 된 바시에 공작은 기사들을 전부 모아놓고 명령을 내리기로 했다.

모든 것이 결정되어 그대로 이루어지려는 찰나, 누군가가 막사 안으로 들어왔다. 낯선 자의 등장에 자연히 모든 귀족들의 시선이 문가 쪽으로 쏠렸다. 이방인의 정체를 확인한 바시에 공작이 살짝 인상을 찌푸리며 상대의 이름을 입에 담았다.

"펠프스 남작부인?"

"바시에 공작 전하. 그 말이 사실입니까?"

로즈몬드가 파들파들 떨리는 입술로 바시에 공작에게 사실의 진위 여부를 물었다. 하지만 바시에 공작은 냉정한 표정으로 그녀에게 재질문할 뿐이었다.

"여긴 어떻게 들어왔는지요, 펠프스 부인."

"그게 지금 중요한 게 아니지요. 폐하께서 사라지셨다는 것이 사실입니까?"

"유감스럽게도 그렇습니다."

바시에 공작이 난감한 표정으로 그렇게 대답하자, 로즈몬드는 저도 모르게 몸을 비틀거렸다. 젠장, 이래서는 안 됐다. 그녀가 원했던 희생자는 오직 페트리지아 한 명뿐이었다. 루시오가 아니라! 그녀가 눈물이 고인 표정으로 안타까운 음성을 흘렸다.

"아…… 어떡하면 좋아……."

"일단 수색을 시작할 테니 너무 걱정은 마시지요, 부인. 그보다 황궁에 있어야 할 펠프스 부인이 이곳까진 어쩐 일입니까?"

"폐하를 마중하기 위해 와본 것인데 이런 소식을 들은 것입니다, 전하. 세상에…… 이런 일이……."

그녀가 충격을 받은 연약한 여자처럼 휘청거리자 그녀의 옆에 있던 글라라가 얼른 그녀를 부축했다. 그 모습을 본 에프레니 공작이 귀찮다는 기색이 역력한 표정으로 글라라에게 지시했다.

"펠프스 부인이 많이 놀란 것 같군. 넌 어서 부인을 다른 곳으로 모셔 가거라."

"네, 전하."

글라라가 얼른 대답한 다음 로즈몬드를 부축했고, 그녀는 연약한 모습을 가득 뽐내며 막사 밖까지 무사히 나왔다. 로즈몬드의 현기증은 진짜라기보다는 그녀의 연극에 더 가까웠지만, 지금 이 순간 로즈몬드는 정말 쓰러지고 싶은 심정이었다.

사라진 게 페트리지아뿐만이 아니라니! 그건 로즈몬드로서는 가장 최악의 결말이었다. 페트리지아와 루시오 두 사람 모두가 사라지는 것.

만약 이대로 루시오가 돌아오지 않는다면, 최악의 경우 그가 죽기라도 했다면 다음 대 황위는 당연히 방계혈족에게 넘어가는 것이다. 그렇게 되면 자신은 황궁에서 지낼 수 있는 명분이 사라져 버린다. 로즈몬드는 커져가는 불안감에 손톱을 잘근잘근 물어뜯었다. 손을 쓰기에는 너무 늦어버렸고, 보는 눈도 많다.

"제기랄, 어떻게 해야 하지? 어떻게……."

"전하!"

그때 누군가가 그녀를 지나쳐 막사 안으로 다급히 들어갔다. 로즈몬드는 찡그린 표정으로 상황을 파악하기 위해 뒤를 돌아 천천히 막사 쪽으로 다가갔다. 방금 들어간 기사가 거친 숨을 내몰아쉬며 차분하게 무언가를 보고했다.

"공작 전하, 양 폐하를 찾았습니다!"

기사의 말을 들은 로즈몬드의 눈이 순식간에 커졌다. 지금 이 상황을 기뻐해야 할지 슬퍼해야 할지 알 수 없었다.

어쨌든 루시오를 찾았다는 건 참으로 다행한 일임에 틀림없었으나, '황제 폐하'만이 아닌 '양 폐하'를 찾았다는 건 루시오뿐 아니라 페트리지아 역시 포함되어 있다는 뜻일 터. 로즈몬드는 순간적으로 치미는 분노에 치아를 까득 깨물었다. 실패한 건가.

"쓸모없는 것들."

화난 음성으로 중얼거린 로즈몬드의 말은 곧 이어지는 귀족들의 말소리에 다시 묻힐 수밖에 없었다.

"양 폐하를 찾았단 말이오?"

"두 분은 지금 어디 계시는가?"

"두 분 다 무사하신 건가?"

"진정하십시오, 각하. 두 분 모두 무사하십니다. 다만……."

그때 밖에서 소란이 일었고 자연스럽게 기사의 말이 끊겼다. 귀족들이 무슨 일인지 알아보기 위해 하나둘 밖으로 나오자, 말에 탄 황제와 황후의 모습이 보였다. 두 사람을 발견한 귀족들이 깜짝 놀라며 그들에게로 달려갔다.

"황제 폐하!"

"황후 폐하, 괜찮으십니까?"

"……."

황제는 황후의 품에 쓰러져 있었고, 그런 황제를 안고 있는 황후는 매우 지쳐 보이는 얼굴이었다. 그녀는 곧 입을 열어 다급한 목소리로 지시했다.

"폐하께서 독화살에 당하셨네. 지금 당장 궁의를 불러! 궁의는 어디에 있는가?"

황후는 늘 아랫사람들에게도 하대를 하지 않고 경어를 쓴다고 알려진 여인이었다. 그런 여자가 난생처음으로 하녀나 시녀도 아닌 귀족들을 상대로 자연스럽게 하대를 하고 있었다. 마치 원래부터 그런 말투를 썼던 사람처럼. 갑작스러운 어투의 변화에 귀족들을 포함한 모든 이들이 당황했으나, 그중에서 가장 먼저 정신을 차린 황후의 부친 그로체스터 후작에 의해 다른 모든 사람 역시 재빨리 그 변화를 받아들였다.

"다들 뭐 하고 있는 건가? 당장 황궁의를 불러오지 않고!"

그 말이 끝나자마자 어벙한 표정으로 있던 사람들이 다시 분주히 움직이기 시작했다. 기사들이 페트리지아와 루시오가 말 위에서 내려오는 것을 도와주었고, 페트리지아는 완벽히 중화되지 않은 독 탓에 점차 정신이 희미해지는 것을 느꼈으나, 그녀 안에 있는 모든 정신을 집중해 의식을 잃지 않기 위해 애썼다.

이미 쓰러져버린 루시오를 살피기 위해 궁의가 달려오는 사이, 페트리지아는 두 사람의 근처에서 떡하니 자리 잡고 서 있는 로즈몬드를 발견했다. 순간적으로 그녀는 자제할 수 없을 정도로 엄청난 분노가 치미는 것을 느꼈으나, 그녀는 화부터 내기보다는 어떻게 하면 이 상황을 가장 잘 이용할 수 있을 것인지부터 고민했다. 그녀는 짧은 시간 동안 고민을 마치고선, 가장 합당할 것 같고 나중에도 후회하지 않을 것 같은 선택을 하기로 했다.

"그대가 왜 여기에 있는 거지?"

"황후 폐하."

로즈몬드가 우아하게 허리를 굽혀 인사했다. 아까의 떨림이라곤 눈곱만치도 찾아볼 수 없는 몸동작이다. 그리고 전의 사정을 알 리 없는 페트리지아로서는 참으로 뻔뻔한 몸동작이었다. 그녀는 기가 차 빠져나오는 웃음을 그대로 흘려보냈다.

"그래, 펠프스 부인. 그대 어인 일인가, 여기까지?"

"황제 폐하를 마중 나오기 위해 온 것입니다, 폐하."

"황제 폐하를 모시고 환궁하는 것은 정후인 나의 일이다. 정부인 그대의 권한이 아니야. 그대는 감히 황후의 권위에 도전하려 하는 것인가?"

"그럴 리가요, 폐하."

로즈몬드는 어떤 순간이 와도 그 능청스러움을 잃지 않는 여자였다. 감정에 휘둘리기엔 그녀는 지나치게 닳고 또 닳아버렸기 때문에.

하지만 그녀도 사람이었기 때문에 때때로 흔들릴 때도 있었다. 물론 아주 드문 순간이긴 했지만, 분명 존재했다. 바로…….

"그대는 폐하를 모시러 이곳까지 온 것은 아닐 게야, 그렇지?"

"무슨 말씀이신지 이해가 잘 되지 않습니다만."

"내가 죽었나, 살았나. 그게 궁금해서 온 것 아닌가?"

지금처럼. 로즈몬드의 표정이 싸하게 식어 내렸고, 주변에 있던 귀족들과 기사들이 당황하는 것이 피부로 느껴졌다.

페트리지아는 싸늘하게 굳은 얼굴로 로즈몬드를 노려보다가, 곧 궁의가 도착하자 다시 그에게로 시선을 집중했다. 그녀가 침착하게 상황을 설명했다.

"폐하께서 나 대신 독화살을 맞으셨네. 스컬러 즙을 드시긴 했지만 어쩐 일인지 깨어나시질 않아. 어서 자세히 봐주게."

"네, 황후 폐하."

진중한 음성으로 대답한 궁의가 곧 진찰을 시작했고, 그동안 페트리지아는 설명을 요구하는 듯한 눈빛으로 저를 바라보는 귀족들을 빙 둘러보다가 곧 낮은 음성으로 말을 시작했다.

"방금 들었듯 난 암살 시도를 받았다. 황제께서 나 대신 살수들의 독화살을 맞으셨고, 나는 쓰러진 폐하를 모시고 살수의 추격을 피해 달아났지."

황후의 암살 시도가 기정사실화가 되자 여기저기서 수군거림이 일었다. 페트리지아는 냉정함을 잃지 않으며 힘을 준 목소리로 계속 말해나갔다.

"하지만 결국 절벽까지 몰렸고, 난 폐하와 함께 살수들의 손에 죽을 뻔했다. 다른 선택의 여지가 없었기 때문에 절벽 아래로 몸을 던졌지."

"세상에!"

여기까지 말하자 귀족들 중 누군가가 대경실색하는 소리를 냈다. 나쁘지 않은 반응에도 페트리지아는 침착하게 로즈몬드에게서 눈을 떼지 않았고, 어느새 평정심을 되찾은 로즈몬드는 아무 것도 모른다는 듯, 충격을 받은 표정으로 페트리지아와 루시오가 있는 쪽을 쳐다보고 있었다. 뻔뻔하다는 생각조차 들지 못할 정도로 뻔뻔한 여자. 페트리지아는 목이 꽉 막혀오는 것을 느끼며 힘겹게 말을 이었다.

"살아난 건 천운에 가까웠지. 황제께서 태양의 후손이 아니셨다면 불가능할 일."

"태양의 후손이 아닌 황후 폐하께서도 이리 무탈하게 돌아오신 것을 보면 폐하께 신의 은총이 닿았나 봅니다."

같잖고 같잖은, 칭찬 아닌 칭찬. 페트리지아는 차마 서늘한 웃음이 삐져나오는 것까지는 막지 못했다. 그녀는 더는 참을 수 없다고 생각했고, 사실 굳이 참을 필요성도 느끼지 못했으므로, 그 표정 그대로 그녀에게 쏘아붙였다.

"아아, 하긴. 나와 황제 폐하는 고작 정부의 음모로 죽을 운명은 아니지. 신께서 나와 그분의 운명을 그리 정해놓으셨다면, 애당초 내가 황후로 간택될 일도 없었을 테니까."

"……."

그 한마디에 소란했던 분위기는 급속도로 가라앉았다.

모두가 아무 말도 하지 못하고 페트리지아와 로즈몬드에게 시선을 주었다. 정확히는, 로즈몬드 쪽이 더 시선을 많이 받았는데 로즈몬드는 갑작스러운 페트리지아의 공격에도 전혀 당황하는 기색을 보이지 않았다.

아니, 정확히 말해 그녀는 당황했으나, 로즈몬드는 웬만한 일 가지고는 잘 놀라는 모습을 보이지 않는 사람이었다. 그런 감정과 표정의 일대일 대응을 드러내기에 그녀는 이미 너무나도 노회한 정치가였으니까. 그녀가 의아하다는 표정으로 페트리지아에게 물었다.

"폐하? 그 도대체 무슨 말씀……."

"폐하, 진찰이 끝났습니다."

하지만 그녀가 말을 잇기도 전에 궁의가 끼어들었고, 본의 아니게 말이 막힌 로즈몬드는 상당히 불쾌했지만 역시 그 속내를 그대로 드러내지는 않았다. 페트리지아는 어서 고해보라는 듯, 긴장한 턱짓을 했고 궁의는 빠르게 결과를 말해주었다.

"다행히 폐하께서 스컬러를 드신 탓에 몸에 큰 상해를 입으신 것은 아닙니다만…… 모종의 이유로 일어나지 못하고 계십니다."

"그렇다면 그대의 말은 폐하께서 언제 깨어나실지 모른다는 건가?"

"황공하옵게도, 그렇습니다, 폐하."

그가 유감이라는 듯한 표정으로 말했고, 페트리지아는 순간적으로 암담한 기분이 들었다. 어찌 되었든 자신 때문에 상관없는 사람이 저리되었다는 사실이 그 첫 번째 이유였고, 두 번째 이유는 그 반대로 만약 그가 아니었다면 자신이 저런 꼴이 되었을지도, 아니, 정확히는 죽었을지도 모른다는 것이었다.

페트리지아는 그로 인해 순간적으로 눈을 감으며 감정을 추스르는 시간을 가졌으나, 그 시간은 결코 길지 않았다. 그녀는 곧 빠르게 눈을 떠 황궁의에게 똑같은 내용을 질문했다.

"그러니까 그대의 말은, 폐하께서 언제 깨어나실지 모른다는 건가?"

"송구합니다."

"……."

사실로 판명 난 일에 페트리지아는 아까보다 가라앉은 표정으로 모두를 돌아보았다. 그 자리에 있는 모두가 잔뜩 긴장한 표정으로, 이 어린 황후의 입에서 무슨 말이 나올지만을 기다리고 있었다.

그녀는 결코 크지도, 작지도 않은 목소리로 이렇게 말했다.

"폐하께서 혼수상태에 빠지셨으니, 제국의 모든 대소사를 최종적으로 결정할 권한은 제국법에 따라 황후인 내게 있다. 맞는가?"

"그렇습니다, 폐하. 황제께서 깨어나시기 전까지는 황후 폐하께서 그 역할을 대리해주셔야 합니다."

한 귀족의 말에 페트리지아는 망설임 없이 선포하듯 말했다.

"황제 폐하의 의식이 언제 회복될지 장담할 수 없는 바, 지금 이 시간부로 나 페트리지아 라일라 레 그로체스터가 대 마비너스 제국의 섭정이 되었음을 선포한다. 이 결정에 이의를 제기할 자, 있는가?"

"없습니다, 섭정 폐하."

곳곳에서 동의의 목소리가 들려왔고, 페트리지아는 루시오를 살피기 위해 굽혔던 무릎을 펴 올렸다. 그녀는 훤칠한 키로 모든 귀족을 둘러보는 대신, 단 한 사람-로즈몬드-에게 시선을 고정시켰다. 그녀는 아까 하려던 말을 끝맺어야만 했다.

"절벽 끝에 선 그 절체절명의 상황에서, 나를 죽이려던 살수들에게 물어보았다네. 도대체…… 이 발칙한 짓거리를 사주한 배후가 누구인지 말이야. 사실 알려주지 않는 것이 정석이다만…… 내가 곧 그들의 손에 죽을 거라고 생각했는지 너무나도 쉽게 알려주더군."

"그게 누구입니까, 폐하?"

"감히 한 제국의 황제와 황후를 시해하려는 자를 용서할 수 없습니다."

곳곳에서 들려오는 기사들의 목소리에 페트리지아는 순간 웃음을 터뜨릴 뻔하였으나, 간신히 갈무리하고선 망설이지 않고 입을 열었다.

"그들은 황제의 정부가 황제의 정실을 살해해달라, 그리 명했다고 말하더군."

"······."

아까와 같은 싸늘한 정적은 두 번째라는 느낌 때문인지 별로 어색하게 느껴지지 않았다. 페트리지아는 고개를 돌려 에프레니 공작에게 시선을 주었다. 그녀가 담담한 목소리로 물었다.

"에프레니 공."

"예, 폐하. 말씀하십시오."

"내가 확신이 서질 않아서 말일세. 황제와 황후를 감히 시해하려한 자, 어찌 처벌해야 하나?"

"폐하, 그것은······."

의외로 에프레니 공작은 말을 제대로 하지 못했고, 당연히 빠른 대답이 나올 줄 알았던 페트리지아는 내심 당황했으나 곧 그를 다

그쳤다.

"어째서 말을 못 하지? 내가 알고 있는 사실과 공이 알고 있는 사실이 다르기라도 한 것인가?"

"아닙니다, 폐하."

"한데 말을 못 하니 이상하군. 아, 설마 진실은 그대가 배후이기라도 한 것인가?"

"절대로 아닙니다, 폐하. 대답이 늦어 송구합니다."

에프레니 공작은 헛기침을 두어 번 한 다음 그녀가 듣고 싶어 하는 대답을 내놓았다.

"감히 황제와 황족을 시해하려 한 자는 제국법에 따라 신분고하, 남녀노소를 막론하고 참형에 처해집니다."

"참형이라……."

마음에 드는 단어였으나 페트리지아는 이미 알고 있었다. 그녀의 말 한마디로 로즈몬드를 참형에 처하기란 그리 쉬운 일이 되지는 않을 것이란 걸.

그녀는 분명 이 제국의 황후였고, 현재로선 섭정이었으나 확증이 없는 상황에서 사람 한 명을 참형에 처하기란 정말로 어려운 일이었다. 그것은 상대가 로즈몬드가 아니라고 해도 폭정에 해당되는 일이었으니까.

물론 사정을 알고 있는 저나 루시오, 넓게 보면 로즈몬드에게는 이해될 수 있는 부분이겠지만, 다른 사람들의 눈에는 그저 투기에 절어 정부 하나를 매장시키려 하는 황후의 알량함으로 해석될 수도 있을 테니까.

그런 건 원치 않았다. 더럽고 옹졸해 보이는 건 상관없지만 그게 자칫 나중에 제 발목을 잡아버릴까 봐. 복수든 되갚음이든 깔끔하고 뒤탈 없는 게 좋았다. 그 일 자체에 대해서도 그렇고, 훗날의 자신을 위해서도 그렇고.

물론 그렇다고 해서, 그게 그냥 물러난다는 뜻은 결코 아니었다.

"근위대장."

"네, 폐하."

"지금 당장 펠프스 부인을 황궁으로 압송하게."

그 짧은 한마디에도, 근위대는 충실히 그녀의 말을 따랐다. 로즈몬드는 순식간에 움직임이 제한당했고, 페트리지아를 죽일 듯 노려보았다. 이제는 루시오가 없으니 가식적인 표정 따위도 필요치 않다는 듯.

이제야 본색을 드러내는구나, 와 같은 진부한 생각 따위는 하지 않았다. 그녀는 어차피 늘 페트리지아에게 본색을 드러내지 않았던가. 다만 페트리지아가 그것을 간과했을 뿐이다. 경고와 자비라는 구실 좋은 핑계로.

"진위 여부는 나중에 따져도 되지만, 일단 혐의에서 자유로울 수는 없으니까. 이편이 더 확실하겠지."

"전 억울합니다, 폐하! 폐하의 말씀만으로 이러실 수는 없는 노룻입니다!"

"내가 폐하와 함께 피해를 입었다. 저승 문턱에서 살아 돌아왔어. 그런 내가 거짓말을 할 거라고 보나?"

페트리지아가 싱긋 웃으며 그녀를 안심시켰다.

"걱정 마시게. 조사는 철저히 진행될 거야. 나 또한 뒤가 구린 것은 별로 좋아하지 않거든."

그대는 다를지 모르겠지만. 가만히 덧붙인 페트리지아가 근위대에게 눈짓했고, 곧 로즈몬드는 끌려갔다. 그녀는 예상과는 달리 악을 지르지도 않았고, 억울하다며 항변하지도 않았다. 그저 이제는 섭정이 된 페트리지아를 매섭게 노려보며 당당하게 제 발로 걸어갈 뿐이었다. 하지만 페트리지아는 일단 급한 불을 끈 이상 그 이외의 일에는 신경 쓰고 싶지 않다는 듯, 곧바로 당면한 문제에 시선을 돌렸다.

"폐하의 안정이 우선이니 곧바로 환궁하는 게 좋겠군. 라파엘라경, 마차가 있나?"

"송구합니다, 폐하. 이런 일이 생길 거라고는 미처 예상치 못해……."

라파엘라가 낭패라는 기색이 역력한 얼굴로 가만히 입술을 깨물었다. 숙여진 고개가 그녀의 미안함과 죄책감을 가늠하게 했다.

페트리지아는 순간적으로 감정이 솟구치는 것을 느꼈지만 곧 아무렇지도 않게 다시 지시를 내렸다.

"그렇다면 호위의 효율성을 위해서라도 내가 폐하와 같은 말을 타고 가는 것이 좋겠군. 근위대는 어찌 생각하나?"

"소신들은 그편이 더 낫습니다만, 그렇게 되면 아무래도 황후 폐하께서 불편하시지 않으시겠습니까."

"그대들이 편하다면 나는 상관없네."

페트리지아가 딱 잘라 말하자 더 거절할 명분이 없었다. 그녀는 이제 얼추 정리되었다고 생각했는지 본격적으로 돌아갈 준비를 했다.

"그럼 그렇게 하는 걸로 하고, 새 말을 가져 오도록. 내 말은 너무 지쳐서 다시 타기에는 적합하지 않을 것 같군."

"네, 폐하. 그렇게 하겠습니다."

곧 페트리지아는 루시오와 함께 새 말 위에 올랐고, 그가 혹시라도 떨어지지 않도록 안전하게 고쳐 안았다. 곧 대열을 정비한 귀족들과 기사들이 출발했고, 페트리지아가 탄 말 역시 움직이기 시작했다.

천만다행으로 사냥터가 황궁에서 아주 먼 곳에 위치한 것이 아니었기 때문에 이동하기까지 그리 오랜 시간은 걸리지 않을 터였다.

"……"

페트리지아는 말이 다그닥거리며 걷는 소리를 들으며 제 품에 안기다시피 한 루시오를 쳐다보았다.

그는 궁의의 응급처치로 아까보다는 열이 내려간 상태였으나 여전히 뜨거웠다. 페트리지아는 한숨을 쉬었다. 일이 어쩌다 이 지경까지 와버렸는지. 고작 하루가 지났을 뿐인데 너무나도 많은 것이 바뀌었다.

그리고 앞으로 더 많은 것이 바뀔 터. 페트리지아가 착잡한 표정으로 루시오를 안은 손에 힘을 주었다. 그녀 역시도 몸이 으슬으슬 떨려오는 것이 느껴졌지만, 이 모든 소란이 다 정리되기 전까지 그녀는 조금도 쉴 수 없었고, 아플 수도 없었다.

페트리지아는 조금만 더 참아보자고 스스로에게 주문을 외우며, 부디 조금이라도 빨리 황궁으로 도착하기만을 빌었다.

페트리지아는 일단 모든 귀족의 해산을 명령한 뒤, 루시오를 그의 침전으로 옮겼다. 당연히 사냥터에 있을 때보다 훨씬 더 밀도 있는 치료가 이어졌고, 그녀는 그제야 한시름을 덜 수 있었다. 이로써 다른 할 일 한 가지도 무사히 마친 셈이다. 페트리지아가 다음 일을 처리하기 위해 중앙궁을 나오려는데, 궁의들 중 한 명이 그녀를 붙잡았다.

"섭정 폐하, 폐하께서도 치료를 받으셔야 하지 않으시겠습니까."

"……."

페트리지아는 그 말에 잠깐 멈칫했으나, 곧 아무렇지 않은 표정으로 다시 뒤를 돌아 덤덤하게 대꾸했다.

"급히 할 일이 있으니 치료는 다음으로 미루지."

"하나 폐하……."

"걱정 마시게. 곧 바로 부를 테니. 궁녀장, 폐하를 잘 부탁하네."

"예, 폐하. 염려 마십시오."

페트리지아는 그렇게 말한 뒤에야 비로소 중앙궁을 떴다. 이제 로즈몬드를 만나러 갈 시간이었다.

로즈몬드는 근위대에 의해 자신의 처소에 감금되었다. 그녀는 감금이 되어 있으면서도 전혀 기죽지 않은 표정으로 한자리에 가만히 앉아 있었는데, 글라라는 로즈몬드의 이런 모습을 정말로 오랜만에 접해보는 탓에 혹 그녀의 정신이 어떻게 되지는 않은 것인지 걱정해야만 했다.

다행인지 유감인지 로즈몬드는 멀쩡했다. 아니, 어쩌면 이 모습이 오히려 그녀의 평소 모습에 더 가까웠을 것일지도 모르겠다.

그녀는 가만히 눈을 감고 무언가를 생각하려는지 입을 다문 채 사색에 잠긴 표정을 지어 보였다.

"섭정 폐하 드십니다."

이 황궁은 그렇게 안 보이는데 참 변화가 빨라. 몇 시간이나 지났다고 고새 섭정 폐하라니. 로즈몬드가 비소한 다음 슬며시 눈을 떠 올렸다. 드레스로 갈아입지 않은 것인지 여전히 갑옷 차림에, 피가 덕지덕지 묻어 있었다.

아, 품위 없긴. 로즈몬드가 속으로 혀를 쯧쯧 차며 페트리지아에게 말했다.

"드레스로 갈아입고 오실 시간은 충분했을 텐데요, 폐하."

"그게 자네와 무슨 상관이지?"

낯선 반응에도 로즈몬드는 태연하게 아무렇지 않은 표정으로 다음 말을 이었다.

"뭐, 좋습니다, 폐하. 그래서 절 이렇게 가두신 까닭이 무엇이지요?"

"아까 충분히 설명한 것으로 아는데 말이지, 펠프스 부인. 황후인 나를 시해하려 했다면, 그 혐의는 충분하지 않나?"

"물증이 없지 않습니까."

"이는 조사하면 나올 일이지. 그런 것까지는 자네가 걱정할 필요가 전혀 없다네."

페트리지아는 그 말을 마친 다음 그녀를 아래위로 훑어보았다. 급한 대로 감금령을 내리긴 했지만, 역시 효과적인 조사를 위해서라면 증거인멸의 우려까지 제거하는 것이 좋겠지. 페트리지아가 서늘하게 웃으며 곧 사람을 불렀다.

"거기 누구 있나?"

그 한마디에 곧바로 근위 기사 몇 명이 우르르 들어왔다. 페트리지아는 건조한 음성으로 그들에게 명령했다.

"펠프스 부인을 지하 감옥에 가두도록. 혹시 모를 증거인멸을 막기 위해서라면 이편이 낫겠군. 그리고 이 방에는 내 인장이 찍힌 사람이 아니면 그 누구라도 출입할 수 없도록 하게."

"네, 폐하."

로즈몬드는 다시 한번 끌려가야 할 위기에 처했고, 페트리지아는 그 광경을 놀랍지 않은 표정으로 바라보다가, 곧 로즈몬드의 근처에서 어쩔 줄 몰라 하며 맴도는 글라라를 보더니 깜빡했다는 듯 덧붙였다.

"참, 이 시녀도 같이 끌고 가라. 독방에 가두는 걸 잊지 말고."

그렇게 로즈몬드까지 지하 감옥에 가두고 나서야 페트리지아는 자신의 처소로 돌아올 수 있었다. 그때는 이미 밤이었고, 페트리지아는 하루 종일 누적된 피로와 오후에 흡수한 독으로 거의 쓰러지기 일보 직전이었지만, 일단 온 힘을 짜내 자신의 처소까지 갔다.

황후궁으로 들어서자 모든 시녀가 자신을 걱정하는 것이 느껴졌지만 페트리지아는 그 걱정에 반응해줄 정도의 힘조차 남아 있지 않았다. 그 대상이 친언니인 페트로닐라나 궁녀장인 미르야일지라도 말이다.

"리지, 너 괜찮아? 다친 데 없는 거야?"

"폐하, 무탈하십니까?"

저에게로 쏟아지는 수많은 걱정 어린 목소리를 애써 침착하게 받아들이며, 페트리지아는 가만히 부탁했다.

"미르야, 목욕 준비를 좀 해줘. 최대한 빠르게."

"아……."

미르야는 페트리지아의 변화를 그 누구보다도 빠르게 알아챘다. 늘 제게까지 경어를 쓰던 주인이 처음으로 제게 하대를 했다. 미르야는 다년간의 황궁 생활로 그것이 오늘의 일에서 기인한 것임을 깨달았고, 곧 말없이 페트리지아의 말에 따랐다.

그 옆에서 그 모습을 오롯이 지켜보고 있던 페트로닐라 역시 동생의 변화를 재빨리 감지해내고서는 더 이상 아무 말도 하지 않았다.

페트리지아가 피곤해하는 게 눈에 띄게 보였을뿐더러, 지금 말을 거는 것은 그리 적절치 않아 보였기 때문이다.

적어도 그녀가 조금 안정된 상태에서 부르는 것이 나을 거라고 판단한 페트로닐라는 대신 페트리지아가 욕실로 들어간 사이 황궁의를 미리 불러들였다. 황궁의는 빠르게 황후궁까지 도착했고, 궁금한 점이 많았던 페트로닐라는 그에게 얼른 질문했다.

"그대가 이번 사냥 대회 때 양 폐하를 모셨다지요?"

"그렇습니다, 레이디 페트로닐라."

"도대체 무슨 일이 있었던 건가요?"

페트로닐라는 궁 안에만 있었던 탓에 사건의 정확한 경위까지는 알지 못했다. 그러니 자연히 답답해할 수밖에. 궁의는 말을 고르려는 듯 잠깐 머뭇거리다가 곧 입을 열어 그가 알고 있는 모든 것, 정확히는 현재까지 대외적으로 알려져 있는 내용을 모두 말해주었다.

물론 페트로닐라로서는 그 말만 듣고도 충격에 빠진 듯했지만.

"세상에."

모든 이야기를 들은 페트로닐라가 탄식 어린 한숨을 흘렸다. 애당초 로즈몬드가 이런 기회를 놓칠 리 없다는 것을 미리 간파해두었어야 했는데……! 자신의 어리석음을 탓하며 페트로닐라가 다시 물었다.

"그래서 지금 양 폐하의 상태는 어떠십니까?"

"황제 폐하께서는 응급처치도 훌륭히 받으셨고, 보다 심도 있는 치료까지도 환궁 후에 받으셨으니 아마 이변이 없는 한 빠른 시일 내에 깨어나실 겁니다. 하지만 섭정 폐하께서는 그리 상태가 나쁘지 않다는 것을 이유로 아직까지 치료를 받지 않으셨습니다."

"단순히 독으로 인한 것뿐만 아니라 오늘 받은 스트레스와 피로도 건강에 악영향을 미칠 겁니다. 그 부분까지 염두에 두어 치료해주세요, 경."

"그렇게 하겠습니다, 영애. 너무 걱정 마십시오."

두 사람이 이야기를 나누는 사이 페트리지아는 얇은 흰색 드레스만 입은 채로 욕실에서 나왔고, 황궁의를 보고서는 조금 놀라

는 표정을 지었다. 페트리지아가 어떻게 된 일이냐는 듯 페트로닐
라를 쳐다보았고, 그녀는 곧 아무렇지도 않은 표정을 지으며 대답
했다.

"내가 불렀어요, 폐하. 치료를 제대로 못 받으셨다기에……."

"아……."

페트리지아가 살짝 고개를 끄덕이며 알았다는 반응을 보였고,
곧 살짝 젖은 머리를 뒤로 넘긴 다음 테이블로 이동했다.

곧 궁의가 그녀의 상태를 진단했고, 길지 않은 시간이 흐른 후에
야 그의 입술이 열렸다.

"말씀하신 것처럼 심각한 상태인 것은 아니지만, 오늘 너무 많은
일을 겪으신 탓에 심신이 조금 약해지셨습니다. 내일부터 충분히
바빠지실 테니, 오늘만큼은 따뜻한 차를 한잔 드시고 일찍 침수에
드시지요."

"조언 고맙네. 이만 물러가봐도 좋아."

그는 그녀의 말에 예를 차리며 그녀의 처소에서 물러났고, 페트
로닐라는 아무렇지도 않은 표정을 지으며 페트리지아에게 말했다.

"이만 가볼게, 리지. 오늘은 너무 늦었구나."

평소와 다름없는 말투에 페트리지아는 한결 편안해진 표정으로
웃었다. 자신이 변했으니 적어도 그녀만은 변하지 않았기를 바랐
던 탓일까. 페트리지아가 살짝 궁금한 목소리로 그녀에게 말했다.

"아무것도, 안 물어보네."

"궁의 말 못 들었어? 모든 건 내일 이야기하는 게 좋겠다, 리지."

페트로닐라가 그녀의 이마에 작은 키스를 남긴 다음 페트리지아에게 말했다.

"적어도 오늘 밤만큼은 그 누구도 네 휴식을 방해할 수 없게 해. 그게 황제 폐하가 아닌 이상은. 내일 모든 걸 이야기하자, 알았지?"

"바라던 바야."

지친 기색이 역력한 목소리가 안쓰러웠다. 페트로닐라는 마른침을 꿀꺽 삼킨 다음 마지막으로 미르야에게 페트리지아를 잘 부탁한다는 말만 남기고 황후궁을 나섰다.

어차피 지금은 밤이었고, 그러니 지금 들으나 내일 일찍 들으나 결과는 달라지지 않을 터였다. 자신이 궁금증을 잘 참기만 한다면. 제게도 별말을 해주지 않았으니 부친 역시 알고 있는 내용이 충분할 리 전무.

페트로닐라는 그로체스터 후작에게 무언가를 물어봐야겠다고 생각은 해두었지만, 그게 크게 이 상황을 이해하는 데 도움이 되리라고는 기대하지 않았다.

한편 페트리지아는 채 다 마르지 못한 머리를 마저 말린 다음 침대로 갔다. 페트로닐라의 말마따나 오늘 그녀는 너무나도 많은 일을 겪었고, 그러니 그다음의 일을 생각하기에는 너무 지쳐 있었다.

그녀는 생각도 궁리도 내일의 자신에게 넘기기로 했다. 미르야도, 라파엘라도, 페트로닐라도 아무것도 묻지 않았으니 모든 대답은 내일로 미루어도 될 터다.

페트리지아는 피곤한 숨을 내쉬며 그대로 잠에 빠져들었다. 근래 불면증으로 고생하던 그녀였으나 오늘만큼은 쉽사리 잠들 수 있을 것 같았다. 잠들지 않고서는, 견딜 수 없는 밤이었으므로.

"폐하, 기상하실 시각입니다."

페트리지아의 다음 날 하루는 미르야의 이 한마디로 시작되었다. 그녀의 말에 느릿하게 두 눈꺼풀을 들어 올린 페트리지아는 곧 상황 파악이라도 하려는 듯 눈을 두어 번 깜빡이다가, 이윽고 느릿하게 자리에서 일어났다. 아마도 지옥이 될 것 같은 하루의 시작이었다. 페트리지아는 잠시 동안 아무 말도 하지 않다가, 곧 천천히 입술을 열었다.

"……삼재상(三宰相)은 언제쯤 도착하지?"

페트리지아의 첫 질문이었다. 미르야는 지체 없이 대답했다.

"지금 세 분 모두 황궁으로 오고 계시다고 합니다. 아마 늦지 않게 도착하실 것입니다."

마비너스를 둘러싼 다른 왕국과 제국들은 재상부에 한 명의 재상만을 두고 있었으나, 마비너스 제국의 경우에는 세 명의 재상들이 왕을 보좌하고 있었다. 상호 견제를 통해 권력의 집중을 막아 폭정을 예방하기 위함이었다.

페트리지아는 태어나 가장 처음 이 제도에 대해 배웠을 때 이것이 참 좋은 제도라고 생각했었다. 절대 권력이 절대 부패한다는 건 어찌 보면 상식 아닌가. 상대가 성인(聖人)이나 철인(哲人)이 아닌 이상.

그녀는 시녀들의 도움을 받아 세수를 마친 다음 의관 정제까지 마쳤다. 황후로서 섭정을 맡는 것이 흔한 사례는 아니었지만 분명 역사적으로 존재했던 일이기 때문에 시녀들은 그 매뉴얼에 따라 움직였다.

평소 입던 드레스보다 조금 더 진지하고 엄격한 느낌을 주는 어두운색 드레스를 입은 페트리지아는 황후의 상징인 핑크 다이아몬드가 박혀 있는 티아라를 썼다. 약간 어두운 빛을 띠는 금색 왕관이 그녀의 머리 위에서 권위적으로 빛나고 있었다.

페트리지아는 그다음에야 응접실로 이동했는데, 그녀가 응접실 테이블가에 앉은 지 얼마 되지 않아 시녀의 목소리가 들려왔다.

"섭정 폐하, 삼재상 드셨습니다."

삼재상이란 마비너스 제국 귀족들의 주축을 이루는 세 가문, 즉 바시에 공작가와 에프레니 공작가, 그리고 위더포드 공작가의 가주들을 의미했다.

바시에 공작가와 위더포드 공작가의 경우 개국공신으로서 개국 초기부터 지금까지 재상가의 자리를 유지했으나, 에프레니 공작가의 경우에는 본래 개국공신이자 제국 제1의 공작가문이었던 오스원 공작가가 칩거에 들어가며 그 자리를 대신 이어받았다.

개국공신이 아니다 뿐이지 에프레니 공작가의 경우에도 그 세는 막강했다. 그중에서도 경제력의 경우, 삼재상을 차지하고 있는 세 공작가들 중 가장 강력했다.

"들어오지."

페트리지아의 대꾸에 문이 열리고 세 명의 남성이 안으로 들어왔다. 가장 많은 나이를 먹은 것이 바시에 공작이었고, 가장 젊은 이는 에프레니 공작이었다.

"섭정 폐하를 뵙습니다. 마비너스에 영광을."

"폐하를 뵙습니다. 황실에 영광을."

"어서들 오게. 아침부터 고생이 많군."

짧게 공치사를 한 페트리지아가 건조한 목소리로 그들을 맞아들였다. 그들은 모두 응접실의 접대용 테이블에 앉았고, 페트리지아는 간단하게 상황을 설명하며 운을 뗐다.

"현재 폐하께서 의식을 차리시지 못해 내가 대신 섭정으로서 폐하의 권한을 대행하게 되었네. 내궁만 다스렸지, 외궁의 일은 해 본 적이 없으니 부디 그대들이 많이 도와주었으면 좋겠군."

"성심을 다해 폐하를 도울 것입니다. 염려치 마십시오."

바시에 공작의 말에 다른 두 재상들도 비슷한 소리를 했다. 그녀는 한차례 빙긋 웃어준 다음 본론으로 들어갔다.

"한 시간 후면 자문회의가 열리겠지. 그곳에서 자세한 걸 논의해야겠지만, 당장 급하지 않은 사안은 보고만 할 뿐 논의하지 않을 걸세. 난 엄연히 황제 폐하의 권한 대행이지, 그분이 아니니까."

"예, 폐하. 이미 아시는 것 같지만 권한 대행이 막중한 일을 처리한 전례는 그 사안이 시급하지 않은 이상은 드뭅니다. 그 부분은 걱정하지 않으셔도 될 듯합니다."

"내궁의 일 또한 처리하셔야 하니 업무가 과중해질 것입니다. 되도록 내궁의 일도 폐하께서 의식을 회복하실 때까지는 급한 사안 순으로 처리하시는 것이 조금이나마 도움이 될 것입니다."

"그래…… 다른 조언은 더 없나?"

페트리지아의 질문에 잠깐 생각하는 표정을 짓던 에프레니 공작이 천천히 입을 열었다.

"폐하."

"말해보게."

"……아닙니다. 자세한 사안은 자문회의 때 다루는 것이 더 좋겠군요."

싱겁긴. 속으로 중얼거린 페트리지아가 곧 다른 질문을 했다.

"그간 업무 일지들을 좀 받아봤으면 하는데. 알다시피 내가 외궁의 일에 대해서는 전혀 무지하다네."

"그 점은 염려 마십시오. 각 부처의 장관들이 따로 정리해 황후궁으로 보내드릴 것입니다."

위더포드 공작의 깔끔한 음성에 페트리지아가 만족스러운 듯 고개를 끄덕였다. 그렇다면 얼추 다 된 것이다. 바시에 공작이 그녀에게 얇은 서류 뭉치 한 묶음을 내밀었다.

"당장 오늘 자문회의에서 논의하기로 한 내용입니다, 폐하. 읽어
보시면 이해하시는 데 큰 무리는 없으실 겁니다."

"고맙네."

짤막하게 대꾸한 페트리지아가 그것을 받아 들었다. 언뜻 보니
서북지방에서 일어난 가뭄에 관한 구휼 문제였다. 위더포드 공작
이 물었다.

"혹 더 궁금하신 점이 있으십니까, 폐하?"

"아직까지는. 더 필요한 내용은 잠시 후 자문회의에서 논의하도
록 하지요."

"네, 그럼 그렇게 알고 이만 물러가보도록 하겠습니다."

세 사람이 예의 바르게 페트리지아에게 인사했고, 그녀는 손가
락 두세 개를 이용해 삼재상이 남겨준 종이 뭉치의 양을 가늠했다.
한 시간 안에 다 볼 양은 아닌 듯했지만 조금 무리하면 가능할 것
도 같았다.

페트리지아가 첫 장을 막 넘기려던 찰나, 라파엘라가 조심스럽
게 그녀에게 다가왔다. 라파엘라는 평소와는 달리 웃음기 하나 없
는 목소리로 페트리지아를 불렀다.

"저…… 폐하."

"라파엘라 경? 무슨 일이야?"

그녀에게 있어 예외는 라파엘라와 페트로닐라 딱 두 사람뿐이었

다. 라파엘라는 그 사실을 눈치채고선 더욱 움츠러드는 자세로 그녀에게 말했다.

"송구합니다, 폐하. 소신이 죽을죄를 지었습니다."

"라파엘라."

페트리지아는 애당초 그녀가 자신을 불렀을 때부터 그녀가 하려던 말을 직감했다. 하지만 세상에, 이런 반응이라니. 그녀가 진지한, 그러나 부드러운 목소리로 그녀에게 말했다.

"무슨 말을 하려는지 알아. 하지만 네 잘못은 아니야. 혼자 있고 싶다고 한 건 나였고, 그 상황에서 네가 나를 찾는 건 거의 불가능에 가까웠어. 그 일에 대해서라면 사과할 필요는 전혀 없다고."

"하지만…… 소신이 폐하를 몰래라도 따라가봐야 했습니다. 그게 호위 기사로서 마땅히 해야 할 일이었어요."

"틀린 말은 아니야. 하지만 난 분명 따라오지 말라고 했고, 넌 내 명을 충실히 따른 것뿐이지. 그러니 네 행동을 과실이라 칭하려면, 내 명령이 잘못되었다고 말해야 해."

실제로도 그랬고. 그러니 오히려 내가 미안해, 라파엘라 경. 페트리지아의 말에 라파엘라가 면목 없다는 듯 고개를 푹 숙였다. 그러고선 작은 목소리로 말했다.

"앞으론…… 무슨 일이 있어도 폐하의 생명에 티끌만큼의 위협도 가지 않도록 할 것입니다. 라파엘라 브링스톤, 브링스톤 후작가와 이 몸의 명예를 걸고 맹세드립니다."

"그만 일어나, 엘라."

페트리지아가 살짝 목멘 목소리로 말하며 라파엘라를 일으켰다. 그녀가 라파엘라에게 유독 부드러울 수밖에 없었던 이유는, 그녀가 전생에도 지금과 마찬가지로 우직한 친구였기 때문이었다. 페트로닐라를 위해 모든 것을 바치다 결국 잔인한 죽음을 맞이했던…….

그녀는 이번 생에서도 그로체스터의 여식을 위해 제 한 몸을 불사르려는 것일까. 페트리지아는 급격하게 가라앉은 기분에 우울한 눈으로 라파엘라를 쳐다보았다. 그녀의 눈빛은 명확했고 빛이 났다. 페트리지아가 미세한 움직임으로 고개를 끄덕였다.

"아마…… 이번 일의 배후를 밝혀내는 데 네 도움이 많이 필요할지도 몰라, 엘라. 정말로 미안하다면…… 그때 나를 도와줄 수 있겠니?"

"기꺼이. 제 모든 힘을 다해서."

페트리지아가 애틋하게 웃었다.

자문회의는 하루도 빠짐없이 열렸다. 그러나 엄밀히 말해 선택적인 사안이었으므로, 역사적으로 매일매일 자문회의에 참석한 황제는 그리 많지 않았을뿐더러, 정확히는 손에 꼽았다. 루시오는 그 몇 안 되는 황제들 중 한 명이었다.

"섭정 폐하께서 드십니다."

그 말과 함께 회의장의 문이 열렸고 고위 귀족 하급 귀족 할 것 없이 모두가 일어나 그녀에게 예를 차렸다. 페트리지아는 무표정으로 자리에 가 앉았고, 그 즉후 다른 귀족들도 자리에 앉았다. 그녀가 짧은 서론을 시작했다.

"다들 알겠지만 현재 황제 폐하께서 의식을 회복하지 못하고 계신 상태다. 폐하께서 의식을 회복하실 때까지 제국법상 황후인 내가 섭정으로 폐하의 권한 대리를 수행할 것이다. 이의 있는 귀족이 있다면 지금 말하게."

"……."

당연히 없었다. 페트리지아는 의례적으로 한번 물어본 것이라는 듯 곧바로 다음으로 넘어갔다.

"시급한 현안부터 처리할 것이고, 그리 급하지 않은 문제는 최대한 뒤로 미루도록 하지. 폐하께서 언제 깨어나실지 알 수가 없으니."

"그렇게 하시지요."

"폐하, 위저스 제국과의 교역 문제는 어찌하시겠습니까. 관세와 관련해 그쪽에서 당장 답을 요구하고 있는데요."

"외교적인 사안은 가급적 뒤로 미루도록 하지. 그쪽도 귀가 있다면 우리 사정을 들을 거고, 듣지 못했더라도 이걸 명분 삼아 최대한 결정을 미루는 게 좋지 않겠나. 숙고하는 시간이 많아질수록 결과의 질은 더 높아질 테니까."

"네, 폐하. 그렇게 하겠습니다."

루시오는 부지런한 황제였고, 때문에 페트리지아가 당장 해결해야 할 '시급한' 사안은 그리 많지 않았다. 그녀는 새삼 그의 성실성에 감탄하며 첫 번째 현안으로 넘어갔다.

"서북지방 대부분의 지역에서 크게 가뭄이 들었는데, 그 피해가 심대하다고 하더군. 그 지방 영주들이 구휼을 요청했는데 그 액수를 얼마 정도로 책정하는 것이 좋겠나?"

질문이 끝나자 가장 먼저 누군가가 손을 들었다. 재정부를 담당하고 있는 필리스텐 자작이었다. 페트리지아가 말해보라는 듯 고갯짓을 하자 그가 입을 열어 말했다.

"폐하, 외람된 말씀이지만 현재 황실 재정이 그리 넉넉하지 않습니다. 당장 지난번 동남쪽 지역에서 홍수가 일어나 구휼에 많은 돈이 든 데다, 요즘 북쪽 지역에서 이민족들이 자주 침략을 해오는 탓에 지출이 심했습니다. 이번 구휼에까지 재정을 쓰게 된다면 조금 위험한 상황까지 치달을 것입니다."

"하지만 그렇다고 해서 구휼을 하지 않을 수도 없는 노릇 아니오, 자작?"

다른 귀족의 이의 제기에 필리스텐 자작은 그 말이 틀리지 않다는 듯 작게 고개를 끄덕였으나, 여전히 그는 큰 지출을 부담스러워하는 모습이었다.

"황실 재정이 현재 넉넉지 않습니다. 당장 어떤 일이 닥쳐올지 아무도 장담할 수 없는데 이대로 가다간 국고가 텅텅 비어버릴 것입니다, 폐하. 세입은 정해져 있는데 지출은 언제나 많으니 부디 현명한 판단을 내려주십시오."

요는 돈이 없는데 구휼 활동은 해야 한다는 것이었다. 여기서 살짝 이해가 되지 않은 페트리지아가 슬며시 입을 열었다.

"그렇다면 자작의 말은 국고를 최대한 적게 사용하는 방향으로 구휼 활동을 하자는 것인데……. 나는 그 방법을 한 가지 밖에는 모르겠군. 내 생각이 잘못된 것인가?"

제국민들에게 세금을 더 걷는 것은 불가능하다. 제국은 늘 제국민들에게 최대한의 세금을 매겨왔는데 여기서 더 매겼다간 자칫 반란으로 이어질 수 있다. 작은 반란이야 제압하는 게 어려운 일은 아니었지만 그 횟수가 지속되면 좋지 않다.

아무리 작은 반란이라도 그게 모이면 제국으로서는 큰 타격이다. 페트리지아가 어떻냐는 듯 슬쩍 눈을 좌우로 돌리며 다시 한번 물었다.

"지금 나의 판단으로서는 귀족들에게도 세금을 징수할 수밖에는 없다고 보는데. 경들의 생각은 어떠한가?"

이미 거듭된 지출로 재정은 바닥이 났고, 나갈 데는 여전히 많다. 그렇다면 가지고 있는 자들이 조금만 더 내면 될 게 아닌가? 현재 마비너스 제국은 귀족들이 전혀 세금을 내지 않고 있었으니 이 정도의 희생은 당연하다고 페트리지아는 생각했다. 물론 저들의 생각은 전혀 다를지도 모르겠지만.

본디 황족의 입장과 귀족의 입장은 다를 수밖에 없으니까. 저들이 제국을 진심으로 위한다면 또 모를까.

그러니까, 여기서 제국과 황실에 대한 충성심이 여과 없이 드러나는 것이다. 원래 인간은 눈앞에 돈이 걸려 있을 때 가장 솔직해지기 때문에.

"폐하, 그 또한 나쁘지 않은 방법입니다. 한 귀족이 모두 부담하는 것보다 분담을 하는 것이 좀 더 장기적으로 봤을 때도 좋을 것입니다."

"저 또한 동의하는 바입니다, 폐하."

더하여 새로이 섭정을 맡은 자신에 대한 귀족들의 우호도까지. 페트리지아는 슬쩍 웃으며 자신의 뜻에 동조하는 자들의 얼굴과 이름, 작위까지 모두 머릿속에 새겨두었다. 언젠가는 분명 쓸 일이 있을 터. 페트리지아가 차분히 말을 이었다.

"그렇다면 모두 동의하는 건가?"

"폐하."

그때 누군가가 끼어들었고 그녀는 직감적으로 이것이 자신에 대한 반대 의견이리라고 예측했다. 그녀가 고개를 돌렸을 때, 전혀 의외의 사람이 그녀를 막아서고 있었다.

"에프레니 공."

"본디 마비너스의 귀족들은 세금을 내지 않습니다. 그 오랜 전통을 깨부술 생각이십니까."

그는 화가 난 것 같지도 않았는데 그렇게 말했다. 무언가 그 사안에 정말로 반대한다는 느낌보다는 그 밖의 느낌, 설명할 수는 없으나 그런 느낌이 더 강하게 들었다. 페트리지아는 이질감을 느끼며 그에게 자세한 설명을 요구했다.

"무슨 뜻인가, 공? 전통을 깨부수다니. 그대가 완전히 착각하고 있군. 이는 현재 제국의 재정 상황이 좋지 않으니 금전적 여유가 있는 귀족들이 이 부담을 함께 나누자는 취지에서 비롯된 말이다. 나 또한 전통을 부술 생각은 없어. 다만 이 정도 어려움도 함께 나누지 않고서야 어찌 제국의 신하라 할 수 있겠는가, 공?"

"하나 이런 일이 계속된다면 어느 순간부터는 귀족들에게 세금을 걷는 것이 당연해지는 일이 되는 게 아닙니까."

"공, 제국의 재정 상황은 그 누구보다도 재정부의 귀족들이 가장 잘 알아. 앞으로 이런 일이 또 발생한다면 그때는 지금과 같은 상황이 아닐 걸세. 폐하께서도 그리 사리 분별 못하시는 분은 아니시니 그럴 일은 생기지 않을 거야. 그대는 도대체 뭘 걱정하는 건가?"

"일시적인 조치가 영구적인 관습이 되어버릴까, 그것을 두려워하는 것입니다. 고급 귀족들은 모르나, 하급 귀족들은 이 조치에 반대할 수 있지 않겠습니까."

"당연히 그 재산에 따라 세금을 징수할 것이다. 재산이 많은 귀족들은 많이 납부하게 될 것이고, 적은 귀족들은 적게 납부하면 될 일이지. 현재 제국의 징수 방법 또한 그와 비슷하게 이루어지는 것으로 알고 있는데. 내 말이 틀린가, 자작?"

"아닙니다, 폐하. 폐하의 말씀이 맞습니다."

필리스텐 자작의 말에 페트리지아는 의기양양해져서 다시 말을 이었다.

"그렇다면 공, 그대의 요지는 무엇인가? 황실이 기울어져도 그 모든 비용을 황실이 모두 부담해야 한다, 이 뜻인 건가?"

"그것은……."

"그렇다면 말해보게, 공. 나는 대안 없는 비판을 상당히 싫어하는 사람이야. 그대가 만약 마땅한 대안이 있다면 군말 없이 따를 의사가 있네. 하지만 대안도 없으면서 무작정 반대하는 것은 상당히 무책임한 일이라고 보는데. 제국의 공작이 그런 개념이 없는 건가?"

"……송구합니다, 폐하. 소신의 생각이 짧았습니다."

페트리지아는 자신에게 사과하는 에프레니 공작을 잠깐 쳐다보다가, 곧 아무렇지 않게 다시 입을 열어 말했다.

"향후에라도 언제든 다른 대안이 있다면 말해주길 바라네, 공. 나는 대안이 있다면 언제든 그걸 받아들일 준비가 되어 있어. 하지만 지금 상황에서 귀족들이 부담을 같이 하지 않는 것은 결국 제국과 황실의 와해를 불러일으킬지도 모르네. 공은 진심으로 그 상황을 바라는 건가?"

"그럴 리가요. 저 또한 마비너스 제국에 충성을 다하는 사람으로

서…… 그런 결말을 원치 않습니다. 송구합니다, 폐하. 소신의 생각이 짧았습니다."

"……."

페트리지아는 다시 한번 에프레니 공작에게로 시선을 주었다. 모두가 그녀의 말에 반대하지 않았는데, 그건 그들이 정말로 충성심이 깊은 건지는 논외로 둔다고 하더라도, 제국이 위험해지면 그들의 지위 역시 보장받을 수 없기 때문이었다.

본래 정치란 선의로만 하는 것이 아니고, 노골적으로 말하면 자신의 이익을 보장받기 위해 격렬히 투쟁하는 것이다.

저들이 아무 말도 하지 않고 희생을 기꺼이 감수한 것 또한 미래를 위한 넓은 시야에서 기인한 것일 터.

그러니 지금 상황에서 에프레니 공작이 이런 말을 꺼내며, 대안도 없이 페트리지아의 말을 반대한 것은 분명 이상한 일이었다.

페트리지아가 에프레니 공작에게 특별한 우호적 감정을 가지고 있었던 것은 아니었으나, 적어도 한 제국을 떠받치는 공작가문의 수장이니만큼 현명하고 냉철한 이성을 가지고 있기를 기대한 것은 사실이었다. 그런 페트리지아의 기대가 조금씩 흔들리고 있었다.

단순히 생각의 문제일까? 페트리지아는 빠르게 현재 마비너스의 정치 상황에 대해 생각해보았다. 지금의 황제는 선황의 하나뿐인 아들이고, 그 이외의 직계 황손은 존재하지 않는다. 만약 루시오가 이대로 영영 눈을 감는다면 제국의 다음 대 황위는 방계 황손들 중 한 명이 차지하게 될 것이다.

어쨌든 그가 마지막 남은 마비너스의 직계 황손이라는 사실과 더불어 선황의 독자라는 점은 루시오로 하여금 엄청난 정통성을 부여해주었는데, 군주국에서 정통성이란 곧 황권과 직결되는 말이었다. 루시오는 그 강력한 황권으로 귀족들 위에 군림하며 정적이라는 개념을 전혀 인식하지 못한 채 정치를 해왔는데, 그 사실이 페트리지아가 섭정이 된 지금 바뀐다는 것은 조금 이상했다.

그러니까, 에프레니 공작은 황제의 정적이고 그래서 그의 황후이자 섭정인 그녀에게 반대한다는 보기도 조금 어폐가 맞지 않는 일이었다.

그렇다면 도대체 뭘까, 하고 고민하던 페트리지아는 곧 자신이 너무나도 성급하게 결론을 내리려 한다는 사실을 깨닫고선 생각을 그만두었다.

페트리지아 자신이 너무나도 예민해져 있던 탓에 미숙한 추론을 내리고 있을 수도 있다는 생각이 들었기 때문이었다. 고작 한 번의 반대로 정적까지 들먹이는 것은 너무나도 이르지 않은가. 페트리지아는 곧바로 다음 사안으로 넘어갔다.

"그렇다면 그 부분에 대한 논의는 재정부에서 따로 보고를 올리도록 하고……. 다음 사안은 뭔가?"

"다음 논의될 사안들은 아직 폐하께서 보고서를 읽지 않으신 내용들입니다. 다음 자문회의 때 논하시는 것이 좋을 듯합니다."

"좋아, 그렇다면 당장 논의할 시급한 사안이 없다는 건가?"

"아닙니다, 폐하. 가장 중요한 한 가지가 남아 있지 않습니까. 미루어 두었던 일 말입니다."

브링스톤 후작의 말에 페트리지아가 말해보라는 듯 고개를 두어 번 끄덕였다. 그러자 곧 분노에 찬 후작의 음성이 들려왔다.

"감히 한 제국의 황후를 시해하려 하고, 황제 폐하를 저리 만든 배후를 색출해내야지요, 폐하. 그런 놈을 아직까지 살려두는 것은 옳지 못한 일입니다."

브링스톤 후작의 말에 페트리지아는 입가에 작은 미소를 살짝 띠우며 차분하게 대꾸했다.

"그래, 후. 나 또한 그 부분에 대해 이야기를 꺼내려던 참이었네."

페트리지아가 담담하게 말을 시작했다.

"현재 라파엘라 경이 근위대의 기사들과 함께 어제의 사냥터를 수색하고 있는 중이네. 하지만 그것보다…… 나는 펠프스 부인이 배후라고 생각하는군."

엄밀하게 말하자면 생각이 아니라 확신이었으나 심증만으로는 아무도 믿어주지 않을 것이다. 거기다 로즈몬드와 페트리지아는 남들의 눈에는 연적 관계였다. 그러니 누군가는 페트리지아가 로즈몬드를 모함하고 있다고 생각할 수도 있을 터. 그럼에도 일단은 자신의 의사를 꿋꿋이 밀고 나가는 페트리지아였다.

"폐하, 저 또한 이번 사안을 심각하게 바라보고 있습니다. 황제와 황족을 시해하려 하는 자가 아닙니까. 범인을 색출해 일벌백계해야 할 것입니다."

"동감하는 바네, 위더포드 공. 살수들의 증언을 무시하기 어려운 만큼 나 또한 그녀에 대해 심문과 조사를 시작할 생각이야. 다른 귀족들의 생각은 어떠한가?"

"옳으신 판단이라고 생각합니다, 폐하. 다른 어떤 사안보다도 죄질이 무거운 만큼 철저한 조사를 거쳐야 할 필요가 있습니다."

"감히 마비너스의 황실을 우롱한 자들을 용서치 말아야 할 것입니다."

페트리지아는 전체적인 동의 의견에 고개를 끄덕이다가, 순간적으로 무슨 생각이 들었는지 에프레니 공작에게도 그 의견을 물었다.

"공의 생각은 어떠한가?"

"폐하……."

에프레니 공작이 긴장된 표정으로 입을 열었다.

"하나…… 혹시 만약에라도 죄가 없다면 어찌하시렵니까."

"……뭐?"

뜻밖의 말에 페트리지아가 당황하는 사이 에프레니 공작은 계속 말했다.

"펠프스 부인이 배후라는 명확한 증거도 없는 사안에서 그러한 일은……."

"공작."

한순간에 말이 끊기자 에프레니 공작은 당황한 듯 보였으나, 곧 차분하게 말을 받았다.

"예, 폐하."

"그대가 배후인 건가?"

"예?"

"그대가 배후냐고 물었네."

그렇게 묻는 페트리지아의 표정에서는 한 점의 온기도 찾아볼 수 없었다. 에프레니 공작이 말을 더듬었다.

"각, 폐하…… 그게 무슨……."

"그대가 배후가 아니고서야, 살수의 입에서 나온 이름이 가장 정확하지 않겠는가. 아, 설마 그대는 이 내가 한낱 정부 따위를 처리하기 위해 목숨을 걸고서까지 그런 자작극을 벌였다고 생각하는 건가? 황제 폐하를 저리 만들면서까지?"

흥분했는지 페트리지아의 목소리는 살짝 떨리고 있었고 동공은 잔뜩 커져 있었으며 목소리는 평소답지 않게 조금 컸다. 그녀는 좀체 이런 자리에서 목소리를 높이는 법이 없었지만 적어도 지금 이 순간만큼은 그래야 했다. 어떻게, 감히.

"아, 그렇다면 진짜 배후는 나라는 소리인가?"

"폐하, 그것은 지나친 비약……."

"아니, 공. 그렇다면 내가 여기서 어떻게 생각해야 하지? 나는 살수들로부터 펠프스 부인이 진범이라는 사실을 이 두 귀로 똑똑히 들었어. 이 상황에서 내가 다른 누구를 진범으로 지목해야 하나? 공, 말해보게. 혹 다른 사람이 있다면 나는 기꺼이 그 사람도 함께 조사하겠어."

"……."

"설마 아무런 대안 없이 그런 말을 한 건가? 아까처럼?"

"폐하…… 저는 단지 아무런 죄가 없는 사람이 애꿎은 일을 당할까 그것이 염려되어……."

조용히 목소리를 죽여가며 말하는 에프레니 공작을 바라보며 마침내 페트리지아는 실소를 터뜨리지 않을 수 없었다.

"그렇게 치면 공, 누군가 자백을 하지 않는 이상 우리는 이 사건을 종결시킬 수 없겠군요. 혹시라도 누군가가 누명을 쓰기라도 하면 어찌합니까. 안 그래요?"

"……."

페트리지아가 싸늘해진 눈으로 에프레니 공작을 쳐다보았고, 동시에 그녀는 깨달을 수 있었다.

아, 이 사람, 확실히 자신을 싫어한다고.

"공, 나는 정말로 모르겠군. 나는 섭정으로서 이 시국을 이끌어나가야 할 책임과, 황제 폐하를 대신해 범인을 색출해내야만 하는 의무를 지고 있는 사람이야. 그런 내게 방금 전과 같은 발언은 참 곤란하기가 이를 데 없군. 그렇다면 공은 혹시 생길 피해자를 위해 어제의 일을 덮자고 말하고 있는 건가? 한 제국의 두 주인이 죽을 뻔한 사건이었는데도?"

"……송구합니다, 폐하. 제 생각이 짧았습니다."

"그래, 공. 당연히 그렇게 말해야 할 것이네. 방금 발언은 역모죄로도 몰 수 있는 말이었어. 그렇다는 걸 명석한 그대가 모를 리 없겠지."

"……."

"이 일은 위더포드 공작이 전권을 맡아 조사해주게. 해줄 수 있겠나?"

"예, 폐하. 성심을 다해 진범을 색출해내겠습니다."

페트리지아는 아직도 분이 가시지 않은 듯 얼굴이 살짝 상기되어 있었는데, 그럼에도 불구하고 목소리가 일정치 기준을 넘지 않는다는 것이 신기할 정도였다. 페트리지아는 속으로 최대한 차분히 심호흡을 하며 마음을 가라앉힌 후 회의를 마무리 지었다.

"어제 갑자기 이 자리가 결정 난 탓에 내가 국정에 대해 아는 게 그리 많지 않아. 오늘은 이만 파하고 내일 다시 모이도록 하지."

처소로 돌아온 페트리지아가 가장 먼저 한 일은 바로 에프레니 공작의 뒷조사였다.

"미르야, 에프레니 공작의 뒤를 조사해주게."

"오늘 자문회의에서 무슨 일이 있었습니까, 폐하?"

"무슨 일이 있었답니다."

페트리지아의 말을 페트로닐라가 대신했다. 그녀는 척 보기에도 그리 기껍지 않은 얼굴로 이 상황에 심한 불쾌감을 표하고 있었다.

"에프레니 공작이 오늘 사사건건 섭정 폐하의 말에 시비를 걸더 군요. 마치…… 작정한 사람처럼."

"……."

페트로닐라의 말에 페트리지아가 무언가를 생각하는 표정을 짓 다가, 곧 고개를 저어버렸다. 그 모습을 이상하게 여긴 미르야가 물 었다.

"왜 그러십니까, 폐하?"

"아니다. 내가 너무 앞서 나간 것 같아. 어제 일을 겪었더니 정신 이 이상해지기라도 했나보군."

"폐하…… 도대체 어제는……."

그러고 보니 이 둘에게 어제의 일을 자세히 말해주지 못했다. 라 파엘라야 그녀와 어느 정도 말을 섞은 데다, 주변에서 들은 이야기 까지 있으니 사정을 대충 파악하고 있다고 해도 이 둘은 아니니까.

페트리지아는 어제 있었던 일을 토씨 하나도 빠트리지 않고 전 부 다 이야기해주었다. 물론 조난 후에 있었던 일들에 대해서는 비 밀로 했다.

특별한 이유가 있어서가 아니라, 단순히 필요 없는 내용이라고 생각했기 때문에.

"세상에…… 펠프스 부인이 결국 그런 일까지……."

"물증이 없기 때문에 곤란하네. 심증만으로는 아무리 죄목이 커도 처벌하기 어렵잖아."

"맞아. 그래서 고민 중이야. 증거가 마땅치 않으면 조작이라도 해야지."

"이번에 완전히 모든 걸 끝낼 생각이야?"

"가능하다면…… 기꺼이."

질질 끌 필요는 없다. 자비도 없고 용서도 없다. 과거에는 그런 것들이 필요했는지도 모르겠으나 적어도 지금 이 시점에서 그런 것은 자신의 멍청함을 드러내는 일일 뿐, 그 이상도 그 이하도 아니다. 페트리지아는 가급적 빨리 이 모든 문제들을 끝내버리고 싶었다.

그녀가 원하는 것은 로즈몬드의 죽음이었다. 그 욕망에 다른 순수한 감정을 끼워 넣기에 그녀는 너무나도 평범한 사람이었다. 당하면 되갚아주고 싶어 하고, 죽을 뻔하면 보복하고 싶어지는.

신께서는 복수는 당신께서 하시겠다며 이승에서의 지옥을 만들지 말라 하셨지만, 글쎄. 당장 복수하지 않으면 이승은 물론이고 내 마음속까지 지옥이 되어버릴 것 같은걸. 설령 이 일 때문에 내가 지옥에 간다고 해도, 나는 후회가 없을 것 같아. 페트리지아는 서글픈 미소를 지으며 손바닥으로 얼굴을 가렸다.

로즈몬드에 대한 심문은 곧바로 진행되었다. 페트리지아는 넘쳐 나는 국정일로 바쁜 와중에도 꼭 시간을 내 그녀를 조사하는 것을 직접 참관했는데, 로즈몬드는 지하 감옥에서 감금되어 있는 와중에도 오만함을 버리지 못한 채 사람을 아래로 내리까는 특유의 표정을 짓고 있었다. 페트리지아는 그 모습이 싫었고 불쾌했지만 참기로 했다. 어차피 곧 사라질 사람일 테니.

그녀는-당연하게도-조사에 불친절했다. 모든 질문에 묵비권을 행사했고 대답을 한다고 하더라도 '모른다.'라는 대답이 전부. 이래가지고선 진척이 되질 않는다. 물론 쉽지 않다는 걸 예상하긴 했지만 이렇게까지 일이 진행되지 않을 줄이야.

페트리지아는 처음으로 그냥 자신의 권력을 남용하고 싶다는 생각까지 해버렸다. 하지만 당연히도 안 되는 일이었기에 그녀는 곧 생각을 접어버렸다. 어차피 되지 않을 일에 미련을 두는 것 또한 바람직하지 않은 일이다.

페트리지아는 위더포드 공작이 로즈몬드를 심문을 하고 있는 모습을 빤히 바라보다가, 어느 순간 직접 심문실 안으로 들어갔다. 그녀를 발견한 위더포드 공작이 깜짝 놀란 표정을 지으며 물었다.

"폐하, 무슨 일이십니까."

"수사에 통 진척이 없는 것 같군. 벌써 사흘째인데 도통 입을 열지 않으니까 말이야."

그래, 벌써 사흘째였다. 여전히 루시오는 잠들어 있었고, 여전히 로즈몬드의 입은 열릴 줄을 몰랐다.

그녀는 나름 인내심이 깊은 사람이었으나, 이런 상황에서는 그녀의 깊은 인내심도 효력을 발휘하지 못했다. 페트리지아가 조금 낮아진 목소리로 위더포드 공작에게 말했다.

"공작, 내 직접 펠프스 부인을 심문하고 싶은데, 괜찮겠나?"

"여부가 있겠습니까, 폐하. 뜻대로 하십시오."

위더포드 공작이 자리를 비켜주었고, 페트리지아는 감흥 없는 표정으로 그가 남겨두고 간 일지를 바라보았다. 공백. 여전한 공백. 지긋지긋하다. 페트리지아가 비소를 지었다.

"지독하군. 아니, 현명하다고 해야 할까."

"전 결백합니다, 폐하. 죄 없는 사람을 이리 잡아두는 것이 섭정 폐하가 해야 할 일입니까."

"그대가 죄가 있다는 증거는 없지만, 죄가 없다는 증거 또한 없지. 나의 증거가 확인되지 못한 사실이라는 게 참으로 안타까울 뿐이야. 그때 그 작자의 얼굴이라도 보아둘걸."

페트리지아가 높낮이 없는 목소리로 그렇게 말했고, 로즈몬드는 의기양양한 표정이었다. 저도 아는 거다. 명확한 증거가 없으면 아무리 황후라도 입증되지 않은 죄에 대해 제국민을 처벌할 수 없다는 걸. 그게 설령 황제 시해와 관련된 일일지라도.

페트리지아는 잠깐 고민하는 표정을 짓다가 그녀를 불렀다.

"로즈몬드 메리 라 펠프스."

"예, 폐하?"

"그대가 지금 증거가 없어 이렇게 당당하게 나오는 것 같은데, 그거 너무 안일한 생각이라고 생각하지 않나?"

"무슨 뜻인지요."

"옆방에서 네 시녀가 같이 심문을 받고 있어. 아직까지 물리적인 고문은 가하고 있지 않지만…… 글쎄. 일에 진척이 없으면 고문이라도 해야 하나 고민 중이야. 가장 확실한 방법이 아닌가."

가장 잔인한 만큼. 페트리지아가 빙긋 웃었고, 로즈몬드는 살짝 표정이 굳는 듯했으나 곧 아무렇지 않게 되받아쳤다.

"아, 그렇게 되면 폐하, 그 아이는 없는 죄도 있다고 말할 텐데요."

"그럴 리가. 아무렴 그렇게까지야 하겠는가."

페트리지아가 천연덕스럽게 웃으며 살짝 삐져나온 머리카락을 만지작거렸다. 나직한 목소리가 이어졌다.

"폐하께서 깨어나시기 전까지는 일을 마무리 지어야지. 그래야 폐하께서 기뻐하실 게 아닌가. 눈을 떴더니 저를 시해하려 한 범인은 이미 죽어 있었다. 아, 완벽한 희극이군."

"그 범인이 누명을 썼다고 해도요?"

"그걸 폐하께서 어찌 아시겠어, 부인. 폐하께서는 아무것도 모르실 걸세."

물론 일이 그렇게 되면 루시오는 알 것이다. 하지만 그녀를 미워하더라도 뭐라 이의를 제기하지는 못할 터.

황후는 적어도 그러한 권력쯤은 가지고 있었다. 페트리지아는 슬슬 지루함을 느끼며 그녀에게 당부했다.

"부디 하루 빨리 죄를 고백하길 바라네, 펠프스 부인. 지금 사냥 터에서 수색이 한창 진행 중이야. 만일 확증이라도 나오게 된다면 그때는 단순한 참수가 아닐 걸세. 하지만 자백을 한다면 황제의 여인으로서 어느 정도 예의는 지켜 보내주지."

그때 페트리지아의 인상이 갑자기 찡그려졌다. 가만히 듣고만 있던 로즈몬드가 그녀를 향해 침을 뱉은 것이다. 페트리지아의 얼굴이 무섭도록 찌푸려졌으나, 곧 평정심을 유지하며 로즈몬드에게 웃으며 말했다.

"이런, 죄가 없어도 섭정 폐하에 대한 모욕죄로 감옥에 가게 생겼군."

"이미 감옥이질 않습니까, 폐하. 제 상황이 아무리 나빠진들 지금보다 더 나빠지진 않겠지요. 폐하께서 쓰러지신 틈을 타 그분의 정부인 저에게 이런 보복을 가하시다니……. 설마 폐하, 이것을 노리신 것입니까? 그렇다면 조사를 받아야 할 사람은 제가 아니라……."

짝!

페트리지아는 순간적인 분노를 이기지 못하고 그녀의 뺨을 쳐올렸다. 근래 가급적 흥분하지 않기 위해 노력하던 그녀였고, 실제로 요즘 흥분할 일도 그리 많지 않았으나, 로즈몬드의 그 발언만은 도무지 참을 수가 없는 것이었다.

페트리지아는 결코 참지 않았다. 서늘하다 못해 한기가 도는 듯한 눈으로 로즈몬드를 노려보며, 페트리지아가 읊조리듯 말했다.

"말조심해. 그대 감히 어느 안전이라고 입을 함부로 놀리는 거지?"

"……."

로즈몬드는 아무 말도 하지 않고 인상을 찡그리지도 않은 채 표정 없는 얼굴로 페트리지아를 노려다보았다.

페트리지아는 그녀의 다음 행보가 전혀 예상 밖의 내용인 탓에 약간의 소름이 돋을 수밖에 없었다. 하지만 결코 겁을 먹지는 않았다. 이것은 그저 예측에 없던 내용을 마주하게 된 그녀의 당황일 것이라고만 생각했다. 페트리지아가 말했다.

"유언을 생각해두는 쪽이 낫겠군. 아마 입을 열지 않을 것 같은데. 그렇지?"

"……."

그녀는 여전히 감흥 없는 눈으로 페트리지아를 쳐다보았고, 페트리지아는 이제 다른 어떤 것보다 그냥 지긋지긋하다는 생각밖에는 들지 않았다. 이 빌어먹을 황후 자리가, 그녀는 그렇게도 좋은 것일까? 그런 귀찮고 복잡한 일을 수시로 꾸밀 만큼? 만약 이 자리가 노력의 대가로 주어지는 자리라면 정말로 그녀는 이 자리를 받을 만하다.

페트리지아가 싸늘하게 식은 눈을 숨기지 않으며 심문실 밖으로 나갔다. 안 그래도 눈코 뜰 새 없이 바쁜 와중에 시간만 버렸다.

밖으로 나오는 페트리지아를 위더포드 공작이 걱정스러운 눈으로 바라보았는데, 아마 그녀가 뺨을 때리는 소리를 들은 것 같았다. 그가 긴장한 듯한 목소리로 물었다.

"폐하, 안에서 무슨 일이 있었습니까."

"……."

페트리지아는 아무 말도 하지 않은 채 위더포드 공작을 쳐다보다가 동문서답을 했다.

"죄인을 잘 심문하게. 무슨 일이 있어도 입을 열게 하도록."

"……네, 폐하."

위더포드 공작이 그녀를 향해 고개 숙여 인사했고, 페트리지아는 여전히 착 가라앉은 눈으로 걸음을 옮기기 시작했다. 머릿속에서 작은 가시들이 끊임없이 요동치며 그녀를 찌르는 느낌이 들었다. 불쾌하고 몸서리 끼치는 감각.

페트리지아가 작게 신음했다. 반응의 여부와 상관없이 그녀의 존재는 늘 페트리지아에게 스트레스다. 하긴, 이런 상황이면 더더욱 그렇다.

"폐하께서는 아직도 차도가 없으신가."

"그렇다고 합니다, 폐하."

미르야의 대답에 페트리지아는 더 이상 아무 말도 하지 않았다.

그녀의 발길이 마침내 중앙궁 근처까지 닿았을 때, 미르야가 조심
스럽게 물었다.

"폐하, 중앙궁에 들르지 않으십니까?"

"뭣 하러 들러야 하지?"

페트리지아가 건조한 목소리로 물었다가, 곧 입을 다물었다. 어
쨌든 저를 위해 목숨까지 희생당할 뻔한 사람인데, 너무 배은망덕
한 말이었나.

페트리지아는 짤막하게 한숨을 쉰 다음 아무런 언질도 주지 않
은 채 중앙궁으로 발길을 돌렸다. 이건 그냥 순수한 병문안이다.

섭정 폐하의 등장에 중앙궁의 시녀들은 당황하는 모습을 보였
다. 황후가 황제를 찾는데 그런 반응이라니 참으로 웃긴 일이 아닐
수 없었으나 사실 당연한 일이었다.

이 부부의 사이가 그리 좋지 않다는 것은 이미 중앙궁 내에서만
큼은 알음알음 알려져 있는 사실이었으니까. 어쨌든 황제가 로즈
몬드를 총애한다는 사실은 적나라할 만큼 알려져 있었으니. 그녀
가 물었다.

"폐하 계시는가."

"예, 폐하. 어인 일이십니까."

"폐하의 상태를 보러 왔네. 들어가도 되나?"

"물론입니다."

정중한 인사와 함께 문이 열렸다. 페트리지아는 가급적 아무런

생각도 하지 말자고 다짐하며 그 안으로 들어갔으나 생각이 자연스레 샘솟는 건 막을 수 없는 일이었다. 페트리지아가 답답한 숨을 내쉬며 저도 모르게 중얼거렸다.

"하여튼…… 신경 쓰는 건 부자연스러운 일은 아니지."

페트리지아는 그의 곁으로 천천히 다가갔다. 여전히 죽은 듯 누워 있는 그의 모습은 그때 동굴에서와 다름이 없었다. 그는 무슨 꿈을 꾸고 있는 것일까. 무슨 꿈속에서 헤매고 있기에 아직까지도 깨어나질 않았을까.

괜히 신경 쓰이게. 괜히 오게 만들게.

페트리지아가 한숨 쉬었다. 그러니까, 제발 빨리 일어나란 말이야. 사람 신경 쓰이게 하지 말고. 나 바쁘게 만들지 말고. 페트리지아가 깊어진 눈빛으로 눈을 감은 루시오를 훑었다. 그사이 더 수척해진 느낌이다.

당신은 왜 나 대신 화살을 맞았을까.

정말로 죄책감 때문에 독이 발린 화살을 맞았을까. 한 제국의 황제가, 멍청하게. 비소를 지었다. 페트리지아는 돌연 자리에서 일어섰다. 더 있다간 아까와 똑같은 기분을 느낄 것 같았다.

그녀는 뒤도 돌아보지 않고 성큼 성큼 걸었다. 하지만 분명 그 걸음걸이 사이사이에는 어떠한 감정이 걸음을 방해하고 있었다. 그건 무엇일까.

페트리지아는 궁금해하지 않았다. 아니, 정확히는 궁금해하지 않기로 했다. 궁금해한다고 해서 달라질 게 있는가.

정직한 답을 줄 사람이 있는가. 그러니 답 없는 질문은 애당초 마음에 품는 게 아니다. 괴로워지는 이는 결국 그녀일 테니까.

페트리지아는 모든 미련을 지워내고 다시 걸었다. 밖으로 나가자 시녀가 왜 벌써 나오느냐는 표정으로 그녀를 바라보는 게 느껴졌지만 페트리지아는 개의치 않고 수고에 대한 치하만 짧게 해줄 뿐이었다.

그녀는 다시 걷기 시작했다. 이곳에서의 짧은 비현실적 감상을 뒤로한 채. 치열하고 치밀한 현실 속으로 다시 기어들어가야 할 시간이었으니…….

외궁의 일과 내궁의 일은 그 성격이 크게 다르지 않았다. 다만 일의 강도는 그 둘을 병행하다 보니 훨씬 힘겨웠다.

그럼에도 불구하고 페트리지아는 해야만 했다. 이건 하고 싶어서 하는 일도 아니었고, 잘 해내려 노력해야 할 일도 아니었다. 그냥 해야 하는 일이었다. 그렇지 않을 시 초래되는 결과에 대해서 페트리지아는 아직 한 번도 겪어본 적 없었으나 충분히 짐작할 수 있었으므로.

덕분에 그녀의 다크서클은 눈 밑에서 지워질 줄 몰랐고, 눈은 늘 부족한 잠으로 퀭해 있었으며, 입꼬리는 계속 처진 채로 굳어져 있었다.

주변 사람들-페트로닐라를 포함한 다른 사람들-은 당연히 페트리지아를 걱정했지만 함부로 그녀를 말릴 수도 없는 노릇이었다. 왜냐하면 그녀가 그 일을 잘해내지 못했을 시 뒤따르는 결과에 대해서는 그네들도 잘 알고 있기 때문이었다.

페트리지아는 어느새 닳고 닳은 종이 귀퉁이를 만지작거리며 이번 년도 빈민 구제에 대한 추가 경정 예산 관련 서류를 보고 있었다. 그때 라파엘라가 그녀가 있는 방 안으로 들어왔다. 페트리지아는 곧바로 서류를 덮었다.

"라파엘라 경."

"폐하, 다녀왔습니다."

사냥터에서의 긴 수색을 헛으로 하진 않았는지 보지 못한 며칠 사이에 급속도로 마른 느낌이었다. 페트리지아는 순간적으로 라파엘라에게 연민이 들었으나 곧 마음을 가라앉힌 다음 그녀에게 물었다.

"소식이 없어서 당황스러웠어. 어찌된 일인가?"

"송구합니다, 폐하."

라파엘라가 면목 없다는 표정으로 사과한 뒤 보고를 계속했다.

"모든 단서가 될 만한 것들을 개미 새끼 한 마리도 놓치지 않고 뒤졌습니다만, 송구합니다. 뚜렷한 증거가 될 만한 것들이 전혀 없었습니다. 마치 아무 일도 일어나지 않았던 것처럼요."

"그럴 리가."

페트리지아가 고개를 저었다.

"그렇다면 살수들은 어떻게 사냥터 안으로 들어올 수 있었던 거지? 경도 알겠지만 그 사냥터 안으로 들어가려면 반드시 우리가 처음 들어온 곳을 거쳐야 해. 그래서 일부러 그 숲을 사냥터로 지정한 게 아닌가."

"그렇습니다, 폐하. 옳으신 말씀입니다. 그런데……."

라파엘라가 낭패라는 듯한 얼굴로 살짝 입술을 깨물며 그녀에게 무언가를 내밀었다. 지도였다. 페트리지아는 그것을 받아 든 다음 의아한 목소리로 물었다.

"이게 뭐지?"

"사냥터 일대를 담은 지도입니다, 폐하. 그곳에 표시된 부분이 보이십니까?"

붉은 동그라미 하나가 가에 그려져 있었다. 페트리지아가 물었다.

"이게 무엇인데?"

"그 사냥터 안으로 들어갈 수 있는 다른 통로입니다, 폐하. 저희도 수색 끝에 간신히 찾아냈는데, 일반 사람들은 도무지 찾아낼 수도 없는 통로더군요. 기존에 알려지지 않았던 것이 당연한 일일 정도로요."

"그럼…… 이곳을 통해 살수들이 출입했다는 건가?"

페트리지아는 순간적으로 현기증이 치밀었다. 로즈몬드가 도대체 이것을 어떻게 알고 있었을까? 아니, 살수들이 이 통로를 알고 있었을까? 하지만 지형적으로 봤을 때도 이곳은 쉽사리 찾기 어려운 곳이었다.

그렇다면 로즈몬드나 그 살수들 둘 중 하나가 이곳의 존재를 알고 있었다는 건데⋯⋯. 문제는 그 둘 모두 이 일에 대해 함구할 것이라는 점이고, 심지어 살수들은 어디로 갔는지 알 수조차 없다.

첩첩산중이군. 페트리지아가 머리 아픈 표정으로 이마를 감싸쥐었다. 일이 틀어져가는 느낌이 들었다.

"그렇다면 증거를 인멸하는 건 어려운 일이 아니었겠군. 참 대단한 로즈몬드야."

"한데 폐하, 이상하지 않습니까. 이곳은 저희조차도 찾아내기 어려웠던 장소입니다. 그런데 도대체 어떻게 펠프스 부인이 이곳의 존재를 알았을까요?"

"나도 그걸 이상하게 생각해. 경의 말대로라면 적어도 한 번쯤은 이곳을 출입했어야 할 게 아닌가."

"저도 그게 걸려 그 숲을 지키는 이들을 심문해보았는데, 그런 사람은 없었답니다. 그러니 더욱 미스터리하지 않습니까."

"음⋯⋯."

페트리지아가 고민하는 표정을 지었다. 그렇다면 도대체 그녀는 어떻게? 무슨 방법으로? 그녀가 천리안을 가지고 있지 않은 이상 불가능한 일이었다. 페트리지아는 도무지 모르겠다는 표정으로 끙 끙 생각하다가, 결국 아무것도 나오는 것이 없자 속으로 한숨을 쉬고는 라파엘라를 돌려보내기로 했다.

"일단 수고했어, 라파엘라 경. 지난 며칠 동안 수고한 게 눈에 띄는군. 오늘은 이만 가서 쉬도록 해. 호위는 다른 기사들도 충분히 잘해주고 있으니 말이야."

"은혜에 감사드립니다, 폐하."

라파엘라는 정말로 피곤했는지 평소라면 괜찮다며 제 곁을 지켜야 할 사람인데도 불구하고 곧바로 방을 나갔다. 페트리지아 역시 피곤한 표정으로 눈을 감으며 다시 한번 생각해보았다.

도대체 그녀는 '어떻게' 이 음모를 꾸밀 수 있었던 걸까?

9

Come around

수색 결과는 모두에게 알려졌다. 귀족들은 결과를 듣고 난감한 표정을 감추지 못했다. 당연한 일이다. 라파엘라가 노력한 결과는 일이 쉽게 끝나지 않을 것이라는 확신을 강하게 주었을 것이기 때문에. 그러나 페트리지아는 자문회의에서 전혀 문제 될 일 없다는 듯 아무렇지 않게 말을 뱉었다.

"수색 말고도 조사의 방법은 다양하지. 사실 숲속에서 증거를 찾는 것은 나 또한 큰 기대를 하지 않고 있었던 일이야. 위더포드 공, 펠프스 부인에 대한 조사는 어찌되었는가?"

"남작을 비롯한 그녀의 주위 사람들까지 전부 조사를 시행하고 있습니다만, 아직까지는 성과가 미미합니다, 폐하. 하나 분명 곧 좋은 성과를 안겨드릴 수 있을 겁니다."

그 말을 하는 위더포드 공작은 조금 지친 듯한 표정이었다.

그 모습을 본 페트리지아는 잠깐 말없이 손가락으로 탁자 위에 작은 원을 그리다가 곧 입을 열었다.

"시간이 오래 걸리더라도 진실은 밝혀내야겠지. 모두 그렇게 생각하지 않나?"

"폐하."

그때 누군가가 그녀를 불렀다. 고개를 들어 보니 에프레니 공작이다. 요즘 계속 자신의 일에 시비를 걸고 있는 남자. 페트리지아가 고개를 끄덕이며 말해보라는 듯한 신호를 주었다. 그가 말했다.

"너무 특정인 한 명을 죄인으로 몰아붙이시는 듯한 느낌이 듭니다."

"……."

그 한마디에 회의장 안이 싸해졌다. 페트리지아는 재미있다는 듯 웃었다. 맞는 말이다. 자신은 지금 특정 한 사람을 죄인으로 몰아붙이고 있다. 물론 그녀가 죄인이라는 확신이 있었던 탓에 가능한 일이다. 하지만 페트리지아는 자신이 만약 살수들로부터 그녀가 진범이라는 말을 듣지 않았더라도 똑같은 행동을 취할 것이라 생각했다. 그녀의 심증이 로즈몬드가 범인이라는 사실을 말해주고 있었고, 무엇보다 그녀가 아니면 자신에게 이런 사특한 마음을 품을 자들이 없다.

하지만 이제 와서는 다른 무엇들보다 그녀를 쫓아내야 한다는 생각이 강했다.

그녀는 자신이 입궁한 이래 끊임없이 자신을 폐위시키려 노력해 왔기 때문에. 어쩌면 자신의 이성의 끈은 이미 사신단 부인 접견 때부터 조금씩 끊어지고 있다가, 이번 일을 통해 완전히 끊어진 게 아닐까 하는 추측이 들었다.

어쨌든, 지금에 이르러서는 쓸모없는 가정이다. 일어나지 않을 일과 일어나지 않은 일에 대한 가정처럼 무의미하고 무쓸모 한 것도 없다. 페트리지아는 아무렇지 않게 웃으며 되물었다.

"공, 어찌 그리 생각하는가?"

"다른 이들도 충분히 심문이 가능합니다. 굳이 베인궁의 사람들만 그리 하는 것은……."

"그대가 조사관으로 일한 경력을 내 알고 있어 기대했는데, 오늘 그 기대를 무참히 깨버리는군."

페트리지아가 건조한 목소리로 그의 말을 끊은 다음, 에프레니 공작의 눈을 빤히 쳐다보며 말했다.

"죄인 심문은 그 누구보다 범행 동기가 있는 자에게 먼저 실시하는 것이 정석 아닌가. 이 제국에 감히 태양과 달을 시해할 용기를 가지고 있는 자, 그럴 동기가 있는 자, 과연 누가 있을까. 퀸이 되지 못한 바시에 공녀가 치기 어린 질투심에? 그도 아니면, 내가 자작극이라도 꾸몄다, 이건가?"

"아닙니다, 폐하. 저는 단지……."

"공, 내가 분명 처음에 말한 것으로 기억하는데, 나는 대안 없는 비판을 혐오하는 사람이야. 그래서 공은 지금 내가 어찌했으면 좋겠는가? 대안을 말해봐."

"……."

대안 따위 있을 리 없다. 에프레니 공작의 말은 지금 모든 사람들을 일일이 다 수사하자는 것이다. 실로 미친 짓이 아닐 수 없다. 엄청난 시간 낭비인데다 쓸모없는 짓이다. 후보군이 명확하지 않은 수사처럼 비효율적인 것도 없다. 페트리지아가 쓸데없는 생각하지 말라는 듯 그에게 일갈했다.

"다른 후보자가 있으면 언제든 데려오게, 공. 난 그럼 그자도 똑같이 심문할 걸세. 그게 설령 내 혈육이라고 해도 말이지."

"……."

"위더포드 공은 부디 지금보다 더 수사에 박차를 가해주게. 폐하께서 깨어나시기 전에 진범이 드러나야 하지 않겠는가."

"예, 폐하. 성심을 다하겠습니다."

어느 정도 일이 마무리되자, 천천히 숨을 고른 페트리지아가 다음 안건으로 넘어가기 위해 서류를 넘겼다. 곧 있을 건국제에 대한 안건. 내궁의 일이었다. 페트리지아가 입을 열었다.

"알다시피 두어 달 후에 황성에서 건국제가 열린다. 황후 한 사람 혼자서 준비하기에는 지나치게 막대한 일이라 관례대로 내궁의 귀부인들이 나를 돕겠지만 상단과 관련한 문제에 대해서는 외궁 귀족들의 도움이 필요해. 자원할 사람 있나?"

"……."

앞뒤를 재고 있는 건지 한참 동안 말이 없었다. 페트리지아는 인내심 있게 기다렸고, 그녀가 기다림에 슬슬 지쳐갈 무렵 누군가가 입을 열었다. 익숙한 목소리였다.

"폐하, 제가 그 영광스러운 자리를 짊어질 수 있겠습니까."

페트리지아가 의외라는 듯한 목소리로 그를 불렀다.

"에프레니 공작."

"본디 저희 가문이 상단을 운영하던 집안인지라 폐하를 성심껏 도울 수 있을 것입니다. 윤허하여 주시면 최선을 다하겠습니다."

"음……."

페트리지아는 솔직히 조금 당황했다. 에프레니 공작가가 자신을 싫어하고 있다는 건 지금까지의 회의를 통해 어느 정도 유추할 수 있는 바다. 그런데 갑자기 저를 돕겠다고?

페트리지아는 에프레니 공작의 속내가 무엇인지 궁금했지만 유감스럽게도 그걸 알 수 있는 방법은 어디에도 없었다. 그녀는 잠깐 고민하다가 다른 귀족들에게 물었다.

"다른 이들은 어떻게 생각하나."

"에프레니 공작은 이 방면에서 누구보다도 뛰어난 인재가 아닙니까, 폐하. 그에게 은혜를 내리는 것 또한 황실과 내궁을 위해 이로운 일이 될 것입니다."

중립적인 태도를 유지하기로 유명한 바시에 공작의 말에 페트리지아는 흔들릴 수밖에 없었다. 어차피 다른 지원자도 없는 마당에 이런저런 걸 따질 겨를이 없다. 페트리지아가 알았다는 목소리로 말했다.

"그렇다면 이 일은 에프레니 공작이 나를 좀……."

그때 문이 열리며 자연스레 페트리지아의 말이 끊겼고, 누군가가 안으로 들어왔다. 너무나도 갑작스러운 움직임이었던 탓에 페트리지아를 포함한 그 자리의 모두가 깜짝 놀랄 정도.

페트리지아는 헉헉 거리며 거친 숨을 내뱉는 젊은 남자 시종 하나를 뚫어져라 바라보다가 그에게 언짢은 목소리로 물었다.

"무슨 일이냐?"

"무례를 용서하십시오, 폐하. 급한 일이라 부득이하게……."

"알았으니 말해보게. 무슨 일인가. 펠프스 부인이 자백을 하기라도 한 것이야?"

시종은 아니라는 듯 고개를 저었고, 곧 회의장 안을 조용하게 만들 한마디를 내뱉었다.

"황제 폐하께서 깨어나셨습니다."

"……."

그 한마디에 말소리로 가득했던 회의장 내부가 쥐 죽은 듯 고요해졌다. 루시오가 일어났다는 그 사실이 불쾌하게 느껴져 그런 것은 결단코 아니었다. 그들은 그저 놀랐을 뿐이다. 근 한 달 동안 부재했던 황제의 회복 소식에. 가장 먼저 정신을 차린 이는 바시에 공작이었다.

"폐하, 경하드립니다."

"……."

그제야 페트리지아도 정신을 차렸다. 그녀는 당황한 표정을 애써 숨기며 회의를 파했다.

"오늘 회의는 여기까지만 하는 게 좋겠군. 이 일은 나중에 다시 논의하도록 하지. 모두 돌아가도 좋다."

페트리지아의 말에 귀족들이 하나둘 자리를 떴다. 모두가 돌아갔지만 페트리지아 혼자만은 그 자리에 남았다. 그 모습을 이상하게 생각한 미르야가 물었다.

"섭정 폐하, 왜 그러십니까. 폐하께서 깨어나셨으니 얼른 가보셔야지요."

"……그래야지."

페트리지아가 멍한 목소리로 말하고선 자리에서 천천히 일어났다. 회의장을 나간 페트리지아는 천천히 복도를 걷기 시작했다.

그런 그녀의 눈은 마치 어떻게 해야 할지 모르는 어린아이와 같았다. 모두가 그 낌새를 눈치채지 못했지만, 단 한 사람, 오랫동안 그녀를 모셔온 미르야는 그것을 눈치채고 물었다.

"폐하, 무슨 문제가 있으십니까."

그 물음에 얌전히 걷던 페트리지아가 걸음을 멈추었다. 그러더니 옆으로 고개를 돌려 미르야를 쳐다보며 물었다.

"내가, 말인가?"

"예, 폐하."

"그건 무슨 뜻이지."

"그리 기뻐하시는 표정이 아니십니다."

"……말조심하게."

페트리지아가 얼른 말을 받아쳤다. 위험한 말을 하고 있었다. 그녀가 섭정의 자리에서 물러나는 것을 원치 않아 황제의 회복을 기뻐하지 않는다고 말하기라도 하는 것인가.

"내가 무엇 때문에 기뻐하지 않는다고 말하는 건가."

"……송구합니다."

그제야 자신의 실수를 인지한 미르야가 얼른 사과했으나, 곧 뒷말이 이어졌다.

"그저…… 답지 않게 안색이 어두워지셔서 드린 말씀입니다. 실언을 용서해주십시오, 섭정 폐하."

"……앞으로는 조심하게."

짧게 말을 줄인 페트리지아가 다시 걷기 시작했다. 미르야의 말을 의식한 듯 발걸음은 아까보다 빨라진 것이 눈에 띄었다. 하지만 그것도 잠시, 루시오가 기거하고 있는 곳에 가까워지자 그녀의 걸음은 또다시 느려졌다.

미르야는 그 사실을 눈치챘으나 아까의 일을 기억해내고 별다른 말을 하지 않았다.

페트리지아를 알아본 시녀 몇이 그녀에게 인사했다. 그녀는 간단하게 고개를 끄덕인 다음 시녀들에게 물었다.

"안에 누가 계시지?"

"황제 폐하와 수석 황궁의께서 들어 계십니다, 폐하."

작게 고개를 끄덕인 페트리지아가 명령했다.

"고하도록."

"황제 폐하, 섭정 폐하께서 드셨습니다."

"모시도록 해라."

"들어가시지요."

곧 문이 열렸고 페트리지아는 저도 모르게 짧은 숨을 들이마셨다. 이게 뭐라고 긴장이 되는 걸까. 이게 뭐라고. 페트리지아는 아무렇지도 않은 얼굴로 안에 들어섰다.

곧 그녀의 두 눈에 수석 황궁의와…… 그가 보였다. 페트리지아는 여전히 무표정한 얼굴로 안에 들어섰다. 수석 황궁의가 그녀를 보고 얼른 예를 갖추어 인사했다.

"각하를 뵙습니다. 마비너스에 영광을."

"인사치레는 되었어. 폐하께서는 어떠신가."

"방금 검진을 마쳤습니다. 일주일 정도 더 침상에서 회복기를 보내시면 그 후로는 일상으로 돌아오는 데 문제가 없으실 것입니다."

"그대가 고생 많았군. 이만 나가봐도 좋아."

"네, 각하. 그럼 이만."

수석 황궁의가 루시오가 머물고 있는 방 안에서 물러가자 이제 완전히 두 사람만이 남았다. 페트리지아는 시선을 돌려 침대에 등을 기대고 앉아 있는 루시오를 쳐다보았다.

깨어나서 그런지는 몰라도 누워 있을 때보다는 초췌함이 덜했다.

페트리지아는 순간적으로 솟구치는 감정에 저도 모르게 입술을 강하게 깨물었다. 어떠한 감정을 참기 위해 그녀가 흔히 하는 행동이었다. 페트리지아는 곧 차분하게 그의 곁에 자리를 잡고 앉았다.

"……."

아, 무슨 말부터 해야 할까. 페트리지아는 도무지 감이 잡히질 않았다. 그의 공허한 듯한 눈빛에 대고 무슨 말부터 하면 좋을까.

국정은 무리 없이 운영되고 있다. 그러니 그 부분은 너무 염려 말라 말해야 할까. 그도 아니면 아직 이 사특한 일을 꾸민 범인이 잡히지 않았다, 그리 보고해야 할까. 그도 아니면…….

"얼굴이 많이 상했군."

"……."

그 말을 듣는 순간, 페트리지아는 이제껏 자신이 생각하고 있던 모든 상념들이 머릿속 바깥으로 날아감과 동시에, 자제력이 끊어지는 듯한 느낌을 받았다. 그녀가 저도 모르게 욱하고 맞받아쳤다.

"그걸 지금…… 말이라고 하십니까."

"그대가 섭정으로 있다는 이야기는 이미 시녀들에게 간단하게마나 들었어. 쉬운 일이 아닐 텐데 고생……."

"그만."

페트리지아가 딱딱한 목소리로 그의 말을 끊었다. 무언가 엇나가는 느낌에 참기가 힘들었다. 자신이 원래 이렇게 감정적인 사람이었나. 그 감정을 못 이겨 감히 갓 깨어난 황제의 말을 끊을 만큼.

하지만 어쩔 수 없었다. 그 순간만큼은, 달라진 페트리지아마저 감히 참기 힘들었으니까. 머릿속을 간신히 지탱하던 무언가가 툭 하고 끊어지는 느낌이었다.

그건 예상이 어긋날 때 사람들이 흔히 느끼는 혼돈이었다.

당연히 이런 상황으로 일이 전개될 줄 몰랐는데, 그런 상황으로 일이 전개되고 있었다. 당연히…… 이런 말로 대화를 시작하지는 않을 거라고 생각했는데…….

"그만하십시오."

"……안색이 안 좋아. 그리고…… 많이 변한 것 같군."

그 한마디에 페트리지아가 서글프게 웃었다. 많이 변했다? 그래, 많이 변했다. 어리석은 자신이 드디어 깨달았던 탓이다. 황제의 사랑을 받지 못하는 황후의 입지란, 이토록 좁고 보잘 것 없다는 사실을.

그러니 자신은 변할 수밖에. 그렇지 않는다면 또 이런 일을 당하지 말라는 보장이 어디에 있단 말인가. 페트리지아가 메마른 목소리로 대답했다.

"알아버렸거든요. 황제의 총애를 받지 못하는 황후의 권위가 얼마만큼이나 떨어질 수 있는지."

"……."

그 말에 루시오가 아무 말도 하지 못하자 페트리지아는 얼른 덧붙여버렸다.

"……눈치 보시라 드린 말씀은 아닙니다. 방금 깨어난 환자를 비꼴 정도로 나빠지지는 않았어요."

"……그래."

"몸은…… 괜찮으십니까."

겨우 꺼낸 첫마디가 그것이었다. 그 말에 루시오가 비어버린 웃음을 머금었다. 미묘한 표정에 페트리지아는 혼란스러웠고, 그사이 루시오는 말을 계속했다.

"괜찮으니 이리 앉아 있는 것이겠지. 궁의도 그리 말했고."

"……무모하셨습니다."

걱정이 끝나니 이어지는 것은 책망이다. 루시오는 자신을 꾸짖는 페트리지아를 쳐다보았다.

"한 나라의 황제 폐하께서 그리 쉽게 몸을 날리시다니요. 뒷일은 전혀 생각지 못하셨던 겁니까."

화난 듯한 어조가 인상적이다. 이 여자가 단 한 번이라도 제게 이런 감정을 내보인 적이 있었던가. 아니, '이런 감정'보다도, 애당초 이렇게 감정이라는 걸 드러낸 적이 있었던가. 늘 무표정하고, 담담하고, 아무렇지 않다는 듯한 얼굴이었는데.

처음으로…… 처음인 것 같다.

"어찌 그리 어리석으셨습니까."

그녀는 왜 화를 내고 있는 것일까. 솔직하게 말해 그는 그녀가 이해되지 않았다. 뒷일이 어찌되었든 그녀는 자신으로 인해 산 것이 아닌가. 그렇다면 기뻐해야 할 텐데? 화를 낼 게 아니라. 루시오는 이해할 수 없다는 표정으로 그녀에게 되물었다.

"왜 화를 내지?"

그 말에 페트리지아는 순간 당황한 표정이 되었다. 그러나 곧 다시 화를 냈다.

"그럼 제가 칭찬이라도 할 줄 아셨나 봅니다."

"칭찬까지는 아니더라도 화는 안 낼 줄 알았다. 상식적으로 생명의 은인에게 화를 낸다는 건 이치에 맞지 않는 일이거든."

"황후로서 말씀드리는 것이 아니라 섭정 자격으로 말씀드리는 것이라 치지요. 그럼, 이해하실 수 있으시겠습니까?"

"그럼 섭정 일을 도맡아한 것이 못마땅해 지금 내게 화를 낸다는 건가?"

"……."

대화가 뭔가 이상한 흐름을 타고 있다고 페트리지아는 생각했다. 왜 이건 이런 쪽으로 해석이 되는 거고, 그보다 자신은 왜 화를 내고 있는 건지.

아픈 사람에게. 제발 일어나라고, 아무 화도 내지 않을 테니 제발 일어나만 달라고 말했던 게 불과 며칠, 아니 하루 전 아니었나. 페트리지아의 마음속이 혼란으로 요동치고 있었으나 입 밖으로는 애써 태연하게 말을 꺼냈다.

"……그건 아닙니다."

"그럼 왜 화를 내는 거지?"

"그건……!"

페트리지아는 순간 할 말을 잃었다. 그러게. 왜 자신이 화를 내고 있는 것일까. 상식적으로 화를 낼 이유는 없었다.

걱정할 이유는 있어도. 자신은 그에게 화라는 걸 낼 만큼 각별한 감정을 가지고 있지 않잖은가.

답은 몰라도 대답은 해야만 했다. 페트리지아는 차근차근 답을 이끌어나갔다.

"걱정했습니다, 폐하."

"그게 화를 낼 이유인가?"

"충분하지 않습니까?"

"불충분해. 그대가 정말로 내게 아무런 감정도 가지고 있지 않았다면. 나를 정말로 '황제'로밖에 보지 않았다면 걱정은 했을지언정, 화는 내지 않았겠지."

"……."

페트리지아는 아무 말도 하지 않았다.

화는 상대에게 꼭 각별한 감정이 있어야만 낼 수 있는 것인가? 그녀는 이미 그 답을 알고 있었지만 섣불리 인정하지 않았다. 그건 너무 이분법적인 사고가 아닌가.

대신 그녀는 차분하게 생각을 정리했다. 본디 감정의 이유란 그렇게 간편하게 설명할 수 있을 정도로 단순한 것이 아니었기 때문에.

"전 남에게 신세 지는 것을 싫어합니다."

"신세."

"빚지는 건 더더욱 싫어하고요. 전 이걸로 폐하께 빚을 진 셈이로군요."

"……."

"그래서 화를 냈다고 생각하십시오. 걱정도 물론 맞습니다만."

"빚 이야기가 나와서 말인데, 내가 분명 말했던 것으로 기억하는데."

"……."

"아닌가?"

당신은 내게 사신단 부인 접견 때의 일을 들먹이며, 빚을 갚는 거라고 말했다. 아, 그때의 나는 그 말이 그렇게 황당할 수가 없었는데.

지금 생각해보면 어느 정도 이해는 가지만, 그게 황제의 목숨과

맞바꿀 정도의 일은 아니지 않나. 막말로 그가 굳이 그 일에 신경을 써야 할 이유도 없고.

페트리지아는 잠깐 곤란한 표정으로 있다가 곧 솔직하게 심경을 표출했다.

"혼란스럽네요, 이 상황."

"나도 그래. 그대가 이렇게 화를 낼 줄은 몰랐거든."

"하아……."

페트리지아가 한숨 쉬었다. 애당초 화를 낼 생각은 없었는데 자신이 너무 감정적으로 굴었다.

그날 이후로는 이런 적이 단 한 번도 없을 것이라 자부했는데, 왜 갑자기 이렇게 되어버렸는지. 페트리지아는 속으로 신경질을 내며 피곤한 표정으로 화제를 전환했다.

"이미 알고 계시겠지만, 폐하께서 의식을 잃으신 이후로 제가 황후로서 폐하의 권한 대행을 맡았습니다. 시급하거나 자잘한 사안들은 전부 처리했고, 그리 긴급하지 않지만 중요한 안건들은 함부로 결정할 수 없어 미루어두었습니다. 많은 양은 아니니 훗날 정무에 복귀하실 때 무리하실 정도는 아닐 겁니다."

"……수고했군."

"그런 상황에서 그런 일을 하라고 제가 있는 것이니까요. 엄밀히 말하자면 제 탓이기도 하고……."

"그게 그대 탓은 아니었지. 내 탓이면 또 모를까."

"……범인은 아직 잡히지 않았습니다."

페트리지아가 조금 낮아진 목소리로 설명했다.

"의심이 가는 자들을 전부 추궁하고 있긴 한데, 쉽지 않습니다. 아시다시피 증거를 남기기 힘든 일이라 서요."

"……펠프스 부인도, 거기에 포함인가?"

"그렇습니다."

로즈몬드가 거론되자 페트리지아의 표정이 완전히 사라졌다. 그녀에 관한 주제는 누구와 공유하던 달갑지 않은 일이다. 그게 황제라고 해서 달라지지는 않는다. 페트리지아는 비정한 목소리로 말했다.

"증거는 반드시 찾아낼 겁니다. 그녀는 처벌을 피할 수 없을 거예요."

"……."

루시오가 괴로운 표정을 지었고 페트리지아는 솔직히 말해 그의 마음을 이해할 수 있었다. 하지만 이해한다고 해서 그 행동을 하지 않을 거라는 건 아니었다. 페트리지아는 로즈몬드를 처벌할 것이다. 그리고 그 처벌에는 분명 목숨의 의미도 담겨 있었다. 페트리지아가 그에게 물었다.

"폐하께서는 막으실 겁니까."

"무얼 말인가."

"제가 펠프스 부인를 처벌하는 것을요. 그녀를…… 사랑하지 않으십니까."

"난 어렸을 때 이렇게 생각했었지. 황제가 되면 무엇이든 다 할수 있을 거라고. 그래서 황제가 되기만을 손을 꼽아 기다렸지."

"사실이잖아요."

"아니. 세상에 절대적인 권력이라는 건 존재하지 않아. 적정선을 넘기게 되면 반드시 뒤탈이 따르지. 그렇게 되면 절대적인 권력이란 건 결국 와해되고 마는 거야."

그는 씁쓸한 목소리였고 페트리지아는 그의 말에서 이유 모를 분노를 느꼈다. 하지만 여전히 무표정으로 일관하며 루시오에게 다시 질문했다.

"그럼 제가 그녀에게 단두대를 선물해도 폐하께서는 가만히 계시겠군요."

"황후."

루시오가 한숨 섞인 목소리로 그녀를 불렀고 페트리지아는 그의 다음 말이 심히 궁금해져 고개를 끄덕였다. 그가 말했다.

"그 어떤 처벌도 나는 용인하겠어. 윤허해주겠다는 말이야. 다만 그녀의 목숨만은 살려줘."

"폐하, 그럴 수는 없습니다. 황족과 황제에 대한 암살 시도는 중죄 중에서도 중죄입니다. 사형으로써 처벌되어왔던 벌이고요. 황제의 총희라고 하여 예외를 둘 수는 없습니다."

"사형을 내리지 말라는 말이 아니야. 그녀를 이 세상에 없는 사람으로 만들어도 상관없으니 목숨만은 살려줘."

"……."

"부탁이야, 황후. 이해하지 못하겠지만, 그녀는 내게 꽤 중요한 사람이야. 목숨만 살려준다면 그 은혜, 나 또한 평생 잊지 않고 살아가지."

"……어째서요?"

페트리지아가 이해할 수 없다는 표정으로 물었다.

"도대체 그녀가 왜 그렇게 폐하께 소중한 것입니까? 대관절 그녀가 폐하의 무엇이기에……!"

"그대는 아마 이해하지 못하겠지."

그렇게 말하는 루시오의 표정은 너무나도 슬퍼 보였다. 페트리지아는 직감적으로 이 남자가 자신에게 무언가 말하지 않았음을, 그리고 그 비밀은 자신이 생각하는 것보다 훨씬 더 거대하고 어마어마한 것임을 눈치챘다. 자신은 그 진실을 받아들일 준비가 되어 있을까.

"네, 폐하. 말씀해주시지 않는 이상은, 죽었다 깨어나도 모를 겁니다."

그 진실, 아직은 받아들이고 싶지 않았다. 알고 싶은 마음과 모르고 싶은 마음이 상충했다. 그 복잡하고 기묘한 감정은 감히 설명할 수 없는 것이다. 페트리지아는 기괴한 미소를 지으며 이렇게만 말할 뿐이었다.

"그리고 중하신 여인이라시는데, 제가 어찌하겠습니까. 하나 공식적으로 그녀는 죽은 사람으로 이름 남기게 될 것입니다. 과연 그런 삶을 그녀가 원해할지 모르겠군요."

"그 이후에 그녀의 선택은 나 또한 간섭할 생각이 없어. 그저……그녀에게 최소한의 선택지를 남겨주고 싶을 뿐이다."

"참으로 눈물겨운 사랑이네요."

페트리지아가 비꼬았으나 그는 희미하게만 웃을 뿐이었다. 페트리지아는 그 모습에 다시 한번 미약한 분노를 느꼈고, 루시오의 희미한 미소는 곧 일그러지더니 곧 파열음과 함께 파괴되었다.

"콜록콜록!"

"폐하!"

뚱한 얼굴로 있던 페트리지아가 놀란 얼굴로 저도 모르게 그를 붙잡았다. 너무나도 자연스러워 그와 그녀, 두 사람 모두 알아차리지 못할 정도로. 당황이 가득 묻어난 얼굴로 그녀가 얼른 그에게 물었다.

"괜찮으십니까? 궁의를 부를까요?"

"됐어. 잠깐 사레가 들린 것뿐이니 신경 쓸 필요 없네."

"……."

페트리지아가 슬며시 그를 잡았던 손을 놓았다. 아, 또다. 북받친 감정을, 또 제어하지 못했다. 멍청하게. 그녀가 저도 모르게 입술을 깨물었다.

이렇게 되면 달라졌다는 게 의미가 없잖아.

"제가 너무 폐하를 오래 잡아두었군요. 일주일 후 바로 정무에 복귀하실 수 있도록 조치해놓을 테니 그 부분은 염려 놓으시지요. 그럼 전 이만……."

페트리지아는 얼른 그에게서 멀어져야겠다고 생각했다. 이 남자와 있으면 이상하게 감정이 잘 주체되지 않는다. 물론 부정적인 쪽으로. 페트리지아는 서둘러 그에게 인사를 남긴 뒤 방을 빠져나왔다.

그녀는 곧 다시 말없이 걷기 시작했다. 황제가 깨어났으니 자신은 곧 섭정에서 물러나야 할 것이고, 그가 정무에 복귀하기 전까지 자잘한 사안들은 다 끝내놓아야 할 터였다. 페트리지아가 피곤한 목소리로 미르야에게 지시했다.

"폐하께서 깨어나셨으니 난 곧 섭정에서 물러나야 하겠지. 그 전까지는 맡은 일을 전부 해내야 할 걸세."

"차질 없이 진행되도록 하겠습니다, 폐하. 염려 마세요."

"그래…… 예정된 다음 일정은 뭐지?"

"위더포드 공작께서 알현을 요청하셨습니다, 폐하. 아마 지금쯤 황후궁 응접실에서 기다리고 계실 것입니다."

"서둘러야겠군."

짧게 중얼거린 페트리지아가 곧 서둘러 걷기 시작했다. 다른 사람도 아니고 위더포드 공작을 기다리게 할 수는 없지. 페트리지아는 우아함을 잃지 않으면서도 빠르게 걸어 짧은 시간 내에 자신의 궁까지 당도했다.

페트리지아가 응접실로 갔을 때, 위더포드 공작은 금속제 테이블에 앉아 시녀가 내온 것으로 추정되는 붉은색 홍차-아마 다르질링인 듯했다-를 마시고 있었다. 그녀가 미소를 지으며 그에게 인사했다.

"또 보는군, 공."

"섭정 폐하."

그녀를 발견한 위더포드 공작이 얼른 자리에서 일어나 그녀에게 예를 차리며 인사했다.

"각하를 뵙습니다. 마비너스에 영광을."

"일어나게. 제국의 공작이 내게 이리 과한 예를 차릴 필요는 없으니 말이야."

"아닙니다."

그가 짧게 대답한 후 동작을 바로 했다. 테이블에 앉은 페트리지아를 따라 위더포드 공작 역시 다시 자리에 앉았다. 서론부터 꺼내는 보통의 담화와는 달리 그는 곧바로 본론부터 들어갔다.

"오늘 각하를 찾은 것은 다름이 아니라 현재 수사 중인 일 때문입니다."

"……그래. 진척이 없다는 건 나도 알고 있네."

"송구합니다."

그가 면목이 없다는 듯 고개를 숙였고, 페트리지아는 이미 알고 있던 사실이라는 듯 표정에 그리 큰 변화를 보이지 않았다.

사실 조사만으로는 충분히 진실을 밝혀내기 어려울 것이라는 점은 그녀의 예상 안에 있던 내용이었기 때문에. 하지만 그 사실로 인해 기분이 나빠지는 것은 별개의 이야기였다. 페트리지아가 무표정한 얼굴로 그에게 물었다.

"하지만 고작 그 이야기를 전하러 나를 찾은 것은 아닐 테지. 위더포드 공, 나는 공이 무언가 다른 이유로 나를 찾았다고 생각하는데, 내 착각인가?"

"물론 아닙니다, 폐하. 폐하께 상의 드릴 일이 있습니다."

상의 드릴 일이라. 페트리지아가 그 말을 입안에서 곱씹었다.

위더포드 공이 자신을 '상의 드릴 일'로 찾은 거라면, 딱 한 가지밖에는 없을 것이다. 이번 수사와 관련된 일. 그리고 상의라 함은, 그녀 자신의 동의가 어느 정도 필요한 일에 관련된 이야기를 하고자 한다는 뜻이겠지. 페트리지아가 흥미로운 표정으로 말해보라는 듯 고개를 끄덕였다.

"본디 죄란 없으면 만들면 그만입니다. 더군다나 이런 중차대한 사안에 대해서는 그런 일이 별로 어렵지 않지요."

"공의 말이 맞아. 하지만 내 생각에 공은 이미 죄를 만들 사람을 염두에 두고 나를 찾은 것 같군. 아닌가?"

페트리지아가 작게 웃음 띤 표정으로 물었다. 위더포드 공작가는 대대로 에프레니 공작가와 척을 지고 있다. 그러니 아마 그 머릿 속에 들은 인물은 에프레니 공작가와 관련된 인물들 중 하나이겠 지. '그게 로즈몬드면 좋으련만' 하고 페트리지아는 생각했다. 지금 으로서는 가장 현실성 있는 인물이 아닌가. 만일 그마저 그런 이야 기를 꺼낸다면 페트리지아는 자신의 계획을 이대로 밀어붙일 생각 이었다.

"역시 각하는 속일 수가 없겠군요."

"정황이 그러하니까. 그래서 누군가? 그대가 생각해둔 사람이."

"각하께도, 아니 폐하께서도 좋아하실 인물입니다. 그리고 모두 가 알고 있는 인물이지요."

"……."

호칭이 바뀌었다. 페트리지아는 가만히 웃어 보였다. 섭정으로 서의 자신이 아니라 황후로서의 자신이 좋아할 만한 인물. 단 한 사 람밖에 없지 않은가. 그녀가 즐거운 미소를 띠며 그에게 물었다.

"하지만 어째서? 그대가 이런 선택을 한 것에 대해 조금 이해가 부족하군. 그녀가 에프레니 공작가와 상관이 있나?"

그녀가 알고 있는 사실은, 전생에 에프레니 공작부인과 로즈몬 드 사이에 어떤 사특한 음모가 오고 갔다는 것뿐이었지만, 아마 위 더포드 공은 이것마저도 모를 가능성이 컸다. 그런데 왜 굳이 지목 한 사람이 에프레니 공작가의 사람이 아니라 로즈몬드인 것일까? 궁금함에 빠진 그녀의 질문에 위더포드 공작이 친절하게 답했다.

"이분법적 사고를 한다면 가능합니다, 각하."

"무슨 뜻인가."

"에프레니 공작가는 각하를 마뜩잖게 여기고 있습니다. 현재 쥐고 있는 권력을 유지하기 위해서라면 어떻게든 각하나 펠프스 부인과 연을 맺으려 하겠지요. 하지만 지금 각하께 하는 태도로 미루어 보았을 때, 적어도 그 연줄이 각하는 아닐 겁니다. 그렇게 되면 남는 사람은 한 명뿐이지요. 적어도 공식적으로는 그렇지 않습니까."

"……."

"제 생각이 틀리다고 생각하십니까."

"아니, 그렇지는 않네. 다만……."

페트리지아가 잠깐 생각하는 표정을 지으며 말을 끌었다. 그래, 그녀도 어느 정도는 알고 있었다. 에프레니 공작가가 자신을 그리 달가이 여기지 않는다는걸. 섭정이 된 후 끊임없이 걸어오던 태클, 그걸 못 알아차릴 바보는 어디에도 없을 것이다.

하지만 도대체 왜? 페트리지아는 이유가 궁금했다. 그녀는 단 한 번도 세 공작가들을 차별한 적이 없다. 그녀는 최대한 모든 이를 공평하게 다루려 노력했고, 그리하여 얻은 결과는 나름 우호적인 위더포드 공작가의 태도와, 어디에든 중립적인 바시에 공작가와의 관계다.

하지만 유독 에프레니 공작만 자신에게 있어 적대적이다. 아니,

사실 적대적이라고는 말하기 애매하지만 그렇다고 해서 그 태도를 우호적이라고 보기에는 어렵다.

페트리지아는 진지하게 생각해보았다. 도대체 그 원인이 뭘까? 하지만 고민해도 답이 나오지 않자 그녀는 질문을 해보기로 했다.

"다만 궁금할 뿐이야. 어째서 그들이 나를 싫어하는지. 내가 그들에게 특별히 서운하게 대한 적이, 내가 생각할 때는 없거든."

페트리지아는 위더포드 공작의 대답을 기다렸고, 이어지는 내용은 뜻밖이었다.

"각하, 어째서 그 이유가 꼭 각하께만 있다고 생각하십니까."

"……뭐?"

"정치란 본래 이분법적인 사고로만 재단하기가 어려운 것이지요. 특히나 이런 일에 있어서는 말입니다."

"계속 말해보지."

"저 또한 각하께서 모든 귀족을 평등하게 대하셨다는 사실을 알고 있습니다. 자문회의에 참가한 귀족들이라면 아마 모르는 이가 없을 겁니다."

"그런데?"

"그러니 각하의 태도에는 문제가 없습니다, 적어도. 각하께서 섭정에 오르시기 전, 아니 황후위에 오르시기 전이라면 또 모를까. 하지만 모두가 알다시피 각하께서는 사교계에서도 조용히 지내셨고, 영애 시절도 평범하셨지요. 그러니 그들이 그렇게 나오는 것이 각

414

하의 태도만이라고는 보기 어렵습니다."

"그렇다면 도대체 무슨 이유로 그들은 나를 선택하지 않은 것일까."

에프레니 공작가의 정적인 위더포드 공작가의 가주 앞에서 할 말은 아니었지만, 그녀는 정말로 궁금했다. 어째서, 도대체 왜 그들이 자신을 선택하지 않은 것인지. 그녀는 말을 내뱉고는 잠깐 위더포드 공작의 눈치를 보았지만 그는 그저 빙긋 미소 지을 뿐이었다.

"그 이유는 각하도, 저도 모르지요. 아마 그쪽의 가주만이 알고 있지 않겠습니까."

"……그래."

"확실한 것은, 각하. 이미 우리는 돌아올 수 없는 강을 건넜다는 것입니다."

"……."

그랬다. 에프레니 공작가는 로즈몬드를 선택할 것이고, 그 반대로 위더포드 공작가는 그녀를 선택했다. 위더포드 공작가가 로즈몬드를 원했는데 페트리지아를 선택한 것인지, 아니면 애당초 그녀를 선택하고자 했는지는 알 수 없었지만, 확실한 것은 적어도 이 시점에서 그들이 페트리지아를 지지한다는 것, 그것뿐이었다. 그리고 페트리지아 역시 그 이상의 이유는 필요하지 않다고 생각했다.

중요한 건 그들이 자신을 지지하고, 그녀 또한 그들을 비호해줄 용의가 있다는 점이었다. 그 이외의 감정적인 것들은 전부 다 불필요하고 가치 또한 없다. 페트리지아는 이 싸움에 있어 그런 유대적인 것들이 하나도 중요치 않을 것이며, 설령 누군가 제공한다고 해도 거절할 생각이었다. 그런 것들은 오히려 방해가 된다. 적어도 지금의 그녀는 그렇게 생각했다.

"나 또한 굳이 척을 진 이들을 신경 쓸 생각은 없다. 그들에게 잘 보이기 위해 노력하고 싶지도 않고. 내게는 이미 그대들이 있으니까. 내 말이 틀렸나?"

"전혀요, 각하."

위더포드 공작이 특유의 미소를 지어 보이며 한 모금이나 남았을 찻잔을 전부 다 비워버렸다. 차는 이미 식어 맛이 없을 게 분명한데도 그는 그처럼 맛이 있을 수 없다는 듯한 표정으로 목울대를 움직였다. 페트리지아는 그 모습을 빤히 바라보다가 곧 다시 입을 열었다.

"생각해둔 방안이 있나 보군, 공."

"아무렴 그런 생각조차 하지 않고 각하를 찾지는 않았겠지요. 그건 각하께 실례가 되는 일이 아닙니까. 이 일 말고도 신경 쓰실 일이 많을 터인데."

"유능한 신하군."

"모시는 분께서 신경 쓰실 일을 더는 것이 신하의 도리이지요. 물론 저 또한 그런 자들을 아끼고요."

416

그가 빙긋 웃으며 찻잔을 테이블 아래에 내려놓았다. 그는 곧 웃음과 진지함이 반씩 섞인 얼굴로 말을 시작했다.

"어차피 명확한 증좌가 없는 이상 펠프스 부인을 완전히 몰락시키는 것은 불가합니다, 각하. 아시겠지만…… 폐하의 총애도 무시할 수 없는 상황이고요. 증거가 없다면 펠프스 부인의 남작위를 빼앗는 것이 우리가 그나마 얻을 수 있는 가장 큰 이익일 겁니다."

"그조차도 쉽지 않을 걸세. 그녀는 우리가 생각하는 것보다 훨씬 영민하거든."

"예, 각하. 알고 있습니다. 아마 에프레니 공작가의 힘을 이용해 이 상황을 어떻게든 모면하려 할지도 모르지요. 그러니 중요한 것은……."

곧 인자한 미소를 짓던 위더포드 공작의 입에서 그 미소와는 전혀 어울리지 않는 말이 튀어나왔다.

"조작하는 것입니다. 이 모든 일을요."

"조작이라……."

창밖을 바라보고 있던 페트리지아가 중얼거렸다. 그녀의 복잡한 속과 다르게 바깥의 하늘은 깨끗하고 단순하기 그지없었다. 새삼 구름이 부럽다고 생각하면서 페트리지아는 저도 모르게 창가에다 대고 손가락을 톡톡 소리를 내며 움직였다.

"고민이 있나 보네, 동생 폐하?"

"닐."

페트리지아가 희미하게 웃으며 뒤를 돌았다. 늘 그렇듯 손에 무언가 주전부리할 것들을 가지고 들어온 페트로닐라가 천천히 그녀를 향해 걸어왔다. 페트리지아는 반사적으로 테이블에 가 앉았다. 그녀가 물었다.

"새로 구웠나 보네. 다쿠아즈?"

"응. 딸기 맛이야. 좋아하지 않나?"

"좋아하지. 고마워, 닐. 잘 먹을게."

한 입 베어 물던 페트리지아가 곧 의아한 눈길로 페트로닐라에게 물었다.

"같이 안 먹어?"

"아까 많이 먹었어. 그보다⋯⋯."

뜸을 들이던 페트로닐라가 조심스럽게 페트리지아에게 물었다.

"폐하께서 깨어나셨어. 어떻게든 그 일을 마무리 지어야 할 것 같은데, 무슨 생각이야?"

"네 말이 맞아, 닐. 이 문제로 시간을 끌어봤자 불리한 건 우리 쪽이지."

잠깐 고민하던 페트리지아는 아까 위더포드 공작과 나누었던 대화 내용을 그대로 페트로닐라에게 전해주었다.

"우리 모두 이번 일로 큰 수확을 거두길 기대하지 않아. 죄질은 극악무도하지만 심증만 가득할 뿐, 물증이 없지."

다른 것도 아닌 황후의 암살 시도. 거기다 실질적인 피해를 입은 쪽은 무려 이 나라의 지존이다. 그럼에도 불구하고 이런 일의 특성상, 더구나 일이 발생한 장소가 상대적으로 광활한 사냥터였기 때문에, 배후를 밝혀내는 건 쉽지 않았다. 하지만 목숨까지 내던질 뻔했는데 이대로 묻혀버리는 건 너무 아깝지. 페트리지아가 싸늘하게 말했다.

"위더포드 공작은 증거를 조작해서라도 이 일로 수확을 얻길 바라. 나 또한 이 일을 그냥 덮어버리기를 절대 원하지 않고. 분명 난 그때 펠프스 부인에게 경고했고, 여기서 그냥 넘어간다는 건 내 꼴만 우습게 되는 일이야."

"난 그냥 덮으라고 하지 않았어, 리지. 혹시…… 그럴 일은 없겠지만 날 의식해서 그런 말을 한 거야?"

"무슨 뜻이야?"

"넌 변했어, 리지."

페트로닐라가 담담하게 말했다. 그 말을 들은 페트리지아는 순간 울컥해서 그녀에게 쏘아붙이듯 말했다.

"난 변했어."

"그래, 변했지."

"나쁜 뜻이지?"

"그렇다고도 볼 수 있고, 아니라고도 볼 수 있지."

"무슨 뜻이야?"

조금 떨리는 목소리가 애처로웠다. 페트로닐라는 알 수 있었다. 페트리지아는 분명 변했다. 삶과 죽음의 경계에서 겨우 살아 돌아온 여자다. 바뀌지 않았다면 그게 더 이상할 일. 본인 역시 그 변화를 감지하고 있긴 하지만, 정작 모르는 게 하나 있었다.

"난 솔직히 말해서 네 변화가 마음에 들어. 전보다 더 단단해졌고, 강인해졌지."

"……."

"하지만 넌 그걸 별로 좋아하지 않고 있어. 아니니?"

"……."

페트리지아의 표정이 작게 일그러졌다. 울음을 터뜨리기라도 하려는 듯 눈가에는 약간의 눈물마저 고이고 있었다. 페트로닐라는 순간 그 표정을 보고 덩달아 함께 울고 싶은 마음이었지만, 그러지 말자고 다짐하고, 또 다짐했다. 자신까지 울어버리고 말면 이 불쌍한 아이를 도대체 누가 달래줄 것인가. 이 착한 아이는 분명 자신이 눈물을 흘리면 우는 것도 잊어버린 채 자신을 달래줄 것이 뻔하다.

그러니 울지 마, 페트로닐라. 넌 이 아이를 너무나도 많이 울렸으니까. 이제는 네가 저 아이의 눈물을 닦아줄 차례 아니겠니?

"난……."

페트리지아가 잔뜩 떨리는 목소리로 테이블을 잡았다. 어찌나 세게 잡았는지 금속제의 테이블이 약간 흔들렸다. 뼈마디가 하얗게 드러난 손을 바라보지 않으며 페트리지아가 고백했다.

"맞아. 솔직히 말해 좋지 않아."

그녀는 태생적으로 악한 사람이 아니었고, 태어나서도 악한 사람은 되지 못했다. 그녀는 풀꽃처럼 조용했고, 잔잔했고, 온순한 사람이었다.

아마 황궁에 들어가 황후라는 자리에 앉지 않았더라면 그녀는 끝까지 풀꽃으로 살았을지도 모른다. 하지만 페트리지아는 이미 언니를 대신해 황후가 되는 가시밭길을 걷기로 마음먹었고, 가시밭길에서 풀꽃이 산다는 건 어불성설이었다.

페트리지아는 그럼에도 불구하고 마지막까지 꽃으로 남으려 했지만, 늘 그렇듯 주변 환경이 도와주지 않았다. 가시밭길에는 계속해서 비가 내려 그녀의 뿌리를 흔들어놓았고, 바람은 계속 불어 그녀의 꽃잎을 찢어놓았다. 이런 상황에서 끝까지 풀꽃으로 남는 것은 순결한 것도 아름다운 것도 아니다. 추접스럽고 구질구질한 일일 뿐.

그러니 자신은 잡초가 되어야 할 수밖에. 고귀한 난초도, 아름다운 장미꽃도 지금 이 상황에서는 어울리지 않는다. 더군다나 황제의 총애를 받지 않는 지금과 같은 처지라면 더더욱. 로즈몬드라면 또 모르겠지만.

그럼에도 불구하고 어쩔 수 없이 선택한 이 변화가 그녀는 싫었다. 영원히 꽃으로 남고 싶었다. 고귀하고 또 고귀하여, 아무런 세파를 겪지 않고 황궁 안에서 그저 편히, 아무 일에도 신경 쓰지 않고 지내고 싶었다. 입궁하기 전까지만 해도 그런 마음이었건만, 늘 그렇듯 세상 사는 일은 생각처럼 녹록지도, 편하지도 않다. 슬프게도, 페트리지아가 택한 길은 더더욱 그런 길이었다.

"난 입궁할 때까지만 해도 정치 따위에 관여하고 싶지 않았어. 그저 뒷방 구석에서 황후로 지내다, 황위를 이을 아이 하나만 낳고 또다시 있는 듯 없는 듯 지내고 싶었지."

하지만 그 꿈을 꾸었던 당시의 그녀는 이미 알고 있었을 것이다. 그때의 그녀가 꿈꾸었던 것들은 그저 환상에 지나지 않는다는 것을. 황후가 되기로 다짐한 이상, 퀸의 자리를 차지하기로 마음먹은 이상, 그런 생각들은 부질없을뿐더러, 심지어는 이기적이기까지 하다는 것을.

그녀가 영원히 풀꽃으로 살아가길 원했다면, 누군가는 그녀에게 몰아칠 비바람을 오롯이 막아 주어야 했을 테니.

"이젠 확실하게 알아. 그렇게 하면 나뿐만 아니라, 내 소중한 사람들까지 전부 피해를 입는다는걸."

페트리지아는 오열하지 않았다. 눈물을 펑펑 쏟지도 않았다. 그저 눈물 한 방울만을 조심스럽게 볼 위로 떨어뜨릴 뿐이었다. 마치 그것만이 그녀 자신을 위해 해줄 수 있는 최대한의 위로라는 듯. 페트로닐라는 동생이 안타까웠고, 또한 미안했다.

"……미안해."

애당초 자신이 황후가 되었더라면, 달라졌을까. 과거의 자신은 왜 그리도 어리석었을까. 왜 동생의 선의를 뿌리치고 자신이 황후가 되겠다 말하지 못했을까. 이기적인 건 자신이었다.

"그만하자, 닐. 이런 후회는 하게 되면 끝이 없으니까."

페트리지아는 해탈한 사람 같은 표정을 지으며 웃어 보였다. 아니, 어쩌면 체념일지도 몰랐다. 어쨌거나 중요한 건, 그녀가 더 이상 예전 같지는 않다는 것이었다. 물론 여전히 그녀는 착했고, 상냥했고, 아름다웠지만, 그것은 이제 본질만 겨우 남아 있을 뿐, 그것을 둘러싸고 있는 외피는 전부 변해버렸다.

페트로닐라는 동생의 그런 변화가 차라리 낫다고 생각했다. 그일로 인해 자신의 마음속에서 피어나는 안타까움 같은 감정은 별개의 문제였다. 페트로닐라가 가만히 고개를 끄덕이며 그녀의 말에 긍정했다.

"네 말이 맞아. 이런 후회는 하고 나면 끝이 없지. 그만하자."

"그래. 현재의 일에 충실하자, 닐. 후회라는 건…… 이기고 나서하는 거야. 승리 후의 후회는 과거의 영광스러운 상처이지만, 패배후의 후회는 패자의 지질한 변명, 그 이상도 그 이하도 아니니까."

"부디 먼 훗날 우리가 이 일로 이야기를 다시 나눌 때 하는 게 변명이 아니라 무용담이었으면 좋겠네."

"그렇게 되도록, 내가 도울 거야, 리지."

그렇게 말하는 페트로닐라의 목소리에는 부드러운 강인함이 있었다. 갈대와도 같은 단단함이다. 부드럽되 까다롭지 않고, 연약하

되 꺾이지 않는.

페트리지아는 새삼 느꼈다. 저뿐만 아니라, 제 언니도 분명 변하고 있다는걸. 그 변화를 본인이 감지하고 있는지는 모르겠지만, 확실히 이건 누가 봐도 좋은 변화였다. 자신과는 다르게. 그녀가 속으로 서글픈 미소를 지으며 그녀에게 말했다.

"말이라도 고마워."

"증거 조작은 말은 쉽지만 행동이 어려운 일들 중에 하나야. 그게 성공으로 이어지리라는 보장도 없고, 자칫 들통났다간 망신만 제대로 당할 뿐 아니라 네 위엄과 권위까지 손상시킬 수 있는 일이지. 잘…… 할 수 있겠어?"

"잘하지 못한다고 해도 반드시 해내야 하는 일이야, 닐. 내게 선택권 따윈 없어. 적어도 지금 이 순간은 그래."

"너 혼자가 아니니까 잘할 거야. 위더포드 공작을 믿어?"

"믿고 싶지만, 그렇게 하지 않으려고."

"……그래."

페트리지아의 말에 페트로닐라가 가만히 고개를 끄덕였다. 믿는다, 믿지 않는다가 무에 그리 중요할까. 믿으면 무언가가 달라질까? 믿지 않으면 무언가가 또 달라질까? 어차피 그들과 자신들의 관계는 그저 전략적 이용 관계일 뿐인데. 중요한 건 그런 아름다운 이름이 아니다. 서로가 서로에게 기대하는 바를 충족시켜 주는 것, 그뿐이지.

"난 너처럼 머리가 좋지 않아서, 내게 마땅한 해결책을 기대하기는 어려울 거야. 미안하다."

그 말에 페트리지아는 그저 작게 웃어 보였다. 페트로닐라는 정말로 자신이 그녀에게 도움이 되지 않는다고 생각하고 있는 걸까. 그녀가 당치 않다는 듯이 그녀의 말을 부정했다.

"그런 게 아니더라도 언닌 충분히 내게 힘이 되는 존재야. 알잖아."

"그래도. 어쨌든 나도 이런 쪽에서 도움이 되고 싶었거든. 능력이 안 되니 어쩔 수 없지만……."

"됐네요. 그나저나 이 다쿠아즈 참 맛있다. 시녀들에게도 나눠 주면 좋을 텐데."

"안 그래도 다들 한 번씩 맛 봤어. 마음에 들면 또 구워달라고 말해놓을게."

페트로닐라는 그 말을 마치고 난 뒤 비어버린 접시를 들고 자리에서 일어섰다. 문가로 가려던 그때, 뒤쪽에서 페트리지아의 목소리가 들려왔다.

"고마워, 언니."

"……."

페트로닐라는 순간 숨이 턱 막혀 오는 듯했다. 아니야, 리지. 내게 그런 말을 하지 마. 난 네게 그런 말을 들을 자격이 없단다. 난 너를 이렇게 만든 장본인인걸.

페트로닐라가 서글픈 눈을 감추지 않으며 눈물을 한 방울 떨어뜨렸다. 눈물은 그녀에게로만 젖어 들어 다행이었다. 그녀의 동생이 이 모습을 봤으면 잔뜩 걱정한 얼굴로 달려올 테니까. 변했다고 말했지만 결국 본질은 하나도 변하지 않은 그녀의 동생. 그녀는 힘겹게 입술을 들어 겨우 한 마디만을 말할 뿐이었다.

"천만에."

루시오가 가사 상태에서 회복된 탓에 페트리지아는 일에 박차를 가했다. 그가 의식이 없던 동안 자신이 맡았던 일은 극히 일부분에 불과하긴 하지만 어쨌든 확실히 인수인계를 해주어야 할 터. 페트리지아는 그가 일주일 후 정무에 복귀했을 때 아무런 문제없이 정사를 처리할 수 있도록 최선을 다해 일했다. 그녀의 노력에 결실을 맺기라도 하듯, 루시오는 일주일 후 아무런 어색함 없이 정무에 돌입할 수 있었다.

섭정에서 다시 황후로 복귀한 그녀의 할 일은 그러나, 조금밖에 줄지 않았다. 아직 가장 중요한 일을 못 매듭짓지 않았던가. 페트리지아는 아직 김이 피어오르는 차를 마시며 누군가를 기다리고 있었다. 그녀가 기다리던 사람은 곧 그녀의 앞에 나타났다. 시녀가 그의 등장을 알려주었다.

"폐하, 위더포드 공작 전하께서 드셨습니다."

"모시거라."

그 말과 함께 그가 위풍당당한 모습으로 나타났다. 그녀는 빙긋 웃으며 그를 맞아주었다.

"어서 오지, 공. 오랜만이군."

"예, 폐하."

사실 그리 오랜만은 아니었지만 그냥 예의상 하는 말이라고 생각하자. 페트리지아는 흥미로운 눈으로 그를 바라보며 물었다.

"그래, 날 보자고 했다지?"

"그렇습니다, 폐하."

"그대가 날 보자고 한 까닭은 하나밖에 없을 줄 아는데, 맞나?"

"예측하시는 그대로입니다, 폐하. 자백이 나왔습니다."

"상대는?"

"베인궁의 시녀입니다, 폐하. 부러 똑똑하고 상황 판단을 잘할 법한 아이로 골랐습니다. 그 아이가 적당히 조작한 증거로 말을 잘해 줄 겁니다."

"뒤탈은?"

"고향에 있는 가족들을 빌미로 조건을 제시했으니 아마 허튼짓을 하진 못할 겁니다. 염려 놓으십시오."

"좋아. 이 사실을 그대와 나를 제외하고 또 누가 알고 있지?"

"아직은 아무도 없습니다. 내일 아침 자문회의에서 결과를 발표할 예정입니다."

"됐군. 수고했네, 공."

"아닙니다, 폐하. 결과가 너무 늦어 송구스럽습니다."

위더포드 공작의 말에 페트리지아가 만족스럽게 웃었다. 시간이 늦어졌든 어쨌든 결과만 동일하면 아무런 상관이 없는 거다. 그녀가 드물게 들뜬 목소리로 위더포드 공작에게 말했다.

"어쨌든 중요한 건 이 일을 완전히 마무리 짓는 것이겠지."

다음 날. 페트리지아는 사건을 완전히 종결짓기 위해 로엔궁으로 발걸음을 옮겼다. 그곳에서 증인의 증언이 있을 것이고, 처벌이 결정될 것이다. 그녀는 꽤나 긴장된 표정으로 걸음을 걷다가, 우연히 로엔궁으로 향하는 루시오를 발견했다. 페트리지아는 가급적 그와 마주치지 않기 위해 길을 돌아가려 했으나, 이미 늦은 후였다. 그가 먼저 자신을 발견한 것이다.

"황후."

그가 페트리지아를 부르며 그녀가 있는 쪽으로 다가왔다. 어째서 제 갈 길을 가지 않고 굳이 저를 잡는지 모르겠다고 생각하며 페트리지아가 그리 달갑지 않은 표정을 몰래 지었다. 하지만 그녀는 곧 아무렇지도 않게 그에게 다가가 고개를 숙여 인사했다.

"황제 폐하를 뵙습니다. 위대한 제국의 태양께 영광을."

"로엔궁으로 가는 중인가?"

"그러합니다."

그녀가 짤막하게 대답했다. 그러자 그 후에 충격적인 소리가 들려왔다.

"같이 가지."

"……."

거기다 대고 부정의 뜻을 표할 수 있는 자가 이 제국 안에 있을 수 있을까. 감히 이 제국 황제의 청을. 페트리지아는 속으로 한숨을 쉬며 뜻대로 하시라고 답변했다. 솔직히 말해 매우 불편한 일이었으나 어쩔 수 없는 일이었다.

"……."

두 사람은 함께 걷긴 했지만 그렇다고 해서 그 사이에서 말소리가 오가는 것은 결코 아니었다. 페트리지아는 가급적 말을 아꼈는데, 그 이유는 중차대한 일을 앞둔 이 시점에서 혹시라도 자신의 말 한마디가 일을 그르칠까 염려해서였다. 이 사정을 모르는 루시오로서는 여전히 그녀가 자신을 싫어하고 있구나, 생각할 뿐이었다. 그래서 그는 딱 한마디만 했다.

"오늘이 수사가 종결되는 날이지."

"그렇습니다, 폐하."

"증좌가 나타났다고."

"그렇습니다, 폐하."

"그녀를 사형에 처할 것인가?"

"그렇습니다, 폐하."

우뚝. 그러자 잘 걷던 루시오가 돌연 걸음을 멈추었다. 자연히 페트리지아의 발도 움직임을 멈추었고, 페트리지아는 그의 얼굴을 처음으로 보았다. 그가 속을 읽기 어려운 얼굴로 자신을 쳐다보고 있었는데, 그건 원망이나 미움의 눈빛은 아니었다. 루시오는 그냥 저를 빤히 바라보기만 했다.

페트리지아는 순간 그 시선이 어린아이의 것이라고 느꼈고, 그 시선을 받는 것이 부담스러워진 탓에 그의 시선을 슬그머니 피해 버렸다. 루시오는 그러고도 잠깐 동안 페트리지아를 더 쳐다보다가, 곧 고개를 돌려버렸고, 다시 걷기 시작했다.

페트리지아는 그가 도대체 왜 그런 행동을 한 것인지 물어보고 싶었지만 용기가 나지 않아 하지 못했다. 결국 두 사람은 다시 말없이 걷기 시작했다.

"황제 폐하, 황후 폐하 드십니다."

시종의 말과 함께 열리는 문. 페트리지아는 자신들을 향해 고개를 숙이는 귀족들의 모습을 감흥 없는 눈으로 쳐다보았다. 그녀는 루시오와 함께 황좌가 있는 곳까지 가 그의 옆에 나란히 앉았다.

오직 제국의 황후만이 가질 수 있는 특권. 공식적으로 그녀가 그의 옆에 이렇게 나란히 앉은 것은 아마 오늘이 처음이지 싶었다. 페트리지아는 자신이 먼저 입을 열려다 설레발인 것 같아 그만두었지만, 그가 먼저 제게 말했다.

"오늘 일은 황후가 총책임자니, 그대가 시작하지."

"황송하옵니다, 폐하."

짤막하게 감사를 표한 페트리지아가 낮은 목소리로 위더포드 공작에게 지시했다.

"공, 사건의 전말에 대해 보고해보게."

"예, 폐하. 얼마 전 황실에서 주최한 사냥 대회에서 황제 폐하와 황후 폐하께서 실종되신 불미스러운 일이 있었습니다. 양 폐하께서는 사냥 대회가 종료되고 얼마 후에 본부에 복귀하셨지만, 황제 폐하께서는 살수들의 독화살에 맞아 생명이 위태로우시고, 황후 폐하 또한 그들의 습격에 당하신 상태였습니다. 황후께서 쓰러지신 황제 폐하를 대신해 섭정이 되어 이 일의 조사를 제게 맡기셨으며, 저는 황후 폐하의 명령을 받들어 가장 유력한 후보인 펠프스 부인을 비롯, 그녀가 기거하는 베인궁의 궁녀들을 심문하였습니다."

"오늘이 조사가 종결되는 날이네, 공. 진범을 밝혀냈는가?"

"그렇습니다, 황후 폐하."

"그게 누구지?"

페트리지아의 물음에 위더포드 공은 대답하지 않았다. 대신 딴소리를 했다.

"증인을 들여라."

그의 말이 끝나기가 무섭게 문이 열리고 누군가가 들어왔다. 베인궁의 상징인 붉은 드레스를 입고 있던 궁녀는 오랜 심문에 꽤나 지쳐 있는 모습이었으나 쓰러지기 직전처럼 아파 보이지는 않았다. 그녀는 상당히 높은 신분의 이들만 모여 있는 이 공간이 부담스럽게 느껴지는 듯 살짝 위축된 모습이었는데, 위더포드 공작과 눈을 마주치자마자 소스라치게 몸을 떨었다. 그가 명령했다.

"가까이 오너라."

그녀는 몸을 떨면서도 용케 그렇게 했다. 페트리지아는 관조적인 눈빛으로 과연 무슨 일이 일어날지 지켜보기로 했다. 곧 위더포드 공작의 입이 다시 열렸다.

"양 폐하, 그리고 친애하는 귀족 여러분. 두 분 폐하를 살해하려 한 진범은 바로 펠프스 부인입니다."

이미 예상되어 있던 결과였으나 그것이 막상 현실로 다가오자 좌중에서는 약간의 소요가 흘렀다. 그러자 루시오가 손을 살짝 들어 그것을 조용히 시킨 뒤에 위더포드 공작에게 물었다.

"공, 그것이 확실한 사실인가?"

"그렇습니다, 폐하. 베인궁의 궁녀에게서 증언을 확보했습니다."

그는 그러더니 어서 말해보라는 듯 궁녀에게 눈짓을 주었다. 그러자 젊은 궁녀가 입술을 달싹이다가 겨우 입을 열었다.

"공작 전하의 말씀이 사실입니다, 폐하."

"그 말에 한 치의 거짓도 없느냐? 위증은 곧 죽음으로 갚아야 할 것이다."

"사실입니다, 폐하. 제가 보았습니다. 펠프스 부인께서는 늘 황후

432

폐하를 미워하셨고 적대감을 가지고 계셨습니다. 마침 황후께서 사냥 대회에 참가하신다기에 좋은 기회로 여기시고 살수들을 불러 음모를 꾸미셨습니다.”

“폐하, 저자의 말을 어찌 믿을 수 있겠습니까. 단순히 시녀 아이 하나의 증언만으로 황제의 정부를 죽일 수는 없는 노릇입니다.”

“그렇습니다, 폐하. 증인만으로는 함부로 이 일을 종결지을 수 없습니다.”

에프레니 공작의 최측근들까지 들고 일어나자, 위더포드 공작은 다시 한번 눈짓했다. 이번에 끼어든 것은 수색대에 대장으로 있었던 라파엘라였다.

“이것이 그 증표입니다.”

라파엘라가 꺼내 든 것은 흙이 잔뜩 묻어 더러워진 뒤꽂이였는데 반으로 잘렸는지 장식 하나가 날이 선 채 끊겨 있었다. 라파엘라는 흔들림 없는 목소리로 말을 이어나갔다.

“수색 현장에서 발견한 것입니다. 괜한 잡음을 일으킬까 봐 보고하지 않았습니다만, 저 시녀의 심문을 통해 이것이 펠프스 부인의 것이라는 사실을 밝혀냈습니다.”

“부인께서 자주 하고 다니시던 장신구였는데, 어느 날부터 갑자기 하지 않으셨습니다, 폐하. 제 말을 못 믿으시겠거든 베인궁을 수색해보십시오. 분명 남은 반쪽이 나올 것입니다.”

“그렇다면 결과는 정해진 것이 아닌가.”

페트리지아가 감흥 없는 표정으로 중얼거렸고, 루시오는 무슨 생각을 하는 건지 아무 말도 하지 않았다. 그녀는 루시오를 진지한 눈으로 얼마간 쳐다보다가, 베인궁 궁녀와 라파엘라의 증언으로 패닉에 빠진 귀족들을 둘러보며 물었다.

"그대들은 이 일에 대해 어찌 생각하지? 이래도 더 이상의 증좌가 필요한가?"

모두 거짓이다. 저 시녀의 증언도, 급조하여 만들어낸 흙 묻은 뒤꽂이도. 하지만 솔직히 말해, 이보다 더한 증거가 필요한가? 아니, 이보다 더 정확한 증거를 만들어낼 수 있는가? 페트리지아는 자신의 승리를 확신했다. 귀족들은 아무 말도 하지 않았고, 페트리지아는 마침내 그녀가 그토록 염원하던 순간이 왔음을 확신했다.

"결론이 난 것 같군. 황제 폐하, 황가의 안주인으로서 감히 황실의 주인을 시해하려 한 펠프스 남작부인의 참수형을 요청하는 바입니……."

"거짓입니다, 폐하!"

그때 누군가의 날선 목소리가 그녀의 말을 끊고 끼어들었다. 순간 페트리지아는 엄청난 분노를 느꼈고, 자신을 방해한 이가 누구인지 확인하기 위해 몸을 돌렸다.

누군가가 문을 열고 그들이 있던 곳으로 걸어 들어오고 있었는데, 익숙한 얼굴이었다. 상대를 확인한 페트리지아의 얼굴이 황당함으로 굳어졌다. 그녀가 실소를 내뿜었다.

"에프레니 공작. 어째 안 나타난다 하더니 지금에서야 나타났군."

"황제 폐하, 저 증언과 증좌는 모두 거짓입니다."

그는 흔들림 없는 목소리로 말을 이어나갔고, 페트리지아는 그의 뒤쪽에 서 있는 여자에게로 시선을 주었다. 역시나 붉은 드레스를 입고 있었다. 루시오가 물었다.

"무슨 뜻인가, 에프레니 공. 지금 드러난 증거와 증인이 모두 거짓이라니."

"폐하, 진범은 따로 있습니다. 펠프스 남작부인이 아닙니다. 부디 현명한 판단을 내려주소서."

"나 또한 궁금하군, 에프레니 공. 도대체 무슨 근거로 그런 말을 하는 거지?"

페트리지아가 그를 작게 노려보며 물었고, 에프레니 공작은 그런 그녀에게 잠깐 시선을 주었다가, 곧 그녀가 원하는 대로 해주겠다는 듯 말했다.

"이년이 바로 증거입니다."

에프레니 공작은 그렇게 말하며 자신의 뒤에 서 있던 붉은 드레스의 시녀를 무릎 꿇렸다.

공작에 비해 약할 수밖에 없는 시녀의 몸이 한순간에 허물어졌다. 페트리지아는 차분하게 그가 하려는 행동들을 지켜보았다.

"이년이 감히 양 폐하를 시해하려 한 주범입니다, 폐하."

"흑, 으흐흑."

시녀는 울고 있었고, 페트리지아는 그에게 다시 물었다.

"무슨 뜻인가, 공?"

"이년이 감히 펠프스 부인의 뜻을 거스르고 독단적으로 일을 벌인 것입니다, 폐하."

"에프레니 공작, 지금 그걸 말이라고 하는 것이오? 어떻게 일개 시녀가 살수를 고용할 수 있을 만큼의 자금을 가지고 있단 말인가?"

위더포드 공작이 말도 안 된다는 듯 에프레니 공작에게 쏘아붙였지만, 에프레니 공작은 태연한 표정으로 다른 한 사람을 더 장내로 들일 뿐이었다.

"들어와라."

에프레니 공작의 말에 장내로 들어온 사람은 한 남자였는데, 그는 어색한 걸음걸이로 에프레니 공작의 옆까지 다가와 무릎을 꿇었다. 루시오가 물었다.

"저자는 누구인가?"

"다이와디 남작입니다, 폐하. 이자가 펠프스 부인의 친부인 대로우 남작과 친분이 두터운 사이인데, 황후 폐하를 시해하면 펠프스 부인께서 황후가 되실 줄 알고 이런 잔학무도한 일을 꾸몄다고 자백했습니다."

"거짓입니다, 폐하! 다이와디 남작은 빚이 많기로 소문이 난 치가 아닙니까. 그런 자에게 어찌 살수를 고용할 돈이 있을 수 있습

436

니까!"

"그의 바람대로 펠프스 부인이 황후가 되면 그런 빚쯤이야 금세 갚을 수 있지요. 살수를 고용한 돈 역시 빚이었다고 자백하더이다."

에프레니 공작의 말에 위더포드 공작이 살의를 담은 눈으로 그를 노려보았다. 페트리지아는 낭패 어린 표정을 감출 수 없었다.

제길, 이렇게 되면…….

"그렇다면 지금 두 명의 증인이 서로 다른 말을 하고 있다는 것인가?"

루시오의 말에 좌중이 갑자기 조용해졌다. 이제 선택은 그의 몫이었다. 페트리지아의 손을 들어주든지, 아니면 정인인 로즈몬드의 손을 들어주든지. 그리고 사실 답은 이미 정해져 있는 것이었다.

"바시에 공작."

"네, 황제 폐하."

"증언이 엇갈렸으니 어쩔 수 없는 일이군. 그대가 이 사건을 넘겨받아 조사하도록 하지."

"예, 폐하. 성심을 다해 조사하겠습니다."

페트리지아의 손이 툭 하고 떨어졌다. 제길, 시간이 길어지면 서로에게 힘든 싸움이 되어버린다. 그녀는 직감적으로 일이 수틀리고 있다는 것을 느꼈다.

그 모든 소용돌이의 중심에 서 있는 것은 역시나 로즈몬드였다.

그녀는 감옥에 유폐되어 있으면서도 전혀 걱정하지 않는다는 표정으로, 우아하게 감시관에게 부탁한 차를 마시고 있었다. 그녀는 느긋한 얼굴로 자신이 가장 좋아하는 로즈마리 차를 마시며 앞으로의 계획을 구상하고 있었다.

아마 지금쯤이면 모든 일이 정리되었을 터였다. 루시오가 자신의 손을 들어주어 이 일이 단순한 해프닝으로 끝난다면 더 없이 좋을 노릇이었지만, 사실 그렇지 않는다고 해도 상관은 없었다. 에프레니 공작은 바보 멍청이가 아니고, 그는 자신을 물심양면으로 도울 것이다. 그러니 자신이 걱정할 일이 무어 있을까. 적어도 자신은 이번 일로 죽지는 않을 것이고, 타격을 입는다고 해도 기껏해야 남작위를 빼앗기는 정도일 것이다.

로즈몬드로서는 아무런 상관도 없는 일이었다. 왜냐하면 황후가 된다면 그깟 남작위 정도야, 개나 줘버릴 수 있었으니까. 그러니지금 그녀는 몸만 감옥에 있을 뿐, 마음은 이미 베인궁에 있는 것과마찬가지였다. 그때 감시관 하나가 그녀에게 다가와 상황을 이야기해주었다.

"펠프스 부인, 방금 부인에 대한 회의가 종료되었다고 합니다."

"결과는? 어찌 되었지?"

"증언이 엇갈리는 바람에 황제 폐하께서 보류를 명하셨습니다. 바시에 공작이 다시 조사를 하게 될 것입니다."

"흐응."

로즈몬드는 알았다는 듯 고개를 끄덕였고, 감시관은 다시 제자리로 돌아갔다. 로즈몬드는 일이 틀어질 것이라고 조금도 생각하지 않았다. 자신이 가지고 있는 패는 그가 생각하는 것보다 훨씬 많다.

그러니 그는 허투루 일할 수 없겠지. 만일 내가 죽게 된다면 적어도 나 혼자 단두대의 이슬로 사라지는 것은 아닐 테니까 말이야.

황후궁으로 돌아온 페트리지아는 분이 풀리지 않는다는 듯 성난 표정이었다. 그녀의 상태로 일이 잘못되었다는 것을 눈치챈 페트로닐라가 그녀에게 조심스럽게 물었다.

"잘 안 됐니, 리지?"

"에프레니 공작은 나와 완전히 척을 질 생각이야. 그렇지 않고서야 이런 짓을 벌일 수 없어."

페트리지아가 분노한 음성으로 중얼거렸다. 에프레니 공작은 분명 일이 잘못되어도 뒤탈이 없을 하급 귀족 하나를 포섭, 혹은 협박해 일을 꾸민 것이 분명하다. 일이 이렇게 되면 불리한 건 제 쪽이다. 황제는 로즈몬드를 사랑하고, 만일 일이 불분명해지면 그가 그녀의 손을 들어버리면 그만이다.

페트리지아는 낭패라는 듯 얼굴을 구겼다. 자신의 목숨까지 위험에 처하면서 얻을 수 있는 게 아무 것도 없어질 위기였다. 그러는 와중에 페트로닐라는 이상하다는 표정이었다. 그것을 눈치챈 페트리지아가 물었다.

"왜 그래?"

"그런데 왜 그는 그녀를 택했을까, 고민 중."

"……."

합당한 의문이다. 왜 에프레니 공작은 그녀를 택했는가. 총애를 받고 있다고는 하나 하급 귀족의 딸이다. 그는 공작이고 그 누구보다도 혈통을 중요시할 것이다. 그런 그가 어째서 자신이 아닌 로즈몬드를 택했는지는, 도무지 알 수 없었다.

페트리지아는 자신이 모르는 무언가가 있는지 의심했으나, 유감스럽게도 그 사실을 확인할 방법은 어디에도 없다는 것이 문제였다. 그녀가 한숨을 내쉬며 읊조렸다.

"그 이유조차 몰라."

"내연 관계, 뭐 이런 건 아닐 테고."

"큰일 날 소릴."

페트리지아가 고개를 절레절레 저었다. 페트로닐라의 말이 사실이면 에프레니 공작가는 황제의 여자를 능멸한 죄로 처벌을 면치 못하게 될 것이다. 로즈몬드의 신분이 그리 높지 않은 탓에 멸문할 일은 없겠지만 로즈몬드에 대한 황제의 애정도로 보았을 때 그에 버금가는 수위의 처벌이 내려질 확률이 높았다. 페트리지아는 이마를 두어 번 긁적인 다음 중얼거렸다.

"이제 어떻게 되는 거지."

"어쩔 수 없어, 리지. 우리가 해야 할 일은 다 한 셈이야. 여기서 또 다른 증거를 내밀 수도 없는 노릇이고. 그냥 하늘의 뜻에 맡기는 수밖에."

하늘의 뜻. 참으로 마음 편한 소리라고 생각하며 페트리지아는 짧게 한숨 쉬었다. 하지만 그녀를 더욱 한숨 쉬게 만드는 것은, 결국 페트로닐라의 말대로 하늘의 뜻에 이 일을 맡길 수밖에 없다는 현실이었다.

그녀는 미르야에게 자신이 좋아하는 딸기 주스를 부탁했다. 일단 머리를 좀 식히고 다시 생각해야 할 것 같았다.

그는 그날 완전히 깨달아야만 했다. 자신이 지금까지 알고 있던 여자가 사실은 저에게 완전한 내면을 보여주지 않았다는 것과, 생각했던 것만큼 그녀가 착하고 여린 여자가 아니라는 사실이었다.

그는 황제였다. 그의 황후는 정부에게 휘둘리는 그의 멍청함을 비웃을 수도 있을 터였으나, 만일 그녀가 자신의 입장이었다면 그렇게는 하지 못할 것이라고 그는 생각했다. 그에게 있어 그의 정부는 삶의 모든 것이고, 삶을 지탱하게 해주는 기둥이며, 삶이 존속되도록 이끄는 자양분과 같은 존재였다. 그런 존재라면 황제가 아닌 그 누구라도 빠져들 수밖에 없다. 고고한 목소리로 말하는 제 황후조차 자신의 입장이었다면 그런 말을 할 수 없을 것이다.

그것은 선과 악, 옳음과 그름을 뛰어넘는 차원의 일이었다. 생존은 어느 상황에서든 선이고, 옳음이다. 더군다나 적통 후계가 없는 지금 상황에서, 유일한 직계 혈통의 황손인 그에게는 더더욱 그렇다. 그러니 그는 그녀에게 빠져들 수밖에. 그녀에게 잡힐 수밖에.

하지만 그 이면에는 분명, 자신을 그리 만들어준 여자는 자신과는 다를 것이라는 기대도 숨어 있었다. 더럽고 추악한 자신과는 달리 아름답고 선량한 그녀일 것이라는 기대가 있었다. 하지만 오늘 장내로 들어오는 에프레니 공작의 눈을 쳐다보았을 때, 그리고 이어지는 그의 말을 들었을 때 그는 결국 깨달을 수밖에 없었다.

아, 자신이 틀렸노라고.

그는 그날 완전히 인정해야만 했다. 그가 그녀에게 품고 있던 이미지는 결국 허상이다. 그가 착각한 것인지 아니면 그녀가 그로 하여금 착각하도록 만든 것인지는 알 수 없으나, 확실한 것은 그가 알고 있던 것이 완전한 허구의 일이라는 점이다.

물론 그는 이 점을 가지고 자신의 정부를 탓할 생각은 없었다. 비난할 생각은 없었다. 그녀는 애당초 그런 잣대로 그에게 평가될 수 있는 인물이 아니었다. 그는 다만 깨달았을 뿐이다. 그녀는 자신의 생각과 완전히 부합하는 인물은 아니었다는 걸.

그가 한숨을 쉬었다. 결국 그렇고 그런 것이다. 결국 그렇고 그런 것이다……

루시오의 명령을 받은 바시에 공작은 한 치의 어긋남도 없이 오직 진실만을 밝히기 위해 동분서주하며 이 일을 조사하였으나, 조사 대상이 모두 조작된 증거이고 거짓된 진술이었던 탓에 진실을 밝힌다는 것은 땅에서 물고기를 찾는 것과 마찬가지 이치였다.

결국 바시에 공작은 황제가 명한 기한이 다 된 날, 이렇게 보고할 수밖에는 없었다.

'증거 불충분.'

역모죄는 3대를 멸할 수 있을 정도로 강력한 죄다. 따라서 정확한 증거가 없이는 처벌이 어렵다. 아무 증거나 갖다 대도 역모죄가 입증된다면 분명 정치적으로 이용될 가능성이 커질 테니까.

결국 이 일은 애당초 흐지부지될 수밖에 없었다. 루시오는 디아와디 남작과 펠프스 남작부인의 작위를 회수한 다음 증언한 두 명의 시녀 역시 내쫓아버렸다. 가장 깔끔한 결과였고, 누구나 수긍 가능한 결과였다.

물론 이 사태로 가장 피해를 본 것은 페트리지아 쪽이었지만 어쩔 수 없는 일이었다. 그녀는 그저 로즈몬드가 더 이상 펠프스 남작부인이 아닌 로즈몬드로만 불리는 것에서 만족하기로 했다. 그것만으로도 큰 소득이었다.

10

Efreny

로즈몬드는 남작위를 반납해야 했지만, 베인궁에서 쫓겨나지는 않았다. 베인궁의 시녀들은 배신자가 있다는 사실에 충격을 받은 로즈몬드에 의해 한차례 물갈이가 되었고, 그 수도 축소되었다.

로즈몬드는 이번 일로 시녀가 많다고 해서 결코 좋은 일만은 아니라는 사실을 다시 한번 깨달았고, 긍정적으로 생각하기로 했다. 어쨌든 다음부터는 결코 믿는 도끼가 발등을 찍는 일은 없을 것이기 때문에.

"레이디 로즈몬드, 그래도 무죄를 받으셔서 다행입니다."

"다행?"

로즈몬드가 성난 목소리로 글라라에게 쏘아붙였다.

"폐하께서 주신 펠프스의 성을 빼앗겼어. 지금 그걸 잘됐다고 보는 거냐?"

"……."

글라라는 그녀에게 목숨을 부지한 것만 해도 다행이라는 말을 해주고 싶어 입이 근질거렸지만 참기로 했다. 더 말했다간 펠프스 남작부인에서 베인궁의 로즈몬드가 된 그녀에게 어떤 처벌을 받을지 몰랐으므로. 그녀는 남작부인의 작위는 빼앗겼지만 여전히 황제의 정부라는 사실을 로즈몬드에게 각인시켰다.

"하지만 레이디 로즈몬드, 폐하께서 유일하게 사랑하시는 분은 로즈몬드 님뿐이신걸요. 낙담하지 마세요. 황후가 되시면 그깟 귀족의 작위 따위가 다 무슨 소용입니까."

"그 멍청한 것들을 고용한 내가 바보지. 다음부터는 좀 더 확실한 살수들로 알아봐야겠어. 세상에. 사실 확인도 제대로 하지 않고 철수하다니. 원금을 다 준 게 아까울 정도야."

로즈몬드는 분노에 찬 음성을 터뜨렸고, 글라라는 옆에서 그나마 역모죄를 받지 않아 다행이라고 생각하고 있었다. 로즈몬드 본인은 잘 자각하지 못하고 있는 것 같았지만 사실 이것만 해도 엄청난 성과가 아닌가.

감히 황후를 시해하려한 것도 모자라 애꿎은 황제까지 다치게 했는데 아무런 일신의 위해 없이 작위만 반납했다는 것 자체가 행운이었다. 물론 로즈몬드는 그런 자잘한 것까지 신경 쓸 정도로 만족을 잘 하는 사람은 아니었다.

"하…… 어쨌든 불필요한 소요는 줄였으니 그나마 다행이군."

그렇게 중얼거린 로즈몬드가 잠깐 무언가를 생각하는 표정을 지었다. 이번엔 도대체 또 무슨 음모를 꾸미시려는 걸까. 로즈몬드의 모든 일에 발을 걸치며 협조하고 있는 글라라였으나 이번에 한 차례 난리를 겪고 나니 겁이 나는 건 어쩔 수 없는 일이었다. 시시 때때로 일어나던 심문은 그녀에게 폐소공포증까지 생기도록 만들었다. 글라라가 불안한 표정을 짓는 사이 로즈몬드가 입을 열었다.

"에프레니 공작을 만나야겠어. 최대한 빨리."

"로즈몬드 님, 이번에는 또 왜……."

"만나자면 만나는 거지 뭐가 그렇게 말이 많아? 에프레니 공작이 정치 인생을 끝내고 싶지 않은 이상 그가 내 말을 거절할 일은 절대 없어. 그러니 잔말 말고 어서 편지를 보내. 내가 지금 당장 만나고 싶어 하니 최대한 빨리 베인궁에 찾아오라고."

"네…… 알겠습니다."

세상에, 작위도 없는 황제의 정부 따위가 제국의 삼재상 중 한 명을 좌지우지하고 있다는 걸 사람들은 알고 있을까? 상식적으로는 도무지 이해할 수 없는 일이었지만 모든 사정을 알고 있는 글라라로서는 그 말에 굳이 토를 달지 않았다.

정말로 에프레니 공작이 조금이라도 로즈몬드의 심사를 뒤틀리게 했다간 그의 정치 인생이 끝나는 건 순식간이었다. 물론 그게 에프레니 공작에게만 국한되는 말은 아니었다. 다만 로즈몬드가 아직 그 패를 완전히 드러내고 있지 않을 뿐이었다. 글라라는 새삼 모시는 분의 교활함에 감탄하면서, 에프레니 공작에게 서신을 쓰기 위해 발걸음을 옮겼다.

에프레니 공작은 정말로 빨리 베인궁에 도착했다. 글라라는 새삼 로즈몬드의 위력을 느끼며 두 사람이 앉은 테이블 위에 로즈마리 차 두 잔을 내려놓았다. 그녀가 마시는 차는 거의 늘 로즈마리로 동일했는데, 베인궁을 자주 찾을 수밖에 없는 에프레니 공작으로서는 참으로 지긋지긋한 일이었다.

물론 베인궁을 찾는 일 자체가 그에게는 지긋지긋한 일이긴 했지만. 그가 신경질적인 마음을 애써 감추며 그녀에게 물었다.

"레이디 로즈몬드, 부른 까닭이 무엇이오?"

한순간에 남작부인에서 남작 영애로 추락한 자신의 처지가 비참했으나 로즈몬드는 내색하지 않고 차를 한 모금 홀짝였다. 그녀가 말없이 차만 들이키자 에프레니 공작이 마침내 속내를 드러내며 그녀에게 불평했다.

"레이디 로즈몬드가 원하는 대로 다 해주지 않았습니까. 역모죄를 받는 것도 구해주었고, 처벌도 고작 남작위를 반납하는 것에서 그쳤지. 내가 아니면 어느 누가 이렇게까지 해줄 수 있다고 보십니까?"

"압니다, 공작. 그래서 나도 공작에게 감사하게 생각하고 있어요."

고작 남작 영애가 말하는 투는 황후 저리 가라였다. 심지어 페트리지아가 이번 일을 겪기 전에 쓰던 말투보다도 건방졌다. 심사가 뒤틀린 에프레니 공작은 당장에라도 자리를 박차고 나가 버리고 싶었으나 그 뒤에 따라올 일에 대해서 책임을 질 자신이 없었던 탓에 그냥 가만히 앉아 있었다.

마침내 찻잔에서 입술을 뗀 로즈몬드가 차분히 이야기를 꺼냈다.

"내가 이번 일을 겪고 큰 깨달음을 하나 얻었답니다, 공작."

"무엇입니까."

"세상에서 가장 힘이 있는 건 작위라는 거."

아니, 에프레니 공작은 그 말에 동의하지 않았다. 로즈몬드의 말이 진실이라면 그가 지금 이 자리에 앉아 있을 이유는 하나도 없었다.

하지만 세상에는 작위보다 상위에 있는 무언가가 존재했고, 때문에 그는 지금 이런 굴욕을 당하고 있다. 비참하고 통탄할 만한 일이다. 그러나 굳이 반박하지는 않았다. 앞서 말했듯 지금의 그는 그녀에게 대들 수 있는 입장이 결코 아니었으므로.

"그래서 내가 묘안을 하나 생각해두었답니다."

"무엇입니까."

"공작, 그대에게는 아들밖에 없지요?"

로즈몬드의 질문에 에프레니 공작이 대수롭지 않게 고개를 끄덕였다. 그는 슬하에 정실에게서 난 아들 하나와, 정부에게서 낳은 아들 하나씩을 두고 있었다. 로즈몬드가 안타깝다는 표정으로 말했다.

"이런, 슬프시겠습니다. 따님이 한 분도 없으셔서요."

"레이디 로즈몬드, 하고픈 말이 무엇입니까."

"공작, 폐하의 장인이 되고픈 생각은 없습니까?"

에프레니 공작은 그 한마디에 로즈몬드가 자신을 부른 이유를 깨달을 수 있었다. 그러니까 지금 그녀는…….

"날 공작의 양녀로 만들어주세요."

자신을 입양해달라고 말하고 있는 것이었다. 에프레니 공작은 황당한 표정을 차마 감추지 못하고 그대로 드러내 보였다. 그러자 로즈몬드가 비소를 흘리며 그에게 물었다.

"왜요. 천한 남작가 출신의 계집을 딸로는 맞아들일 수 없다, 이 겁니까?"

"아…… 아닙니다."

속내를 그대로 꿰뚫린 그가 당황한 표정으로 부인했으나, 이미 로즈몬드는 알아차린 눈치였는지 속을 알 수 없는 미소만 짓고 있을 뿐이었다. 실로 그녀의 미소는 괴기했다. 에프레니 공작은 헛기침을 두어 번 한 다음 변명 아닌 변명을 했다.

"다만 제 부인의 의사도 물어봐야……."

"공작, 상황 파악이 안 되고 있는 것 같은데."

로즈몬드가 웃음기 서린 목소리로 그에게 현실을 일깨워주었다.

"지금 당장 내가 폐하께 가 고할까요? 그대가 과거에 했던 모든 짓거리를?"

"……."

"아, 그것참 볼만하겠군요. 공작도 알고 있겠지요? 폐하께서 그 때 그 일로 얼마나 힘들어하시는지…… 애당초 '천한 남작가 출신의 계집 따위'가 황제의 옆에 설 수 있었던 것도 다 그 일 때문이 아닙니까."

"……."

구구절절 맞는 말인데다 지금 로즈몬드가 언급한 내용이 그에게는 엄청난 치명타였던 탓에 에프레니 공작은 입을 다문 채로 그녀의 말에 경청할 수밖에 없었다. 그 사실을 모를 리 없는 로즈몬드가 빙긋 웃으며 그에게 말했다.

"입적은 언제 하는 것이 좋을까요? 난 빠르면 빠를수록 좋다고 보는데. 공작도 하루빨리 어여쁜 따님을 맞이하고 싶지 않나요?"

"……그렇게 하겠습니다. 그런데 레이디 로즈몬드."

조용히 대답한 에프레니 공작이 로즈몬드에게 물었다.

"대로우 남작과는 상의가 끝난 일입니까?"

"……."

친부가 언급되자 로즈몬드는 표정이 살짝 굳었으나 곧 태연하게 맞받아쳤다.

"상의가 뭐 중요합니까. 설마 그 작자가 감히 딸이 가려는 길을 막겠습니까. 만일 그렇다면 그는 갱생도 하지 못할 쓰레기겠지요."

"……."

자신의 친부에게 하는 말 치고는 상당히 패륜적인 말에 에프레니 공작이 움찔했으나 곧 아무렇지 않게 고개를 끄덕였다. 그가 말했다.

"알고 있겠지만 레이디 로즈몬드, 마비너스 제국에서 입양이란 반드시 친부모의 동의를 수반하는 일입니다. 레이디 로즈몬드의 모친께서는 이미 작고하셨으니 대로우 남작가의 동의가 떨어져야 영애가 제 양녀가 될 수 있다는 말입니다."

"알고 있습니다, 공작. 그런 것까지 모르진 않아요. 그래서 내가 필요한 게 무엇입니까?"

"말씀드렸듯 대로우 남작가의 동의입니다, 영애. 아마 영애께서 직접 대로우 남작의 영지까지 다녀오는 게 빠를 것입니다."

그 말에 로즈몬드의 인상이 찌푸려졌다. 그녀가 대안을 제시했다.

"그냥 서신으로 주고받으면 안 되겠습니까."

"다녀오시는 게 뒤탈이 적을 겁니다, 레이디 로즈몬드. 친부가 살아 있는 상태에서 제 양녀가 된다는 것은 쉬운 일이 아니니까요. 제국의 정서에도 맞지 않는 일 아닙니까."

"……."

로즈몬드는 순간적으로 대로우 남작을 죽여버리면 일이 수월해
지지 않나 하는 생각을 했고, 에프레니 공작은 그녀의 이런 생각을
눈치채기라도 했는지 얼른 덧붙였다.

"쓸데없는 생각은 안 하시는 게 좋을 겁니다, 영애. 영애가 생각
하시는 일 직후에 제가 영애를 입적하면 괜한 구설수에 오를 겁
니다."

"내가 생각하는 일이 뭔데요?"

그녀가 천진한 얼굴로 그에게 물었고, 에프레니 공작은 대답하
지 않았다. 로즈몬드는 키득키득 웃으며 농담이라는 듯 손을 휘휘
내저었다.

"어머, 공작도 참. 아무렴 내가 그런 짓까지 저지르겠습니까."

물론 에프레니 공작은 그녀의 말을 믿지 않았다. 로즈몬드는 충
분히 그럴 수 있는 여자다. 상대가 대로우 남작이라면 더더욱 가능
하다. 그는 속으로 한숨을 쉰 다음 그녀에게 말했다.

"어쨌든 폐하의 윤허를 받고 영지에 다녀오는 것이 일이 수월할
것입니다."

"그렇다면 지금 당장 말씀드려야겠네요."

로즈몬드는 망설임 없이 말했고, 에프레니 공작은 할 말을 잃었
다. 그는 대로우 남작의 영지에 다녀온 이후 다시 부르시라는 말을
남기고 베인궁을 떠났다. 에프레니 공작이 떠난 후 글라라에게 부
탁해 로즈마리 차를 한 잔 더 마신 로즈몬드는, 속내를 알 수 없는

표정으로 무언가를 생각하다가 곧 빈 찻잔을 내려놓고 자리에서 일어났다.

당장 루시오에게 가 허락을 받아 올 작정이었다.

베인궁에서 나온 에프레니 공작은 허탈함을 금치 않을 수 없었다. 개국공신은 아니었으나 삼재상 중 한 명인 그였다. 이 제국을 떠받치는 세 가문 중 하나의 가주이고, 가장 큰 상단의 상단주였다. 그런 그가 고작 남작 영애 한 사람 때문에 이렇게 쩔쩔매다니. 사정을 알면 사람들이 자신을 얼마나 비웃을지, 가족들이 얼마나 자신에게 실망할지 상상조차 가지 않았다.

그는 단 한 번도 지나간 일에 대해 후회한 적 없었으나, 다만 그녀에게 약점을 잡혔다는 것이 분하고 원통할 뿐이었다. 이미 지나간 일을 후회해봐야 무엇 하겠냐만, 언제까지고 그녀에게 잡혀 살아야 한다고 생각하면 끔찍하기만 했다. 그는 한숨을 깊게 내쉬며 모든 일이 시작되었던 그날 밤의 일을 떠올렸다.

2년 전.

당시에도 그의 권력은 지금과 다를 바가 없었다. 그는 제국 내에서 가장 큰 상단의 상단주였고, 동시에 제국의 기둥이라 불리는 삼재상 중 한 명이었으니까.

그런 그에게 있어 고작 황제의 눈에 들어 입궁한 남작 영애의 대면 요청은 우습지도 않은 일이었다. 그는 로즈몬드의 청을 일언지하에 거절했다.

하지만 얼마 후, 그에게로 날아든 한 통의 서신에 의해 그는 의관을 정제하고 로즈몬드가 기거하는 곳을 찾을 수밖에 없었다.

'8년 전의 일에 대해 정확히 알고 있는 사람은 아마 나뿐일 겁니다.'

그가 가장 꺼리는 일에 대해 그녀는 언급하고 있었다. 8년 전의 일. 고작 그 단어 하나에 그의 모골은 얼마나 송연해졌던가. 에프레니 공작은 부랴부랴 그녀의 처소를 찾았다. 얼마 전까지만 해도 한낱 남작 영애가 감히 독대를 요청했다며 불쾌해하고 편지를 찢어버렸던 그가 말이다. 그는 그녀를 보자마자 노골적으로 불쾌함을 드러냈다.

"한낱 남작 영애 따위가 감히 공작을 겁박하는 것인가?"

그때 그녀는 이렇게 말했었다.

"공작, 아직 상황 파악이 안 되시나 봅니다."

"뭐라? 네년이 감히……!"

"아무렴 제가 제국의 공작 전하를 아무런 이유도 없이 불렀겠습니까."

로즈몬드가 나긋하게 웃으며 에프레니 공작에게 자리를 권했다.

"일단 앉으시지요, 전하. 이걸 보면 할 말이 많을 겁니다."

그렇게 말한 로즈몬드가 그의 앞에 무언가를 획 던져주었다. 무심히 그것을 확인한 에프레니 공작의 얼굴은 곧 사색이 되었다.

그가 벌벌 떠는 얼굴로 로즈몬드를 쳐다보았다. 아까의 기백과 거만은 어디로 가고, 그는 두려움에 덜덜 떨며 로즈몬드에게 물었다.

"이…… 이걸 어떻게……."

"흐응. 편지에 적혀 있지 않았나요? 8년 전의 일, 저처럼 자세히 알고 있는 이가 없을 거라고."

아, 물론 공작 전하는 제외이지요. 로즈몬드가 덧붙이며 깔깔 웃어젖혔다. 여전히 사색이 된 얼굴로 에프레니 공작이 최대한 침착한 척하며 물었다.

"이…… 이걸 내게 보여주는 까닭이 뭔가?"

"아닙니다, 전하. 아니에요."

그녀가 고개를 저으며 에프레니 공작의 말을 부정했다. 그가 붉어진 눈자위를 드러내며 그녀를 쳐다보았고, 로즈몬드는 여유로운 웃음을 흘리며 말을 이었다.

"이게 다라고 생각하시면 곤란하지요. 아무렴 '고작' 이런 걸 가지고 제가 전하를 부를 생각을 했겠습니까."

"……뭐?"

"공작 전하, 오스윈 공작께서는 지금 재상의 자리를 내놓은 채 칩거 중이시지요. 그 자리를 꿰찬 것이 바로 지금의 에프레니 공작가가 아닙니까."

"하고 싶은 말이 무엇이오?"

"그 뒷이야기, 참 재미있지요. 폐하께 당장에라도 고하고 싶을 만큼 말입니다."

로즈몬드가 깔깔 거리며 웃었고, 그와 반대로 에프레니 공작의 얼굴은 점점 창백해졌다. 거기에 쐐기를 박기라도 하듯 로즈몬드는 계속 말했다.

"어머, 이게 끝이라고 생각하시면 곤란합니다? 가장 시초가 되는 일을 말해볼까요. 음…… 예를 들면 당장 지금 부인과의 만남부터?"

"영애!"

참지 못한 에프레니 공작이 소리를 질렀으나 그 기세에도 로즈몬드는 전혀 위축되는 기색 없이 에프레니 공작과 시선을 마주했다. 그녀의 입장에서는 결코 두려워할 이유가 없었다. 아니, 지금 두려워해야 할 사람은 도리어 에프레니 공작이었다. 그녀는 당당한 표정을 숨기지 않으며 에프레니 공작에게 자신의 포부를 밝혔다.

"난 황후가 되고 싶습니다."

"……"

그리고 그 말을 들은 에프레니 공작은 황당하기 짝이 없었다. 고작해야 남작의 여식이 감히 황후의 자리를 탐낸다는 말인가? 그녀는 퀴네즈조차 되지 못할 신분이었다. 그 생각을 꿰뚫어 보았다는 듯 로즈몬드는 다시 한번 높게 소리 내 웃었다.

"아이 참, 공작께서도. 아무렴 제가 퀴네즈가 되고 싶다 그리 말씀드리겠습니까? 저는 다만…… 퀸이 되고 싶을 뿐이라니까요."

"하지만 퀴네즈를 거치지 않고서는 퀸이……."

"답답도 하십니다. 어찌 그 머리로 이 많은 일을 벌이셨는지."

그녀의 타박에 에프레니 공작의 얼굴이 금세 붉어졌다. 부끄러움이나 염치에 의한 것이 아닌 분노에 의한 적색이었다. 로즈몬드는 그러나 전혀 개의치 않는다는 듯 다시 한번 웃더니 말을 이었다.

"퀸의 자리를 빼앗는 게 좀 더 재미있지 않을까요, 전하?"

"영애, 무엄합니다. 어찌 감히 그런 생각을……."

"어머, 다른 사람은 몰라도 전하께서 그런 말씀을 하시면 안 되지요. 지금의 위치에 오르기까지 얼마나 사특한 일들을 꾸미셨습니다. 안 그래요?"

"……."

부정할 수 없을 것이다. 지금 로즈몬드가 가지고 있는 그의 모든 비밀스러운 자료들이 그것을 입증했다. 이 상황에서 어떻게 그가 그녀에게 농락당하지 않을 수 있을까. 어떻게 그가 그녀에게 능멸을 당하지 않을 수 있을 것인가.

로즈몬드는 그 누구보다도 그 사실을 잘 알았고, 그건 상대도 마찬가지였다. 그래서 지금 이 순간 로즈몬드는 그 누구보다도 즐거웠고 에프레니 공작은 그 누구보다도 분노했다. 이 두 사람의 차이

는 참으로 극명했기 때문에 한쪽에게 이 상황은 더 없는 희극이었
으나, 다른 한쪽에게는 말할 수 없는 비극이었다.

"그래서…… 하고픈 말이 무엇이오?"

"나를 좀 도와주세요, 전하."

로즈몬드는 곧바로 대답했다. 굳이 머뭇거릴 필요는 없었으니
까. 이쯤이면 상대도 알 수 있을 것이기 때문이었다. 로즈몬드, 그
녀가 누구인지. 어떤 사람인지. 무슨 짓을 할 수 있는 사람이며, 무
슨 짓을 하고자 하는 사람인지. 로즈몬드는 매혹적으로 미소 지으
며 에프레니 공작에게 말했다.

"내가 황후의 관을 쓰는 것을 도우세요, 전하. 그리되면 전하께도
심심찮은 보답을 하지요."

"……."

터무니없는 소리에 에프레니 공작은 입만 떡 하니 벌릴 수밖에
없었다. 그녀의 말은 지금 자신더러 퀴네즈가 될 다른 고급 귀족의
여식들을 배신하고 하급 귀족의 여식인 그녀를 지지하라는 말이
아닌가.

상식적으로 말이 되지 않는 것이었으나 지금 그의 상황을 하나
의 촌극으로 만드는 것은 바로 그 사실 때문이었다. 상식적으로 말
이 되지 않는 일들이 일어나고 있다는 것.

그의 치부 때문이었으므로 그는 그 누구에게도 이 사실을 하소
연할 수 없었으나, 대부분의 인간이 그렇듯 그는 억울해했다. 자신

이 과거에 저지른 일들에 대해서는 생각도 하지 못하고.

"내가 그렇게 하지 않으면?"

의미 없는 가정에 로즈몬드는 웃었다. 아니, 저 작자는 이미 알고 있다. 그가 그녀를 도울 수밖에 없다는 것을. 미래의 황후에게 반기를 들고, 좋든 싫든 자신을 도울 수밖에 없다는 것을.

그런데도 이런 쓸데없는 질문이라니. 모든 귀족이 다 이런 것인가, 아니면 유독 그만 이러는 것인가. 그녀는 전자에 좀 더 무게를 두며 에프레니 공작에게 말했다.

"알면서 물으시다니 참 고약한 취미십니다. 어찌 되긴요. 전하의 정치적 인생은 완전히 파탄 나는 겁니다. 적어도 이번 황실에서는 분명히 그럴 테지요. 모두가 전하를 용서해도 폐하 한 분만큼은 절대로 전하를 용서치 않으실 테니까요. 전하의 가족들도 전하를 버릴 겁니다. 무엇보다 전하의 부인께서 전하를 가장 먼저 버리시겠죠."

"……."

"더 말할까요? 전 아직도 멀었는데."

"……아니, 됐소."

에프레니 공작은 생각하는 것을 그만두었다. 이미 정해져 있는 답 앞에서는 모색도 궁리도 무력하기만 하다. 그에게는 애당초 선택지가 없었다. 그는 로즈몬드를 선택해야만 했다. 그것이 설령 그가 원치 않는 일일지라도 그는 그렇게 해야만 했다. 그편이 자신의 정치 인생을 끝내는 것보다는 훨씬 나은 선택지였으므로. 그가 말했다.

"좋소, 레이디 로즈몬드. 그대와 손을 잡도록 하지."

그러니까, 두 사람의 동맹은 본질적인 의미에서 동맹이 아니었다. 이건 그냥 로즈몬드의 의사였다. 그녀가 원했으므로 그는 응답했고, 그녀가 바랐으므로 그는 따랐다. 애당초 다른 가설은 세우지도 못했고, 세울 수도 없는 일이었으니까.

그는 분명 그녀의 손을 잡는 것을 원치 않았으나 아무도 그의 사정 따위는 알아주지 않았다. 길을 걷던 에프레니 공작의 얼굴은 여전히 어두웠다. 그는 한숨을 내쉬며 그저 이렇게 생각할 뿐이었다.

결국 내 업보이며, 내 운명이라고. 그럼에도 불구하고, 나는 과거에 행했던 모든 일을 후회하지는 않을 것이라고.

페트리지아는 지나간 일의 결과에 아쉬워할 새도 없이 바쁘게 일에 매달렸다. 당장 두 달도 남지 않은 시간 후에 건국제가 열렸기 때문에 그녀는 눈코 뜰 새 없이 업무에만 집중하는 수밖에 없었다. 황후의 자리에 오른 후 처음 맡는 건국제였기 때문에 그녀로서는 꽤나 긴장되는 일이었다.

"폐하, 에프레니 공작부인이 이번 건국제에 참여하지 못하게 될 것 같다고 서신을 보내왔습니다."

"뭐?"

페트리지아가 깜짝 놀라 물었다. 에프레니 공작부인은 명실상부 내궁에서 페트리지아와 버금갈 정도로 힘을 가진 여인이었다. 다른 것들은 차치한다고 해도, 그녀처럼 이 일에 대해 잘 알고 있는 귀부인은 드물었다. 그런 그녀가 건국제 준비에 참여할 수 없다니. 페트리지아가 얼른 그녀에게 물었다.

"이유가 무엇이지?"

"에프레니 공자가 타국에서 유학 중인데, 현재 심하게 풍토병을 앓고 있다고 합니다. 오도 가도 못 하는 상황인데 그 모친만 애타게 찾는다는군요."

"그럼 아예 출국을 하겠다는 건가? 에프레니 공작가 자체를 아예 비워둔다는 뜻이야?"

"그렇습니다, 폐하. 생사를 오가는 상황인지라 공작가의 일을 신경 쓸 상황이 아니라고 하더군요."

"그렇게 심각하다니. 에프레니 공작도 윤허한 일이랍니까?"

"네, 폐하. 그동안 안살림은 에프레니 공작의 정부가 맡을 예정이라는군요."

"세상에."

페트리지아가 안타까운 목소리로 중얼거렸다. 잠깐 무언가를 생각하던 페트리지아가 페트로닐라에게 말했다.

"닐라, 공작가에 혹 필요한 게 있다면 얼마든 지원해주겠다는 편지를 써줄 수 있어?"

"써줄 수야 있지만…… 에프레니 공작가에?"

페트로닐라가 얼굴을 찌푸리며 되물었다. 그녀 역시 에프레니 공작가가 제 동생과 척을 지고 있다는 사실을 알고 있었다. 그런데 이런 반응이라니. 페트로닐라는 이해할 수 없는 반응이었다.

"굳이 그런 수고까지……. 난 조금 탐탁지 않은데."

"그런 일에까지 속 좁게 굴 필요는 없잖아. 어려운 일도 아니고. 부탁해."

"뭐…… 네 뜻이 정 그렇다면야."

그녀는 떨떠름한 표정을 지으면서도 알겠다고 대답한 다음 서랍에서 편지지 한 장을 꺼내 들었다. 다시 일에 집중한 페트리지아가 미르야에게 물었다.

"그렇다면 에프레니 공작부인이 하던 일을 누구에게 맡겨야 하지? 난감하군."

"제가 사람을 물색해보겠습니다, 폐하. 일단 그 부분은 넘기시고 작은 일부터 처리하시지요."

"일이 이렇게 된다면 그래야겠지."

페트리지아가 어쩔 수 없다는 목소리로 대꾸하며 고개를 끄덕였다. 그때 문밖에서 연무장에 갔던 라파엘라의 목소리가 들렸다.

"폐하, 라파엘라입니다. 들어가도 되겠습니까?"

"들어오게, 경."

라파엘라는 이마에 땀 구슬을 맺힌 채로 방 안에 들어왔다. '수련을 참 열심히 했나 보다'라고 생각하며 페트리지아가 물었다.

"물이라도 한 잔 줄까? 많이 더워 보이네."

"괜찮습니다, 폐하. 그보다⋯⋯."

라파엘라가 여전히 숨을 헐떡이며 페트리지아에게 말했다.

"제가 방금 조금 이상한 광경을 발견했습니다."

"이상한 광경이라니?"

"에프레니 공작이 베인궁에서 나왔습니다. 아마 또 무슨 이상한 일을 꾸미는 게 아닐까요?"

"⋯⋯."

참 부지런한 여자라고 생각하며 페트리지아가 속으로 한숨 쉬었다. 자신 따위는 감히 따라갈 수 없을 정도의 부지런함이다. 하긴 자신은 이렇게나 많은 일에 치여 사는데 그녀는 아무런 책임질 일도, 해야 할 일도 없으니 당연한 일일까. 하지만 페트리지아는 자신이 만약 그녀와 정반대의 위치에 있더라도 그녀만큼의 부지런함은 보일 수 없을 것이라고 생각했다.

"라파엘라 경, 이번에도 좀 수고해줘. 도대체 이번에는 또 어떤 일을 꾸미는 건지⋯⋯."

걱정이 담뿍 담긴 페트리지아의 말에 라파엘라가 걱정하지 말라는 듯 그녀를 안심시켰다.

"염려 마세요, 폐하. 제가 베인궁 주변을 예의 주시 하겠습니다."

"그래."

페트리지아가 고맙다는 듯 작게 고개를 끄덕였고, 마침 편지를
다 쓴 페트로닐라가 페트리지아에게 말했다.

"다 썼어, 리지. 이왕 보내는 거 내가 공작저까지 다녀올게."

"그렇게까지 할 필요가 있어? 그냥 사람을 시키면 될 텐데⋯⋯."

페트리지아의 의아한 목소리에 페트로닐라가 작게 웃으며 설명
했다.

"안 그래도 집에 잠깐 다녀와야 해서. 오래 걸리진 않을 거야. 다
녀와도 되지?"

"당연하지. 조심히 다녀와."

페트리지아의 다정한 배웅을 받으며 페트로닐라는 황후궁을 나
섰다. 에프레니 공작부인에게 건네줄 편지를 소중히 든 채 마차에
탄 페트로닐라는 조금 피곤한 표정으로 등받이에 머리를 기댔다.
어제 조금 잠을 설쳤더니 잠이 부족한 듯했다.

그녀는 에프레니 공작저까지 가는 동안 잠깐의 수면이라도 취하
기 위해 눈을 감았다. 그녀의 의식이 점점 수마에 잠식되어 가려던
찰나⋯⋯.

"악!"

페트로닐라가 새된 비명을 지르며 잠에서 깼다. 강한 충격으로
마차가 심하게 흔들거렸다. 그녀가 벌컥 창문을 열어 상황을 확인
했다.

"무슨 일인가요?"

"아, 영애. 죄송합니다. 상대 마차와 부딪힐 뻔하는 바람에……."

난감한 목소리로 말한 마부가 곧 상대 마부에게 큰소리를 냈다.

"거참, 조심히 좀 모쇼! 지금 이 안에 누가 타고 계신지 알기나 하오?"

"아니 참, 미안하다고 했잖소!"

"지금 누가 잘못했는데 큰소리를 치는 거요?"

상황이 좋지 않았다. 페트로닐라는 한숨을 내쉬며 마차 밖으로 나왔다. 그러자 마부가 왜 나왔냐는 듯 당황한 눈으로 그녀를 쳐다보며 말했다.

"아이고, 영애. 그냥 안에 계시지……."

"괜찮습니다. 싸우지들 마세요. 그보다 안에 타고 계신 분은 괜찮으신지……."

페트로닐라의 시선이 상대 마차에 머물고 있을 때, 누군가가 그 안에서 나왔다.

갈색 머리카락에 고동색 눈동자를 가진 키가 큰 남자였는데, 체격이 상당히 건장했고 튼튼해 보였다. 페트로닐라가 멍하니 서 있는 사이, 남자가 먼저 입을 열었다.

"죄송합니다, 영애. 저희 마부가 실수를 한 모양입니다."

"아닙니다, 영식. 괜찮습니다."

누군지는 모르겠으나 차림이나 마차의 상태로 보아하니 귀족 가문의 영식이다. 페트로닐라는 예를 갖추어 그에게 물었다.

"혹 다친 곳은 없으신지요."

"전 괜찮습니다. 영양께서는 괜찮으십니까."

"네, 저도……."

서로 멀쩡하다는 것이 확인되자 페트로닐라는 그제야 안심한 표
정으로 그에게 말했다.

"다행이군요. 그럼 전 이만 가보겠습니다. 살펴 가시길."

"자, 잠깐만요, 영애."

상대 쪽 남자가 페트로닐라를 붙잡았지만 그 말을 미처 듣지 못
한 페트로닐라는 이미 마차 안으로 들어가버린 뒤였다. 곧 페트로
닐라가 탄 마차가 출발했고, 남자는 멍한 눈동자로 한동안 그 자리
에 계속 서 있다가, 이대로라면 늦을지도 모른다는 마부의 재촉에
겨우 다시 마차 안으로 들어갔다.

루시오는 그날도 정사에 집중하느라 바쁜 시간을 보내고 있었
다. 그가 가사 상태에 빠져 있던 얼마간의 공백기가 무의미하다는
것을 보여주듯 루시오는 빠르게 공백을 메워나갔다. 그는 새삼 페
트리지아의 배려 있는 일 처리에 감탄하며 황후궁에서 올라온 결
재 서류를 보고 있었다.

"폐하, 레이디 로즈몬드께서 오셨습니다."

"로즈몬드가?"

그가 잠깐 머뭇거렸으나 곧 고개를 끄덕인 다음 들이라고 말했

다. 로즈몬드는 평소와 다름없는 화려한 드레스로 잔뜩 치장한 채 그에게 다가갔다. 입가에 띤 아름다운 미소는 물론 덤이었다. 그녀가 교태 어린 목소리로 그를 불렀다.

"폐하."

"왔어, 로즈?"

"바쁘시네요. 요즘 베인궁에 발걸음도 뜸하시고."

"알다시피 그동안 계속 누워 있었으니까. 미안해. 이따 한번 가도록 하지."

"약속하신 거예요."

그녀가 아이처럼 웃으며 앉아 있는 그의 무릎 위에 앉았다. 그의 어깨를 끌어안은 채 입술에 살짝 키스한 로즈몬드가 그에게 방문의 이유를 밝혔다.

"실은 말씀드릴 게 있어서 찾아왔어요, 루시오."

"말씀드릴 거라니? 그게 뭐지?"

"별건 아니고요, 잠깐 영지에 좀 내려갔다 오려고요."

'영지'라는 말에 그가 무언가를 생각해내기 위해 살짝 인상을 찡그렸다. 그는 곧 그녀가 말하는 의미를 깨닫고선 얼굴을 더욱 찡그렸다.

"대로우 남작에게 다녀오겠다는 건가?"

"네, 폐하."

"어째서?"

"부탁드리고픈 게 있어서요."

"그에게 말인가?"

"네, 폐하."

그녀가 방긋 웃으며 그에게 설명했다.

"친권 포기 각서가 필요해요."

"친권 포기 각서라니? 갑자기 그게 무슨 말이지?"

"말씀드린 그대로예요. 전 더 이상 대로우 남작 영애가 아니게 되는 거지요."

"그럼?"

"에프레니 공작이 절 양녀로 들일 거예요. 그럼 전 에프레니 공녀가 되겠죠. 고작해야 남작 영애 따위가 아니라."

"……."

루시오는 그녀의 말을 듣고선 무언가 생각하는 표정을 지었고, 당연히 그가 환영해줄 줄 알았던 로즈몬드는 조금 당혹스러운 표정으로 그에게 물었다.

"아…… 설마 싫어요? 내가 대로우의 성을 버리고 에프레니의 성을 가지는 게?"

"그대의 선택인데 그럴 리가. 다만 지금껏 가만히 있다가 이제 와서 그러는 게 조금 의아하긴 하군."

"아. 이제 와서는 아니죠."

로즈몬드가 해맑게 웃으며 루시오의 말을 정정했다.

"이번 일을 겪고 충격이 컸답니다, 폐하. 제가 고작해야 남작가의 여식이라는 이유만으로 그런 수모를 겪었어요. 전 이제 작위조차 없는 영애로서 폐하의 곁에 서야만 하죠."

"……."

"하지도 않은 일을 죄로 물어 절 참수시키려 하는 황후 폐하도 무섭고, 다른 귀족들도 진절머리가 나요. 그나마 이번에 에프레니 공작 전하께서 절 구명해주지 않으셨습니까."

"……그래."

"그분은 한 술 더 떠 저 같은 딸을 들이고 싶다고 말씀하셨어요. 전 기쁘게 그분의 청을 받아 들였고요."

"……."

"잘된 일이에요. 그렇죠?"

"……그래."

루시오가 힘겹게 대답했다. 그는 그녀가 이번 일에 아무런 잘못도 없지 않다는 사실을 알고 있었다. 그는 조금 참담한 심정이었지만 결코 내색하지 않은 채, 웃으며 다가오는 로즈몬드의 키스를 그대로 받아들였다.

그는 적어도 아직까지는 위선을 이유로 그녀를 버릴 수 없었다. 애당초 그러한 행위 자체가 그에게는 위선이었으므로.

에프레니 공작부인은 페트로닐라가 직접 자신의 집을 찾은 것에 꽤나 놀란 듯했다. 그녀는 페트로닐라를 안으로 들인 다음 응접실까지 안내했다. 기문 차와 딸기 타르트를 대접한 에프레니 공작부인이 그녀에게 물었다.

"레이디 페트로닐라가 이곳까지 올 줄은 몰랐습니다. 의외로군요."

"의월 것까지야 있나요. 부인께선 내궁의 요직을 맡고 계시고, 전 내궁의 주인이신 황후 폐하의 언니인데요."

태연하게 대답한 페트로닐라가 품 안에서 편지를 꺼내 에프레니 공작부인에게 내밀었다. 공작부인이 의아한 표정으로 물었다.

"무엇인가요?"

"우리 폐하께서 부인께 보내시는 서신입니다. 에프레니 공자의 일에 상당한 유감을 표하셨어요."

"아, 세상에……."

편지를 읽다 말고 에프레니 공작부인은 눈물을 흘리기 시작했다. 페트로닐라는 그녀의 갑작스러운 반응에 당황했으나, 곧 차분히 그녀를 달래기 시작했다.

"폐하께서 많이 걱정하고 계십니다, 부인. 필요하신 게 있다면 언제든 말씀해주세요."

"흑…… 고맙군요, 레이디 페트로닐라. 정말……."

페트로닐라는 솔직히 말해 적응이 되질 않았다. 그녀의 기억 속에서 에프레니 공작부인은 늘 깐깐하기 그지없는 사람이었다. 실수에 너그럽지 못하고 잘못에는 엄격한 사람.

그런 사람이 제 아들의 병환에 이렇듯 눈물 흘리다니, 새삼 그녀도 사람이라는 사실을 잊고 있었다. 페트로닐라는 이질감을 애써 떨쳐버리기 위해 노력하며 아무렇지 않게 위로를 계속했다.

"아닙니다, 부인. 하루빨리 공자께서 쾌차하셨으면 좋겠네요."

"폐하께는 면목이 없습니다. 이런 중차대한 일을 앞둔 시점에 폐하께 이런 결례를……."

에프레니 공작부인의 말에 페트로닐라는 그 틈을 놓치지 않고 파고들며 물었다.

"그보다…… 그동안 에프레니 공작저의 안살림을 누가 맡게 되는지, 그게 더 문제가 아닙니까."

"……."

그 한마디에 우울하기만 했던 에프레니 공작부인의 얼굴이 갑자기 흥흥하게 변했다. 페트로닐라는 직감적으로 그녀가 에프레니 공작부인의 무언가를 확실하게 건드렸음을 눈치챘다.

아, 그러고 보니 공작이 첩 하나를 두고 있었지. 공작보다 열세 살이 더 어리다던가? 공작부인보다는 열 살이 더 어리고. 그 아들은 고작 재작년에 돌을 맞았다지.

페트로닐라는 어색한 표정을 애써 감추며 그녀의 대답을 기다렸고, 에프레니 공작부인은 상당히 불쾌한 표정으로 흥분하는 기색을 보였다.

"저도 그것 때문에 걱정입니다, 영애. 어쨌든 집을 비워야 하긴 하는데, 내가 형제자매도 없고 지인도 없으니 일을 맡길 사람도 없어요. 딸이라도 있으면 좋으련만……."

에프레니 공작부인이 안타깝다는 얼굴로 페트로닐라를 쳐다보았다. 하다못해 이런 딸이라도 하나 있으면 얼마나 좋단 말인가. 장성한 아들이 있으면 뭐하나. 외국에서 병으로 죽어가고 있는데…….

에프레니 공작부인이 순간적으로 울컥했는지 얼굴을 살짝 일그러뜨렸다. 모든 복합적인 감정이 한꺼번에 치미는 듯했다. 페트로닐라는 그녀를 위로하며 따뜻한 말을 건넸다.

"괜찮습니다, 부인. 제 앞에서까지 그러실 필요 없어요. 우리가 어디 남입니까."

물론 남이었다.

하지만 이런 상황에서 이런 말은 상대의 경계심을 완전히 허물어뜨리기에 딱 좋은 기폭제가 된다.

"흑……."

그녀의 예상은 딱 맞아떨어졌다. 에프레니 공작부인이 울기 시작한 것이다. 늘 짓던 깐깐한 표정과 권위적인 모습으로 보았을 때 전혀 상상할 수 없는 일이었지만 불가능한 일은 아니다. 세상에 틈 없는 사람은 단 한 명도 없으니까. 더군다나 그 틈이 아들을 향한 사랑과 첩에 대한 질투에서 기인한 것이라면 더더욱. 페트로닐라가 안쓰럽다는 표정을 지으며 그녀를 달랬다.

"괜찮아요. 괜찮습니다, 부인……."

"흑…… 영애, 어쩌면 좋아요. 우리 아들은 무사하겠죠? 그 애가 없으면 난……."

"그럼요, 부인. 걱정 마세요. 분명 쾌차하실 거랍니다."

"하지만 그렇다고 해도 또 걱정입니다. 내가 이 집을 비운 사이에 그 천박한 것이 무슨 활개를 치고 다닐지……."

에프레니 공작부인은 너무 흥분한 나머지 평소라면 결코 입에 담지도 않을 자신의 치부까지 언급하고 말았다. 페트로닐라는 그 틈을 놓치지 않고 그녀에게 말했다.

"전하께서 정부를 두셨다는 사실은 알고 있습니다."

"……."

모를 리가 없었다. 머리 큰 아들까지 있는 마당에 아무리 사생아라도 알려질 수밖에 없는 사실 아닌가. 솔직히 에프레니 공작 정도되는 지위에 첩이 없다는 게 더 이상한 일이긴 했지만, 에프레니 공작부인 역시 유서 깊은 후작가의 레이디라는 점에서 그녀가 받을 모욕감은 아마 상상을 초월할 것이다.

페트로닐라는 그 점을 이용했다. 에프레니 공작부인처럼 자존심 강한 여자가 이런 주제에서 결코 예민하게 반응하지 않을 리 없었으므로.

"걱정이 많으시겠습니다. 원래 미꾸라지 한 마리가 온 물을 흐리는 법이니까요."

"……."

"믿을 만한 분도 없으시다니 더더욱……."

"레이디 페트로닐라."

에프레니 공작부인이 불쾌한 목소리로 페트로닐라를 불렀다. 페트로닐라는 표정을 바꾸지 않았다.

"하고픈 말이 무엇입니까."

"그런 건 없습니다, 부인. 저는 다만 염려되었을 뿐이에요. 동생 폐하께서도 지금 비슷한 일로 골치를 썩고 계시니……."

이번에는 페트로닐라가 훌쩍거렸고, 에프레니 공작부인의 표정이 묘하게 바뀌었다. 페트로닐라가 여전히 훌쩍거리는 시늉을 하며 공작부인의 눈치를 살폈다.

아, 된 것 같다.

"그로체스터 영애."

에프레니 공작부인이 페트로닐라를 불렀다. 페트로닐라는 속으로 회심의 미소를 지으며 눈물 떨군 눈으로 그녀를 쳐다보며 대답했다.

"네, 부인?"

"혹 실례가 되지 않는다면……."

그녀가 진지한 표정으로 페트로닐라에게 물었다.

"제가 없는 동안 저희 집의 안살림을 맡아주실 수 있겠습니까?"

"……네?"

페트로닐라는 멍한 표정으로 되물었고 에프레니 공작부인은 세상 진지한 표정으로 그녀에게 다시 부탁했다.

"정식으로 부탁드립니다, 레이디 페트로닐라. 전 제 아들을 보러 가야만 해요. 그 아인 제 삶의 전부입니다. 하지만 제가 집을 비운 사이 그 간악한 것이 무슨 술수로 제 자리를 위협할지 몰라요."

에프레니 공작부인이 목이 멘 목소리로 말을 이었다.

"그러니 부탁합니다, 영애. 부디 영애께서 잠깐만 저를 도와주세요. 사례는 어떻게든 하겠습니다."

아무도 예상하지 못했을 것이다. 그녀가 이런 부탁을 제게 하게 될지 그 누가 예상할 수 있었겠는가. 하지만 원래 사람이란 자신이 가장 민감해지는 문제 앞에서 그 누구보다도 예민해지는 법이다. 그런 문제 앞에서 사람은 자연 절박해지고, 적이라고 믿고 있던 사람에게 의지까지 하게 되는 것이다. 페트로닐라가 나긋한 목소리로 말했다.

"아아, 부인. 사례는 필요 없습니다. 아시지 않습니까. 저희 집안 역시 사정이 그리 궁하지는 않답니다."

"하지만 그냥 부탁드리기에는 저도 염치가 있는지라……."

"정히 그러시다면 나중에 제 부탁 하나만 들어주세요, 부인. 그것이면 됩니다."

"하지만…… 정말 그것만으로 되겠나요?"

"그럼요, 부인."

페트로닐라가 부드럽게 웃으며 그녀의 손을 꼭 부여잡았다. 그러면서 괜히 걱정된다는 목소리로 그녀에게 우려를 표했다.

"그런데 제가 경험도 없고 미숙하여…… 오히려 부인께 폐만 되는 건 아닌지 모르겠네요."

"적어도 영애께서 그치보다는 잘하실 겁니다. 그치도 이런 일에 대해서는 아무것도 모르니까요. 그러니 차라리 명문가에서 교육받으신 영애께 맡기는 것이 저로서도 안심되지 않겠습니까."

더더군다나 상대는 현 황후의 언니다. 그녀가 무슨 문제를 일으킨다고 해도 보상받을 여지가 충분하다는 소리다. 물론 동생의 지위 때문에라도 그녀가 실수할 일은 없을 것이고, 에프레니 공작부인도 마냥 계산하지 않고 말한 것은 아니었다.

"좋은 경험이 될 거 같아요, 부인. 부족하지만 맡겨주시니 최선을 다해 해 보이겠습니다."

"감사합니다, 영애. 큰일은 없을 거예요. 다만 자질구레한 일들이…… 조금 성가실 뿐이지요."

"괜찮습니다, 부인. 큰일만 없다면야, 할 수 있을 겁니다."

그렇게 말한 페트로닐라가 슬쩍 자리에서 일어섰다. 오늘은 너무 길게 있어봐야 좋을 게 없다. 그녀의 움직임에 에프레니 공작부인이 아쉽다는 듯 물었다.

"어머, 벌써 가시려고요? 더 있다 가시지요, 영애."

"아닙니다, 부인. 황후 폐하께서 기다리고 계실 테니까요. 이리 오래 다녀오겠다 말씀드리지 않아 어쩌면 걱정하실지도 모르고요. 더구나 후작저에도 잠깐 들러야 하는 탓에……."

"저런, 그렇다면 어쩔 수 없군요."

처음에는 분명 약간의 어색함과 불편함도 있었을 테지만, 지금은 그런 것들이 의미를 잃었을 것이다. 이제 페트로닐라는 임시나마 공작가의 안살림을 맡게 될 사람이었으니까. 그리고 그 말은 당연히도 에프레니 부인이 페트로닐라에게 우호적인 감정을 가지고 있다는 것을 의미했다. 이 사실에서 페트로닐라는 지독한 실소를 참기 어려워졌다.

세상에, 부인과 남편의 뜻이 이렇게도 다를 줄이야.

"그럼 전 이만 가보겠습니다, 부인. 부인께서도 쉬셔야지요. 출국 준비도 하셔야 할 테고……."

"섬세하시군요, 영애. 감사합니다."

"감사는요, 무슨. 모쪼록 무사히 다녀오시길 바랄 뿐입니다. 그럼……."

페트로닐라는 그 말만 마치고 곧바로 문을 나섰다. 에프레니 공작부인이 끝까지 그녀를 배웅했고, 페트로닐라는 그녀에게서 몸이 떨어지고 고개를 돌리자마자 숨겨두었던 미소를 드러내 보였다. 뜻밖의 수확이 어떤 결과를 가져오게 될지는, 아직까지는 그녀조차 알 수 없었다.

"다녀왔어, 리지."

"언니."

책상에서 서류를 보고 있던 페트리지아가 반갑게 페트로닐라를 맞아주었다. 페트로닐라가 자연스럽게 그녀를 안으며 말했다.

"많은 일이 있었는데, 리지."

"어서 말해봐. 궁금해 죽을 것 같아."

"그럴 만한 소식을 들고 왔어."

페트로닐라가 키득거리며 자리에 앉았다. 페트리지아가 기대 어린 표정으로 언니의 입이 열리기를 기다렸다. 페트리지아는 결론부터 말했다.

"에프레니 공작부인이 출국하면, 그 댁의 안살림을 내가 맡아주기로 했어."

"······뭐?"

페트리지아가 어벙한 표정으로 물었다. 이건 도대체 또 무슨 소리란 말인가. 이해되지 않는다는 표정의 동생에게 페트로닐라가 차분하게 설명했다.

"알아, 리지. 쉽게 이해되지 않는 일이지. 사실 나도 처음에 이 제안을 받았을 때 몹시 당황했어."

"어째서? 도대체 왜 일이 이렇게 된 거야?"

"들어봐. 공작에게 정부가 있고, 그 정부에게는 아들이 하나 있어. 공작부인은 그 모자를 끔찍하게 싫어하고."

'어쩌면 당연한 일이겠지만.' 하고 중얼거린 페트로닐라가 곧 차분하게 말했다.

"에프레니 공작부인은 혹시라도 자신이 없는 사이에 그 정부가 자신의 위치를 위협할까 봐 두려워해. 물론 공작부인의 위치가 정부 따위는 감히 바라볼 수조차 없을 정도로 높지만…… 어쨌든 공작이 그녀를 꽤나 귀애하는 모양이더라고."

여기나 저기나 다 정부가 문제군. 아니, 남자들의 문제인가. 페트리지아가 이해한다는 표정으로 고개를 끄덕였다.

"거기다 후계를 이을 아들이 지금 사경을 헤매고 있어. 불안해하는 게 당연하잖아?"

"그게 생판 남인 언니에게 집안일을 맡길 정도란 말이야? 그건 좀 심각한걸."

"나도 그래. 하지만 그건 본인의 생각이니까, 내가 참견할 수는 없는 문제지."

"그래서 하겠다고 했어?"

페트리지아의 질문에 페트로닐라가 고개를 끄덕였다.

"응. 하겠다고 했어."

"어째서?"

페트리지아가 슬쩍 인상을 찌푸리며 물었다. 솔직히 말해서 그녀가 공작부인의 제안을 받아들여야 하는 이유는 그 어디에도 없다.

심지어 그녀의 남편인 에프레니 공작은 현재 황후인 페트리지아와 척을 지고 있는 상태이다. 이런 상태에서 굳이 적과 친하게 지낼 필요가 뭐 있겠는가. 그녀에게는 이미 위더포드 공작가가 있는데.

페트리지아의 이런 생각을 꿰뚫어 본 것인지 페트로닐라가 침착한 목소리로 말했다.

"네가 무슨 생각을 하는지 알아, 리지. 내가 이 일을 받아들이겠다고 한 건, 내가 이 일을 받아들이지 않아 잃을 것도 없지만, 받아들이면 적어도 얻을 건 있어서야."

"무슨 뜻이야?"

"네 표현을 빌리자면 정적의 심장부야. 그걸 내가 관리해. 그 부분은 안주인의 권한이니 공작도 그녀의 결정에 반대하진 못할 거야. 어차피 남이 관리하나 정부가 관리하나 거기서 거기니까."

"뭐, 스파이라도 하겠다는 뜻이야?"

"에프레니 공작이 왜 우릴 싫어하는지 모른다고 했지?"

페트로닐라가 차분하게 묻자, 페트리지아가 고개를 끄덕였다. 페트로닐라가 웃었다.

"그걸 알아볼 수 있을지도 몰라. 운이 좋다면 말이야."

"좋아. 사실 난 상관없어."

페트리지아가 천천히 페트로닐라의 손을 잡으며 말했다.

"다만 언니가 좀 힘들까 봐서. 난 그게 걱정이야. 공작가의 안살림을 맡는다는 게, 비록 한시적일지라도 쉬운 일은 아니잖아."

"알아."

페트로닐라가 씁쓸하게 웃었다.

"하지만 정말 괜찮아."

"경험도 없으면서."

"괜찮다니까. 걱정하지 마."

페트로닐라가 태연하게 대답했고, 페트리지아는 그 모습에 약간의 이질감을 느꼈으나 곧 무시하고선 다른 이야기를 했다.

"음, 사실 이곳도 무슨 일이 있었어."

무슨 일이 그렇게 짧은 사이에 두 개나 일어난담. 페트로닐라가 작게 웃으며 말해보라는 듯 고갯짓을 했다. 페트리지아가 설명했다.

"별건 아냐. 로즈몬드가 내일부터 며칠간 궁을 비울 거래."

"궁을?"

페트로닐라가 미심쩍은 표정으로 물었고, 페트리지아가 고개를 끄덕였다.

"이유는 모르겠는데, 목적지가 대로우 남작가야. 무슨 속셈인 걸까?"

"그러게……."

페트로닐라가 영 모르겠다는 목소리로 중얼거렸다. 도대체 이번에는 또 무슨 속셈인 것일까? 다른 사람이었다면 순수하게 '부모님이 보고 싶었는가 보지'라고 대답할 수도 있었겠지만, 이미 당할 대로 당했다 보니 둘은 더 이상 로즈몬드의 작은 행동 하나조차도 사소하게 볼 수 없었다. 꽤나 씁쓸한 상황이라고 생각하며 페트로닐라가 페트리지아에게 말했다.

"어차피 이유를 모르는 이상 걱정한다고 해서 달라질 건 없을 것 같아. 요즘 너무 예민해, 리지. 좀 마음의 여유를 가져봐."

"그게 잘 안 돼, 닐."

페트리지아가 조금 답답한 목소리로 말했다.

"그날 일로 가끔은 악몽까지 꿔."

암울한 목소리에 페트로닐라의 기분도 절로 가라앉았다. 그렇다고 해도 전혀 이상하지 않을 게, 어쨌든 생사가 달렸던 일이었다. 가장 큰 피해를 입었다고 알려진 루시오 황제는 내내 혼수 상태였기 때문에 어찌 보면 그 사건에서 가장 큰 정신적 트라우마는 페트리지아가 입었을 게 뻔했다. 페트로닐라가 그녀의 손을 꼭 붙잡으며 말했다.

"내가 네 짐을 덜어주어야 하는데, 그러지 못한 것 같아 미안해."

"언니는 이미 존재만으로도 충분히 내게 힘이 돼."

실제로 그래, 언니. 내가 이곳으로 온 건 순전히 언니를 다시 살리고 싶다는 나의 부질없는 희망 때문이었으니까.

그러니 언니, 지금 상황이 정말 안 좋다고 해도 나는 아직까지는 괜찮을 거야. 나는 살아 있고, 언니도 단두대에서 목이 잘리지 않았으니까. 우리의 부모님도 무사하니까.

페트리지아가 말했다.

"그런 생각은 그러니까, 하지 마. 다만 로즈몬드는 단 한 번도 작은 행동조차 아무 이유 없이 저지른 적이 없어서 그래."

"알아."

하여튼 로즈몬드가 가장 큰 원흉이었다. 혹은 루시오가 원인이거나. 페트로닐라가 속으로 욕지거리를 중얼거리며 페트리지아에게 말했다.

"어쨌든 오늘 너무 무리한 것 같아. 안색이 안 좋아 보여."

"안색은 늘 안 좋았어."

페트리지아는 그렇게 말한 후 키득키득 웃었다. 사실 전혀 웃을 일은 아니었지만 그냥 이렇게라도 웃고픈 것이 현재 그녀의 심정이었다. 그런 페트리지아의 마음을 눈치챈 페트로닐라가 안쓰러운 마음을 애써 숨기며 그녀의 이마에 키스했다. 그녀가 속삭이듯 말했다.

"지금 주방으로 가서 네가 가장 좋아하는 딸기 맛 초콜릿을 만들 거야. 오늘 저녁은 부디 그것만 먹고 좀 쉬어."

"미안, 언니. 오늘은 안 돼."

페트리지아가 지긋지긋하다는 목소리로 그녀에게 말했다.

"내일까지 보내줘야 할 서류가 한가득이거든. 그래도 초콜릿이 있어서 다행이다."

로즈몬드는 아무렇지 않은 표정으로 시녀들에게 짐을 꾸릴 것을 명령했다. 그녀는 분주히 며칠 동안 가지고 있을 짐을 꾸리는 시녀들을 보며 잠깐 생각에 잠겼다.

갑자기 궁금해졌다. 내가 떠난 뒤로 그들은 어떻게 지내며 살았을까? 남작은 하나 뿐인 딸내미가 황제의 가장 총애받는 정부가 되었다고 좋아하며 자랑을 하고 다녔을까?

오, 세상에. 양심이 있다면 결코 그렇게는 하지 못할 것이다.

파렴치한 인간. 로즈몬드가 이를 바득거렸다. 그 모습을 본 글라라가 깜짝 놀라며 로즈몬드에게로 다가왔다.

"레이디 로즈몬드, 괜찮으세요?"

"……"

로즈몬드는 아무 말 없이 제게 괜찮냐고 물어오는 글라라를 쳐다보았다. 글라라는 남작가 출신의 시녀였다. 비록 그녀나 자신이나 똑같이 아비를 남작으로 두었지만, 그녀와 자신의 상황은 분명 달랐다.

그 사실에 로즈몬드는 순간적으로 화가 치밀어 올랐다. 차라리 나도 그녀처럼 궁의 중급 시녀나 되었더라면 좋았을 텐데. 차라리 그렇게 살았더라면 더 행복했을 텐데!

"로즈몬드 님?"

글라라의 목소리에 로즈몬드는 천천히 화를 삭였다. 평소답지 않게 감정적이다. 이렇게 된 건 순전히 다 그 인간, 대로우 남작 때문이었다. 그 인간의 피가 제 몸에서 반씩이나 돌아다닌다고 생각하면 로즈몬드는 당장에라도 칼로 살을 찢어 그 피를 전부 버려버리고 싶었다. 그리하여 죽어버린다고 할지라도. 그 피는 그녀에게 있어 더럽게도 역겨운 것이었다.

"괜찮으세요?"

"……그래."

로즈몬드가 간신히 그렇게 대답하자, 글라라는 영 미심쩍은 표정이었지만 다시 자신의 일로 돌아갔다. 비싼 원목으로 만든 흔들의자에 기대 몸을 느릿하게 흔들면서, 로즈몬드는 잠깐 동안 생각을 정리했다.

며칠 동안 궁을 비우면서 처리해야 할 일이 생겨버렸기 때문에, 로즈몬드의 사색은 평소보다 더 길었다. 한참 동안 무언가를 곰곰이 생각하던 로즈몬드는 곧 차분하게 글라라에게 명령했다.

"글라라."

"네, 레이디 로즈몬드."

"펜과 편지로 쓸 종이를 가져와."

그 말에 글라라가 얼른 펜과 종이를 가져왔다. 로즈몬드는 곧 펜을 들어 거침없이 누군가에게 편지를 써 내려가기 시작했다. 그러는 그녀의 움직임은 사뭇 진지하고, 또 즐거워 보였다.

한참 후에야 편지를 쓰는 것을 마친 로즈몬드가 편지를 잘 접어 편지 봉투에 넣은 다음 자신의 인장을 찍었다. 그것을 글라라에게 건네주며 로즈몬드가 말했다.

"늘 그렇듯이, 편지는 반드시 태워버려야 한다고 전해라."

"염려 마세요, 로즈몬드 님. 늘 그렇게 하고 있지 않습니까."

글라라가 익숙하다는 듯이 편지를 받아 들었다. 수신인에 대해 로즈몬드는 단 한마디도 하지 않았지만 글라라는 눈치 있게 수신인을 알아들었다. 그녀가 편지를 품 안에 잘 넣은 다음 로즈몬드에게 물었다.

"로즈몬드 님, 편지는 언제 전해드리면 될까요?"

"빠를수록 좋아. 가급적이면 아무도 눈치채지 못하게, 비밀스럽게. 알지?"

"걱정 마세요, 로즈몬드 님. 늘 그래왔으니까요."

글라라가 사악한 미소를 지어 보이며 고개를 끄덕였다. 그녀의 그런 태도를 보고 나서야 로즈몬드는 안심할 수 있었다.

이것으로 로즈몬드는 안 그래도 복잡해질 머리를 조금이나마 쉬게 할 수 있는 것이었다. '그녀'는 영민한 사람이었으니 자신을 걱정시킬 일은 하지 않을 것이었다. 그 사실에 기분이 좋아진 로즈몬드가 괜스레 웃었다.

로즈몬드는 예정대로 그다음 날 아침이 되자마자 곧바로 황성을 떠났다. 대로우 남작령까지의 거리가 상당했으므로 그녀는 아무리 빨리 도착한다고 해야 2-3주를 넘겨 황도로 복귀할 것이었다.

페트리지아는 그나마 그동안 그녀를 보지 않는다고 생각하니 한시적이지만 앓던 이가 빠진 기분이었다. 이로써 페트리지아는 로즈몬드가 자신의 정신 건강에 지대한 해악을 끼친다는 걸 확실히 인정했다.

루시오는 차마 남작령으로 떠나는 로즈몬드에게 잘 다녀오라고 말하지는 못해, 그저 조심히 다녀오라고만 말해주었다. 그는 떠나는 로즈몬드를 배웅해준 다음 늘 그랬던 것처럼 자신의 집무실로 복귀했다. 그는 아무렇지 않게 책상에 앉아 밀린 서류를 결재하기 위해 펜을 들었다.

"윽!"

그때 그가 손목에 강한 통증을 느끼며 손을 감싸 쥐었다. 큰 소리를 들은 밖의 시녀장이 다급하게 그의 집무실 안으로 들어왔다.

"폐하, 무슨 일이십니까!"

"하아……."

루시오가 힘든 숨을 삼키며 더듬더듬 시녀장에게 물었다.

"오, 오늘이……."

"네?"

"오늘이 며칠이지?"

"7월 21일…… 아!"

무언가가 생각난 듯 시녀장이 놀라 벌어진 입을 손으로 감쌌다.
루시오가 '제기랄' 하고 중얼거리며 여전히 통증이 느껴지는 손목
을 다른 쪽 손으로 강하게 압박했다. 제기랄, 어째…….

"단 한 번도 걸러 가는 적이 없군……."

"……."

중앙궁의 시녀장은 아무 말도 하지 않았고, 루시오는 지독하리
만치 씁쓸한 표정을 지었다. 그가 고통이 없는 쪽 손을 들어 휘휘
저었다. 괜찮으니 나가보라는 제스처에 시녀장은 잠깐 머뭇거리다
곧 명령대로 했다.

통증은 꽤 오랜 시간 지속되었다. 그가 오열했던 시간만큼이나
통증은 아물지 않았다. 그는 자신의 몸이 참으로 자신에게 잔인하
다고 생각했다. 제 몸은 지나치리만치 기억력이 좋았다. 그가 비참
한 표정으로 웃었다.

페트로닐라는 다정한 미소를 지으며 에프레니 공작저에 발을 들
였다. 그녀를 알아본 공작저의 집사가 페트로닐라에게 정중히 인
사하며 그녀를 사저 안으로 들였다. 거실에 있던 에프레니 공작부
인 역시 그녀를 반갑게 맞이했다.

"영애, 오셨군요."

"공작부인, 오늘 가시는 건가요?"

페트로닐라가 괜히 애틋한 목소리로 그녀에게 물었다. 에프레니

공작부인이 고개를 끄덕였다.

"내가 영애에게 너무 큰 짐을 지운 것 같아……. 내가 너무 미안하군요."

"미안해하실 필요 없습니다, 부인."

나긋한 목소리로 답한 페트로닐라가 곧바로 덧붙였다.

"그 조건으로 제게 소원 하나를 후일 들어주겠다 약속하셨잖아요. 그렇지요?"

"그럼요, 영애."

에프레니 공작부인이 걱정 말라는 목소리로 그녀에게 다짐을 했다.

"걱정하지 말아요, 영애. 영애의 수고를 생각해서라도 그 약속은 반드시 지킬 테니까요."

"저 또한 부인께서 신의를 저버리시는 분이라고는 생각지 않아요. 부디 먼 길, 좋은 소식과 함께 조심히 다녀오시길 바라요. 에프레니 공자를 위해 저 또한 기도하겠습니다."

"아아, 정말 고마워요, 영애."

에프레니 공작부인은 감정이 북받치기라도 한 듯 감격한 표정으로 페트로닐라를 안아주었다. 물론 실제로는 그녀가 페트로닐라에게 안긴 것과 다름이 없긴 했지만 말이다. 에프레니 공작부인이 말했다.

"필요한 정보는 전부 집사에게 말해두었어요. 우리 집안의 오랜

가신이니 믿을 만할 겁니다."

"감사합니다, 부인. 염려 마시고 다녀오세요."

"거듭 고마워요, 영애."

그때 누군가가 방 안에서 나오는 소리가 들렸다. 그 소리에 페트로닐라의 시선이 자연스레 소리가 난 쪽으로 향했다. 누군가가 거실로 나오고 있었다.

"아……."

한 젊은 여인이었다. 붉디붉은 머리카락에 적갈색 눈을 가진 여인은 한눈에 보아도 색기가 넘쳐흐르는 인상을 가지고 있었는데, 페트로닐라는 그녀가 바로 에프레니 공작의 정부라는 사실을 순식간에 눈치챘다.

페트로닐라가 슬쩍 에프레니 공작부인의 눈치를 보았고, 에프레니 공작부인은 손님-페트로닐라- 앞에서 추한 꼴을 보이지 않기 위해 몸을 부들부들 떨며 감정을 억누르고 있었다.

하지만 이미 모든 내막을 파악하고 있는 페트로닐라의 입장에서는, 그저 그녀가 그런 반응을 보일 만큼 남편의 정부를 싫어한다고 생각할 뿐이었다.

페트리지아는 공작의 정부로 추정되는 여인에게 인사를 할지 말지 고민하다가, 그냥 가만히 있기로 했다. 그렇다고 하더라도 그녀의 신분이 낮지 않으니 흠은 되지 않을 터였다.

페트로닐라는 가만히 앉아 에프레니 공작부인의 동태를 살폈다.

그녀가 잘게 떨리는 손을 차분히 진정시키며 정부에게 물었다.

"재뉴어리, 무슨 일이지?"

"손님이 오셨나 해서요, 형님."

'형님'이라는 말에 에프레니 공작부인의 얼굴이 눈에 띄게 굳어졌다. 페트로닐라가 좋지 않은 기류를 느끼고 몸을 긴장시켰다. 에프레니 공작부인이 싸늘한 목소리로 입을 열었다.

"그렇다고 해도 네 소관은 아니지. 안 그래?"

"형님도 참. 제가 혹 도울 일이 없나 해서요."

그렇게 말한 여인은 살포시 웃으며 에프레니 공작부인에게 나긋한 목소리로 말했다.

"오늘부터 공작저를 비우시잖아요. 걱정도 되고요."

주제에서 빗겨나가는 이야기였음에도 그녀가 이 이야기를 꺼낸 것은 에프레니 공작부인을 도발하기 위한 의도가 다분했다. 페트로닐라가 그렇게 느꼈을진대 영민한 에프레니 공작부인이 눈치채지 못했을 리 없다. 에프레니 공작부인이 화를 억누르며 서늘하게 말했다.

"내가 자네에게 이런 중차대한 일을 맡길 수가 있나. 안 그래?"

"……."

"그래서 유서 깊은 후작가의 영양에게 내가 공석일 동안 가문의 일을 맡기려고 해. 이 말은 내가 전에도 한번 하지 않았었나?"

"하셨어요, 형님."

재뉴어리가 아름답게 미소 지으며 페트로닐라를 쳐다보았다. 페트로닐라는 무표정한 얼굴에 약간의 미소만 스쳐 지나가도록 했다. 과하지도 너무 밋밋하지도 않은, 그저 형식적인 미소에 재뉴어리도 살짝 웃었다.

"대충 보아도 인상이 선하신 것이, 형님의 빈자리를 잘 채워주실 것 같네요."

"……나도 그렇게 생각해."

에프레니 공작부인이 억지로 웃으며 재뉴어리에게 말했다.

"내가 없는 동안은 그로체스터 영양이 이 집안의 안살림을 전부 책임질 거야. 그러니 그대도 영양의 지시에 잘 따르길 바라. 자네도 이 집안의 일원이니까."

"……그래야지요."

재뉴어리가 순종적으로 미소 지었고, 페트로닐라는 직감적으로 그녀와 함께 보낼 얼마 안 되는 시간들이 매우 피곤해질 것이라고 생각했다.

그나마 다행인 것은 그녀가 이 집에서 실질적으로 머무르는 시간은 극히 적으리라는 사실이었다. 어쨌든 그녀는 최소한의 것들만 봐줄 생각이었으니까.

"이만 가셔야 합니다, 부인. 이러다 늦으시겠습니다."

에프레니 공작부인의 몸종이 다급하게 말하자, 에프레니 공작부인은 하는 수 없다는 듯 일어섰다. 그녀는 마지막으로 페트로닐라를 한번 안아주고선 아까와는 비교할 수 없는 따뜻한 목소리로 페트로닐라에게 말했다.

"잘 부탁해요, 영애. 하지만 분명 영애가 크게 신경 쓸 일은 일어나지 않을 겁니다."

집사가 버티고 있으니까요. 공작부인의 말에 페트로닐라도 알고 있다는 듯 고개를 끄덕였다.

"네, 부인. 부디 몸 조심히 다녀오시길."

"고마워요, 그럼."

에프레니 공작부인은 평소의 차분한 모습으로 다시 돌아와 집을 나섰다. 공작저 안의 모든 시종과 시녀들이 그녀를 배웅했고, 그건 재뉴어리도 마찬가지였다. 비록 에프레니 공작부인은 재뉴어리를 대놓고 무시하긴 했지만.

에프레니 공작부인이 공작저를 나서자마자, 재뉴어리는 페트로닐라에게 천천히 다가왔다. 페트로닐라는 당황하지 않고 빙그레 웃었다. 재뉴어리가 말했다.

"형님께서 제가 많이 못 미더우셨나 봐요. 제가 아니라 다른 분께 이 일을 부탁하신 걸 보면."

"그럴 리가요, 마담."

페트로닐라가 우아하게 웃으며 에프레니 공작부인을 변호했다.

"마담께서 편히 지내시라고 부인께서 배려하신 것일지도 모르지요."

"정말 그렇게 생각하세요?"

"글쎄요. 사실 사람 속마음이야 저도 잘 모르지요."

페트로닐라가 애매하게 말을 끝맺었다.

"어쨌든 그 부분에 대해서는 그저 도와달라는 말씀밖에는 듣지 못했답니다. 마담께서 계시는 걸 알았다면 거절했을 거예요."

물론 이미 알았기 때문에 이 제안을 받아들인 것이었지만. 페트로닐라는 모른 척하며 재뉴어리에게 말했다.

"염려 마세요, 마담. 전 부인께서 부탁하신 최소한의 일들만 할 생각입니다. 어쨌든 저는 외부인이고, 공작께서도 외부인이 집안 사정을 알고 가내에서 설치고 다니는 걸 그리 좋아하시진 않을 것 같아서요."

"영양께서는 영민하시고, 또 예의도 바르시네요."

"과찬입니다."

페트로닐라가 슬쩍 고개를 들어 재뉴어리를 올려다보았다. 페트로닐라 역시 작은 키는 아니었으나 재뉴어리는 그보다 더 컸다. 그녀는 올해로 서른 줄에 접어들었는데, 나이에 비해 상당한 동안이라 잘만 보면 이십 대로 보일 수도 있을 터였다. 이 집안의 사정을 어느 정도는 알고 있는 페트로닐라로서는 에프레니 공작부인이 참 불쌍하다는 생각밖에는 들지 않았다. 은혜도 모르는 공작 같으니라고.

"어제 집사에게 대략적인 이야기는 들었어요. 필요할 때만 들를 예정입니다. 제가 아니더라도 집사가 집안 관리를 잘해줄 테니까요."

이건 그러니까, 순전히 감시역에 불과한 일이었다. 재뉴어리도 에프레니 공작부인도 그걸 알았다. 다만 상징성만 있을 뿐이었다. 페트로닐라가 말했다.

"황후 폐하께서 기다리고 계실 것 같아서요. 이만 가보겠습니다."

"살펴가세요, 영양. 집사, 모셔다드려."

"⋯⋯그러지요."

"⋯⋯."

페트로닐라는 아무 말 없이 마차에 올라탔다. 마차가 출발하기 전, 집사가 그녀에게 조용히 말했다.

"마님께서 부탁하신 이유를 알고 있습니다, 영애."

"⋯⋯저도 압니다."

페트로닐라가 속으로 작게 한숨을 쉬며 집사에게 부탁했다.

"제가 여기 드나드는 걸 좋아하는 사람은 아마 없을 겁니다. 그러니 집사께서 모쪼록 잘해주세요."

"염려 마십시오, 영애. 번거로운 일은 없도록 하겠습니다."

"믿어요. 후작가의 가신이었다고 하셨으니."

페트로닐라가 작게 미소를 지은 다음 마차의 창문을 닫았다. 마차가 출발함과 동시에 그녀는 의자 등받이에 몸을 기대고 천천히 눈을 감았다.

"영애, 황궁으로 모실까요?"

마부의 물음에 페트로닐라가 짤막하게 답했다.

"아니에요."

오늘은 조금 쉬고 싶었다. 요즘 이상하게 피곤하기도 했고, 로즈몬드도 없으니 자신이 필요한 상황도 그리 많지 않을 것이다. 페트로닐라는 조금 쉬기로 했다. 그녀가 느릿하게 말했다.

"그로체스터 후작가로 가요."

"폐하, 그로체스터 영양께서 오늘은 일찍 댁으로 가신다고 전하셨습니다."

"그래?"

후원을 거닐던 페트리지아가 의아한 표정으로 중얼거렸다.

"이상하네. 늘 황궁에 저녁까지 있다 가곤 했는데."

"좀 피곤하다고 하셨어요. 거기다 오늘은 로즈몬드도 없으니까요."

"그래. 닐라도 휴식이 필요하겠지."

페트리지아가 이해한다는 목소리로 고개를 끄덕였다. 그녀는 오래간만에 여유로운 마음으로 후원을 거닐며 휴식을 취하고 있었다. 궁 안에 로즈몬드가 없다는 사실이 이토록 그녀를 편안하게 만든다는 사실은 조금 짜증 나긴 했지만 어쩔 수 없는 일이었다. 페트리지아가 자조하며 후원에 피어 있는 작고 붉은 꽃 한 송이를 땄다.

"황제 폐하께서 오늘 좀 심심하시겠네."

"그럴 틈도 없으실 겁니다. 요즘 워낙 바쁘셔서요."

"늘 바쁘셨지만 로즈몬드는 찾으셨으니까."

페트리지아가 냉소한 후 아무렇지도 않게 다시 걸었다. 그렇게 한 몇 분을 더 걸었을 때, 페트리지아는 자신이 즐겨 찾는 후원에서 루시오를 발견했다.

페트리지아가 한숨을 쉬며 뒤를 돌았다. 재수가 없으려나.

"어머, 저분 폐하 아니에요?"

눈치 없게 라파엘라가 물었다. 미르야가 당황했지만 곧 아무렇지 않게 대꾸했다.

"그렇네요."

"흐음……."

라파엘라가 멀리서 루시오를 관찰하다가 이상하다는 목소리로 중얼거렸다.

"어째 좀 이상한데요."

"뭐가요, 경?"

"폐하 말예요."

라파엘라가 여전히 의문스러운 목소리로 미르야에게 말했다.

"어디 안 좋아 보이시지 않아요?"

"무슨 뜻이에요?"

"안색이요. 어째 영 별로신데."

라파엘라가 '아닌가?' 하고 중얼거리며 고개를 갸웃거렸다. 그 말에 이제는 페트리지아까지 관심을 보였다. 그녀가 슬쩍 루시오가 있는 쪽으로 시선을 주었다. 그는 가만히 서서 만개한 꽃들을 응시하고 있었는데, 라파엘라의 말대로 어딘가 아파 보이는 사람처럼 얼굴이 창백했다. 페트리지아는 아주 잠깐 동안 그에게 관심을 가졌으나 곧 고개를 저으며 말했다.

"이만 가지."

어차피 내가 관심 가져야 할 사람이 아니야.

페트리지아는 그렇게 생각하며 냉정하게 발걸음을 돌렸다.

페트리지아는 그날 평소보다 조금 이른 시간에 잠에 들었다. 원래라면 얼마 후에 있을 건국제 준비로 열심히 일을 해야 할 시각이었으나, 좀체 일에 진도가 나가지 않았던 탓이다. 그녀는 몸이 조금 무거운 것 같기도 하다고 생각하며 침대에 누워 눈을 감았다.

그녀는 평소 불면증이 없던 사람이었지만, 입궁한 이후 꾸준히 깊은 잠에 들지 못하고 있었다. 그녀는 그 원인을 과도한 스트레스에서 찾았다. 더군다나 섭정이 된 이후로는 황후였을 때보다 배는 많은 스트레스를 받고 있는 중이었다.

페트리지아가 겨우 잠에 들려 했을 때, 그녀는 졸린 눈을 부릅떴다. 페트리지아는 신경질적인 표정으로 이불을 확 걷어챘다. 자리에서 일어나 침대 위에 앉은 그녀가 불쾌한 목소리로 중얼거렸다.

"이게…… 무슨 소리지?"

무슨 소리가 자꾸만 그녀의 귓가를 자극했다. 그게 듣기 좋은 소리라면 또 모르겠는데, 매우 거슬리는 소리였다. 페트리지아는 참다못해 미르야를 불렀다. 그녀의 목소리를 들은 미르야가 다급히 그녀가 있는 방 안으로 들어왔다.

"네, 폐하. 무슨 일이십니까."

"자네도 들었나?"

"네? 무슨 말씀이신지…….."

미르야가 이해할 수 없다는 표정으로 고개를 갸웃거렸고, 페트리지아는 조금 피곤한 목소리로 부연했다.

"이 소리 말이야. 들리지 않나? 내 귀에만 들리는 건가?"

"제 귀에는 아무런 소리도 들리지 않는 것을요, 폐하. 혹 잘못 들으신 것은 아니신지…….."

"아니야, 미르야. 정말 그렇다면 내가 자네를 오밤중에 부를 리 없잖은가. 조용히 하고 한 번 귀를 기울여봐."

페트리지아의 확고한 목소리에 미르야는 입을 다물고 온 신경을 귓가에 집중시켰다. 아, 그러고 보니 무슨 소리가 들리는 것도 같았다. 하지만 정말로 작은 소리였다. 이런 소리까지 들을 수 있는 그녀의 청력에 엄청난 감탄을 보내며, 미르야가 말했다.

"들립니다, 폐하. 하지만 정말 작은 소리에요. 혹 거슬리십니까?"

"미안하네, 미르야. 내가 사실 좀 예민한 편이라 이런 작은 소리에도 쉽게 잠을 깨거든."

"죄송하실 필요가 있나요. 폐하께서 요즘 고생하시는데 그 사정을 이해 못 할 이가 어디 있겠습니까. 제가 무슨 일인지 알아보고 오겠습니다."

이미 한번 잠을 깬 이상, 오늘 다시 잠드는 건 불가능했다. 페트리지아는 잠깐 생각하는 듯한 표정을 짓다가 곧 침대에서 일어나 입고 있던 진주색 실크 드레스에 숄 하나만을 걸쳤다. 자신의 행동을 의아한 눈으로 바라보고 있는 미르야에게 페트리지아가 말했다.

"이미 자기는 그른 것 같으니, 내가 직접 나가보는 게 나을 것 같아. 이 야밤에 도대체 누가 이런 소리를 황궁 안에서 낼 수 있는 건지도 궁금하고."

"괜찮으시겠습니까. 혹 폐하의 안위에 문제가 생기는 건……."

"호위 기사들이 있으니 괜찮겠지. 등불을 좀 가져다주겠나?"

"네, 폐하. 잠시만 기다려 주십시오."

곧 미르야가 등불을 가져왔고, 페트리지아는 가라앉은 표정으로 등불을 받아 든 뒤 미르야, 라파엘라만 데리고 단출하게 방을 나섰다. 도대체 누가 감히 이 야밤에 황궁 안에서 소요를 만들 수 있는 것인지. 그녀가 단정한 걸음걸이로 복도를 걷기 시작했다.

"……."

소리에 집중하기 위해 세 사람은 걷는 동안 한 마디도 하지 않았다. 분명 소리는 황후궁 안에서 들려오는 것이었다. 그렇다면 시녀들 중 한 명이 그런 소리를 냈다는 걸까? 페트리지아는 영문을 알 수 없다는 표정으로 계속해서 걸었다.

황후궁은 결코 좁은 곳이 아니었기 때문에 한 바퀴를 빙 잡아 도는 것만 해도 매우 많은 시간이 걸렸다. 그러나 소리가 나는 곳을 따라 추적했기 때문에, 다행히 생각보다는 적은 시간이 소요될 성싶었다.

어느 순간부터 소리가 커지기 시작했다. 누군가가 울부짖는 듯한 소리였다.

도대체 누가?

울음소리에 가려 남자인지 여자인지는 잘 판명되지 않았지만, 그게 누가 되었든 참 서럽게 울고 있는 것만큼은 확실했다.

"황후 폐하."

그때 누군가가 그녀를 불렀다. 페트리지아는 저도 모르게 뒤를 돌아 자신을 부르는 목소리의 주인을 찾았다. 나이가 조금 지긋해 보이는 여인이 그녀를 향해 다급하게 달려오고 있었다. 그녀를 알아본 페트리지아의 한쪽 눈썹이 작게 올라갔다.

"……중앙궁의 시녀가 아닌가."

중앙궁에서 종신 시녀로 일하는 여자로 기억한다. 페트리지아가 의아한 표정으로 그녀를 쳐다보자, 여자가 숨을 헐떡이며 그녀에게 물었다.

"어디…… 어디를 가시는지요."

"내가 어디를 가는 것까지 그대에게 보고할 필요는 없지 않나."

페트리지아가 살짝 날카로워진 목소리로 그녀에게 대답했고, 그 대답에 시녀는 벌벌 떠는 모습을 보였다. 그 모습에 살짝 미안해진 페트리지아가 다시 대답했다.

"침수에 들던 중 이상한 소리가 들려 살펴보던 중이었다. 묻는 까닭이 있나?"

"그것이……."

말없이 입술만 깨물던 시녀가 곧 입을 열어 대답했다.

"굳이 그러실 필요까지는……."

"무슨 뜻이지?"

"그, 그런 일은…… 시, 시녀들을 시키셔도 되시지 않습니까."

"물론 그렇지. 하지만 그건 엄연히 내 마음 아닌가. 그대가 감히 참견할 부분은 아니라고 보는데."

"소, 송구……."

여자가 말을 채 끝맺지 못하고 눈을 질끈 감았다. 페트리지아가 이상하다는 듯 한쪽 눈썹을 꿈틀거렸다. 여자의 행동이 이상하다. 뭔가 자신을…… 막아 세우는 듯한 느낌. 페트리지아가 의문스러운 목소리로 그녀에게 물었다.

"그보다 애당초, 중앙궁의 시녀가 이곳에 있는 까닭이 무엇이지? 폐하께서 보내신 건가?"

"저…… 그것이……."

"왜 대답을 못 하지? 폐하가 아니라면 도대체 누가……."

그때 페트리지아는 말을 멈추었다. 소리가 아까보다 더 커졌다. 페트리지아는 제 앞에서 덜덜 떨고 있는 시녀를 흘끔 쳐다보다가 다시 말을 이었다.

"그대, 내게 더 할 말이 있나?"

"폐하, 하지만 그쪽으로 가시면 아니 됩……."

"중요한 이야기가 아니라면 나중에 다시 전하도록 하지. 지금 내가 좀 바빠서."

페트리지아는 그 말만 마치고서는 다시 발걸음을 옮겼다. 뒤에서 시녀가 안절부절못하는 것이 느껴졌고, 그녀는 직감적으로 그녀가 자신을 막아 세우기 위해 저를 부른 것임을 눈치챘다.

하지만 왜? 이 황후궁 내에, 중앙궁의 시녀가 자신을 막아 세울 정도로 위험한 무언가가 있는 것인가? 그도 아니면 내 궁 안에서, 내가 볼 수 없는 무언가가 있기라도 한 것일까?

어느 쪽이든 위험할 정도로 의문스러운 일이다. 페트리지아가 서둘러 발걸음을 옮겼다. 마침내 소리는 더 커지기 시작했고, 그 소리의 정체를 짐작한 페트리지아의 얼굴은, 그녀의 발과 함께 굳어지기 시작했다.

설마…… 이건…….

"……미르야, 라파엘라."

그녀가 굳어진 목소리로 두 사람을 불렀다. 그러자 두 사람이 대답했다.

"네, 폐하."

"말씀하세요."

"……여기서 기다리지."

그 말이 뜻밖이라고 생각했는지 두 사람이 깜짝 놀란 표정을 지었다.

"폐하, 하지만……!"

"혼자 가시려고요? 폐하, 위험합니다."

아니, 자신의 생각이 맞다면 위험하지 않다. 오히려 위험한 건…… 내 쪽이 아니라 그쪽일지도.

페트리지아가 덜덜 떨리는 목소리로 다시 한번 말했다.

"명령이야. 여기서 기다리게. 나는…… 아무 일도 없을 테니 걱정하지 말고."

"……."

두 사람 모두 명령에 따르고 싶어 하지 않는 눈치였지만 어쩔 수 없는 노릇이었다. 페트리지아는 웬만해서는 '명령'이라는 단어를 잘 쓰지 않았다. 굳이 그런 단어를 쓰지 않고서도 두 사람은 그녀의 지시에 잘 따랐으니까.

그런 그녀가 이렇게까지 말한다면 정말로 어쩔 수 없는 일이다. 두 사람은 그 자리에서 멈추었다.

"아마…… 오래 기다리게 하지는 않을 걸세."

뇌까리듯 말한 페트리지아가 서둘러 발걸음을 옮겼다. 그런 그녀의 뒷모습을 라파엘라와 미르야가 답답한 눈으로 쳐다보았다.

도대체, 무엇을 생각하기에 저러시는 건지.

⁓⁓

예상대로 소리가 나는 곳에는 시녀들이 몇 명씩 모여 있었다. 그마저도 남의 눈을 의식한 탓인지 많지 않았다. 기껏해야 서너 명. 모두 다 황제를 지척에서 보필하는 상급 시녀들이었다.

페트리지아는 굳은 표정으로 그녀들을 향해 걸어갔다. 자신을 발견한 시녀들은 화들짝 놀라며 얼른 허리를 굽혔다. 그녀는 여전히 떨리는 눈으로 그녀들을 바라보며 입술을 열었다.

"지금…… 이 방에……."

"……."

그들은 떨고 있었다. 얼굴에는 낭패라는 기색이 가득했다.

설마…… 정말로…….

'내 짐작이…… 맞는 것일까.'

페트리지아가 짧게 심호흡을 한 다음, 판도라의 상자가 될 질문을 입 밖으로 내뱉었다.

"황제폐하께서…… 계신 것인가?"

"……."

그들은 아무 말도 하지 못했다. 그래. 여기서 무슨 말을 더 할 수 있을까. 페트리지아는 천천히 문을 열었다.

소리는 아까와는 비교할 수 없을 정도로 커져 있었다. 끼이익, 음습한 소리가 섞여 들렸다.

"으아아악!"

문을 열자 보이는 광경은 처참했다. 황제가 잠옷 바람으로 방 안에서 울부짖고 있었다. 그래, 사실 이 문장조차도 상당히 순화해서 표현한 것이다. 그건 울부짖고 있는 게 아니었다. 그건 그냥…… 미쳐 날뛰고 있는 것이었다.

"문을, 닫아."

"폐하……."

"어서."

페트리지아가 단호하게 명령하자, 그제야 문이 닫혔다. 쿵, 소리와 함께 그녀는 그나마 안심할 수 있었다. 지금 이 광경이 퍼져 나간다면 그리 좋은 일은 되지 않을 것이다. 그러니 그 시녀도 자신을 막아선 것이겠지. 결과적으로는 그녀가 이곳까지 오는 데 힘을 보태는 꼴이 되어버렸지만.

"……."

페트리지아는 굳은 눈으로 절규하며 미쳐버린 남자를 쳐다보았다. 명실상부 그녀의 남편이라 불리고 있는 루시오 캐릭 조지 데 마

506

비너스. 이 나라의 황제이자 제국의 태양.

그런 남자가 한낱 미치광이였다니.

"폐하."

페트리지아의 목소리는 잔뜩 떨리고 있었다. 하지만 어째서? 도대체 왜? 황제에게 정신병이 있다는 소리는 그 어디에서도 듣지 못했다. 그리고 이 남자가 정신병에 걸렸다고 판단하기에, 그는 평소에 너무나도 멀쩡했다. 그렇다면 지금 이 모습은 도대체 어떻게 설명을 할 수 있단 말인가.

"폐하."

두려움 때문일까. 눈에 눈물이 고였다. 입술은 파들파들 떨리고 손은 금세 차가워졌다.

그래, 그녀는 무서웠던 것 같다. 난생처음 보는 그의 모습에, 두려움을 느꼈던 것 같다.

페트리지아가 커진 눈을 들어 루시오를 쳐다보았다. 울부짖는 그의 모습은 한 마리의 짐승과도 같았다. 가히 충격적이다. 페트리지아가 입술을 지그시 깨물다가 다시 한번 그를 불렀다.

"폐하."

세 번째 부름이 있고 나서야, 그는 그녀를 돌아보았다. 핏발이 서 빨개진 눈, 입속에서 터져 나오는 거친 숨소리. 얼굴에 덕지덕지 말라붙은 눈물 자국.

아아, 그는 울고 있었다.

"왜……."

충격에 머리가 아찔하다. 페트로닐라가 제 앞에서 목이 떨어졌을 때와 비슷한 충격이다. 페트리지아는 저도 모르게 휘청거렸다. 눈앞의 광경은 그녀의 여린 몸이 감당해내기에는 지나치게 파괴적이었다. 페트리지아가 간신히 정신을 차린 다음 그를 불렀다.

"폐하."

네 번째 부름에도 그는 멈추지 않고 울부짖었다. 뭐가 그리 서러운지 그는 괴롭도록 악을 질렀다. 도대체, 이게 뭘까. 자신의 눈앞에서 벌어지고 있는 상황은 도대체 무엇일까. 이건 도대체 무슨…….

"흐으…… 흐아악!"

소리치는 모습이 낯설다. 이런 남자였나. 페트리지아의 몸이 마침내 기우뚱 기울었다. 그녀가 저도 모르게 바닥에 털썩 주저앉았다. 그는 여전히 울고 있었다. 그 소리에 머리가 아파왔다.

그만해.

"폐하. 도대체 왜……."

정신이 멍하다. 사고가 정지했다. 드문드문 떠오르는 생각들이란 그저, 지금 이 난동을 멈추어야겠다는 것뿐.

일어나.

그녀는 그녀 자신에게 명령을 내렸다. 지금 여기서 이렇게 주저앉아만 있으면 어쩌자는 거야. 여기까지 온 이유가 전혀 없잖아. 이

소리가 듣고 싶지 않았던 것 아니었어? 너의 잠을 방해하는 요소를 제거하고 싶었던 것 아니었어? 그렇다면…….

멈춰.

"그만하십시오."

그러나 멈추지 않았다.

"그만해요."

난동은 계속 되었다.

"그만하라고!"

마침내 그녀가 소리를 쳤을 때, 그제야 방 안에는 거친 숨소리만이 감돌았다. 당장이라도 빗물이 배어 나올 것 같은 눈으로 그가 그녀를 보았다. 노려본다고 하기에는 그 대상이 불분명하고, 우호적인 눈길이라기엔 표정이 너무나도 사납다.

그러니까, 그는 지금 자신을 보고 있는 동시에 보고 있지 않은 것이다. 그는 겉으로는 분명 자신을 보고 있었으나, 속으로는 다른 누군가를 보고 있었다.

"제국의…… 태양이십니다. 체통을 지키십시오, 폐하."

"……."

"왜……."

"……."

"도대체 왜…… 이러시는 겁니까."

"……."

그녀가 말없이 눈물을 떨구며 자신을 쳐다보고 있는 남자에게로 걸음을 옮겼다. 발에 납덩이를 매단 듯, 그에게로 가는 발걸음이 한없이 무겁다.

지금 이 상황도, 자신을 둘러싸고 있는 현실도, 아무것도 적응하기 어렵지만, 그녀는 받아들여야만 했다. 도피할 수 없는 것이 사실이었으니까.

"갑자기……."

그녀의 말은 다 끝맺어지지 못했다. 그가 갑자기 그녀에게로 안겨 든 탓이다. 페트리지아는 깜짝 놀라 반사적으로 그를 떼어내려 했지만, 그 직후 들려오는 루시오의 신음에 차마 그럴 수 없었다.

"하아……."

그는 거친 숨을 내쉬며 울고 있었고, 앓고 있었고, 괴로워하고 있었으며, 또한 고통스러워하고 있었다. 그러니까, 지금 이 상황은 그다지 좋지 않았다. 바람직한 건 더더욱 아니었고, 정말로 당황스럽기 짝이 없는 상황이다.

"……."

페트리지아는 제 품 안에서 우는 사람을 매정히 떼어내 버릴 정도로 독하지 않았고, 그 사람이 방금 전까지만 해도 미친 듯 광란의 움직임을 보였던 자라면 더더욱 그랬다.

제기랄. 그녀가 속으로 알 수 없는 욕지거리를 흘리면서도, 겉으로는 그를 조심히 안아주었다.

"……."

사랑? 아니다. 증오? 그것도 아니다. 이건 그냥 연민, 그리고 동정. 도무지 이유를 알 수 없는, 그래서 궁금해 죽을 것 같은 일투성이지만, 적어도 지금 이 일에 연민 정도는 느낄 수 있었다. 그 정도로, 그는 불쌍했다. 그것도 아주 많이.

사람이 한순간에 이런 처지로 전락하는 건 쉬운 일이 아니었지만, 그는 그만큼 망가진 모습이었다. 페트리지아는 도대체 이게 무슨 상황인 건지, 무슨 일이 있기라도 했던 건지 심히 궁금하지만, 그 이야기를 들으려면 일단 이 남자를 안정시켜야만 했다. 미치광이에게서 이야기를 들을 수는 없는 노릇 아닌가.

"하아……."

그렇게 몇 분이 지났나. 아니, 한 시간은 족히 지난 것 같다. 그리고 그 정도 시간이 흐르고 나서야 루시오는 겨우 진정한 모습이었다.

아니, 솔직히 말하면 그마저도 썩 진정했다고 보기는 어려웠다. 그의 피부에서는 여전히 열기가 느껴졌고, 눈은 시뻘겠으며, 자해라도 한 건지 몸 이곳저곳이 빨갰다. 페트리지아는 그가 조금 정신을 차렸다는 판단이 섰을 때가 되어서야 비로소 그에게 말을 걸었다.

"폐하."

"……."

"이제 좀…… 괜찮으십니까."

"……."

말이 없다. 하긴, 부끄럽기도 하겠지. 페트리지아가 한숨을 내쉬
며 루시오를 안았던 손을 뗐다. 엄청난 피로감이 몰려오며 눈꺼풀
이 무거워졌다. 이제 그가 왜 그랬는지, 무슨 일이 있었던 건지는
자신의 숙면에 비하면 별로 중요하지 않겠다고 생각하며 그녀가
그에게서 몸을 뗐다. 몸을 일으킨 그녀가 피곤한 음성으로 말했다.

"제가 불편하실 테니, 이만 가보겠습니다. 그리고 오늘 일은 비밀
로 해드릴 테니 걱정은 않으셔도……."

페트리지아의 말이 끊겼다. 그녀는 고개를 내려 자신의 치맛자
락을 붙잡고 있는 루시오를 쳐다보았다. 여전히 핏발 선 눈이 기괴
했다.

"가지 마."

"……."

이 남자에게 조금이라도 마음이 있었다면 충분히 설렐 만한 대
사다. 유감스럽게도 페트리지아는 이 남자에게 관심이 있는 게 아
니었고, 애정(哀情)이나 애정(愛情)이 있는 것도 아니었으며, 좋아하
거나 사랑하는 건 더더욱 아니었다. 그런 말은 로즈몬드에게나 더
잘 어울리는 말이다.

페트리지아는 그래서 지금 그의 행동이 그리 달갑게만 느껴지지
않았다. 솔직히 말해 성가시고 귀찮다. 그녀는 지금 아까의 소요로

인해 매우 피로해진 상태였으므로.

"가지 마."

"……."

정말로 유감스러운 건 자신이 참 동정심이 넘친다는 것이었다. 그러니 이 남자에게까지도 이 과잉된 감정이 해당되는 것이겠지. 페트리지아는 입술을 작게 깨물었다.

젠장, 신경 쓰이게.

"저 별로 안 좋아하시잖아요."

그녀는 그렇게밖에 말해줄 수 없었다. 하지만 몸을 돌려 나가려고 하자 누군가가 그녀를 방해였다.

변함없이 그였다.

"가지 마."

"저 안 좋아하시잖아요. 그러니까……."

"좋아해. 그러니까 가지 마."

"……."

"제발……."

아. 그녀는 비로소 깨달았다.

이 남자는 자신을 좋아하지 않는다. 이 남자가 방금 했던 말은 그냥 자신을 잡아두기 위해 내뱉은 헛소리에 지나지 않는다. 페트리지아는 그 사실까지 구분하지 못할 정도로 멍청이는 아니었다. 그랬기 때문에 이 남자의 말에 가슴이 뛰거나, 설레는 것도 아니었다.

그녀는 이런 점에 있어서는 특별히 냉철했다. 성격적인 부분은 그렇다손 치더라도, 그녀에게 있어 그는 이미 한번 전과가 있었기 때문에. 아니, 그런 점들은 다 배제한다 하더라도 너무 뜬금없지 않은가. 갑자기 좋아한다니.

"……하아."

페트리지아가 한숨을 쉬었다. 어디선가 들었던 것 같은데, 사람은 공포를 느낄 때와 호감을 느낄 때 모두 심장이 떨린다고 한다. 그래서 때때로 공포를 호감으로 착각하는 경우도 있다고. 이 남자는 아마 그런 유형일 것이다. 순간의 공포를 자신에 대한 호감으로 착각한 게 아닐까.

아무리 좋게 봐줘도 이 이상은 좋은 결론이 나오기가 어려웠다. 페트리지아는 어쨌든, 다시 자리에 앉았다. 여기서 그냥 나가버리면 정말로 자신만 나쁜 년이 될 것 같았다.

"마음에도 없는 말 안 하셔도 돼요. 그냥 있을 테니까."

"……."

"제가 나가는 게 싫으신 게 아니라, 그냥 혼자 이 방에 남겨지는 게 싫으신 거겠죠."

"……."

"그렇죠?"

정곡을 찔렸는지 그는 아무 말도 하지 않았다. 그저 겁에 질린 눈망울로 그녀를 빤히 쳐다보고만 있을 뿐이다. 평소의 이미지와 너무나도 대조되는 모습에서 이질감이 느껴졌다.

페트리지아는 저도 모르게 입술을 깨물며 속으로 중얼거렸다. 이게 도대체, 무슨 상황인 거야.

"저 상당히 피곤합니다만. 언제까지 여기에 있어야 하는 겁니까?"

"……."

"말씀 좀 해주세요. 답답해요."

"……."

그럼에도 여전히 말이 없다. 페트리지아는 그냥 일찌감치 대화를 포기하는 게 정신 건강에 이로울 것이라는 판단을 내렸다. 눈꺼풀이 점차 아래로 치닫기 시작했다. 아, 이 남자를 여기에 두고 자는 건 썩 바람직한 선택지가 아니었다.

페트리지아는 잠들지 않기 위해 안간힘을 썼지만, 생리적인 현상을 이성으로 막는 것처럼 어리석은 일은 없었다. 결국 그녀는 나가지 않기로 결심한 지 일 분도 채 지나지 않아 그 자리에 그대로 쓰러져 잠이 들었다.

불면증은 피로를 이길 수 없었다. 그녀가 마지막으로 본 것은 여전히 겁에 질린 채 붉은빛이 감도는 눈동자로 자신을 쳐다보고 있는 루시오의 모습이었다.

〈2권에서 계속〉

국립중앙도서관 출판시도서목록(CIP)

레이디 투 퀸. 1 / 지은이: 무소. ― 고양 :
위즈덤하우스미디어그룹, 2018
p. ;   cm

ISBN 979-11-6220-752-9 04810 : ₩13800
ISBN 979-11-6220-751-2 (세트) 04810

한국 현대 소설[韓國現代小說]

813.7-KDC6
895.735-DDC23   CIP2018022820

레이디 투 퀸 1

초판 1쇄 발행 2018년 8월 13일 **초판 3쇄 발행** 2020년 3월 10일

지은이 무소
펴낸이 연준혁

웹소설본부 본부장 이진영
책임편집 오가진
디자인 하은혜

펴낸곳 (주)위즈덤하우스미디어그룹 **출판등록** 2000년 5월 23일 제13-1071호
주소 경기도 고양시 일산동구 정발산로 43-20 센트럴프라자 6층
전화 031-936-4000 **팩스** 031)903-3893
홈페이지 www.wisdomhouse.co.kr

값 13,800원
ISBN 979-11-6220-752-9 04810
      979-11-6220-751-2 세트